U0123921

中国软科学研究丛书

丛书主编：张来武

"十一五"国家重点图书出版规划项目

国家软科学研究计划资助出版项目

黑龙江省大豆产业发展战略研究

冯　晓　主编

科学出版社

北京

内 容 简 介

本书从黑龙江省大豆产业发展现状入手，分析了我国大豆供求状况、国内外大豆支持政策及效果和外部市场环境。在此基础上，详尽论述了黑龙江省大豆生产现状、豆农的生产行为、大豆加工技术和加工企业行为；阐明了黑龙江省市场供求、流通环节现状和存在的问题；提出了黑龙江省大豆产业发展战略改革方向和具体措施。全书包罗大豆产业相关各方面论述，数据充足，结论深刻，发人深省。

本书可供从事大豆科研的研究机构和人员、大豆产业从业人员和管理者、各农业院校师生使用，也可供各级政府相关部门工作人员特别是产业政策制定者参阅，还可供关注大豆产业发展的各界热心人士阅读。

图书在版编目(CIP)数据

黑龙江省大豆产业发展战略研究/冯晓主编．—北京：科学出版社，2011.6
(中国软科学研究丛书)
ISBN 978-7-03-031157-3

I. ①黑… II. ①冯… III. ①大豆-作物经济-经济发展战略-研究-黑龙江省 IV. ①F326.12

中国版本图书馆 CIP 数据核字（2011）第 095534 号

丛书策划：林 鹏 胡升华 侯俊琳
责任编辑：侯俊琳 陈 超 杨婵娟 孙 青/责任校对：包志虹
责任印制：赵德静/封面设计：黄华斌
编辑部电话：010-64035853
E-mail：houjunlin@mail.sciencep.com

科学出版社 出版
北京东黄城根北街16号
邮政编码：100717
http://www.sciencep.com

中国科学院印刷厂 印刷

科学出版社发行 各地新华书店经销

*

2011年6月第 一 版 开本：B5（720×1000）
2011年6月第一次印刷 印张：15 1/4
印数：1—2 000 字数：307 000

定价：48.00元

（如有印装质量问题，我社负责调换〈科印〉）

“中国软科学研究丛书”编委会

本书编委会

主　编　冯　晓

副主编　李孝忠　刘家富

编　委　（按姓氏笔画排序）

王耀武　申　甲　许　慧　刘家富

朱秀清　孙树坤　李　海　李远明

李孝忠　李佳栋　周慧秋　郑环宇

胡立志

总 序 PREFACE

软科学是综合运用现代各学科理论、方法，研究政治、经济、科技及社会发展中的各种复杂问题，为决策科学化、民主化服务的科学。软科学研究是以实现决策科学化和管理现代化为宗旨，以推动经济、科技、社会的持续协调发展为目标，针对决策和管理实践中提出的复杂性、系统性课题，综合运用自然科学、社会科学和工程技术的多门类多学科知识，运用定性和定量相结合的系统分析和论证手段，进行的一种跨学科、多层次的科研活动。

1986 年 7 月，全国软科学研究工作座谈会首次在北京召开，开启了我国软科学勃兴的动力阀门。从此，中国软科学积极参与到改革开放和现代化建设的大潮之中。为加强对软科学研究的指导，国家于 1988 年和 1994 年分别成立国家软科学指导委员会和中国软科学研究会。随后，国家软科学研究计划正式启动，对软科学事业的稳定发展发挥了重要的作用。

20 多年来，我国软科学事业发展紧紧围绕重大决策问题，开展了多学科、多领域、多层次的研究工作，取得了一大批优秀成果。京九铁路、三峡工程、南水北调、青藏铁路乃至国家中长期科学和技术发展规划战略研究，软科学都功不可没。从总体上看，我国软科学研究已经进入各级政府的决策中，成为决策和政策制定的重要依据，发挥了战略性、前瞻性的作用，为解决经济社会发展的重大决策问题作出了重要贡献，为科学把握宏观形势、明确发展战略方向发挥了重要作用。

20多年来，我国软科学事业凝聚优秀人才，形成了一支具有一定实力、知识结构较为合理、学科体系比较完整的优秀研究队伍。据不完全统计，目前我国已有软科学研究机构2000多家，研究人员近4万人，每年开展软科学研究项目1万多项。

为了进一步发挥国家软科学研究计划在我国软科学事业发展中的导向作用，促进软科学研究成果的推广应用，科学技术部决定从2007年起，在国家软科学研究计划框架下启动软科学优秀研究成果出版资助工作，形成“中国软科学研究丛书”。

“中国软科学研究丛书”因其良好的学术价值和社会价值，已被列入国家新闻出版总署“‘十一五’国家重点图书出版规划项目”。我希望并相信，丛书出版对于软科学研究优秀成果的推广应用将起到很大的推动作用，对于提升软科学研究的社会影响力、促进软科学事业的蓬勃发展意义重大。

科技部副部长

张来武

2008年12月

前言 FOREWORD

大豆是重要的油料作物和植物蛋白来源，原产于中国。中国曾经是世界上最大的大豆生产国和出口国。随着国内经济发展，我国对大豆的需求持续不断增长，由于国内农作物布局调整，我国的大豆产量已经不能满足需求，供需缺口由进口填补。

黑龙江省是中国最大的大豆生产省份，其产量占中国大豆产量的1/3强。在大豆生产徘徊、停滞局面下，黑龙江省大豆产业也在国际竞争中面临艰难的生存局面。虽然，国家出台了一系列扶持和振兴大豆产业的相关政策，这些政策也在一定时期内取得了相应的成果，但长期看，大豆产业竞争力不强、市场适应能力弱的根本问题还是没有改观。尤其是作为大豆主要产区的黑龙江省，大豆产业依然是一个有待振兴、具有区域特点的农业产业化的领域。

因此，如何在国外进口持续增长、国内农业品种结构调整的背景下，调整黑龙江省大豆产业发展战略，提出适合黑龙江省大豆产业发展的政策措施，显得尤为重要。为适应黑龙江省大豆产业发展新形势的需要，我们编写了本书。

本书的特色在于依据战略规划的基本原理，结合黑龙江省大豆产业现状，按照宏观与微观相结合的基本思路构建了黑龙江省大豆产业发展战略研究逻辑框架。本书主要阐述了大豆供给和需求及产业发展环境；分析了黑龙江省大豆生产现状及存在的问题、黑龙江省豆农行为、加工产品和技术、加工企业行为；解析了黑龙江省大豆产业发展的市场环境、价格变动及流通格局的发展变化；通过对黑龙江省大豆产业发展的相关分析，提出大豆产业发展战略依据、方针及具体对策。

本书由东北农业大学国家大豆工程技术研究中心、经济管理学院、应用技术学院等有关教师和大豆产业实际从业者合作编写。具体分工是：前言、第一章、第二章由周慧秋、李孝忠编写；第三章、第八章、第九章由刘家富编写；第四章由李远明编写；第五章、第十章、第十一章由李孝忠编写；第六章由许慧、李佳栋、郑环宇、胡立志、孙树坤、朱秀清编写；第七章由王耀武、李海、申甲编写。

国家大豆工程技术研究中心主任、东北农业大学副校长冯晓全面审阅了本书初稿，并提出了许多宝贵的修改意见。本书在编写过程中，还得到了如下项目资助：国家星火计划重点项目“农村信息化技术的科技服务体系关键技术及应用研究”(2010GA670006)；黑龙江省教育厅项目“市场认知、外部性约束与农户生产行为研究”(11552010)；黑龙江省科技厅攻关项目“战略联盟集群创新效应与运行机制研究”(GC09D108)；2010年度黑龙江省博士后基金“大豆产业链利益主体行为与协调机制研究”。此外，在编写过程中我们参阅、引用了有关著作、教材和论文，在此谨对著者一并致谢。

由于作者水平有限，产业发展的宏观环境及黑龙江省农业发展阶段不同，大豆产业发展呈现一定的动态性，发展战略制定也会是动态发展的。我们会在后续研究中继续深化和完善。对本书中存在的缺点和不足，恳请读者批评指正。

冯　晓
2011年6月

目录 CONTENTS

导　论

中国是大豆的原产国，大豆产业在我国国民经济中地位十分显著。黑龙江省是国家最大的大豆产区和重要的加工区，由于大豆产业链条长，涉及工业、民用及军工等多个领域，黑龙江省的大豆及其相关产业在全国占有举足轻重和不可替代的地位。

本章主要介绍大豆的概念、用途及大豆产业发展趋势和特点，黑龙江省大豆产业的地位、作用，以及黑龙江省大豆产业面临的严峻形势、相关关注。

第一节　大豆及大豆产业发展趋势和特点

大豆产业是国民经济中的重要产业，该产业和大豆种植业、养殖业、饲料工业和大豆加工业、食品工业等行业紧密关联。近年来，大豆生产、贸易、加工和消费等有很大变化，加工产品多样化、生产及市场集中趋势明显。

一　大豆的概念及用途

（一）大豆的概念

大豆起源于中国，大豆种植有5000多年的历史。中国学者大多认为大豆原产地位于云贵高原一带。现在种植的栽培大豆是以野生大豆为基点，经过长期定向选择、改良驯化而成。

大豆（glycine max)，中国古称菽，是一种含有丰富蛋白质的豆科植物。大豆呈椭圆形、球形，颜色有黄色、淡绿色、黑色等，故又有黄豆、青豆、黑豆之称。

栽培大豆以生育期分类为主。中国将北纬22°～50°地区内有代表性的品种，按其生育期长短，以10天为一级，从最早熟到最晚熟分为12级。按种植的地域分布分为：北方春大豆区、黄淮海流域夏大豆区、长江流域夏大豆区、长江以南秋大豆区、南方大豆两熟区。

各型内按种皮色、当地的实际生长天数和种粒大、中、小等分为不同的群。各群再按有限结荚、亚有限结荚或无限结荚习性，灰毛或棕毛，紫花或白花等1～3种性状，分成不同类型。

（二）大豆用途

大豆作为重要的油料、食用和饲料作物，其用途广泛，除了直接食用外，所衍生出的产品种类也相当丰富。经由加工，可分为传统大豆加工食品、大豆油及大豆蛋白三大类产品。大豆蛋白是制作素食食品、调味料和饲料的来源。大豆油既可作为物美价廉的食用油脂，也可开发附加价值很高的精深加工产品，如大豆卵磷脂、维生素 E 等食品或医药品，并能转化成生物柴油。目前，全球大豆5%左右用于饲料和种子，15%～20%直接加工成食品，另外70%～85%加工成豆油。

二 大豆产业概念、发展趋势和特点

（一）大豆产业的概念

国内外学者对产业的概念有不同观点，但归结起来其核心要义为：从事相同或相似产品生产、服务的生产企业及其相关联机构经济活动所构成的集合，这个集合可以是相同或可替代品产品（或服务）的集合，也可以是生产活动或企业的集合。根据产业定义的不同视角，可以将同一企业划归不同的产业类型。产业不仅是指工业、农业、服务业，而且包含国民经济的各行各业。苏东水（2006）认为：产业是具有某种同类属性的具有相互作用的经济活动组成的集合或系统。简新华（2003）等将产业定义为：国民经济中以社会分工为基础，在产品、劳务生产和经营上具有某些相同特征的企业或单位及其活动的集合。

关于大豆产业的概念，国内并没有统一的界定。丁声俊（2006）将大豆产业定义为：包括大豆生产、贸易、加工、物流、研发及其相关服务在内的国民经济的相关部门和行业。马增林（2009）将大豆产业定义为：从事与大豆产品生产或劳务有关的企业或单位及其经济活动的集合。因此，大豆产业包括大豆种植、加工、流通和消费，以及提供大豆产前、产中和产后服务的相关产业。从三次产业——农业、工业、服务业分类的角度看，大豆产业从种植的角度可以划归为农业，从大豆制品加工业的视角可以划归为工业，从流通与贸易的角度可以划归为服务业。

（二）大豆产业发展趋势和特点

大豆产业是一个横跨第一、第二、第三产业的产业集合，产业链条长，前后向部门的相关性较强；产业特征鲜明，区域特征明显，产业集中度和垄断性比较强。近年来，整个大豆产业随着生产和贸易变化已经形成了美洲种植大豆、美国销售大豆、中国进口大豆的新格局。

世界大豆生产和贸易集中化。近年来，大豆生产和贸易格局呈现如下变化：美国、巴西、阿根廷、中国是世界最大的大豆主产区。世界大豆生产、消费和贸易均出现快速增长的趋势，特别是美国、巴西和阿根廷三国的大豆产量和出口量迅速增加，2009 年美国、巴西、阿根廷的大豆产量占世界总产量的 80%。同时上述三国也是转基因大豆主要生产国，美国转基因大豆种植率为 91%，阿根廷为 98.9%，巴西为 70.7%，它们的产量占全球转基因大豆产量的 82%，占全球出口量的 90%。2009 年中国进口大豆为 4255.2 万 t。中国外贸依存度达到 74.49%。中国持续不断增加进口转基因大豆，已经影响了国内尤其是黑龙江省大豆主产区种植者、加工者及大豆相关行业从业者的切身利益。

大豆加工产品日益多样化和优质化。大豆的诸多用途都是建立在加工基础上的，尤其是国外大豆精深加工及制成品众多，涉及工业、民用及军工等多个领域。所以，国外大豆产业的作用主要体现在其加工能力、产品性能与结构上。国内大豆加工布局以沿海区域为主，大豆加工企业区域性和垄断性趋势明显；国内大豆加工领域主要涉及大豆压榨（油脂）、大豆直接食用（传统豆制品）、大豆蛋白以及大豆产品深加工等（新兴豆制品），所以国内大豆产业的作用主要体现在食用和油脂加工等初级加工上。

目前，大豆消费从丰富餐桌的需要为主，逐步拓展到满足均衡膳食的需要和健康的需要乃至丰富物质生活的需要，使大豆加工制品生产在大豆加工技术支撑下不断深入开发，大豆加工制品生产工艺在逐渐趋向实现食用价值、保健价值和使用价值共生的局面。与此同时，大豆加工制品朝精细化、专用化、功能化方向发展：含一个不饱和键的单不饱和脂肪酸的耐热性和抗氧化性比含两个以上不饱和键的多不饱和脂肪酸好，因此美国爱荷华大学开发低亚麻酸大豆油和低饱和酸大豆油；美国 Calgene 公司用生物基因工程，改变脂肪酸碳链的长度、饱和脂肪酸三甘酯的结构，生产植物奶油和低亚麻酸大豆油，可见产品越做越细。另外，大豆食品加工朝多元化、高品质、方便化方向发展：在国外食品生产者眼里，大豆被认为是一种神奇的食品原料，以大豆为原料或者与大豆蛋白及其他功能成分有关的加工产品日益增多，形成了多元化的产品结构。

大豆消费日趋绿色化。在大豆消费上，以欧盟、日本、美国等主要发达国家和地区为代表的消费者，对非转基因大豆消费情有独钟。转基因食品问题事关食品安全和环境安全，是一个颇具政治敏感性的议题。虽然欧盟各国对转基因作物并没有明文禁止，但自 1998 年以来，欧盟便没有批准过任何一种新的转基因食品上市，从而形成了一种“事实上的禁令”。欧盟大多数消费者对转基因产品感到“恐惧”并充满戒心。欧盟委员会曾做过一项调查，发现 70%的欧洲人不想吃转基因食品，94%的欧洲人希望能自己选择是否购买含转基因物质的产品。在日本，相当一部分生产传统日本食品（如豆腐）的公司开始使用非转基因原料，并标记上“没有使用转基因大豆”。在美国，虽然转基因大豆、玉米等已获得大规模种植，但是大豆、玉米只是美国人食品中的辅助食品。这些植物的转基因产品在美国食品中的比重是“极为少量”的。玉米和大豆在美国也主要是用于饲料、生物燃料、食品工业以及出口，美国人直接食用的比例非常小。

总之，近年来，伴随着转基因大豆产业的飞速发展，全球和国内大豆产业格局虽然发生了巨大变化，但无论怎么变化，转基因和非转基因之争，表象上扩大和缩小市场份额的问题，其兴与衰背后的实质是价值观和社会取向的不同。

第二节 黑龙江省大豆产业的地位及作用

大豆作为我国四大粮食作物种类之一，主要的油料作物和畜牧业饲料的营养来源，以及其在新兴工业，包括医疗、保健、服装、生物、包装、军事、航空航天等领域上的应用，构成了大豆产业在我国国民经济中的重要地位。黑龙江省是我国重要的大豆商品粮基地和出口基地，大豆生产、加工在黑龙江省乃至全国粮油供应上具有重要的战略地位。

一 黑龙江省大豆产业在国家大豆产业中举足轻重

（一）大豆产业在我国国民经济中的地位与作用

我国曾经是大豆生产和出口大国，大豆在我国居民食物系统中起着十分重要的作用，近年来我国大豆产量徘徊中有所下降，而大豆需求却逐年增加。2008年我国大豆产量排名世界第四，大豆加工和消费量居世界第二，是最大的大豆进口国。豆油是我国第一大食用油，约占国内食用油消费的40%；豆粕是重要的蛋白原料，占国内饲料蛋白原料的60%左右，豆制品是我国主要的传统植物蛋白食品，大豆加工制品广泛用于居民日常消费和饲料养殖领域，大豆加工业与种植业、养殖业、食品工业和饲料工业等紧密关联，吸纳劳动力的能力强，是关系国计民生的重要产业①。

大豆是我国重要的油料作物之一，种植面积和产量占油料作物的40%左右，在国家食品安全中占有重要地位。食品安全历来都被政府和人民视为日常生活中的头等大事，目前世界转基因种植最多的是油料作物和饲料。据中粮集团透露，我国食用油60%以上依赖进口，而作为主要油料作物的大豆，对外依存度

① 据国家发展和改革委员会2008年8月发布的《促进大豆加工业健康发展的指导意见》。

高达近 80%，并仍持续走高。在进口的大豆植物油中“转基因成分”的比重近 100%，而且食用油市场外资比例过大，中国食用油安全问题屡次被提及[①]。众所周知，豆粕作为畜牧业的主要原料，其转基因比例有多少，长期的安全性怎么样，是值得各界广泛关注和担忧的问题。

可见，大豆产业在我国十分重要，其发展不仅关系到国民经济相关行业，更关系到国家粮食安全、食品安全和社会安全。

（二）黑龙江省大豆产业的地位及作用

黑龙江省素有“大豆之乡”的美誉，历史上对我国大豆产业整体发展起到了不可替代的作用。多年来，黑龙江省依靠优越的自然条件发展大豆生产及加工，不仅带动了与大豆产业有关其他行业的发展，增加了社会就业，同时也提高了从业人员的收入水平。

1. 黑龙江省是全国最大的大豆主产区

我国大豆产区主要集中在东北四省（自治区）（黑龙江、吉林、辽宁、内蒙古的东四盟[②]）和黄淮海的部分地区，其中东北四省（自治区）的播种面积和产量占全国的 1/2 以上，黑龙江省是东北四省（自治区）中种植大豆最多的省份，常年大豆种植面积占全国大豆种植面积的 37%～44%，总产量占全国总产量的 38%～46%，商品率 80%以上，在全国大豆生产中占有举足轻重的地位。

“九五”期间我国大豆生产受比较利益下降的影响发展相对缓慢，黑龙江省大豆产量一直徘徊不前。2002 年以来，在国家“大豆振兴计划”及一系列惠农政策的推动下，黑龙江省大豆播种面积和产量在全国所占份额都有所提高。1990 年大豆播种面积及产量分别为 207.9 万 hm^2、325.8 万 t，占全国大豆播种面积及产量的比重分别为 27.49%、29.62%；2008 年大豆播种面积及产量分别为 397.2 万 hm^2、620.5 万 t，占全国大豆播种面积及产量的比重分别提高到 43.52%、39.92%（图 0-1）。

2. 黑龙江省是全国大豆加工业的重要基地

中国是最早种植大豆的国家，大豆加工业历史悠久。近年来随着相关产业、产品市场、国家政策的变化，这一传统产业也在不断地发展和壮大。大豆加工业在我国农产品加工业中占有非常重要的地位，大豆加工制品以其多样性满足了人们日益增长的多元化需求。

黑龙江省有良好的大豆加工基础，大豆加工业在全省及全国经济中起重要作用。黑龙江省原有大豆加工企业 1300 多家，随着行业的整合，目前有 150 家

---

① 南方日报．2009-12-24．大豆“受控”威胁食用油安全多部委酝酿花生补贴．食品伙伴网．http://www.foodmate.net。

② 内蒙古的东四盟：赤峰市、通辽市、呼伦贝尔市和兴安盟。

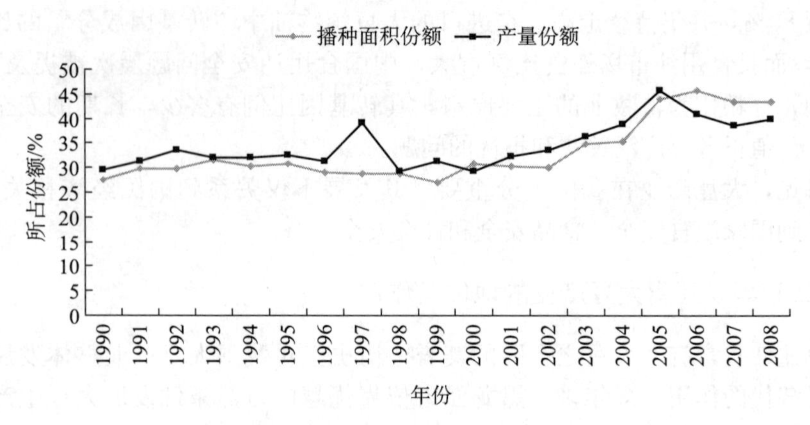

图 0-1 1990～2008 年黑龙江省大豆播种面积和产量在全国所占份额

资料来源：历年黑龙江省统计年鉴和国家粮油信息中心数据。

左右，大豆加工能力为 650 万 t，实际加工量近 300 万 t，占加工能力的 46%。大豆加工产品数百种，有些产品在国内处于领先地位。全省规模较大的大型油脂加工企业有九三油脂集团，年加工大豆能力 200 多万吨；集贤阳霖企业集团，年加工能力 91 万 t；以及地处鹤岗、齐齐哈尔、海伦、富锦、讷河、集贤等地的一批年加工能力 10 万 t 以上的企业。蛋白加工企业有哈高科大豆食品有限责任公司，年加工大豆 10 万 t，可生产油脂、蛋白、食用纤维、低聚糖以及异黄酮等 11 类 50 个品种；还有三乐源、三江食品、日月集团、龙维等一批具有一定规模的蛋白加工企业。

3. 黑龙江省是我国大豆的出口基地

1996 年以前我国是传统大豆出口国，出口大豆基地主要分布在东北的辽宁、吉林和黑龙江三省。由于黑龙江省大豆品质好，又具有非转基因等特性，20 世纪 80 年代末期，黑龙江省出口大豆数量最高曾占全国的 80%左右，以后随着中国大豆内需总量的增长，以及黑龙江省大豆自身品质因素的影响，大豆出口数量逐渐减少。2007 年黑龙江省大豆出口只占全国的 5.4%，出口的大豆主要以食用加工为主。日本在 20 世纪 90 年代之前一直是黑龙江省大豆出口的主要市场，每年的出口量都在 30 万 t 左右，1990 年以后对日大豆出口急剧减少；同时，出口韩国的大豆份额逐步增加。但从黑龙江省大豆整体出口数量减少的事实可以看出，黑龙江省大豆出口在全国大豆出口的地位在逐渐减弱，这其中的原因值得我们深思和探索。

4. 黑龙江省是全国大豆科研实力较强的省份

黑龙江省大豆科研在国内处于领先地位。育种上，科研力量主要集中于黑龙江省农业科学院、东北农业大学（国家大豆工程技术研究中心）、黑龙江省农垦科学院三大系统的 15 个研究所，有 150 多名科研人员，占全国的 50%，先后培育大豆品种225个，占全国大豆培育数量的1/3，其中含油率21%以上的高油大豆品种有76个，最高含油率达到23.32%。蛋白含量在45%以上的品种有7个，最高蛋白含量是46.02%。

在大豆品种推广上，2005年，黑龙江省生产种植的高油品种共31个，总种植面积为218.2万 hm^2，占大豆良种面积的57.77%。在大豆栽培技术上，科研工作者和农户探索出大豆"垄三栽培"等先进适用栽培技术。国家大豆工程技术研究中心于2008年开发的"'三良五精'配合'滴灌技术和化控技术'"的大豆栽培技术，实现单产326.2kg/亩①（4893kg/hm^2）的突破。这个栽培技术的推广和应用必将推动黑龙江省大豆生产跨越式发展。

二 大豆产业在黑龙江省经济中的地位

（一）大豆生产促进了黑龙江省农业的发展

黑龙江省大豆种植面积占全省粮食作物种植面积的1/3左右。"九五"期间黑龙江省的大豆产量一直徘徊不前，发展缓慢。2002年以来，在国家"大豆振兴计划"及一系列惠农政策的推动下，黑龙江省大豆播种面积和产量都有提高。1990年大豆播种面积占全省粮食播种面积的比重为28.02%，2008年上升到36.15%，2005年高达48.72%，同期，大豆产量占全省大豆产量的比重由14.09%上升到14.69%，其中2003年所占比重达22.32%（图0-2）。在黑龙江省13个地级市和地区中，大豆主产区有10个；在69个县市中，40个以种植大豆为主；大豆面积占农作物面积50%以上的县市有18个。

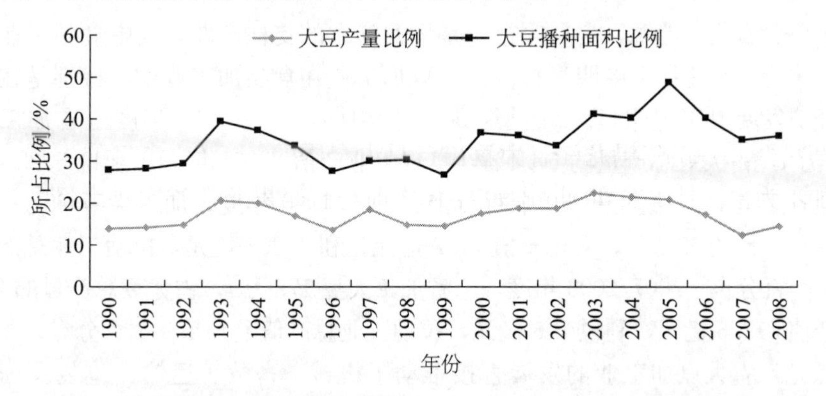

图0-2 1990～2008年黑龙江省大豆播种面积和产量占全省粮食作物播种面积和产量的比例

资料来源：历年黑龙江省统计年鉴和国家粮油信息中心数据。

① 1亩≈667m^2。

经过多年发展，黑龙江省已成为国家最大的大豆主产区和大豆出口基地，有力地促进了黑龙江省农业生产的发展。例如，2003 年大豆播种面积占全省粮食播种面积的 41.23%，该年全省农业总产值为 903.3 亿元，大豆产值为 161.44 亿元，大豆产值占农业总产值的 17.87%。2008 年全省粮食作物播种面积为 1098.8 万 hm^2，大豆播种面积为 397.2 万 hm^2，大豆播种面积占全省粮食作物播种面积的 36.15%；全省农业总产值 2123.4 亿元，大豆产值为 217.27 亿元，大豆产值占农业总产值的 10.23%。再如，2006 年黑龙江省 480 亿元财政收入中，大约 60%来自农业，而农业中的 75%来自于大豆。大豆生产在黑龙江省经济中占据了举足轻重的地位。

（二）大豆产业是省内主产区农民收入的主要来源

2008 年，黑龙江省豆农人口 660 万，占农业人口的 33%。大豆主产区农民的主要收入来自种豆，大豆收入占农民纯收入的 30%，在大豆主产区占 40%甚至 50%以上。尤其是北部地区种植大豆近 133.33 万 hm^2，由于当地种植玉米积温不足，种植小麦效益较差，因此，种植大豆具有不可替代性，是当地 40 余万户农民收入的主要来源。

2001 年黑龙江省豆农人均种植大豆纯收入达到 445 元，全省豆农种植大豆收入共计 29.37 亿元。按人均种植大豆收入 400 元计算，全国豆农种植大豆创造的收入达 168 亿元。2009 年黑龙江省大豆种植面积 486.3 万 hm^2，较 2008 年增加 89.1 万 hm^2；大豆总产量 591.9 万 t，占 2009 年全国大豆产量的 46.89%。

（三）大豆加工业是省内工人就业的重要渠道

装备、石化、能源、食品等行业是黑龙江省的支柱产业，其中食品工业经过改组、改造，产业集中度明显提高。大豆加工业在食品加工业中，特别是在黑龙江省经济发展中作用明显。20 世纪 90 年代中期，1994/1995 年度全省加工大豆 344.8 万 t，占大豆总产量的 67.4%，实现工业产值 78.96 亿元，利税 5.28 亿元，拉动全省工业总产值上升 2.9 个百分点；1995/1996 年度，加工大豆 283.6 万 t，占大豆总产量的 62.2%，实现产值 71.2 亿元，利税 3.2 亿元，拉动工业总产值上升 2.1 个百分点；2007/2008 年度，全省加工大豆 178 万 t，占大豆总产量的 29%，实现产值 113.6 亿元，利税 3.6 亿元，拉动工业总产值上升 1.8 个百分点。

黑龙江省大豆加工业的发展直接推动了机械、畜牧、运输、包装及饲料等相关行业的发展，吸纳了大量的社会劳动力，为社会就业提供了场所、创造了条件。目前，大豆产业已成为黑龙江省农民和工人就业的重要产业和收入的重要来源。据测算有 25 万人在大豆加工企业及相关的生产资料、产品贸易、运输等行业就业，有力地缓解了社会就业压力。

第三节 黑龙江省大豆产业面临的严峻形势及相关关注

近年来，我国大豆整体供求形势发生了巨大变化，大豆产业深陷重围，从出口国变为进口大国，品种资源和消费大国的话语权被剥夺。大豆产区4000多万种植者和上百家加工企业职工的就业受到威胁。黑龙江省作为全国最大的大豆产区和重要的加工基地，大豆产业受到前所未有的巨大冲击。在目前国际、国内形势下，黑龙江省大豆产业发展面临艰难抉择。

一 黑龙江省大豆产业面临的严峻形势

（一）大豆产业链断裂

在跨国粮商[①]操纵下，国产大豆被迫让出了250亿美元的国内市场。2008年我国进口大豆3743.6万t，是国内产量的2.4倍，占世界进口总量的49.3%。2009年进口4255.2万t，比上年增加500多万吨，造成了国家粮食储备库（简称国储）500万t大豆的积压（盖钧镒和卢良恕，2010）。黑龙江省大豆市场被挤压，出现了市场不认可、企业不收购、国储库存不下、农民卖豆难、豆农种植热情受挫的局面。黑龙江省大豆加工企业几度面临全线停产、停收，造成产业链中断，引发国产大豆产业的生存危机。

（二）大豆行业被跨国粮商操纵

近年来，跨国粮商利用参股、兼并等手段，操控了国内大豆实际加工量的80%。国家再三制止大豆加工企业的重复建设，沿海地区的重复建设却愈演愈烈，全国加工能力超过亿吨，实际加工量不到5000万t。2009年沿海地区新增加工能力1000万t，目前还有700万t的加工能力正在上马。这将急剧刺激进口，使目前停工待料的主产区加工企业雪上加霜（盖钧镒和卢良恕，2010）。

国内逐步形成了以四大粮商控股或参股的“金龙鱼”、“福临门”、“鲁花”等主要品牌。ADM（Archer Daniels Midland）也参股了国内最大的粮油企业中粮旗下数个油脂工厂。经过整合，整个大豆行业几乎被四大粮商控制[②]。丰益国际旗下控制的大豆压榨企业达到了12家，年压榨能力超过1000万t，占据了我

---

① “ABCD”的跨国粮商：ADM、邦吉（Bunge）、嘉吉（Cargill）和路易达孚（Louis Dreyfus）。这四大家族目前垄断了全球80%的粮食交易。

② 中央电视台.2009-04-09.外资侵蚀中国粮食安全油背后藏惊心博弈.中国饲料行业信息.http：//www.feedtrade.com.cn。

国小包装食用油近85%的市场份额。2008年11月，海关总署发出预警，指出外资企业在我国粮食领域的控制力正在加强，尤其是跨国投资企业丰益国际，企图垄断国内非转基因大豆的市场[①]。

（三）大豆种子市场将沦陷

近年来，77家国外种子公司进驻我国，不断兼并国内种子公司，并已掌控了90%高端蔬菜市场和东北50%杂交玉米的种子市场。孟山都等公司利用其生物技术的垄断地位，从各种渠道，逼迫诱导中国接受其转基因品种。如不警惕，某些国际垄断企业将占领中国大豆产业乃至农业的种子市场，掐住中国农业的咽喉，制约中国经济（盖钧镒和卢良恕，2010）。据业内人士指出，虽然目前还没有具体、完整的外资粮商操纵产业的调研报告，但外资四大粮商习惯于从种子、化肥等生产环节到建立自己的运输通道等流通环节全方位介入，并逐步掌控整个产业链条。

（四）中国大豆市场发言权被剥夺

大豆是国际商品市场的大宗交易品种，尽管我国是最大的大豆进口国，但我国大豆进口企业对国际大豆市场价格缺少发言权。虽然我国非转基因大豆在中国大连期货市场占绝对优势，但由于垄断粮商的操纵，芝加哥期货市场的声音压倒了大连期货市场，使非转基因大豆的价格跟着转基因大豆跑，如同土鸡蛋的价格跟着笼养鸡蛋的价格跑一样，中国绿色有机大豆的市场发言权被跨国粮商剥夺（盖钧镒和卢良恕，2010）。

二 国内对我国及黑龙江省大豆产业发展的相关关注

在国内及黑龙江省大豆产业面临的严峻形势和艰难抉择面前，国内出现了两个派别的主张。同时大豆产业危机也受到国内媒体、学者和业界相关人士的广泛关注。

（一）关于大豆产业存亡的两种主张

“放弃”论者认为“进口大豆就是进口水和土地”，主张进口多多益善；国产非转基因大豆产量低、品质差，主张以孟山都公司的转基因品种取代中国品种；大豆是低产作物，小品种，主张放弃大豆，保粮食安全。

---

① 海关总署统计司．2009－01－06．海关预警：外资加强控制我国粮食领域．和讯新闻．http：//news.hexun.com。

“突围”论者不反对进口大豆，也不反对中国攻占转基因等生物技术的制高点，而是主张走自强之路，发挥国产大豆品质资源、消费市场两大优势，提高国产大豆竞争力，保持市场的一定份额，维护大豆产业安全、农民就业安全和国家粮油安全。

（二）国内学者、媒体及业界人士的关注

1. 学者研究

20世纪90年代以来，大豆经济作为热点问题，理论界和业界相关人士对其进行了较为深入的研究和探讨。研究内容涉及多个方面，并取得了丰富的研究成果，研究主要集中在：中国大豆的困境及成因；中国大豆的比较优势和竞争力；加入世界贸易组织对中国大豆产业的影响和大豆产业的政策选择以及大豆产业发展的方向、战略等。比较有代表性的学者包括朱希刚（2002）、汤艳丽（2002）、乔娟和康敏（2002）、夏友富等（2003）、钟金传等（2005）、喻翠玲和冯中朝（2005）等。近年来，如下学者的观点有一定代表性。

丁声俊（2006）认为：近年来，国外大豆进口量的不断增加对国产大豆产业形成了比较大的威胁。从大豆加工业产能、大豆进口、产业发展和科技投入等方面阐述了我国民族大豆产业发展中的隐忧；把加强政府宏观调控，建立我国“大豆安全”保障体系，组建中国油脂企业集团，提高大豆产业的国际市场竞争力，增强自主科技创新能力，作为振兴民族大豆产业的战略基点，建立大豆产业协会，相互协调，步调一致，共兴民族产业等方面，提出了我国民族大豆产业的出路和策略。

程国强（2006）认为：当前我国大豆行业形势严峻，外资正在形成对我国大豆加工业的垄断布局，国产大豆进一步被挤压，全行业大面积亏损。大豆问题影响大豆主产区农民增收，对国家粮食安全不利，直接影响国内就业。同时提出尽快制定大豆产业发展规划，抓紧建立和完善大豆行业组织和把大豆加工纳入国家粮食安全应急体系建设中等。

曹建海（2008）认为：跨国粮商近来的动作纷纷指向粮食流通与粮食加工，尤其是收购地方粮库的行为，更是足以彰显跨国粮商卡位流通领域的野心。其可以通过控制收购节奏冲击现有的粮食价格体系。如果从食品油拓展到面粉与大米环节，影响将会很大[①]。

作物遗传育种专家、中国工程院盖钧镒院士认为：我国拥有世界上最丰富的大豆基因资源，目前已收集了3万多份栽培大豆和7000多份野生大豆种质资

---

① 龙丽．2008－09－29．外资粮商渗透中国基层粮库已控制大豆行业．华商网．http：//www.hsw.cn。

源，这是我国培育大豆新品种，实现高产突破的宝贵财富。

著名农业科学家、大豆育种专家王连铮研究员认为：随着我国人民生活水平的提高，人们的膳食结构中食用油和蛋白质的比例大幅增加，作为食用油的主要原料和食物蛋白的最主要提供者，大豆需求也随之增加。因此，要重视大豆研究。大豆一直是我国农业科技工作的重中之重，主要原因是我国是大豆的原产地；是大豆的最大进口国；大豆的需求还在增加[①]。

刘忠堂（2009）认为：黑龙江省有丰富的土地、气候资源，品种、栽培技术和科研等优势，是全国最大的大豆生产区，在我国大豆生产中占有重要地位和作用。但目前黑龙江省大豆生产面临着国外大豆低价的打压，种植规模小，优良品种和先进的栽培技术推广面积小，比较效益低等严重挑战。建议建立黑龙江省大豆生产安全保护区，加大科技投入，实行规模化种植，加快新品种、新技术推广和加强国际合作与协商，建立合理的价格体系。

2. 主流媒体的关注

国内大豆产业危机发生以来，日益受到国内媒体、学者、业界人士等的关注。例如，从2007年开始，国内多家媒体都在关注国际农业资本对国内大豆和食用油市场的争夺。国家有关部门也多次出台政策保护国内豆农的利益，维护国家粮食安全。还有2007年的粮食危机，引发国内对外资侵蚀中国粮食安全的调查，相关专家担忧粮食产业重蹈大豆产业的悲剧。

2003年以来国内主流媒体（如中央电视台相关频道的名牌栏目）对大豆产业进行了不定期的深度报道，引起社会各界关注。例如，中央电视台财经频道的名牌栏目《经济半小时》先后报道了“美大豆协会透露大豆采购内幕”（2003年12月17日）、“谁来拯救中国大豆?”（2007年12月）、“大豆丰收之后”（2009年5月21日）、“分析大豆危机：一边‘豆满仓’一边闹‘豆荒’”（2009年5月）、“外资掌控中国大豆市场导致食用油价格集体上涨”（2009年12月）等，以及该频道《对话》栏目报道“谁来拯救中国大豆”（2006年11月21日）等，对中国大豆产业面临的严峻形势以及外资进入后产生的危机进行了全面报道。

2009年5月和2010年4月中央电视台7频道《聚焦三农》先后报道了“黑龙江省大豆产业调查”以及“再现困局黑龙江省大豆如何突围”，将关注视角再一次聚焦到全国最大的大豆主产区——黑龙江省，调查了黑龙江省大豆产业的困境以及寻求如何突破困境。

2010年1月及7月中央电视台《东方时空》、《新闻联播》锁定大豆，分别报道了“国产大豆：新收储政策托起的新希望”及“国产大豆危局调查专题：

① 经济日报．2009-01-07. 农业科技支撑大豆产业发展．新浪财经网．http：//finance. sina. com. cn。

黑龙江省大豆十年内可能消失”，前者激发了业界对大豆产业的希望，后者令业界对黑龙江省大豆产业的前途担忧。

3. 业界人士的关注

国家食物与营养咨询委员会主任、原中国大豆协会会长万宝瑞认为：我国大豆是受国际市场冲击最大的农产品，大豆价格大起大落使大豆主产区的加工企业和豆农遭受重大损失。但是决不能因此轻言放弃我国大豆产业！近年来，我国大豆产业呈现出了新的特点：第一，大豆消费需求快速增长；第二，进口大豆迅猛增加；第三，大豆加工布局发生重大改变，在我国东南沿海形成了以进口转基因大豆加工为主的企业群和东北大豆主产区形成的产地豆制品加工企业群；第四，食用专用大豆成为新的发展潮流。此外，他认为发展我国大豆产业必须从我们的优势里面找突破口，对国产的高蛋白大豆进行深加工，生产高附加值的产品，利用资源优势，搞生产加工销售一体化，提高中国在国际大豆市场上的影响力。从目前看，体制、机制创新可能是振兴我国大豆产业的一条新路。

中国大豆协会常务副会长刘登高（2010）认为：中国大豆产业存在内忧外患。中国对大豆需求增长快，市场缺口大，进口一部分大豆是必要的，也符合国家利益。但是无限量地进口大豆，必然造成对国内产业的伤害。我们再也不能把贸易简单当成“供求平衡”的数字游戏，必须深究中国从大豆生产大国、出口大国变成进口大国，从品种资源大国到受制于个别跨国种子公司的根源；必须从国家粮油安全、农业产业安全、农民就业安全的立场反思贸易政策、产业政策；必须从大豆产业的发展体制和机制创新做起，提高产业整体竞争能力。防止大豆产业悲剧在棉花、玉米等产业上重演。

刘登高（2010）同时指出：当今世界的市场竞争，已经不是产品与产品、企业对企业的争斗，而是国家之间产业链与产业链的抗衡。中外大豆之争，不再是数量的对比，也不是中外加工企业竞争，而是国家间大豆产业链之间的抗衡。

国家大豆工程技术研究中心主任、中国大豆协会副会长冯晓（2009）认为：黑龙江省大豆产业的优势在高蛋白和非转基因，由于大豆加工差异化战略应用不足，大豆加工业结构以油脂加工为主，而具有比较优势的蛋白加工明显不足。短期内国外大豆进口增加的局面无法改变。因此，当务之急必须采取和以往不同的大豆产业发展战略，突出比较优势，提高产品竞争力。

冯晓（2009）指出，在美国，非转基因大豆出口的价格高出转基因大豆价格的50%或者更高。应跳出与进口转基因大豆打价格战的束缚，利用国产优质非转基因大豆资源，生产绿色有机产品，培育高端产业链①。在市场定价权上，

① 聚焦三农．2010-04-14．再现困局　黑龙江非转基因大豆如何突围．腾讯新闻．http：//news.qq.com。

国家应该允许非转基因产品单独定价，与转基因对比形成价格优势，形成不同的市场体系。

九三粮油工业集团有限公司董事长田仁礼（2009）认为：中国大豆产业问题不仅是种植问题，更是农业政策问题，是资本市场问题，是经济全球化背景下的宏观经济策略问题；中国大豆和加工企业竞争力差，不仅是大豆生产和企业管理水平问题，而是流通环节存在“三高两不顺和两个无奈”的客观问题；跨国粮商在中国建厂不是想通过加工环节赚钱，而是要利用中国市场消化外来大豆，变现在国家贸易和物流环节取得的利润，并寻找时机谋求垄断利润。

在中国及黑龙江省大豆产业发展生死存亡之际，学者、媒体和业界相关人士对中国大豆产业发展现状的担忧和对未来大豆产业发展方向的探索让人敬佩。我国及黑龙江省大豆产业困境是多方面因素所致。既有宏观因素，也有微观因素；既有外因，更有内因。关于如何突破大豆产业困境的对策与措施，可谓仁者见仁、智者见智！

因此，系统地对黑龙江省大豆产业发展整体环境、生产、加工、流通等诸多环节的问题梳理，无疑能够对大豆产业未来发展提供可供参考的依据。希望在中国及黑龙江省大豆产业发展的生死关头，政府、业界、媒体、学者等能够达成共识，摆脱大豆产业危机，实现大豆产业的“凤凰涅槃，浴火重生”！

大豆产业链条长，涉及大豆种植业、养殖业、饲料工业和大豆加工业、食品工业等行业，是关系国计民生的重要产业。大豆产业特征非常鲜明，区域特征明显，是产业集中度和垄断性比较强的一个行业。20世纪90年代以来全球大豆生产及需求的快速发展，使大豆的诸多用途得到极大拓展，尤其是国外大豆精深加工及制成品众多，涉及工业、民用及军工等多个领域。

国内大豆产业的作用主要体现在食用和油脂加工上。作为大豆原产国，大豆产业在我国国民经济中地位显著。黑龙江省作为我国最大的大豆产区和重要的加工区及出口基地，在全国有举足轻重和不可替代的作用。近年来，我国大豆整体供求形势发生了巨大变化，黑龙江省大豆产业受到前所未有的巨大冲击：国内大豆市场被转基因大豆占领，导致大豆产业链断裂；大豆行业被跨国粮商操纵；大豆种子市场将沦陷；中国大豆市场发言权被剥夺；国内出现了两个派别的主张。同时大豆产业存亡也受到国内学者、媒体、业界人士的广泛关注。

第一章 大豆供求与贸易分析

大豆供求与贸易受气候、宏观经济、科技及消费者偏好、收入等影响。近年来，国内外大豆供求与贸易形势发生了很大变化，与此相适应，全球大豆生产、消费与贸易格局呈现新的特点，对国内大豆产业发展影响显著。本章首先阐述国内外大豆及其制品的供给与需求，其次探讨国内外大豆贸易发展情况。

第一节 大豆供求分析

近年来，世界大豆播种面积和产量增长很快，特别是南美洲的阿根廷和巴西。虽然全球大豆需求增长迅猛，但由于南美洲的大豆产量剧增，并逐渐成为全球大豆供需平衡的决定性因素，使世界大豆市场的格局发生了重大的变化。目前，全球大豆供应总量略大于需求总量，整体供求格局相对稳定①。

一 世界大豆及其制品供给与需求

（一）世界大豆及其制品供给

1. 世界大豆面积和产量

全世界有50多个国家和地区种植大豆，2007年的生产面积②达到9019.963万hm^2，是1961年的3.8倍，年均增长率2.94%（图1-1）。生产面积在增长中波动，20世纪70年代中期到80年代中期的波动尤其剧烈，环比增长率为－2%～10%。90年代以后生产面积稳步增长，到2006年世界大豆生产面积达到历史最高值9493.782万hm^2。

美国、巴西、阿根廷和中国是主要的大豆生产国。2007年4国的大豆生产面积占全世界的79.16%。从面积动态来看，美国大豆生产面积比例呈下降趋势，由1973年占世界大豆生产面积的60.25%，下降到2007年的28.78%。相比之下，巴西和阿根廷大豆种植增长快速，巴西在1982年超过中国成为世界第

---

① 佚名．2010－06－12．国际大豆市场分析：南美左右世界大豆供需格局．黑龙江农业信息网．http://www.hljagri.gov.cn。

② FAO统计的收获面积。

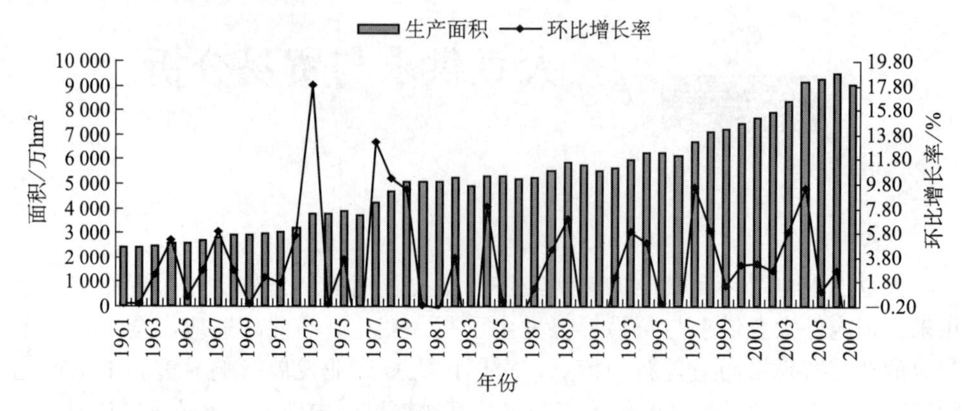

图 1-1 世界大豆生产面积及其波动

资料来源：联合国粮食及农业组织（Food and Agriculture Organization，FAO）网站（http：//faostat. fao. org/）。

二大种植国，阿根廷大豆生产面积在 2001 年超过中国成为第三大种植国（图 1-2）。另外，20 世纪 90 年代以来，印度大豆种植发展较快，其大豆生产面积占世界的比例由 1990 年的 4.48%上升到 2007 年的 9.84%。

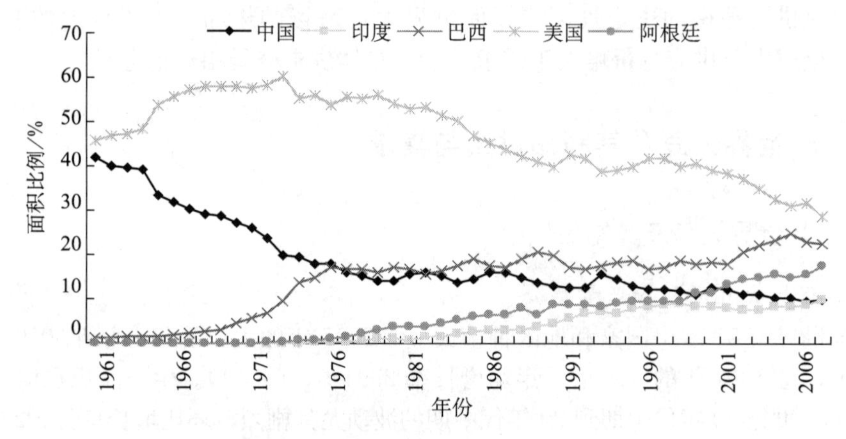

图 1-2 世界大豆生产面积格局演变

资料来源：FAO 网站（http：//faostat. fao. org/）。

在生产面积增长的同时，大豆产量增长迅速。2007 年全球产量 2.20 亿 t，比 1961 年增长了 7.2 倍多，年均增长率 4.68%（图 1-3）。各主产国中，阿根廷和巴西产量增长最快，2007 年产量分别是 1961 年的 49 616 倍和 213 倍，美国同期增长 2.94 倍，中国仅增长 1.20 倍。大豆产量波动比面积波动更加剧烈。1961～2007 年的世界大豆产量环比增长率为－13%～28%，尤其是 20 世纪 70 年代和 80 年代，波动最剧烈，环比增长率的波动幅度最高达 40%。

从产量格局演变来看，美国和中国是 20 世纪 60 年代的两个大国，两国产量

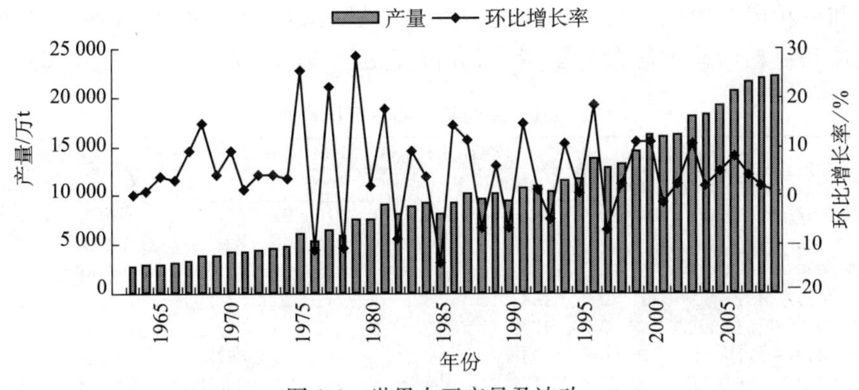

图 1-3 世界大豆产量及波动

资料来源：FAO 网站（http：//faostat. fao. org/）。

占世界总产量的 90%以上。此后，巴西、阿根廷和印度产量增长迅速，巴西在 1974 年超过中国，阿根廷在 1998 年超过中国，而印度 2007 年的产量接近中国的产量水平（图 1-4）。

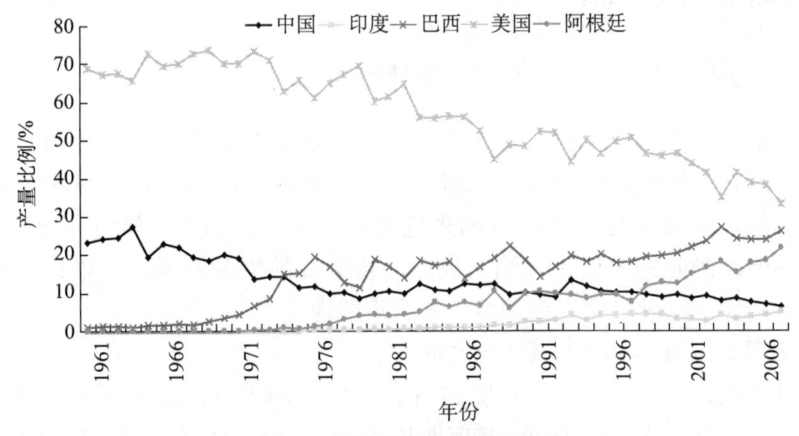

图 1-4 世界大豆产量格局演变

资料来源：FAO 网站（http：//faostat. fao. org/）。

2. 世界豆油、豆粕产量和格局

世界大豆产量的 90%用于压榨豆油。豆油是仅次于棕榈油的第二大食用植物油品种，自 2006/2007 年度以来年产量 3500 万 t 以上，占各类植物油总产量的 30%左右。豆粕是第一大蛋白粕品种，自 2006/2007 年度以来年度产量 1.5 亿 t 以上，占蛋白粕产量的 60%～70%。美国、中国、巴西、阿根廷是世界上主要的豆油和豆粕生产国。其中，美国的豆油和豆粕产量均列世界第一，其 2008/2009 年度[①]产量分别占世界产量的 23.80%和 23.44%。中国

① 大豆贸易年度指上年的 10 月至次年 9 月。

豆油和豆粕产量紧随其后，同年度占世界产量的20.48%和21.46%。阿根廷的豆油和豆粕产量位居世界第三，其后是巴西（表1-1）。

表1-1 豆油和豆粕主产国产量

年 度	阿根廷/万t		巴西/万t		美国/万t		世界/百万t	
	豆粕	豆油	豆粕	豆油	豆粕	豆油	豆粕	豆油
1996/1997	839.00	185.90	1486.30	352.70	3103.50	714.50	90.12	20.43
1997/1998	1344.00	295.30	1723.50	408.30	3463.30	822.90	98.00	22.41
1998/1999	1343.80	311.80	1700.00	404.80	3428.50	820.20	106.38	24.43
1999/2000	1311.30	301.70	1683.10	403.60	3410.20	808.50	107.17	24.49
2000/2001	1549.20	363.00	1775.30	437.00	3573.00	835.50	116.15	26.74
2001/2002	1776.20	416.50	2039.20	490.50	3655.20	857.20	125.07	28.90
2002/2003	1966.70	467.20	2177.30	534.90	3464.90	836.00	130.65	30.58
2003/2004	1974.10	472.40	2233.00	557.90	3295.30	774.80	128.85	30.25
2004/2005	2335.00	555.80	2304.00	571.00	3693.60	878.20	139.07	32.63
2005/2006	2558.20	616.90	2228.00	552.00	3741.60	924.80	145.82	34.62
2006/2007	2785.60	691.70	2442.00	605.00	3903.70	929.40	153.94	36.36
2007/2008	2523.00	613.90	2471.00	612.00	3836.00	933.50	158.52	37.55
2008/2009	2371.50	582.00	2325.00	576.00	3547.50	850.30	151.36	35.72

资料来源：FAO网站（http：//faostat.fao.org/）。

（二）世界大豆及其制品需求（消费）

大豆素有“素肉”之称，是人类重要的植物蛋白来源。大豆含油率一般为17%～25%，是优质食用油加工原料。大豆压榨的副产品豆饼、豆粕是理想的蛋白质饲料，脱脂的豆饼还可以用来造纸，作涂料、制造人造纤维和塑料等。伴随生物能源产业的发展，豆油又成为生物柴油的主要原料。可以说，大豆的用途十分广泛，在世界农产品消费中占有重要地位。

1. 世界大豆及其制品消费总量演变

全世界在2008/2009贸易年度共消费大豆2.34亿t、豆油3567.7万t、豆粕1.52亿t；分别比1994/1995年度增长了66.67%、84.77%和73.83%；年均增长分别为3.71%、4.48%和4.02%（图1-5）。其中，豆油和豆粕消费增幅最大，速度最快。这主要得益于快速增长的畜禽饲养需求和生物柴油生产。三种产品消费在总体增长的同时，曾经在2003/2004年度和2008/2009年度出现环比下降。前者主要是由于2003年上半年的SARS和下半年的禽流感冲击畜禽饲养业，世界范围内的豆粕需求下降，拖累大豆需求减少。后者主要是由于2008年金融危机的影响，世界范围能源价格下跌，居民收入减少导致肉类产品消费和生物柴油消费下降，压缩了大豆消费。

从大豆消耗结构上看①，大豆消费结构包括饲料消费、种用消费、损耗、加

① 鉴于资料获取的原因，仅能以1996～2003年美国为例分析世界大豆消费结构。

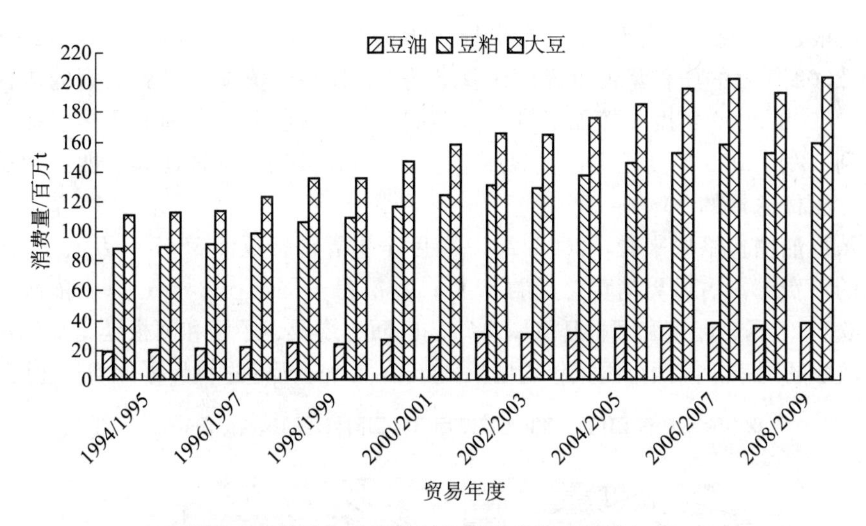

图 1-5 世界大豆及其制品消费变化（贸易年度）

资料来源：美国农业部（United States Department of Agriculture，USDA）网站（www. usda. gov/）。

工（压榨）消费、食用消费和其他用途。各种消耗中的压榨用量占 85%以上，是第一大消费用途，其次是种用量和损耗，食用和饲用消耗仅占非常小的比例[①]（图 1-6）。

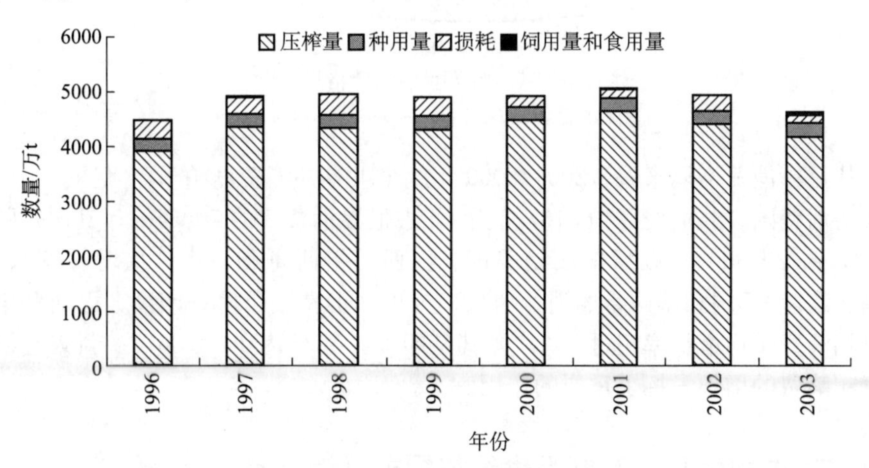

图 1-6 美国大豆消耗结构

资料来源：FAO 和 USDA 网站（http：//faostat. fao. org/，www. usda. gov/）。

2. 世界大豆及其制品消费[②]格局和演变

从大豆压榨格局来看，2008/2009 年度全世界压榨大豆 1. 93 亿 t。美国、中

① 如果考虑到豆粕饲料的使用量，其总量就相当大。

② 资料来源于 FAO 和 USDA 网站（http：//faostat. fao. org/，www. usda. gov/）。

国、阿根廷、巴西和欧盟27国是世界五大压榨区域，五大区域在2005/2006～2008/2009年度的压榨量占世界压榨总量的84.18%。美国是世界最大的压榨加工体，2008/2009年度压榨加工量占世界的22.73%以上。中国的压榨量提高较快，到2008/2009年度已经占世界压榨总量的21.92%。阿根廷和巴西压榨量各占世界压榨总量的15%～17%。

从豆油消费格局来看，2008/2009年度全世界消费豆油3567.7万t。中国是最大的消费国，占世界消费总量的31%；其次是美国，占25%；以后依次是巴西、欧盟27国、印度和阿根廷（图1-7）。巴西、埃及、中国和阿根廷是豆油消费增长较快的国家，前两个国家年均增长10%以上，远远超过世界平均增长速度。

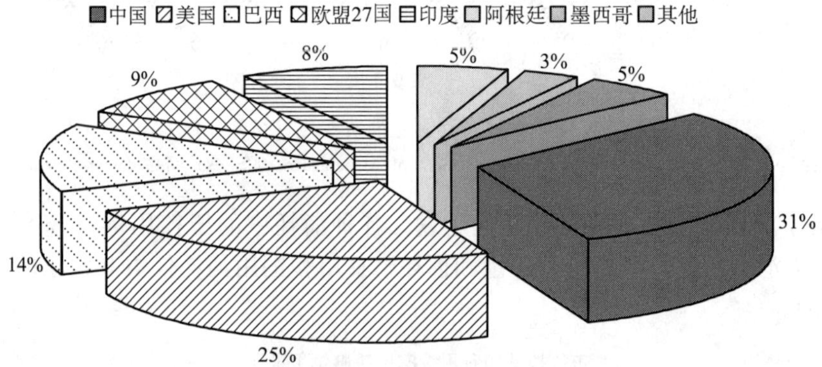

图1-7　世界豆油消费格局

资料来源：USDA网站（www.usda.gov/）。

从豆粕消费格局来看，2008/2009年度全世界共消费豆粕1.52亿t。中国是最大的消费国，共消费豆粕3167.3万t，占世界消费量的20.84%；其次是欧盟27国，占20.30%；以后依次是美国、巴西、墨西哥和日本。从增长率来看，美国、欧盟27国和墨西哥的消费增长率为负，消费量下降；印度、巴西和中国的豆粕消费年均增长率超过5%，尤其是印度，甚至达到15.86%。新兴经济体对豆粕消费的增长发挥了重要的作用。

二　中国大豆及其制品供给与需求（消费）

（一）国内大豆供给

国内大豆供给（图1-8）主要由三部分构成：国内大豆生产量、净进口量、年际库存变动（余建斌，2008）。大豆的总产量也就是基本自给量，是构成大豆供给的基础。其中，总生产量中进入流通的部分应当是去除留种、损耗及农户自身消费的部分。大豆生产环节是整个产业链条的开端，是整个供给结构中最重要的部分。随着国内大豆市场的开放，大豆进口激增。目前，中国大豆的供给主要来自进口（详见本章第二节），占国内总供给量的 2/3 强，比重较大。

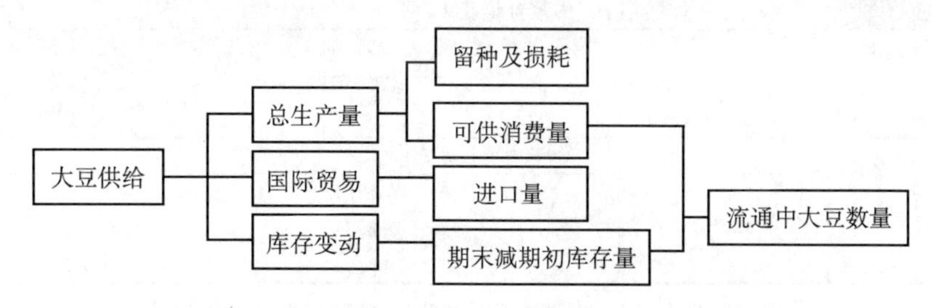

图 1-8　中国大豆供给结构示意图

1. 国内大豆生产

1）国内大豆生产面积和产量

大豆是国内四大粮食作物之一，年播种面积在 900 万 hm^2 左右，约占粮食作物面积的 8%。大豆播种面积波动较大，波动最剧烈的 1993 年波幅超过 30%。2005～2008 年大豆播种面积连年下降，2008 年降至 912.69 万 hm^2，比 2005 年减少 83.7 万 hm^2，下降 8.7%。其原因可能是大豆价格走低和玉米生产收益提高而导致农民种植大豆的积极性下降。

国内大豆总产 1600 万 t 左右，占粮食总产的 2.94%，产量年际波动呈增长态势（表 1-2）。1949 年大豆总产只有 500 多万吨，2004 年达到历史最高纪录 1740.4 万 t，此后稳定在 1600 万 t 左右。2007 年受播种面积减少、天气等因素影响，大豆产量降为 1272.5 万 t，比高峰时减产 27%。从长期来看，国内大豆总产增长速度较慢，占世界产量的比例从 1961 年的 23%下降到 2007 年的 5.7%。

表 1-2　国内大豆播种面积、总产和单产变化

年份	播种面积/万 hm^2	总产/万 t	单产/（kg/hm^2）
1949	831.88	508.6	611.39
1959	986.34	876.2	888.33
1979	724.68	746	1029.42
1990	755.96	1100	1455.10
1995	812.69	1350.2	1661.40
2000	930.68	1541.1	1655.91
2001	948.18	1540.7	1624.90
2002	871.95	1650.7	1893.11
2003	931.28	1539.4	1652.99
2004	958.90	1740.4	1815.00
2005	959.09	1634.8	1704.53
2006	928.01	1596.7	1720.56
2007	875.38	1272.5	1453.65
2008	912.69	1554.50	1703.21

续表

年份	播种面积/万 hm²	总产/万 t	单产/（kg/hm²）
		累计增长率/%	
1949～2008	9.71	205.64	178.55
1949～2000	11.88	203.01	170.84
2000～2008	−1.93	0.87	2.84
		年均增长率/%	
1949～2008	0.16	1.91	1.75
1949～2000	0.23	2.20	1.97
2000～2008	−0.24	0.11	0.35

资料来源：中国农业信息网（http：//www.zzys.gov.cn/nongqing_result.asp）。

2）国内大豆单产及其变化

从生产技术效率看，国内大豆单产水平和增长速度均低于其他主产国和世界平均水平。2007年国内大豆单产仅相当于世界平均单产的74.85%，是美国单产的62.20%、巴西单产的64.21%、阿根廷单产的72.30%（图1-9）。1990～2007年，美国、阿根廷和世界平均单产水平增长20%以上，巴西的单产甚至增长了70%。国内单产却仅由1455.10kg/hm²提高到目前的1600kg/hm²左右，增幅很小，而且产量由于天气等原因很不稳定。

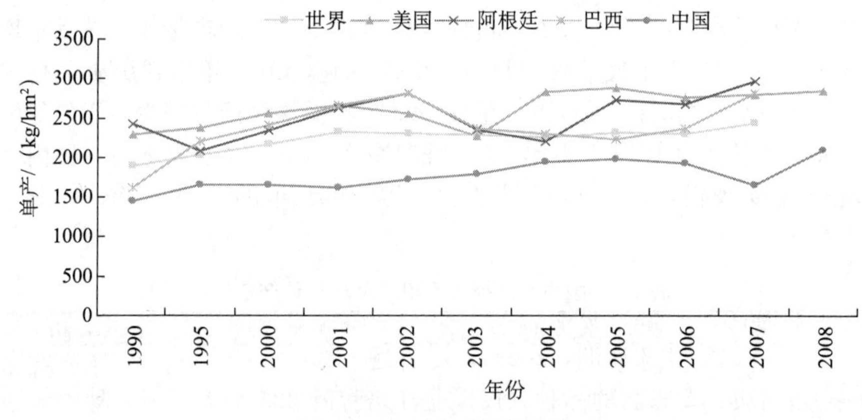

图1-9　各国大豆单产比较

资料来源：国内单产数据来自中国农业信息网（http：//www.zzys.gov.cn/nongqing_result.asp），2009-12-8；其他数据来自FAO网站（http：//faostat.fao.org）。

3）国内大豆生产的区域格局

国内大豆生产重点集中在三个地区：一个是东北地区，包括黑龙江、吉林、辽宁及内蒙古东部，常年产量占全国的50%～60%，是国内最大的大豆主产区；另一个是黄淮流域，包括河北、河南、安徽、山东等省，常年大豆产量占全国大豆产量的20%左右；最后一个是长江流域，包括江苏、湖北等省，常年大豆产量占全国大豆产量的5%～10%（表1-3）。

表 1-3　2005～2008 年国内大豆分区域播种面积和产量

（单位：万 hm^2、万 t）

	2005 年		2006 年		2007 年		2008 年	
	面积	产量	面积	产量	面积	产量	面积	产量
黑龙江	354.80	629.50	343.73	596.00	380.88	419.80	403.65	620.50
吉　林	50.47	130.20	44.87	121.40	44.49	78.30	45.71	90.60
辽　宁	25.33	38.40	22.33	32.90	13.04	32.00	18.10	48.80
内蒙古	79.73	130.90	75.47	104.50	75.67	114.00	66.80	106.10
山　东	23.87	65.10	22.40	62.10	16.85	40.70	16.70	40.10
河　北	25.47	42.40	23.80	44.60	18.85	36.40	18.70	38.10
河　南	53.33	58.10	51.60	64.90	46.88	85.00	48.61	88.70
安　徽	91.73	88.80	96.33	125.00	93.80	113.60	98.84	127.80
山　西	21.80	26.00	22.60	27.70	21.22	26.60	20.47	22.90
其　他	232.53	425.60	225.00	417.60	163.70	326.10	175.11	370.90
全　国	959.09	1634.8	928.01	1596.70	875.38	1272.50	912.69	1554.50
东北地区合计	510.33	929.00	486.40	854.80	514.08	644.10	534.26	866.00
占全国比例/%	53.20	56.80	52.40	53.50	58.72	50.61	58.54	55.71
黄淮流域合计	216.20	280.40	216.73	324.30	197.60	302.30	203.32	317.60
占全国比例/%	22.50	17.10	23.40	20.30	10.72	23.76	22.28	20.43

资料来源：中国农业信息网（http：//www. zzys. gov. cn/nongqing _ result. asp）. 2009 - 11 - 8。

4）国产大豆的品质特征

蛋白质和异黄酮含量高、含油率低是国产大豆品质的主要特征。与美国、巴西、阿根廷等国家生产的大豆相比较，国产大豆的蛋白质含量相对较高，高 2～3 个百分点，适合加工成传统的大豆食品，也有利于生产高质量的豆粕。国产大豆含异黄酮 0.2%～0.4%，黑龙江省大豆甚至达到 0.4%～0.5%，远高于国外产品（刘宏曼和郭翔宇，2004）。但国产大豆的含油率相对较低，压榨出油率低。黑龙江省大豆出油率为 16%～17%，进口大豆的出油率为 19%～20%，相差 2～3 个百分点，而出油率每差一个百分点，加工 10 万 t 大豆，其效益就相差 1500 万元（冯晓和江连洲，2008）。尽管近年国内育成了多个代表国际先进水平的高蛋白质、高脂肪的品种（仅黑龙江培育的 225 个大豆新品种中含油率占 21%以上的高油大豆品种有 76 个，最高含油率达到 23.32%。蛋白质含量在 45%以上的品种有 7 个，最高蛋白质含量是 46.02%），但长期的混种、混收、混储和混销致使国产大豆的商品质量受到严重影响。例如，黑龙江省的大豆水分在 16%以上，杂质为 2%～4%，而美国进口大豆水分在 12%以下，杂质为 1.5%以下。

2. 大豆进口量

1996 年以前，中国大豆的进口量很少，1994 年仅仅为 5 万 t，1996 年以后我国对大豆需求的增加和国际贸易政策的变化，进口量逐年增加，1998 年达到 320 万 t。自 2000 年开始迅猛增长，当年进口量即达到 1042 万 t，是 1998 年的 3

倍多，除2002年以外，受转基因政策和新的质检办法实行的影响，大豆进口量大幅减少以外，以后逐年增长，2006年已经高达2827万t，相当于1998年的8.83倍。由于国内生产难以满足需求，进口大豆已经成为国内大豆供给的主要来源。

3. 大豆库存

库存是调节大豆市场流通量的重要手段，用期初库存与期末库存差来表示，当期初库存大于期末库存时，期间内供给增加，剩余库存结转至下一期；相反则大豆供给减少。库存年际变动较大，但总体来说在我国大豆总供给中占的比重较小。1995～2008年，2001年的－165万t是年末结转库存负的最大值，年末结转库存为正的最大值的年份是2004年，为70万t。2007年开始库存量有较大幅度增加，2008年年度结余为498万t，由于2008年末至2009年初，政府下达大豆中央储备和临时收储计划已达600万t，2009年的库存比上一年有较大增长。

（二）国内大豆需求

大豆需求主要分为国内需求和出口需求。国内需求主要有4个方面：食用大豆、种用大豆、压榨大豆、饲料大豆（图1-10）。其中，种用大豆和出口大豆需求总量小，占总需求的比例逐年萎缩。

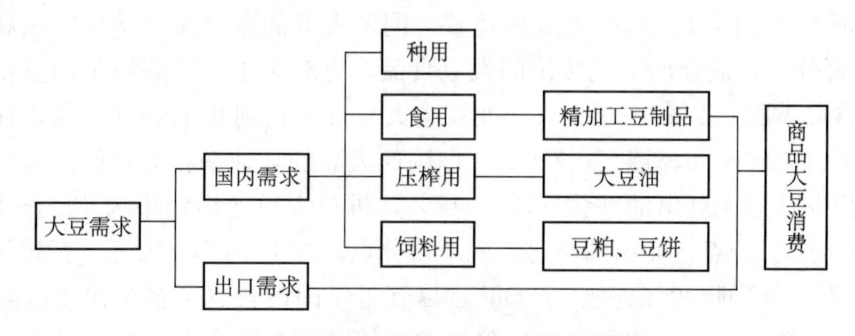

图1-10　中国大豆市场需求结构示意图

1. 国内需求（消费）的总体情况

在20世纪80年代以前，国内大豆消费以食用为主，80年代中期开始逐步由食用为主转向油用为主。特别是90年代以来，随着居民收入的增加，国内食用豆油和饲用豆粕需求快速增长，大豆需求急剧增加。进入21世纪以后，国内大豆消费由2000年的2711万t/a猛增到2008年的4907万t/a，增长了81%，年均增长7.70%。其中，食用及工业消费和压榨消费增长是推动大豆消费增长的主要力量，各占总增长量的12.06%和87.47%。出口需求总量从80年代的100多万t/a下降到90年代中期的20万t/a，2008年恢复到45万t/a，但仍仅占总需求的0.9%左右（表1-4）。

表 1-4 国内大豆供需平衡表 (单位：万 t)

序号	项 目	1996 年	2000 年	2001 年	2002 年	2003 年	2004 年	2005 年	2006 年	2007 年	2008 年
1	生产量（1）	1324	1541	1541	1651	1539	1740	1635	1597	1273	1650
2	进口量（2）	227	1042	1039	2142	1693	2581	2832	2827	3782	3800
3	年度新增供给量（3=1+2）	1551	2583	2580	3793	3232	4321	4467	4424	5055	5450
4	种用量	72	84	87	70	102	95	91	87	82	92
5	食用及工业消费	561	650	672	696	727	767	807	848	840	915
6	榨油消费量	822	1977	1956	2735	2525	3350	3470	3580	3790	3900
7	其中：国产大豆	597	677	806	888	780	770	740	630	360	400
8	进口大豆	225	1300	1150	1848	1745	2580	2730	2950	3430	3500
9	年度国内消费量（9=4+5+6）	1455	2711	2715	3501	3354	4212	4368	4515	4712	4907
10	出口量	20	21	30	27	32	39	35	40	45	45
11	年度需求总量（11=9+10）	1475	2732	2745	3528	3386	4251	4403	4555	4757	4952
12	年度节余量（12=3−11）	76	−149	−165	265	−154	70	64	−131	298	498

资料来源：国家粮油信息中心。

注：1. 进出口数据统计时间为当年 10 月至次年 9 月；

2. 结余量为当年新增供给量与年度总需求量间的差额；

3. 2008 年数据为国家粮油信息中心预测数据。

2. 种用需求

种用消费主要用于大豆再生产，数量主要取决于播种面积水平。从表 1-4 可以看出，国内大豆种用量为 70 万～102 万 t，年际变化不大，长期看未发生明显变化，8 年时间共增长 27.78%。2003 年的种用量的异常值主要受上年大豆种植效益明显增长和鼓励大豆种植的“大豆振兴计划”影响，东北地区普遍增加大豆播种面积所致。

3. 大豆食用和工业需求

食用大豆在中国有悠久的历史，也曾经是国内大豆的主要用途。大豆可以直接炒煮食用，也可加工成豆芽、豆腐、豆酱和腐竹等系列食品。近年来，由于国内大豆深加工技术发展的推动和食品工业的发展，以蛋白质生产和提取物加工为主的大豆工业消费增长较快。食用和工业消费 8 年间增长了 40.76%，年均增长 4.37%。

其中，1997～2007 年，我国大豆食用消费量总体呈现持续增加的态势（图 1-11），1997 年直接用于食用和食用加工的大豆为 630 万 t，到 2008 年达到 920 万 t，占国内大豆总需求的 18%左右，这其中包括大豆精深加工品的消费。

4. 大豆压榨需求

在各种需求中，压榨需求增长速度最快。1996 年，国内压榨消费量只有 822 万 t，到 2000 年就翻番达到 1977 万 t，至 2008 年压榨用豆消费量已经达到

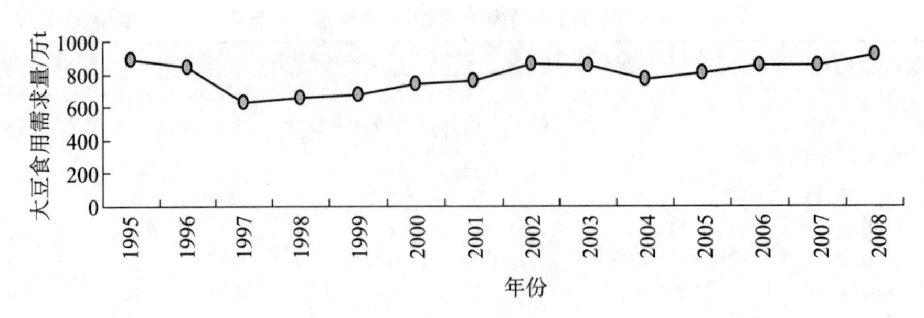

图 1-11　中国大豆食用需求量变动情况

资料来源：国家粮油信息中心。

3900 万 t，接近 1996 年的 5 倍。1996～2008 年共增长了 374.45%，年均增长 13.85%。在压榨需求猛增的同时，国产豆的压榨使用量经历了先增后减的变化，而其比例更是直线下降，由 1996 年的 76.62%减少到 2008 年的 10.25%，进口大豆占据了国内压榨市场的主要份额（表 1-4）。

国内压榨需求主要来自居民对食用豆油的需求和养殖业对饲用豆粕的需求。1985 年以来，国内居民名义平均收入从 478.56 元/（人·a）增长到 2008 年的 9707.14 元/（人·a），增长了 19.28 倍（图 1-12）。快速增长的居民收入提高了居民的消费能力，豆油和动物性食品需求大增。豆油消费量由 1997 年的 230 万 t/a 增长到 2008 年的 845 万 t/a，尤其值得关注的是：豆油消费在居民食用植物油消费中的比例在逐年增加，已经由 1997 年的 33.83%上升到 2008 年的 78.80%，说明豆油消费日益成为植物油消费的主要部分。

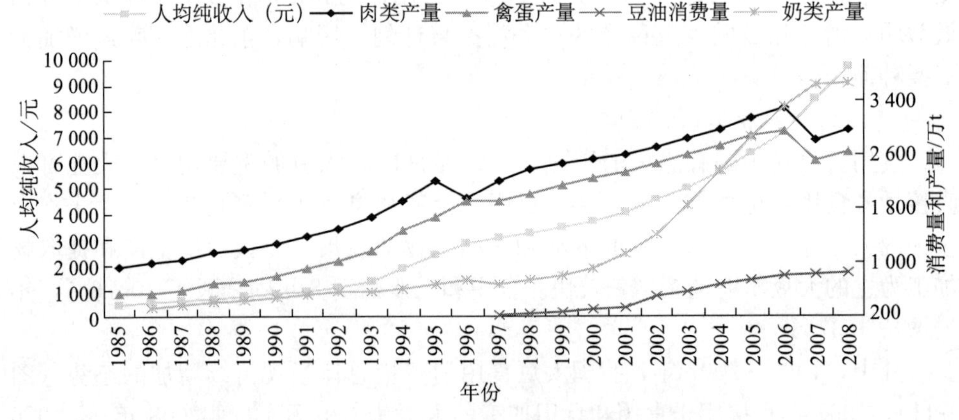

图 1-12　人均纯收入、肉类消费和植物油消费

资料来源：豆油消费数据来自国家粮油信息中心，其他来自 2007《中国农业发展报告》和 2009《中国统计年鉴》（人均纯收入按照城乡人口比例对城镇居民可支配收入和农村居民人均纯收入做加权调整获得）。

在收入和需求的拉动下，国内肉、蛋、奶产量急剧扩张，分别由 1985 年的

2857万t、795万t和475万t增长到2008年的7269万t、2638万t和3651万t。快速增长的畜牧业亟须发展饲料产业。按照畜禽饲养营养要求，饲料中的蛋白质含量应达到14.5%，而国内蛋白质饲料主要来自豆粕。所以，饲养业的发展成为大豆的重要需求源，其稳定性对大豆市场具有重要影响。

在压榨需求的带动下，压榨企业规模和布局也发生了巨大变化。20世纪90年代初，国内没有一家油厂日加工能力超过千吨，多数只有200～300t。90年代后期，外资企业开始进入国内粮油加工业，陆续在沿海建立大型和超大型油厂，外资企业的入驻和兼并重组帮助了国内压榨产能快速集中。压榨企业规模从单一的小企业为主体，逐渐演变为大企业和大集团占据市场主导地位。2000年国内日加工能力500t以上的加工厂有60家左右，仅6家日加工能力超过2000t，占企业总量的10%。到2006年年底，日加工能力500t以上的企业达到了117家，超过2000t的特大厂数量增至91家，占企业总量的77.8%，比2000年提高了67.8%。世界单厂生产能力180万t/a以上的12家企业中有6家在中国[①]。

国内大豆加工区域布局也完成了“南下东进”的任务。在20世纪90年代中期以前，国内压榨企业受原料限制而主要分布在华北和东北地区，尤以黑龙江省和山东省最多。入世之后，原料供应和运输不再是大豆压榨的瓶颈，沿海地区企业数量剧增，华东和华南地区成为国内重要的大豆压榨区域。国内形成四大区域六大油脂压榨圈。

四大区域是指东北地区、环渤海地区、江浙沿海地区和华南沿海地区。六大油脂压榨圈主要包括以下几个。

一是以黑龙江九三油脂公司和吉林德大油脂公司为代表的东北压榨圈。该压榨圈的企业多以收购、加工国产大豆为主，每年加工期在11月至次年的4月。

二是以大连日清制油有限公司、天津惠鑫油脂公司（黑龙江九三油脂公司下属企业）、秦皇岛金海粮油工业有限公司、河北三河汇福粮油食品制作有限公司等企业为代表的环渤海压榨圈。该压榨圈在国产大豆集中上市期（11月至次年2月）采购部分国产大豆，其他时间依靠进口大豆做原料。近几年受东北企业收购国产大豆力度加大的影响，该压榨圈收购国产大豆的数量明显下降，原料来源更多地依赖进口大豆。

三是以山东渤海油脂有限公司、山东黄海粮油有限公司和益海（烟台）粮油工业有限公司等企业为代表的黄三角压榨圈。该压榨圈主要以进口大豆为原料。豆粕和豆油也集中销往山东及周边省份。

四是以张家港东海粮油有限公司、南通嘉吉蛋白饲料有限公司和宁波金光油籽有限公司等企业为代表的长三角压榨圈。该压榨圈常年加工进口原料。

---

① 据国家发展和改革委员会2008年8月发布的《促进大豆加工业健康发展的指导意见》。

五是以统一嘉吉（东莞）饲料蛋白科技有限公司、东莞中谷油脂有限公司和广西大海粮油有限公司等企业为代表的珠三角压榨圈。该压榨圈原料均为进口大豆。

六是以四川金石油粕有限公司和陕西邦淇油脂有限公司为代表的内陆压榨圈。该压榨圈受进口原料稳定性及内地铁路运输能力限制，规模相对不大。

5. 大豆出口需求

1995 年以前，中国一直是大豆净出口国，但是随着大豆需求量的增加和产量的停滞不前，大豆供大于求的局面被扭转。1995～2009 年，大豆出口量变动很大（图 1-13）。大体可以分为两个阶段：①1995～1998 年：这一时期大豆出口量由 37.6 万 t 持续下降到 17.2 万 t，年均下降 29.78%。②1999～2008 年大豆出口量缓慢提高，除个别年份外，呈现上升趋势。受国际经济形势和大豆价格波动影响，2009 年大豆出口量大幅下降到 34.65 万 t。

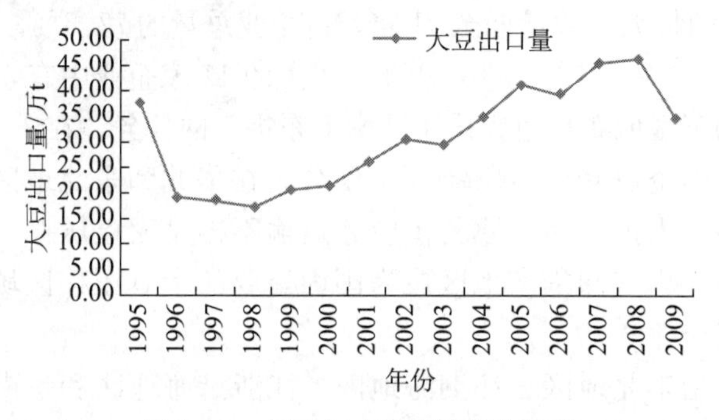

图 1-13　中国大豆出口量变动情况

第二节　大豆贸易分析

随着人民生活水平的提高，富含优质蛋白质的大豆日益成为人民健康饮食的重要组成部分，需求量迅速扩大。自 1991 年以来世界大豆贸易量逐年增加，大豆及其制品（豆油和豆粕）贸易一直比较活跃，大豆在世界农产品贸易中占有重要地位。

一 世界大豆及其制品贸易现状

（一）大豆贸易

2007 年世界大豆贸易总量达到 7440.30 万 t，单边总值[①] 229.26 亿美元，分

① 单边总值是指仅计算出口或进口。

别比1961年增长16.83倍和55.61倍，贸易量和贸易额在农产品贸易中分列第三和第四。

美国和中国是20世纪60年代最大的大豆出口国。1961年，美国的出口量（363.42万t）占世界总量的87.08%；中国出口量（33.54万t）占世界总量的8.04%；其后依次是加拿大、巴西和尼日利亚。日本进口量居世界第一，占世界进口总量的27.75%；德国、加拿大、丹麦和荷兰等居进口国前五位[①]。

由于生产徘徊，需求剧增，中国从1996年开始成为净进口国。南美洲的巴西、阿根廷和巴拉圭借助其优越的生产条件和优良的产品品质，迅速扩大国际大豆市场份额，世界大豆出口市场演变成美国、巴西、阿根廷三寡头竞争的格局，巴拉圭的出口量也达到200万t以上（表1-5）。新的大豆贸易格局基本形成：中国是第一大进口国，2008/2009年度大豆进口总量占世界贸易总量的54.10%，以后依次是欧盟27国、日本、墨西哥和中国台湾，五个国家和地区进口总量占世界进口量的82.55%。美国是世界第一出口大国，2008/2009年度出口量占世界出口总量的45.42%，巴西仅次于美国，阿根廷、巴拉圭和加拿大比例较小，五国出口量占世界总量的97.63%。

表1-5 大豆贸易前五位国家（地区）进出口及占比

	2005/2006年度		2006/2007年度		2007/2008年度		2008/2009年度	
	总量/万t	比例/%	总量/万t	比例/%	总量/万t	比例/%	总量/万t	比例/%
进口：世界	6412.90	100.00	6906.20	100.00	7816.20	100.00	7596.60	100.00
中国	2831.70	44.16	2872.60	41.59	3781.60	48.38	4109.80	54.10
欧盟27国	1393.70	21.73	1529.10	22.14	1512.30	19.35	1300.00	17.11
日本	396.20	6.18	409.40	5.93	401.40	5.14	339.60	4.47
墨西哥	366.70	5.72	384.40	5.57	361.40	4.62	310.00	4.08
中国台湾	249.80	3.90	243.60	3.53	214.90	2.75	212.00	2.79
出口：世界	6380.40	100.00	7131.00	100.00	7951.90	100.00	7689.10	100.00
美国	2557.90	40.09	3038.60	42.61	3153.80	39.66	3492.50	45.42
巴西	2591.10	40.61	2348.50	32.93	2536.40	31.90	2998.60	39.00
阿根廷	724.90	11.36	955.90	13.40	1383.70	17.40	574.60	7.47
巴拉圭	238.00	3.73	436.10	6.12	540.00	6.79	240.00	3.12
加拿大	135.90	2.13	168.30	2.36	175.30	2.20	201.70	2.62

资料来源：USDA. 2009. 世界油料市场与贸易月度报告。

注：美国、墨西哥贸易年度为9/8月；加拿大是8/7月；巴拉圭是3/2月；其他为10/9月。

（二）豆油和豆粕贸易

1. 豆油贸易

世界豆油年度贸易总量为900万～1000万t。阿根廷是第一大出口国，其出

① 资料来源：FAO数据库。

口量占世界的50%以上，2008/2009年度达到51.81%，其后依次是巴西、美国、巴拉圭和玻利维亚，5国豆油出口占世界出口总量的88.79%。尽管中国豆油产量位居世界第二，但由于国内消费量大，仍然是世界最大的豆油进口国，进口量占世界的20%以上，其后依次是印度、欧盟27国、摩洛哥和阿尔及利亚，5国（地区）豆油进口占世界总量的56.17%（表1-6）。

表1-6　豆油贸易前五位国家（地区）进出口及占比

	2005/2006年度		2006/2007年度		2007/2008年度		2008/2009年度	
	总量/万t	比例/%	总量/万t	比例/%	总量/万t	比例/%	总量/万t	比例/%
出口：世界	984.40	100.00	1056.50	100.00	1087.00	100.00	901.40	100.00
阿根廷	559.70	56.86	597.00	56.51	578.90	53.26	467.00	51.81
巴西	246.60	25.05	246.20	23.30	238.80	21.97	191.00	21.19
美国	52.30	5.31	85.10	8.05	132.00	12.14	99.50	11.04
巴拉圭	19.50	1.98	25.80	2.44	29.90	2.75	24.30	2.70
玻利维亚	24.30	2.47	23.10	2.19	14.10	1.30	18.50	2.05
进口：世界	909.10	100.00	992.20	100.00	1041.10	100.00	886.60	100.00
中国	151.60	16.68	240.40	24.23	272.70	26.19	249.40	28.13
印度	172.70	19.00	144.70	14.58	73.30	7.04	106.00	11.96
欧盟27国	71.70	7.89	99.10	9.99	104.00	9.99	82.00	9.25
摩洛哥	37.20	4.09	36.00	3.63	42.10	4.04	28.00	3.16
阿尔及利亚	31.00	3.41	29.50	2.97	36.60	3.52	32.50	3.67

资料来源：USDA. 2009. 世界油料市场与贸易月度报告。

注：墨西哥贸易年度为9/8月；加拿大是8/7月；巴拉圭和玻利维亚是3/2月；其他为10/9月。

2. 豆粕贸易

世界豆粕年度贸易总量5100万t以上。阿根廷是第一大豆粕出口国，其出口量占世界的45%以上，其后依次是巴西、美国、印度和玻利维亚，2008/2009年度5国豆粕出口占世界总量的93.91%。世界最大的豆粕进口地区是欧盟27国，常年进口量占世界的40%以上，其后依次是印度尼西亚、越南、泰国和韩国，2008/2009年度5国（地区）进口量占世界总量的59.05%（表1-7）。

表1-7　豆粕贸易前5位国家进出口及占比

	2005/2006年度		2006/2007年度		2007/2008年度		2008/2009年度	
	总量/万t	比例/%	总量/万t	比例/%	总量/万t	比例/%	总量/万t	比例/%
出口：世界	5178.10	100.00	5398.50	100.00	5577.50	100.00	5245.80	100.00
阿根廷	2422.20	46.78	2563.70	47.49	2681.60	48.08	2435.00	46.42
巴西	1289.50	24.90	1271.50	23.55	1213.80	21.76	1300.00	24.78
美国	730.10	14.10	798.70	14.79	838.40	15.03	771.80	14.71
印度	367.90	7.10	346.10	6.41	479.00	8.59	315.80	6.02
玻利维亚	134.40	2.60	134.10	2.48	85.10	1.53	104.00	1.98
进口：世界	5116.00	100.00	5259.80	100.00	5432.30	100.00	5169.10	100.00
欧盟27国	2282.90	44.62	2221.30	42.23	2407.40	44.32	2180.00	42.17
印度尼西亚	207.10	4.05	223.70	4.25	242.90	4.47	245.00	4.74

续表

	2005/2006年度		2006/2007年度		2007/2008年度		2008/2009年度	
	总量/万t	比例/%	总量/万t	比例/%	总量/万t	比例/%	总量/万t	比例/%
越南	172.20	3.37	237.30	4.51	249.30	4.59	230.00	4.45
泰国	204.20	3.99	227.50	4.33	193.50	3.56	216.00	4.18
韩国	177.30	3.47	187.00	3.56	176.00	3.24	181.30	3.51

资料来源：USDA. 2009. 世界油料市场与贸易月度报告。

注：墨西哥和泰国贸易年度为9/8月；加拿大是8/7月；巴拉圭和玻利维亚是3/2月；越南是1/12月；其他为10/9月。

二 我国大豆及其制品贸易现状

近年来，由于中国大豆及其制品的生产与消费关系发生了变化，出现供需矛盾，不得不通过扩大进口来满足国内消费。目前，中国已经从世界上最大的大豆生产国和出口国演变成为世界上重要的大豆贸易国。国内大豆市场已经融入世界市场体系当中并在这个市场体系中发挥着重要的作用，但也受到来自世界市场的冲击。

（一）大豆贸易[①]

1996年以前，中国是传统大豆出口国，出口大豆的主要区域为黑龙江、吉林和辽宁三省，出口大豆曾经占全国的90%左右。由于黑龙江省的大豆品质好，又具有非转基因等特性，20世纪80年代末期，黑龙江省出口大豆数量最高曾占全国的80%左右，以后随着中国大豆内需总量的增长，以及黑龙江省大豆自身品质因素的影响，大豆出口数量逐渐减少。

2001年中国出口大豆30万t，而黑龙江省大豆出口占全国出口总量的60%左右，6年后，2007年中国大豆出口45万t，而黑龙江省大豆出口只占全国的5%左右。黑龙江省大豆传统出口国家和地区，主要包括日本、韩国、朝鲜、马来西亚、印度尼西亚、俄罗斯、中国香港，近几年还包括美国、欧盟等国家和组织，出口的大豆主要以食用加工为主。日本在20世纪90年代之前一直是黑龙江省大豆出口的主要市场，每年的出口量都在30万t左右。1990年以后大豆出口急剧减少，同时，出口韩国的大豆份额逐步增加。目前，黑龙江省大豆整体出口数量在减少，黑龙江省大豆出口的变化也反映了我国大豆出口的状况。

1996年中国成为大豆净进口国后进口量迅猛增长，2000年、2003年、2007年和2009年的净进口量相继突破1000万t、2000万t、3000万t和4000万t，

---

① 贸易包括进口和出口，但由于目前出口贸易量较少，对国内市场影响不大，故仅考察进口贸易情况。

一跃成为世界第一大进口国（图 1-14）。

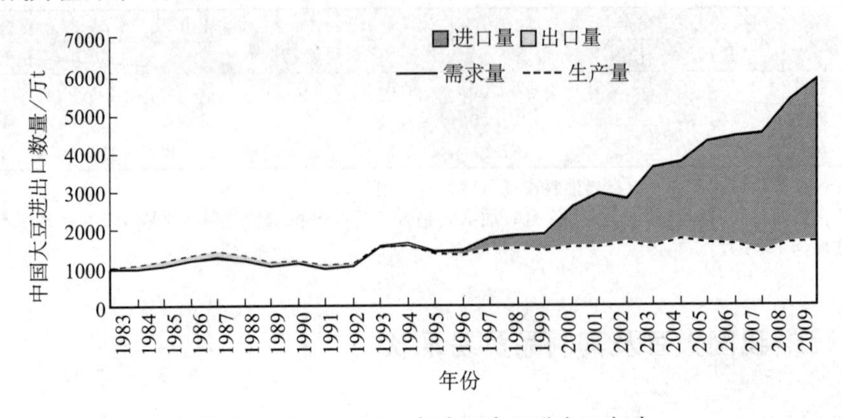

图 1-14　1983～2009 年中国大豆进出口变动

资料来源：2007 年《中国农业发展报告》，大商所网站（http：//www.dce.com.cn）。

大豆进口主要来源国是美国、巴西和阿根廷（表 1-8）。从表 1-8 中可以看出，美国是最大的来源国，来自美国的进口量占年进口量的 35%以上（2006 年除外），其次是巴西和阿根廷，来自三个国家的大豆占据中国进口市场 98%以上的份额。

表 1-8　2004～2007 年大豆分国别进口量

国　家	2004 年		2005 年		2006 年		2007 年	
	总量/万 t	比例/%	总量/万 t	比例/%	总量/万 t	比例/%	总量/万 t	比例/%
美　国	1019.77	50.40	1104.79	41.55	988.38	34.96	1157.11	37.54
巴　西	561.59	27.75	795.20	29.91	1164.26	41.18	1058.25	34.34
阿根廷	440.27	21.76	739.63	27.82	622.69	22.03	827.82	26.86
加拿大	1.30	0.06	1.26	0.05	1.29	0.05	1.89	0.06
其　他	0.57	0.03	18.15	0.68	50.37	1.78	37.07	1.20
总　计	2023.5	100.00	2659.03	100.00	2826.99	100.00	3082.14	100.00

资料来源：国家粮油信息中心。

沿海港口压榨圈的形成和发展促进了大豆贸易口岸格局的改变。从各年来看，位于长三角压榨圈的南京海关和山东压榨圈的青岛海关的进口比例最大，各占 20%左右（表 1-9）。

表 1-9　2003～2007 年国内各口岸大豆进口量

	2003 年		2005 年		2006 年		2007 年	
	总量/万 t	比重/%	总量/万 t	比重/%	总量/万 t	比重/%	总量/万 t	比重/%
天津	113.14	5.45	141.74	5.33	200.87	7.11	135.72	4.4
石家庄	82.79	3.99	123.61	4.65	135.07	4.78	159.44	5.17
大连	152.55	7.35	151.77	5.71	142.84	5.05	117.46	3.81
上海	54.84	2.64	26.29	0.99	32.84	1.16	28.90	0.94
南京	500.74	24.14	624.73	23.49	623.12	22.04	636.09	20.64

续表

	2003年		2005年		2006年		2007年	
	总量/万t	比重/%	总量/万t	比重/%	总量/万t	比重/%	总量/万t	比重/%
宁波	112.16	5.41	113.33	4.26	126.04	4.46	124.10	4.03
青岛	469.60	22.64	486.99	18.31	463.36	16.39	608.42	19.74
深圳	172.25	8.3	41.56	1.56	88.19	3.12	101.58	3.3
湛江	97.51	4.7	76.79	2.89	96.30	3.41	108.76	3.53
厦门	113.59	5.48	169.62	6.38	155.38	5.50	145.74	4.73
南宁	92.61	4.46	199.90	7.52	255.63	9.04	254.78	8.27
其他	112.36	5.42	502.71	18.91	507.34	17.95	661.14	21.45
总计	2074.14	100	2659.04	100	2826.98	100.00	3082.13	100

资料来源：国家粮油信息中心。

大豆进口季节性特征明显（图1-15）。从图1-15中可以看出：每年的6月和11月是大豆进口高峰时期，2月进口量明显减少。这样明显的周期特点是南北半球大豆收获期和海运周期共同作用的结果。南美洲大豆一般在3～4月收割，美国大豆收获期一般在9～10月，国内企业和贸易商采购的大豆通常会在这两个时期交货，加上2个月的海运期，进口大豆通常在6月和11月集中到港。每年的2月是中国的传统春节，受节日影响，加工厂会停产或压缩产量，进口也会随之下降。

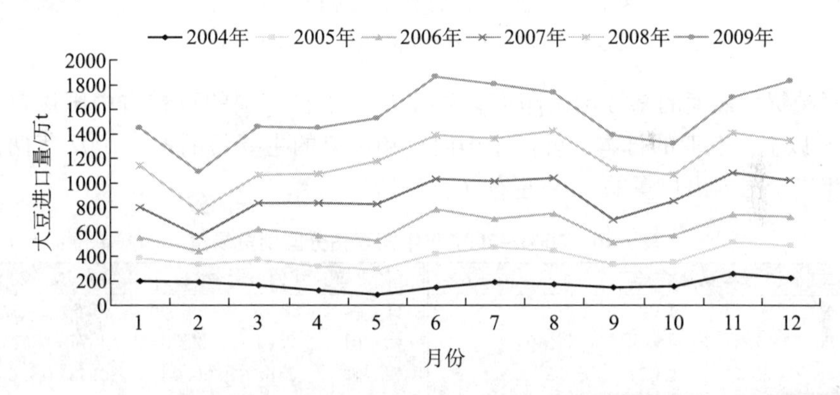

图1-15　2004.1～2009.12大豆进口量的月度分布

资料来源：大商所网站（http：//www.dce.com.cn）。

（二）豆粕贸易

1995年以前，我国豆粕一直处于净出口的地位，平均每年大约出口40万t，是世界上豆粕产品的主要出口国。此后，随着养殖业的高速发展，国内产生了对豆粕的巨大需求以及受进口豆粕关税税率和增值税下调影响，1996～1999年豆粕进口经历了一个超常增长时期，豆粕贸易一跃从净出口90多万t转变为净进口180多万吨，1998年达到创纪录的370万t。随着大豆进口的迅速增加，加工后豆粕产品满足了国内畜牧业发展的需要，加之我国恢复对进口豆粕增收增值税，豆粕进口出现了锐减的形势。2000 年开始，我国又重新变为豆粕净出口国。2004 年以后，豆粕呈现明显的产业内贸易特征，即大量出口豆粕的同时也进口豆粕（图 1-16），未来我国豆粕的进口情况主要看国内饲养业情况以及国内政策变化。

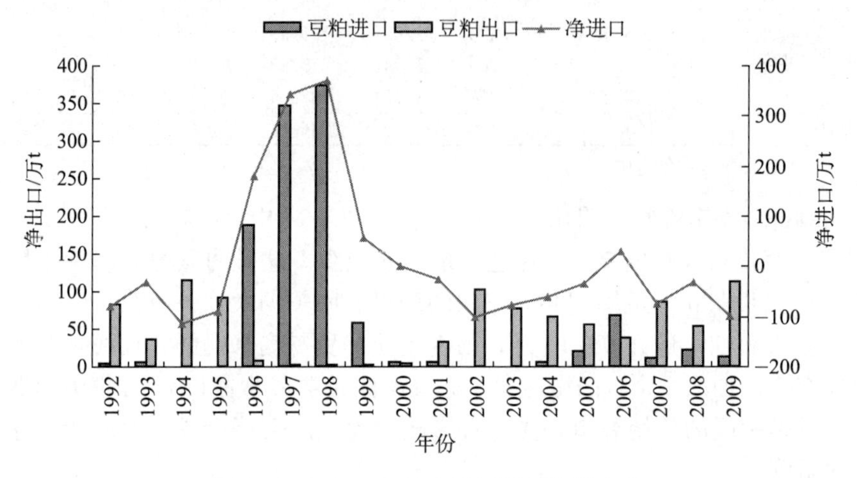

图 1-16　1992～2009 年中国豆粕贸易变动

资料来源：陈永福．2006；大商所网站（http：//www.dce.com.cn）。

豆粕贸易最大的来源国是印度。2007 年，来自该国的豆粕占中国进口总量的 97%以上。东亚的日本、韩国是国内豆粕出口的主要目的地，2007 年两国进口量相当于国内出口量的 90%左右（表 1-10）。

表 1-10　2004～2007 年中国豆粕分国别贸易量　　（单位：万 t）

豆粕进口	2004 年	2005 年	2006 年	2007 年	豆粕出口	2004 年	2005 年	2006 年	2007 年
美　国	0.01	0.01	—	—	日　本	58.81	49.79	30.60	57.24
巴　西	—	—	7.13	—	韩　国	2.44	2.39	4.77	13.84
阿根廷	3.07	1.62	8.58	—	朝　鲜	1.60	0.93	0.43	0.99
印　度	2.47	18.12	50.94	10.26	菲律宾	0.01	0.02	0.00	0.04
其　他	—	0.50	0.78	0.24	其　他	1.42	2.17	2.35	12.90
总　计	5.55	20.25	67.43	10.50	总　计	64.28	55.30	38.15	85.01

资料来源：国家粮油信息中心。

注：— 表示无统计数据。

（三）中国豆油贸易

改革开放以来，我国一直保持豆油净进口国地位。1990 年我国豆油进口曾高达 53 万 t，此后豆油进口有所下降。1994 年以后，由于国内植物油市场供需缺口加大，我国豆油贸易进口规模呈扩大趋势。2009 年，中国共进口豆油 239.12 万 t，出口 6.92 万 t，净进口 232.20 万 t，比 2000 年增长 6.44 倍（图 1-17）。

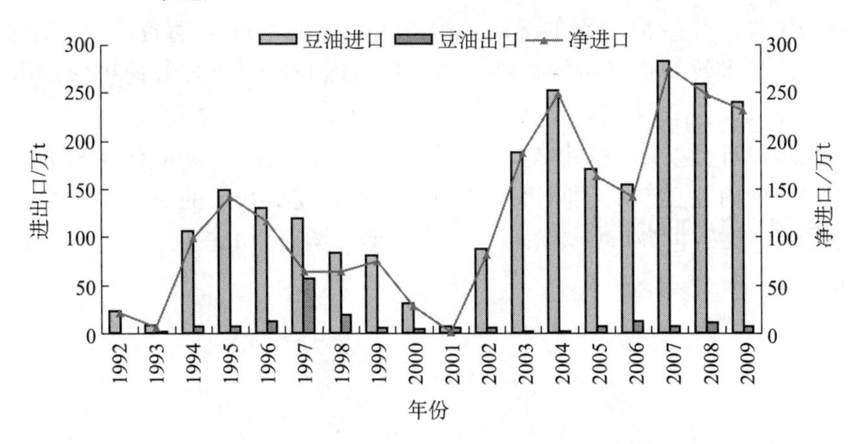

图 1-17 1992～2009 年中国豆油贸易变动

资料来源：陈永福．2006；大商所网站（http：//www.dce.com.cn）。

分国别看，阿根廷、巴西和美国是中国豆油主要来源国。其中，来自阿根廷的进口量占中国进口总量的 80%左右，来自巴西的进口比例有所萎缩，来自美国的豆油较少，来自三国的进口占中国进口总量的 90%以上（表 1-11）。

表 1-11 2004～2007 年分国别豆油进口量

国 别	2004 年		2005 年		2006 年		2007 年	
	总量/万 t	比例/%	总量/万 t	比例/%	总量/万 t	比例/%	总量/万 t	比例/%
美 国	0.00	0.00	0.80	0.05	23.74	1.54	162.90	5.77
巴 西	863.67	34.32	322.12	19.01	262.41	17.01	403.46	14.29
阿根廷	1652.46	65.66	1367.08	80.69	1256.24	81.43	2247.76	79.63
其 他	0.38	0.02	4.33	0.26	0.25	0.02	8.79	0.31
总 计	2516.51	100.00	1694.33	100.00	1542.64	100.00	2822.91	100.00

资料来源：国家粮油信息中心。

注：— 表示无统计数据。

近年来，世界大豆产量增长很快，美国、巴西、阿根廷和中国是世界上主要大豆生产国。特别是南美洲已逐渐成为全球大豆供需平衡的决定性因素，使世界大豆市场的格局发生了重大的变化。大豆的用途十分广泛，在世界农产品消费中占有重要地位。大豆的压榨消费占的比重较大，其中，中国、巴西、阿根廷的大豆压榨量占世界压榨量的一半以上，豆油产量和豆粕产量位居前列。巴西、埃及、中国和阿根廷是豆油消费增长较快的国家；印度、巴西和中国的豆粕消费年均增长率超过 5%，可以说，发展中国家占据了世界大豆及其制品消费增长中的主要份额。目前，全球大豆供应总量略大于需求总量，整体供求格局相对稳定。

中国已经成为世界上重要的大豆生产、贸易和消费大国。中国大豆产量居世界第四，豆油和豆粕产量居世界第二，豆油和豆粕消费量均居世界第一。随着国内居民收入和生活水平的提高，国内大豆及其制品的消费需求急剧扩大。但国内生产技术效率提高缓慢，难以满足快速增长的需求，快速扩张的压榨需求转而依靠大量进口满足，中国已成为世界上最大的大豆进口国。与此同时，中国大豆出口日益萎缩，总体呈下降趋势。较高的国际市场依存度和沿海压榨企业布局使国内大豆产销区间进一步分化。作为较早开放的农产品市场，国内大豆市场已经融入世界市场体系当中，受世界市场的冲击较大。

第二章 大豆支持政策及效果

世界经济发达国家普遍对农业实行保护，包括对大豆产业的保护。大豆是重要的植物油原料，也是国际市场的重要贸易品种。世界主要大豆生产国及贸易国，设计了多种政策扶持和发展大豆生产与贸易。这些政策在发挥市场调控作用的同时，也干预了市场机制的自由运行。本章首先阐述国外主要的大豆支持政策及其效果，其次探讨近年来我国大豆产业的相关支持政策及其效果。

第一节 国外大豆支持政策及效果

世界大豆主要生产国的支持政策主要体现在生产和流通领域，具体包括大豆生产者支持政策和贸易政策等。大豆支持政策的实施不仅改变了不同国家在国际市场上的地位和竞争优势，也改变了世界大豆贸易格局和力量对比。

一 生产者支持政策的价格效应

(一) 主要大豆生产国的生产者支持政策状况

1. 美国

美国利用每5～6年修改一次的农业法案建立起以农业补贴为核心的农业产业扶持政策。美国的农业支持政策主要分为两类：一类是政府为农业提供的一般服务支持，包括农业研究、技术推广、病虫害防治、检测检验、基础设施建设、环境保护等方面的支持；另一类是补贴政策，包括营销贷款、贷款差价补贴、直接支付和反周期支付。通常来讲，一般服务对大豆市场的扭曲作用较小，而补贴政策对大豆市场有着重要的影响。

所谓的贷款差价补贴就是农民可以用自己的抵押农产品从政府获得一定比率的贷款。当收获期的市场价格低于这个比率时，农户可以直接将抵押的农产品抵扣贷款而不必偿还贷款。这样农民就可以获得一个保底的价格。直接支付政策就是政府为农户提供固定的收入补贴，以稳定农民收入。反周期补贴就是政府预先设定一个目标价格，当市场价格（贷款率）和直接支付率的和低于目标价格时，政府按照“目标价格－［市场价格（或贷款率）＋直接支付率］”这个差额支付农民补贴。美国政府正是通过以这三项补贴为核心的国内补贴政策体系为农民“提供可靠的安全收入网”。

按照OECD[①]的统计标准，美国对大豆单一商品的生产者支持[②]（producer single commodity transfers，Producer SCT）的规模世界最高，2000～2008年累计提供了88.20亿美元的国内支持，年均11.02亿美元，年均单一商品支持率（%Producer SCT）为6.63%。而根据美国农业部公布的统计数据，2002～2008年美国政府各种补贴就为豆农提供了84.63亿美元的支持（表2-1），占同期农民售豆收入的5.13%。

表2-1　美国对农产品项目的净支出　（单位：百万美元）

农产品项目	2002年	2003年	2004年	2005年	2006年	2007年	2008年	2009年	2010年	2011年
玉　米	2 959	1 415	2 504	6 243	8 804	3 195	1 856	2 175	2 157	2 350
大　豆	3 447	907	595	1 140	591	337	446	596	585	613
总支出	15 680	17 425	10 575	20 187	20 211	11 040	9 076	11 443	11 972	11 466

资料来源：USDA-ERS（http：//www.nass.usda.gov/Publications/Ag_Statistics/index.asp）。
注：财政年度，2010年和2011年为预计值。

2. 欧盟

欧盟也积极运用补贴政策支持国内农业。2004年，欧盟通过共同农业政策给予农民的各类补贴已经达到农民年收入的一半。2005年开始，欧盟开始实行“单一的农业补贴”，目的是减少对生产者的非价格激励造成的生产过剩和库存过量，补贴办法与当年种植的作物种类和面积脱钩。与减少直接支付对应，欧盟将更多的支付用于一般农业支出，加强农业科研和推广，建立更加完善的公共服务体系和基础设施建设等。

大豆不是欧盟各国的主要作物品种，故对其支持力度较小。根据OECD的统计，欧盟在2000～2008年累计为大豆生产者提供了390万欧元的国内支持，年均48.75万欧元，年均单一商品支持率0.21%。

3. 巴西

近年巴西大豆生产和出口的快速增长，除了归因于优越的自然条件以外，政府对大豆产业的支持也发挥了重要作用。1995年开始，为了应对世界贸易自由化潮流，巴西政府建立了以运输补贴（PEP）和期权合约补贴（option contracts）为代表的国内补贴政策措施。它还对大豆给予价格和金融支持，政府每年都公布一个最低价格，保障豆农的基本收入。央行要求相关银行对中小农户

---

① OECD：Organization for Economic Cooperation and Development（经济合作与发展组织）。

② 为衡量和比较各国对农业生产者支持水平，经济合作与发展组织设计和建立了生产者支持（PSE）等指标体系，Producer SCT是其中之一。该指标用于衡量和比较从消费者和纳税人转移给单一农产品生产者的货币额度。详见OECD网站。

贷款给予优惠利率，年利率不超过8%。

巴西建立了相对完善的大豆科研和推广体系及机制。建设了国家大豆研究中心，在主产区设立科技服务网点，传授大豆生产技术，传递市场信息，组建农民合作组织，帮助采购大豆生产资料。巴西还专门研究和制定适应不同地区市场的质量标准和生产技术规程。以上针对性措施快速地提高了巴西大豆的市场竞争能力，帮助巴西大豆不断提升世界市场的份额。

根据OECD的统计口径，巴西针对大豆品种主要利用两种支持方式：基于产量的支持和基于生产投入的支持（给予优惠的营销贷款利息补贴），后者是主要方式。巴西政府在2000～2008年累计为大豆生产者提供了39.71亿雷亚尔的国内支持，年均4.96亿雷亚尔，年均单一商品支持率为2%。

4. 阿根廷

阿根廷的大豆政策总体上属于“松绑”式支持和改善产业外部环境，即减轻大豆出口关税（何秀荣等，2004）。阿根廷大力投入农业基础设施建设，改善农产品流通条件。为了提高运输效率和降低运输费用，阿根廷政府自运输设施私有化以来一直由私人部门改善现代化道路条件、铁路网络、水路和出口站。基础设施建设大大降低了大豆物流成本：铁路费用下降了40%，港口费用（包括出口税在内）从1990年的平均每吨大豆8～10美元下降到1998年的每吨大豆3～5美元。由于运输系统的改善，阿根廷大豆生产利润有所增加。政府还取消或降低农业生产资料进口关税和进口限额以降低大豆生产成本，节约出来的利润可以帮助农民为大豆生产投入更多的肥料、农药、机器、种子，大幅度地提高土地产出率和劳动生产率，大豆生产获得突飞猛进的发展。

（二）生产者支持政策的价格效应

生产支持政策降低了大豆生产成本，把豆农的市场风险降至较低水平，提高了豆农收入。但生产者支持政策干预市场机制的自由运行，对价格产生了重要影响。限于资料原因，下面仅以美国为例进行分析。

价格支持政策为价格形成和波动引入了非市场的政治因素。一国政府价格支持政策是其执政者出于不同的政府目标、调和不同集团利益关系的结果。因而，不同时期的政府目标的更迭、利益集团之间的博弈结果等都会影响支持价格的水平，使价格受到市场供求之外的政治因素的影响。

支持价格的最大弊端是人为地扭曲市场信号，使价格不能真实地反映供求，从而引发更大的市场波动。根据静态预期理论，农户以上一年度的价格作为下期生产决策的预期价格，上期价格高，本期将扩大生产规模；反之，本期将缩减生产规模。但价格支持政策为大豆生产建立了一个由政府干预的价格预期，农户生产不再单纯由市场价格而是由政府价格决定，市场价格成了政策的傀儡，受到政策目标、手段等非市场因素的强烈干预。例如，受国内支持政策等多种因素的共同作用，美国大豆面积和产量在价格波动的条件下迅速扩大（图 2-1）。1996～2008 年，美国大豆收获面积增加了 20.94%，同期产量增加了 39.45%。其中，1998～2001 年，尽管国内价格逐年下降，但大豆收获面积却逆势提高。在 2004 年、2005 年豆价下跌的情况下，2006 年大豆面积大幅度增加。美国豆农之所以能够出现这样的“非理性”生产行为，其中政府的支持政策所提供的“收入安全网”发挥了重要作用。

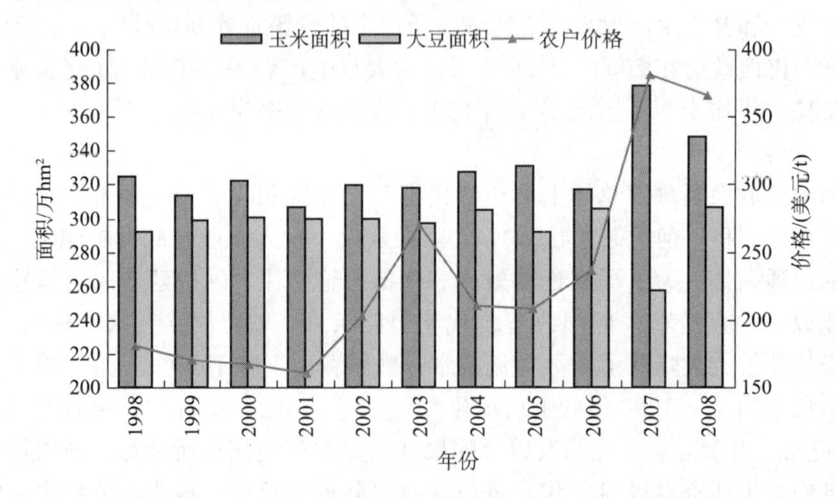

图 2-1　1998～2008 年美国大豆价格与玉米、大豆面积波动

资料来源：USDA-NASS 网站（http：//www. nass. usda. gov/Publications/Ag _ Statistics/index. asp）。

农业补贴政策构成对农户的直接支付，弥补了部分生产成本，为大豆降价销售提供了操作空间，提高了价格竞争力，其结果是价格不能真实地反映大豆生产成本和利润，从而误导生产消费，并形成对其他市场的不公平竞争。1998 年 1 月以来 156 个月的月度价格表明，美国大豆生产者价格比中国低 736.17 元/t，而且波动较小。前者标准差为 537.49，而后者标准差为 823.23（图 2-2）。显然，补贴政策帮助美国大豆获得了价格竞争优势，并成功地保持收购价格的稳定。价格优势帮助美国成为世界第一大出口国，其国内支持政策在压低国内价格的同时，也压低了世界市场的价格。

二 农产品贸易政策的价格效应

由于在国际市场上的地位不同，世界各主要生产和贸易国在大豆贸易上采取了不同的贸易策略。总的来说，进口国主张维持必要的保护措施，抑制国外大豆对国内产业的冲击；出口大国则主张自由贸易，削减贸易壁垒。国际市场

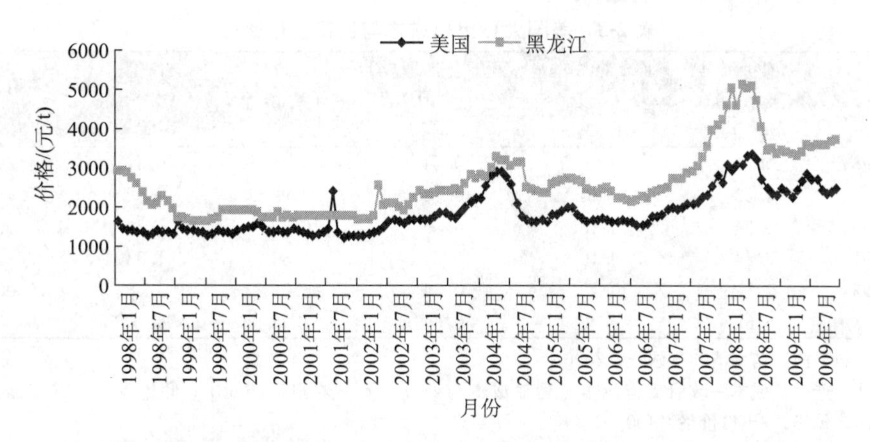

图 2-2 中美大豆生产者价格比较

资料来源：黑龙江价格源于中华粮网和商务部；美国价格来自 USDA 且使用汇率转化为人民币价格。

准入指数清晰的说明了这个特点（表 2-2）。中国、欧盟 27 国、日本、印度尼西亚是大豆及其制品的主要进口国家或地区，这些国家都保持较高的市场准入水平。例如，欧盟 27 国是大豆进口第三、豆油进口第一、豆粕进口第四的地区，三者的准入指数也处于较高水平。印度尼西亚是世界第二大豆油进口国，其 2001 年的大豆进口关税高达 45%。

表 2-2 2004～2007 年主要大豆及其制品贸易国（地区）市场准入指数

国家（地区）	大豆	豆油	豆粕
中国	67.7	62.4	67.7
欧盟 27 国	56.5	76.2	56.5
日本	79.6	59.3	88.6
印度	0.0	15.9	13.7
印度尼西亚	28.7	68.5	68.5
巴西	9.0	33.5	20.4

资料来源：Grain-Oilseed Market Access Indexes：Final Report on 2008-Soybeans & Products A Report Prepared for U. S. Soybean Export Council，January 30，2009。

注：资料报告未介绍美国市场准入状况。

美国、巴西、阿根廷是主要的大豆出口国，三国的出口量占世界贸易量的 90%以上，它们主张减少贸易壁垒，实现大豆市场的自由开放。

美国较少使用关税、配额等壁垒措施限制大豆贸易，甚至反对欧盟等地区和国家的转基因限制。但它在主张别国开放市场的同时，却在国内实施大量的补贴和支持，向世界倾销大豆。农业与贸易政策研究所（Institute for Agriculture and Trade Policy，IATP）的研究报告称，2003 年美国大豆倾销比例为 9.7%（表 2-3）。大规模的倾销使发展中国家和贫穷国家的国内大豆产量下降，更加依赖于变化不定的国际价格和可进口数量。

表 2-3　美国大豆出口成本与出口价格比较

年份	农场生产成本/（美元/蒲式耳*）	政府支持成本**/（美元/蒲式耳）	运输与处理成本/（美元/蒲式耳）	出口成本/（美元/蒲式耳）	出口价格/（美元/蒲式耳）	倾销程度/%
1998	5.76	0.15	0.54	6.45	6.37	1.24
1999	6.23	0.15	0.54	6.92	5.02	27.46
2000	6.2	0.15	0.54	6.89	5.26	23.66
2001	6.14	0.15	0.54	6.83	4.93	27.82
2002	5.80	0.19	0.54	6.53	5.48	16.08
2003	6.62	0.26	0.54	7.42	6.70	9.70

资料来源：苗水清和程国强，2006。

注：产品总成本=政府支持成本+运输成本与处置成本+农户生产成本；倾销率%=（产品总成本-出口价格）/出口价格×100。

*1蒲式耳=35.238升。

**政府支持成本即生产者补贴等值，producer subsidy equivalent，PSE。

巴西政府为大豆出口提供优惠的所得税政策，政府规定出口大豆可以免缴20%的所得税。阿根廷则取消或降低大豆出口税和各种检查费用以降低出口成本。这项措施一方面提升了阿根廷大豆出口的价格竞争力，另一方面也直接提高了生产者和贸易商的效益。

三 生物质能源政策的价格效应

20世纪70年代，受世界石油危机的冲击，各国开始寻找化石能源的替代资源。生物质能源（bioenergy）成为化石能源的重要替代能源。所谓生物质能源是指蕴藏在生物质中的能量，是绿色植物通过叶绿素将太阳能转化为化学能而贮存在生物质内部的能量，是一种可再生能源。当前世界上规模生产的生物质能源产品主要包括燃料乙醇（ethanol）和生物柴油（biodiesel）。燃料乙醇的原料来源包括：淀粉质原料，如玉米、木薯等；糖类原料，如甘蔗等纤维素原料（如作物秸秆和林业剩余物等）。燃料乙醇是世界使用最多的生物燃料，2008年全球产量在400亿L左右，主要使用玉米（美国）和甘蔗（巴西）做原料。生物柴油的原料来源广泛，包括各种动物油脂和植物油脂。生物柴油是世界第二大生物质燃料产品，2008年全球产量约65亿L，主要使用豆油（美国）和菜籽油（欧盟）做原料。

由于生物质能源以农产品为主要原料，成本高、产出低且生产工艺复杂，产业发展需要政府的大力扶持。为了发展生物质能源产业，各国政府纷纷出台生物质能源政策，对生物质能源的生产和消费给予财政和金融支持，甚至法律的强制性规定（表 2-4）。这些扶持政策极大地促进了生物质能源产业的发展，拓展了农产品需求途径和数量。

表 2-4　各国生物燃料产业发展目标及经济鼓励政策

国家和地区	原料：乙醇	原料：生物柴油	法定生物燃料生产及利用目标
美国	玉米	大豆为主	(1) 到 2012 年生物乙醇产量达到 283.91 亿 L；2017 年达到 1324.90 亿 L (2) 2007 美国新能源法计划到 2020 年美国乙醇使用量达到 1362.76 亿 L，其中利用纤维质生产的乙醇达到 794.94 亿 L；粮食原料乙醇达到 567.81 亿 L (3) 到 2011 年美国生物柴油产量达到 115 万 t，2016 年达到 330 万 t
欧盟	小麦、其他谷物、甜菜等	油菜子、葵花籽、大豆	到 2010 年生物能源占交通燃料的 5.75%，2020 年达到 10%
巴西	甘蔗	蓖麻籽、大豆、棕榈油	(1) 2005 年巴西矿产能源部颁布的《生物柴油法》规定，到 2008 年巴西生物柴油在混合柴油中所占比例达到 2%，到 2013 年达到 5% (2) 2007 年 6 月巴西农牧及粮食供给部公布了《燃料强制混合标准》，即从 2007 年开始，巴西乙醇在混合汽油中的比例达到 25%
各国采取的经济鼓励政策			
美国	消费者购买 E85 燃料给予税收鼓励；减免乙醇和生物柴油设施投资税收；2005 年能源税收政策法规定，到 2008 年年底对生产生物柴油实行产量税收优惠政策，每生产 1 加仑* 柴油补贴 1 美元；对年产量不足 6000 万加仑生物柴油的小企业给予所得税优惠；对小企业的生物柴油第一个 1500 万加仑给予 10 美分/加仑的补贴；给予乙醇厂商 13.47 美分/L 的税收补贴，各州也根据各自的情况给予适当补贴		
欧盟	给予生物质作物生产者补贴；休耕地上种植能源作物每 hm^2 补贴 45 欧元		
巴西	从 1982 年起，对燃料乙醇汽车减征 5%工业产品税；部分州对为燃料乙醇汽车减征 1%增值税，在该类型汽车销售不旺时曾全免增值税；为乙醇燃料厂商项目资金提供 90%的融资计划；2005 年，对种植柴油原料的农户提供约 3400 万美元的融资贷款；对生物柴油产业链上所有商品免税		

资料来源：李先德等，2008；夏芸等，2007。
*1 加仑=3.785 411 784L。

美国生物质能源产量最高、扶持力度最大。为鼓励燃料乙醇生产，美国政府给予玉米种植户和乙醇生产商的补贴在 2006 年高峰时甚至达到 88 亿美元。联邦政府还给予乙醇厂商 13.47 美分/L 的税收补贴，各州也根据各自的情况给予适当补贴。欧盟、巴西等其他国家和地区则利用税收减免促进发展生物燃料产业，欧盟还通过立法措施促进生物柴油生产和消费，巴西则利用实施燃料技术标准的手段推动燃料乙醇生产。

在需求拉动和政策扶持下，全球生物燃料产量迅速增长（图 2-3、图 2-4）。2008 年全球年生产燃料乙醇为 400 亿 L，相当于 2004 年的 2 倍；生物柴油年产量约 65 亿 L，约为 2004 年的 5 倍。

按照各国的发展规划计算，2017 年全球燃料乙醇产量将达到 950 亿 L，生物柴油产量也将达到 130 亿 L 以上，快速扩张的生物燃料产业将从三个方面影响大豆市场。

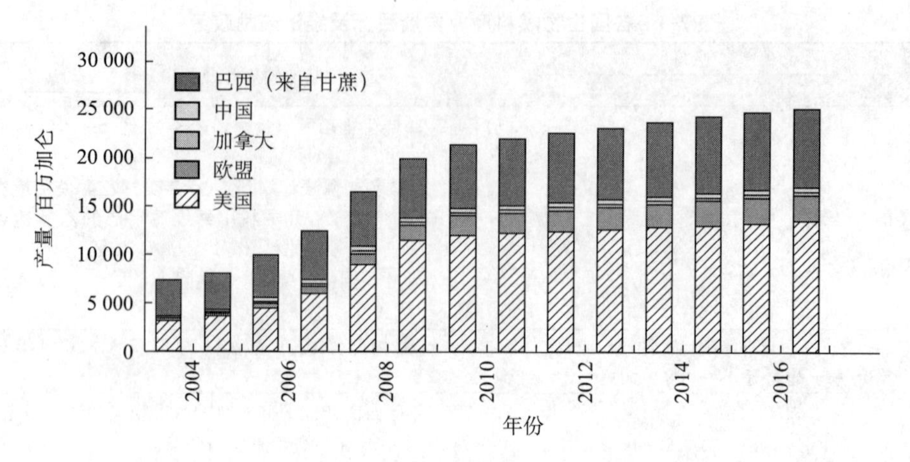

图 2-3　世界燃料乙醇产量与结构

资料来源：USDA 网站（www. ers. usda. gov）。

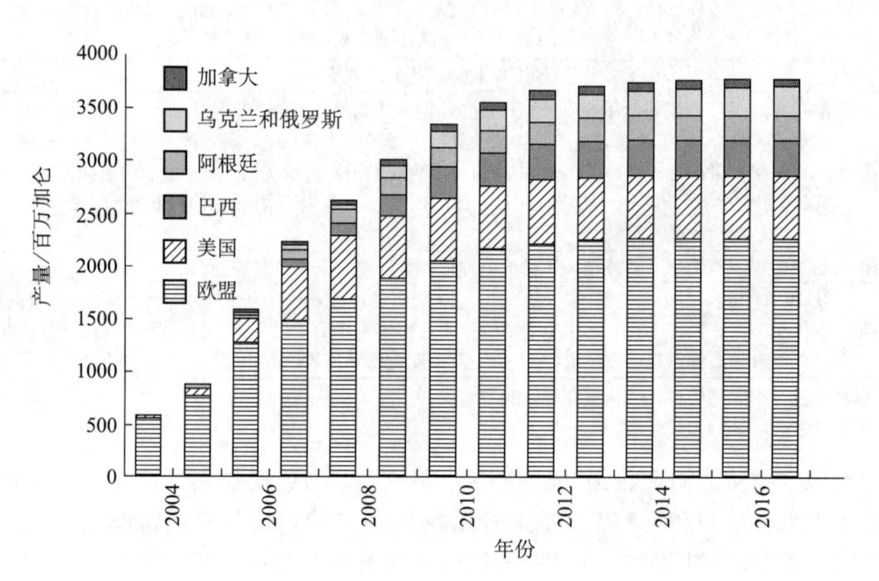

图 2-4　世界生物柴油产量与结构

资料来源：USDA 网站（www. ers. usda. gov）。

首先，燃料乙醇产业的快速发展刺激玉米生产，挤占大豆种植面积，推动大豆价格上涨。例如，2007 年，美国玉米种植面积增加 19. 37%，大豆面积减小 15. 75%，结果 2007 年大豆价格上涨 61. 74%（图 2-1）。

其次，生物柴油的原料消费拉动了大豆价格上涨（图 2-5）。美国生物柴油产量从 2003 年的 2000 万加仑增加到 2007 年的 6. 91 亿加仑。每生产 5000 万加仑生物柴油将提高大豆价格 1%。在 2006～2015 年美国生产的 49 800 万加仑的生物柴油将使 2015 年的大豆价格提升 10%，即到 2015 年可以拉动大豆价格每吨上涨 21.31 美元[①]。

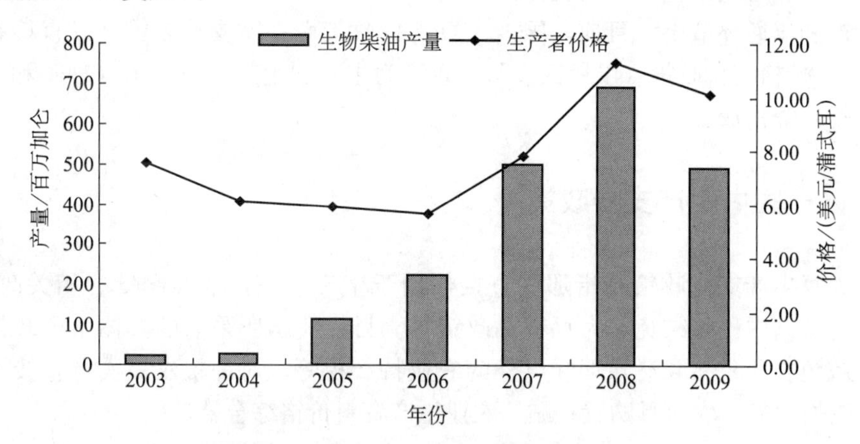

图 2-5　美国大豆价格与生物柴油产量变动

资料来源：价格来自 USDA 网站（www.usda.gov/）；生物柴油产量来自美国国家生物柴油委员会（http：//www.biodiesel.org/）。

最后，生物能源产业的发展将大豆市场和能源市场紧密地联系在一起，给大豆市场带来新的不确定性。生物燃料是对化石能源的替代，而替代品之间的价格将密切相关。众所周知，石油是现代工业的粮食，其价格的涨跌受到诸多因素的干扰：宏观经济状况、世界环保的要求、消费习惯的变更等。这些扰动因素的影响将通过生物能源产业对大豆市场产生新的影响。

总之，大多数国家对农业实行的补贴以及一些大豆生产国和消费国对大豆所采取的各种各样的政府补贴，包括配合实施价格支持政策，所提供的多种金融支持（如低息贷款、补贴保险等），目的虽然是为了保障大豆供应和确保豆农收入，但对市场的干扰毋庸置疑。另外，在世界贸易原则下，近年来，美国等发达国家对农业政策进行了渐进式的调整，引入“绿箱”政策的直接收入补贴政策，减少扭曲价格的农业支持政策成为美国农业支持政策调整的方向。同样，欧盟也适时调整农业支持政策。因此，未来各国在经济发展的不同阶段，将随着国际、国内政治经济形势、粮食供给状况等内外因素影响和约束，适时调整政策措施目标。

第二节　国内大豆支持政策及效果

国内对农业及粮食产业的支持和保护实施是在世贸规则允许的范围内，对

---

① The United Soybean Board. Biodiesel's Contributions to the U. S. Economy. http：//www. biodiesel. org/pdf _ files/fuelfactsheets/EconomicImpactLECG2006. pdf.

大豆产业支持政策包括：大豆生产支持政策、流通政策和消费政策，主要集中在生产和流通环节上。目前，国内大豆支持政策由补贴支持政策（以直接补贴为主）、价格支持政策（以最低收购价政策为主）和生产支持政策（种子和农机补贴等）等构成。

一 国内生产支持政策

大豆生产支持政策是指那些直接作用于生产领域，增加产量的相关政策，主要包括国内税收减免、大豆补贴政策等。目前我国所采取的具体生产政策包括：减免农业税和取消除烟叶以外的农业特产税等；对种粮农民实行直接补贴（即良种补贴）、农机具购置补贴、农业生产资料价格综合补贴[①]。

（一）对大豆生产的指导政策

在新中国成立后很长一段时间，在严格的计划经济体制下，我国有关大豆的生产政策主要集中在对播种的指导上。

2001年国务院办公厅制定《关于促进油料生产的发展意见》，要求东北地区通过合理轮作适当恢复大豆面积，努力提高单产；加快东北三省及内蒙古地区大豆生产基地建设，鼓励“企业＋基地＋农户”的农业产业化经营。

2002年，农业部制定并启动实施了“大豆振兴计划”，提出“一年有突破，三年见成效，五年打翻身仗”的大豆生产发展目标。根据计划，在内蒙古、辽宁、吉林、黑龙江4个省（自治区）43个县市（旗）和35个农场建立了666.67千hm^2（1000万亩）高油高产大豆示范区。

2003年2月12日，农业部发布“优势农产品区域规划（2003～2007）”，确定高油大豆为11种优势农产品之一，决定重点建设东北高油大豆带，主要抓好松嫩平原、三江平原、吉林中部、辽河平原、内蒙古东四盟5个优势产区，把东北地区建设成为世界上最大的非转基因高油大豆生产区。主要布局在黑龙江、吉林、辽宁、内蒙古4个省（自治区）的30个地市（盟）127个县市（旗）。其主攻方向是：以提高高油大豆单产和含油率为重点，努力降低成本，提高生产能力和经济效益，增强市场竞争力，尽快抢占国内增量市场，替代部分进口。加强选育高油大豆优良品种，推进专用品种种植，实行高产模式栽培，推行深耕、深松技术和玉米、大豆轮作制度，实行专收、专储，做好产销衔接。

2007年《国务院办公厅关于促进油料生产发展的意见》（国办发〔2007〕59号），提出加大对大豆生产的支持力度，扩大大豆良种补贴规模。继续对东

① 佚名．2005-11-11．当前粮食政策综述及供求形势与特点分析．http：//www.hnnw.net。

北三省和内蒙古自治区种植高油大豆实行良种补贴，补贴规模由目前的1000万亩扩大到4000万亩。同时，要完善操作办法，提高良种覆盖率和种植水平。

(二) 取消“农业四税”和实施“四补贴”

“农业四税”是指取消农业特产税、农业税、牧业税、屠宰税。“四补贴”是指粮食直接补贴、良种补贴、农机具购置补贴、农资综合补贴四项补贴。

20世纪80年代起，由于我国政府将财权不断下放到基层政府，基层政府的财政支出压力越来越大。为了给农村提供必要的公共服务，基层政府开始以各种名目向农民收取税费，农村税费改革前，涉及农民负担的税费项目达100项以上。

从2000年3月开始，农村税费改革首先在安徽省试点，2001年2月在全国20多个省推进农村税费改革试点方案。2004年在黑龙江、吉林两省开始农业税免征改革试点，并在全国范围内取消了农业特产税，2005年取消了牧业税，从2006年起，又全面取消了农业税和屠宰税。“农业四税”及各种附加取消后，全国农民每年减负约1250亿元，人均减负约140元。

从2003年开始，中国政府开始在安徽和吉林两省进行粮食直接补贴的改革试验，把原来补给流通环节（收购企业）的资金以粮食直接补贴的形式直接发放给农民，2004年这项改革在全国推开，中国农业进入“直补时代”。2004年以来，财政资金对农业的补贴金额逐年加大，2006年粮食主产区对种粮农民的直接补贴资金规模普遍提高到粮食风险基金的50%以上，其他地区对种粮农民直接补贴资金占当地粮食风险基金的一半以上，全国共达151亿元。截至2008年，各级财政对农业的直接补贴金额达到755亿元，为每位农民增加收入100多元，平均每吨粮食补贴142.88元[①]。税收减免和直补政策的实施一方面增加了农民收入，另一方面也降低了大豆等粮食生产成本，提高了价格竞争力。

为振兴我国大豆产业，提高大豆市场竞争力，2002年，中央财政安排1亿元资金在东北三省和内蒙古自治区实施1000万亩大豆良种推广补贴示范项目，拉开我国财政专项资金直接补贴粮食生产的序幕。此后，良种补贴范围和补贴作物逐步扩大。2008年补贴规模达到61.86亿元，补贴面积达5.3亿亩，实现水稻良种全覆盖。2009年，水稻、小麦、玉米、棉花良种补贴范围在全国实现全覆盖；大豆良种补贴在辽宁、吉林、黑龙江、内蒙古等省（自治区）实现全覆盖，见表2-5。

---

① 2008年中国粮食产量5.285亿t。资料来源：《2008年国民经济和社会发展统计公报》。

表 2-5　中国大豆主产省份粮食综合补贴总额表　（单位：亿元）

省　份	2004 年	2005 年	2006 年	2007 年	2008 年	2009 年
黑龙江	18.52	19.29	12.79	26.74	80.80	92.83
吉　林	13.69	18.50	26.70	38.30	41.69	62.10
辽　宁	5.08	6.35	11.30	17.35	26.50	41.31
内蒙古	5.00	5.80	10.66	17.20	33.80	37.53
河　南	11.60	11.80	25.65	39.50	77.80	78.03
河　北	6.08	6.50	16.89	21.60	39.50	52.70
山　东	7.29	8.53	18.26	27.83	47.60	56.67
安　徽	6.91	8.65	15.51	25.29	48.45	56.70

资料来源：各省政府和财政厅网站、国家财政公布数据；中国农业信息网；侯明利，2009。

2004 年国家实行对农民、农场职工、农机专业户以及直接从事农业生产的农机服务组织购置和更新大型农机具给予一定补贴，补贴标准是中央财政资金不超过机具单价的 30%，最高补贴不超过 3 万元。此后，农机具购置补贴资金规模和实施范围也呈逐年增长趋势，到 2009 年国家安排农机具购置补贴资金 130 亿元，补贴范围覆盖全国所有农业（县）场。2006 年，针对农业生产资料（农资）价格上涨过快，新增农资综合补贴，当年农资综合补贴资金达 120 亿元，农资综合补贴的力度逐年不断加大，到 2008 年农资综合补贴资金总金额达到 716 亿元，是所有补贴中增长最快、补贴力度最大的补贴种类。还有测土配方施肥项目补贴、农民培训补贴等，2006 年，中央财政安排测土配方施肥项目补贴资金 5 亿元，2007 年增加到 9 亿元，实施县（场）达到 1200 个。

二 大豆流通政策

大豆流通政策是作用于流通领域的政策，主要包括大豆价格支持政策（大豆最低收购价格政策）、大豆贸易政策、大豆储备政策等。

（一）价格支持政策（最低收购价政策）

1. 大豆最低收购价的实施

从国内价格的购销体系看，1985 年以前大豆价格基本上根据国家的计划来定，1985 年以后国家实行双轨制政策，大豆价格出现三种不同的形式：国家收购价、国家议购价和自由市场价（喻翠玲，2006）。并轨改革后，政府取消定购和议购价格。为了防止价格过量下跌损害农民利益，政府出台了农产品价格支持政策，也就是保护价制度。1998 年的《国务院关于进一步深化粮食流通体制改革的决定（国发〔1998〕15 号）》（以下简称《决定》）规定：“为保护生产者的利益，政府制定主要粮食品种的收购保护价。保护价应能够补偿粮食生产成本，并使农民得到适当的收益”。《决定》还要求国有粮食企业“按保护价敞开收购农民余粮”，“坚持顺价销售”，发生的亏损由粮食风险基金支付。当时大豆包含在保护品种范围之内。但2001年的《国务院关于进一步深化粮食流通体制改革的意见（国发〔2001〕28号)》调整了保护品种，大豆退出保护价范围。

2004年开始，我国全面放开粮食购销市场，同时还建立了最低收购价制度。国务院2004年5月颁布的《粮食流通管理条例》规定“当粮食市场供求关系发生重大变化时，为保障市场供应，保护种粮农民的利益，必要时可以由国务院决定对短缺的重点粮食品种在粮食主产区实行最低收购价格”。这个规定以法规的形式确定粮食最低收购价格政策。当时的粮食品种是指小麦、稻谷、玉米、杂粮及其成品粮，大豆并未包含在内。但2006年的《国务院关于完善粮食流通体制改革政策措施的意见（国发〔2006〕16号)》中又提出“对不实行最低收购价的主要粮食品种，在出现供过于求、价格下跌较多时，政府要及时采取有效措施调节供求，防止出现农民‘卖粮难’和‘谷贱伤农’”。这为临时启动大豆最低收购价政策留下了空间。在2008年末，针对大豆价格下跌较大、较快的实际情况，国家启动临时收储计划，分别在10月、12月和2009年1月分三批下达临时收储任务，以3.70元/kg的最低收购价格收储大豆600万t。2010年度，政府继续执行大豆临时收储政策，以3.74元/kg的最低收购价在内蒙古自治区、辽宁省、吉林省、黑龙江省“三省一区”收购（国标三等）大豆，收储期限为2009年12月1日至2010年4月30日。在此期间，政府引导东北大豆压榨企业入市收购，对指定的大豆压榨企业和中储粮总公司一次性费用补贴0.08元/斤。

2. 大豆最低收购价的效果

（1）最低收购价政策发挥了重要作用。

2008年7月国内大豆生产者价格、美国农户收购价格和世界现货价格都达到了历史高点，此后，价格一路急跌，至2008年10月分别下跌32.15%、25.18%和38.86%。中国政府于10月开始启动最低收购价政策，及时遏制了下滑态势。截止到2009年12月，比较2008年7月的高价位，中国大豆生产者价格最大跌幅为34.05%，高于美国的最大跌幅（31.43%），而小于世界现货市场大豆最大跌幅（42.47%）。这说明，中国最低收购价政策在一定程度上遏制了大豆价格下降幅度，及时地为豆农提供了一个“托底”价格。

（2）最低收购价政策使农民受益有限。

对农民来说，国家大豆临时收购计划由400多个粮库配额收购，平均每个粮库收购量1万t左右，导致农户很难直接向国储粮库出售大豆。以黑龙江省为例，到2009年3月底，农户手中没有销售出去的大豆数量占2008年大豆产量的30%。另外由于大豆种植收益低，农民种豆意愿不强。根据有关调研结果显示，在能选择其他作物的区域，农民种植其他作物的意愿更强，当大豆收购价格为4元/kg时，农户才有种植大豆的积极性。但在一些种植作物单一的地区，由于可替换作物很少，当大豆收购价格达到 2.8 元/kg 时，农户就能接受。由此看出，大豆最低收购价格只在部分地区对豆农收入有一定影响。

(3) 最低收购价格使黑龙江省大豆加工企业陷入新困境。

最低收购价政策允许一定规模以上的油脂企业进行收购，政府对于保护价收购给予 160 元/t 的补贴，现在进口大豆和国产大豆之间价差过大，如进口大豆到港的价格才 3000～3400 元/t，而国家规定的最低保护价是 3740 元/t，每吨 160 元的补贴弥补不了价差，油企以这个价格收购加工，没有利润，积极性就不高[①]。只有中储粮有资格以最低保护价收购大豆，价格抬高之后，油企就没办法以市场价格进行整个产业链运作。同样以黑龙江省为例，最低收购价政策实施以来，油脂加工企业每加工 1t 大豆亏损 160～280 元，致使本地的油脂加工企业大都处于停产或半停产状态。黑龙江本地大豆压榨企业常年压榨量在 500 万 t 左右，2008 年 9 月至 2009 年 3 月，企业压榨量占往年平均总压榨量的 17.2%。由于本地的大豆加工企业的停工停产，进口大豆产品的市场份额激增。自 2010 年年初以来，进口转基因大豆在黑龙江已经占有超过 80%的市场份额，当地产非转基因大豆市场占有率不足 20%，并且还在持续下降。

另外，由于最低收购价格的实施，企业压榨成本大幅增加，为了降低成本，对加工企业来说，将需求转向进口大豆是一种理性的选择，从而进一步加大了对进口大豆的需求。东北区域以黑龙江九三油脂公司为代表的压榨企业，多以收购压榨国产豆为主，在成本“倒挂”的压力下，九三集团在黑龙江省内的五家油脂厂几乎处于半停产状态。所以，为了生存的需要，集团不得不进口大豆。目前，随着逐步摆脱成本压力，九三集团的生产才得以逐渐恢复。由于其他大豆压榨区域一直以进口大豆为原料，所以未受最低收购价政策的直接影响。

(二) 大豆贸易政策

20 世纪 90 年代以来，中国大豆及其制品贸易状况发生了巨大变化。这些变化除了生产和需求的基本面因素之外，政府的关税、进出口退税、配额和技术壁垒等贸易政策变化的作用也不可小视。

1995 年以前国内大豆进口政策的变动多是根据国内需求临时调整当年的进口配额。从 1996 年开始，为了满足国内快速增长的需求，我国暂时取消了大豆进口配额，并把进口约束关税由 114%下降到 3%。2001 年的入世协定中，中国政府承诺取消大豆进口配额，实行单一的进口关税约束政策，除种用大豆进口关税率为 0 外，黄大豆、黑大豆、青大豆以及其他大豆关税税率均为 3%。同

---

① 佚名. 2010-03-15. 最低收购价推高大豆成本. 油企：日子没法过. 新浪网. http://finance.sina.com.cn。

时，对进口大豆征收13%的增值税。这些贸易政策调整使大豆成为“最早入世”的品种，但关税等贸易措施仍然是政府调节大豆贸易的重要手段。

2007年10月1日，为了缓解国内油料偏紧，抑制粮油价格涨势，中国政府开始实行大豆进口暂定关税政策，将大豆进口暂行关税税率由3%降至1%，暂定3个月，后将该政策延长至2008年3月31日。2008年3月12日又将暂定关税终止期延长至2008年9月30日。暂定关税政策效果明显。据海关统计[①]，2007年10～11月，中国共进口大豆619.9万t，价值26.6亿美元，分别比2006年同期增长36.3%和1.2倍。2009年，为了减释大豆临储政策带来的库存压力，政府于7月1日起取消种用大豆和非种用大豆的5%出口暂定关税，大豆粉的10%出口暂定关税。这些政策措施刺激了大豆出口，2009年8、9、10三个月的出口量同比增长19.57%、51.25%和35.5%。

中国对进口豆油实行无配额关税管理。从表2-6可见，2001年入世时，中国政府承诺豆油配额在2002～2005年分别达到251.8万t、281.8万t、311.8万t和358.71万t，并把关税水平由13%降到9%。在配额管理上，逐步增加非国营企业豆油进口配额，国营贸易比例从2002年的34%降到2005年的10%，其余的90%配额分配给非国营贸易企业使用。2006年1月1日，中国完全取消豆油关税配额，仅实施9%的进口约束关税。

表2-6 加入WTO之后大豆、豆粕、豆油的配额和关税情况

品种	2001年		2004年		2006年		2008年
	配额量/万t	配额内关税/%	配额量/万t	配额内关税/%	配额量/万t	配额内关税/%	关税税率/%
大豆	无	3	无	3	无	3	1、3
豆油	172	9	326	9	无	9	9
豆粕	无	5	无	5	无	5	5、2

资料来源：国家粮油信息中心。

注：2008年大豆和豆粕关税税率有一次调整，所以有两个税率水平。

中国对进口豆粕实行无配额的5%约束关税政策。1995年，为满足国内迅速增长的豆粕需求，政府下调了豆粕进口税率，关税水平为5%，增值税为13%，豆粕进口迅速增加。1998年1月财政部和税务总局联合发文，自1998年1月1日至2000年12月31日对饲料继续免征增值税，1998年豆粕进口量达到历史最高水平的373万t（陈永福，2004）。但为了改善免征政策带来的负面影响，从1999年下半年开始，我国又恢复了对进口豆粕征收13%的增值税政策。2002年，为了鼓励豆粕出口，国家调整豆粕的出口退税政策，将退税税率从5%调整为13%，即对豆粕出口给予全额退税。所以，豆粕贸易政策的调整促进了国内

① 马强，徐振刚．2008－02－27．降低关税后我国大豆进口步伐加快．中国食品报．http：//news.idoican.com.cn/zgspb/html/2008－02/27/content_3116886.htm。

大豆加工业的发展，从而提高了大豆的需求和进口（余建斌和乔娟，2006）。

（三）大豆储备政策

从1990年9月16日党中央、国务院决定建立包括大豆在内的国家专项粮食储备制度以来，经过不断的深化改革，国家专项粮食储备制度已经发展成为覆盖全国的粮食储备体系。1998年，党中央、国务院决定中央储备粮实行垂直管理体制。2000年，成立了中国储备粮管理总公司，具体负责储备粮经营管理。

2007年国务院办公厅发出《关于促进油料生产发展的意见》（国办发〔2007〕59号），提出进一步完善大豆及食用植物油中央和地方两级储备体系，适当扩大大豆和食用植物油的中央储备规模，并择机分步充实储备库存，充分发挥储备吞吐作用，以保护农民生产积极性和大豆油料生产能力，保证国内市场供应。

2008年，国际经济形势发生深刻变化，与之相伴的是包括大豆在内的农产品国际大宗商品价格剧烈波动。为解决经济环境变化给大豆市场带来的新问题，国家制定了大豆临时收储政策，在2008年10月、12月和2009年1月分三批累计收购大豆600万t，使国内大豆储备数量前所未有地达到千万吨。

三 大豆消费政策

大豆消费政策是作用于消费领域，指导和引导粮食消费，实现大豆消费科学化、合理化的政策。目前，国家有关大豆消费方面出台的政策不多，大豆消费政策具体包括转基因管理的相关规定、发展大豆加工业等。

（一）关于转基因的相关政策

为了加强农业转基因生物安全管理，国务院于2001年5月23日颁布了《农业转基因生物安全管理条例》，规范了我国对转基因大豆的进口标准。到2004年，这一转基因政策一直在演变中。

2002年1月5日，农业部发布了《农业转基因生物安全评价管理办法》、《农业转基因生物进口安全管理办法》和《农业转基因生物标识管理办法》三个配套规章，自2002年3月20日起施行。大豆及相关制品被规定为需要强制性加贴转基因标识的产品。2002年3月12日，农业部发布《转基因农产品安全管理临时措施公告》第190号，对大豆等转基因农产品进口安全证书的申请采取临时管理措施，境外公司可在申请安全证书的基础上，另申请“临时证明”，该临时措施有效期截止到2002年12月20日。

2002年的10月11日，农业部发出第222号公告，将《转基因农产品安全管理临时措施公告》的实施期限延长到2003年9月20日，后再次将其延长到2004年4月20日。2004年4月22日，农业部发布第349号公告，2004年4月20日《转基因农产品安全管理临时措施》终止后，农业部将依照《农业转基因生物安全管理条例》、《农业转基因生物安全评价管理办法》及《农业转基因生物进口安全管理办法》，对包括大豆在内的转基因农产品进行正式管理（喻翠玲，2005）。

2004年10月1日，国家执行了食用油新标准。规定所有的标签上必须标明原料是否为“转基因大豆”。意义在于区分转基因豆油与非转基因豆油，以便人民更健康地消费。

2007年《国务院办公厅关于促进油料生产发展的意见》（国办发〔2007〕59号），提出严格执行《农业转基因生物标签的标识》，统一大豆产品标识，要求列入标识目录内的大豆产品必须按照规定在醒目位置显著标识，保障消费者的知情权和选择权。采取多种途径，引导市场消费行为，实现优质优价，促进国内油料生产。加强宣传引导，合理食油、用油，提倡健康生活方式，减少浪费。

2009年9月1日实施的新大豆国家标准（GB1352—2009）将对产业发展具有重要影响。作为一项强制性国家标准，修订后的标准增设了高油大豆和高蛋白大豆的分类定义，这将突出我国非转基因大豆的优势，使优质大豆及其制品的价格提高成为可能。同时为完善大豆市场体系建设、规范大豆交易活动，引导生产、流通和加工发挥重要的作用。

（二）关于扶持大豆加工业的相关政策

加入WTO后，大豆是农产品中最早开放市场的品种，因此，大豆价格受国际市场影响最大，呈现剧烈波动的状态。进入21世纪，国家虽然启动了“大豆振兴计划”，实行大豆国储收购、大豆良种补贴等政策，但进口激增使我国大豆产业发展岌岌可危。针对油脂加工能力过剩、内资比重偏低、原料对外依存度过高等严重问题，国家发改委下发了《国家发展改革委关于印发促进大豆加工业健康发展的指导意见的通知》（发改工业［2008］2245号；以下简称《意见》），目的是改变大豆行业原料对外依存度过高、内资比重偏低等问题，规范与扶持国内大豆加工业的发展；从宏观上统一规划和科学引导大豆加工业的健康发展，保障国家食品安全。以往国家为了吸引外资，给予了大豆外资企业在税收、贷款等许多方面的政策优惠，促成了外资企业的迅速发展，占据了我国市场的半壁江山；但同时，内资企业，尤其是民营企业的生存却举步维艰①。因

① 常青．2008-09-08．解读《关于促进大豆加工业健康发展的指导意见》．北方大豆网．http：//www.bfdd.com.cn。

此，《意见》最实质的内容就是解决了内外资企业公平竞争的问题，这对民族大豆加工业的发展具有非常重要的意义。

此外，为引导大众消费和提高国民健康与营养水平，从1994年开始，根据“国家事务与营养咨询委员会”向国务院及有关部委提出的建议，我国城市实施了“大豆行动计划”。到2030年，预计人均消费大豆25kg，总需求量可能达到5500万t。在食品工业“十一五”及中长期规划中，我国把大豆食品加工业作为食品工业的一个重点，在政策与资金投入上给予扶持，要求在“十一五”末初步形成现代大豆食品工业的框架，实现工业化大豆占大豆食品总消费量的30%。该计划的实施有助于大豆食品加工业的发展。

目前，由于世界各国对转基因产品的危害尚无定论，加之国内没有加大非转基因大豆特点、大豆食品营养丰富等强化国产大豆及其制品优势的舆论宣传，消费者对非转基因大豆产品认知不足，转基因和非转基因产品的消费差异没有体现出来，消费对加工的引领不足。国家虽然出台了上述一些政策，但政策的效果并不明显，国产大豆比较优势（非转基因和高蛋白优势）发挥明显不足。

四 相关保障政策

（一）配套的金融政策

目前，金融政策主要是以专门的政府农业政策性金融机构，即农业发展银行为中介载体，为大豆生产和流通提供优惠贷款或发展资金。1994年11月中国农业发展银行成立，其重要业务就是办理粮食、油料作物的国家专项储备贷款，办理粮油等农副产品的收购贷款。1996年中国农业发展银行办理粮油贷款余额达4480亿元。

1998年，国务院决定对粮食流通体制改革，将不符合农业发展银行业务范围的贷款划转给商业银行或农村信用社，要求农业发展银行集中抓好收购资金的供应与管理。1998～2002年，农业发展银行累计发放粮油贷款7309亿元，有力地推动了粮食流通体制改革。2004年，累计发放粮油收购贷款1345.85亿元，同比多投放375.58亿元，增幅39%。

2005年为落实粮食宏观调控政策，加大了对农业产业化龙头企业和加工企业贷款。全年累计发放产业化龙头企业和加工企业贷款698.11亿元，累计支持企业达3452家，比上年增加2504家。2006年，初步建立了商业储备信贷管理模式，积极配合各级政府落实商业储备计划，有效稳定了农资价格，保护了农民利益。2007年，农业发展银行为进一步配合国家粮棉收储政策和宏观调控措施，增加信贷投放，全年累计投放粮棉收购贷款2752亿元；累放粮棉储备贷款

415亿元。

2008年，为多渠道支持粮食收购的政策，积极做好粮油储备、国家临时存储和最低收购价等政策性粮油收购工作，确保收购平稳进行，有效防控贷款风险，当年国家累计发放粮油收购贷款3332亿元，同比增长44%；支持各类企业收购粮食2012亿kg、油脂27亿kg，同比分别增长31%、17%，粮油贷款投放量和支持收购量均创历年新高。

中国农业发展银行发放的贷款中，80%是粮油贷款，贷款余额的变动基本可以体现出金融手段对粮油市场的调控投入（图2-6）。2003年以后，贷款余额是逐年提高的，2008年高达12 192.79万元，说明金融手段对粮油市场的调控力度在逐年加强。

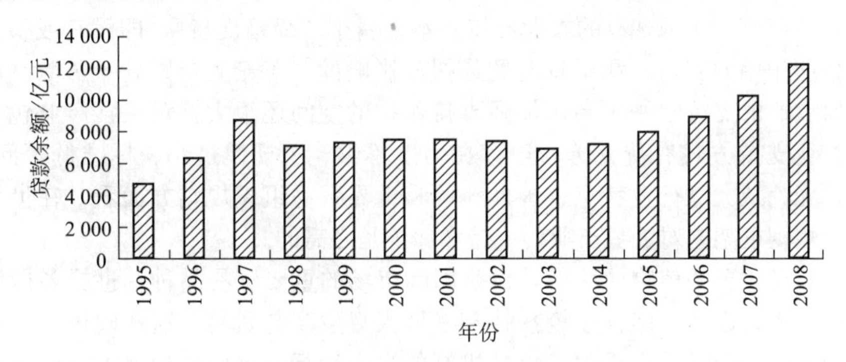

图2-6 中国农业发展银行贷款余额变动情况

资料来源：历年《中国农业发展银行年报》。

（二）配套的法律法规

法律法规的作用是为大豆市场发展提供若干方面的法律保障，即保护农田和粮食综合生产能力；保护种豆农民利益和种豆积极性；确保大豆市场稳定及大豆产业安全。具体来说主要通过以下法律法规来实施。

1993年全国人民代表大会第二次会议通过了《中华人民共和国农业法》，主要内容是：提高包括大豆在内的粮食综合生产能力，建立商品粮基地，明确规定当大豆及其他粮食市场价格过低时，政府可以实行保护价制度，是我国大豆保护价实行的法律依据。

为了加强大豆等粮食品种的储备管理，2003年8月6日，国务院审议通过了《中央储备粮管理条例》，并于2003年8月15日起执行，这一条例是国家实行粮食宏观调控的重要法律保障。对指导大豆收购和规范收购市场秩序发挥了重要作用。截止到2008年，全国具有中央储备粮代储资格的企业1749家，仓容规模9104万t。

2004年5月19日《粮食流通管理条例》（以下简称《条例》）经国务院第50次常务会议审议通过，这一条例是规范我国粮食流通活动重要的法规。《条例》确立了包括粮食宏观调控和应急机制、粮食流通行政处罚等一系列制度。2008年，各级管理部门进一步落实《条例》，截至2008年年底，全国31个省（自治区）建立了包括大豆在内的粮食市场准入制度、应急制度和统计制度，26个省（自治区、直辖市）建立了粮食质量卫生制度。

中发〔2008〕15号文件明确了制定“粮食法”的任务，把加强粮食生产、流通基础设施的建设和确保国家粮食安全作为主要内容。此项法律的实施将扎实推进包括大豆在内的粮食普法依法治理工作，明确市场主体和行政执法主体的权利和义务，保障大豆市场公平、有序发展。

总体而言，我国现有的农业支持基本上属于“绿箱支持”，即没有或很少有贸易扭曲作用的支持。我国具有贸易扭曲影响的“黄箱支持”处于负数。而且我国对农业的支持水平不高，加强支持保护的空间还很大，对粮食产业包括对大豆产业支持方式有待完善，还存在力度不够、总规模过小、标准低等问题。因此，无论从大豆行业特点、国外经验和世界贸易组织规则方面看，在世界贸易组织规则框架内对大豆产业的支持和保护是必需的。

大豆是重要的植物油原料，也是国际市场的重要贸易品种。世界各国为达到各种目的，设计了多种政策扶持和发展大豆生产与贸易。这些政策在发挥市场调控作用的同时，也干预了市场机制的自由运行，改变了国际大豆生产与贸易格局。

国内对大豆产业的支持政策主要体现在生产和流通两个方面。最低收购价政策为市场设置了一个“托底”价格，有力地防止大豆价格过量下跌；粮食直补和综合补贴等降低了大豆生产成本，稳定了豆农收入，保证国产大豆生产和供给水平，防止大豆价格过高上涨；关税减让和临时性贸易措施在调节国内市场总体供给上发挥重要作用。可以说，国内对大豆产业的支持和保护起了一定的积极作用，但总体规模还比较小，未来政策有效支持空间还很大。

第三章 大豆产业发展的市场环境

市场是资源配置的基本力量，大豆生产要素的流动，产品价值的实现都必须通过市场交换完成，因此市场体系的建设和完善是大豆产业发展的重要外部环境。本章着重讨论国内大豆市场体系发展的现状，论述其对大豆产业发展的作用和功能。最后，重点分析期货市场发展及其对大豆产业发展的重要意义。

第一节　粮食与大豆市场体系建设

各个领域、各个方面、各个层次相互联系的市场整体构成市场体系，它应该是一个开放、竞争、有序的系统。市场体系是否健全、完整和发达对于实现资源的有效配置、国民经济发展以及改善和提高人民的生活水平具有重要作用。

一　粮食市场体系的历史演变

新中国成立以来，我国粮食市场是随着粮食供求形势变化和流通体制特别是购销体制市场化改革而逐步发展起来的（李经谋，2009）。大豆市场体系的建立和完善也经历了相同的发展道路。1978 年以前，国家对粮食实行统购统销政策，控制了几乎全部的粮食购销，价格也由政府确定，粮食资源完全计划配置，粮食集市贸易被明令禁止，全国不存在真正意义的粮食市场，粮食市场发展处于停滞状态。

1978 年党的十一届三中全会之后的改革浪潮拉开了粮食流通体制改革的序幕，粮食购销体制逐步由计划走向市场。粮食集市贸易陆续放开，交易量逐年增长，1983 年已达 91.5 亿 kg，比 1978 年增加 2.66 倍。粮食批发市场和贸易中心等也有了初步发展。1990 年国务院批准成立郑州粮食批发市场，出现了首家全国性的粮食批发市场。1993 年郑州商品交易所成立①，中国粮食交易的高级形式——期货交易出现，标志着中国粮食市场体系基本框架形成。

2004 年粮食市场全面放开后，各地和各部门进一步加强粮食市场的培育、管理与服务，各级、各类粮食市场得到了快速发展，粮食市场体系建设取得初

---

① 郑州商品交易所与郑州粮食批发市场一套机制两块牌子，现货、期货两种机制同时运行。

步成效，涵盖收购、零售、批发和期货等环节的多层次粮食市场体系初步形成。

二 大豆市场体系建设与成效

国内大豆市场体系也伴随着粮食市场体系的发展而日益完善，初步形成了涵盖收购、批发和零售、期货等主体多元化、交易方式比较先进、制度比较完备、功能比较完善的大豆市场体系。

（一）大豆收购和零售市场

2004年，国务院印发《关于进一步深化粮食流通体制改革的意见》，其中明确“在国家宏观调控下，充分发挥市场机制在配置资源中的基础性作用，实现粮食购销市场化和市场主体多元化”。此后，我国全部放开大豆购销市场，包括各类符合收购资格的国有粮食企业、流通加工企业、农民专业合作经济组织和农产品经纪人在内的多元化市场主体参与大豆市场收购活动。有调查表明：国家粮站、流通企业、加工企业、合作社和经纪人收购比例分别为2.31%、33.32%、14.31%、0.04%和50.02%（董运来等，2008）。购销市场化加强了供求机制在大豆价格形成中的作用，市场主体多元化为大豆收购引进竞争机制，打破了原来的国有购销企业一家独大，垄断收购的弊端，让价格信号更充分地体现供求关系。

在大豆零售市场上，尽管我国居民有食用大豆制品（如豆腐、豆芽等）的传统，但由于这类大豆制品的生产和加工需要一般居民家庭难以完成的工艺和设备，所以，居民往往直接购买制成品，对大豆原粮的需求量并不大，直接面向消费者的大豆零售市场也就不如其他粮食品种的零售市场发达。但是，近年来居民消费者对豆浆的消费加大，城市的农贸市场和超市也有少量的大豆零售。

（二）大豆批发市场

我国粮食批发市场是随着粮食流通市场改革的深化、市场化程度不断提高而逐步建立和发展起来的。为了培育社会主义市场体系，1990年7月，国务院正式批准成立郑州粮食批发市场。同年10月12日，中国郑州粮食批发市场正式开业，标志着我国粮食批发市场进入规范发展新阶段。经过十几年的发展，批发市场已经成为我国粮食市场体系的重要组成部分，在粮食宏观调控和粮食资源配置中发挥了重要的作用。目前，全国共有各类粮食批发市场553家（李经谋，2009）。大豆作为重要的粮食品种，虽然专业的批发市场较少，但几乎所有的批发市场都能提供大豆商品交易服务。大豆批发市场主要分为以下几类：一是主产区批发市场，包括产区专业批发市场（如黑龙江省海伦大豆批发市场）

和产区综合批发市场（如黑龙江粮油中心批发市场、吉林粮食中心批发市场）；二是国家宏观调控载体市场，如中国郑州粮食批发市场、安徽粮食批发交易市场等。

（三）大豆期货市场

1993年2月，大连商品交易所（以下简称大商所）成立，同年11月，大豆期货合约在大商所挂牌交易。当时的交易标的为“黄大豆”，转基因、非转基因大豆均可以交割。2000年7月豆粕合约上市交易。2001年下半年以来，国家农业转基因政策及相关管理办法陆续出台。2002年，为贯彻执行国家转基因政策，加强对进口转基因大豆的管理，大商所将黄大豆合约拆分为黄大豆1号合约（2002年3月15日上市，只允许非转基因大豆交割）和黄大豆2号合约（2004年12月22日上市）。2006年1月，豆油合约上市交易。至此，中国大豆及其制品的期货商品体系初步完成。

大豆期货期权合约也在酝酿研究当中。大商所于2002年开始进行期权交易研究工作，并于同年年底完成《大豆期货期权可行性研究报告》。2003年和2004年大商所多次派出各业务部门骨干前往芝加哥专程学习和考察期权交易，并于2004年5月制定了《大连商品交易所期权交易管理办法》（征求意见稿）。2004年9月大商所正式启动支持期权交易的交易系统设计工作。

大豆及其制品期货合约自上市以来，除黄大豆2号合约外，其余合约交易比较活跃。2008年，全国黄大豆1号合约成交量227 363 100手，成交额95 190.20亿元，分别是玉米的189.73%和441.28%。同年，豆油合约成交量89 391 986手，成交额83 290.12亿元（表3-1），分别是棕榈油的709.18%和961.32%。

表3-1　2006～2008年玉米与大豆及其制品期货交易情况

交易所名　称	品种名称	2006年累计成交量/手	2007年累计成交量/手	2008年累计成交量/手	2006年累计成交总额/亿元	2007年累计成交总额/亿元	2008年累计成交总额/亿元
大商所	黄大豆1号	17 794 122	94 865 442	227 363 100	4 873.64	37 440.63	95 190.20
	黄大豆2号	3 850 452	40 062	85 582	992.44	15.88	37 079.00
	豆粕	63 099 338	129 438 932	162 530 878	14 719.75	39 138.73	54 157.90
	豆油	20 666 012	26 567 732	89 391 986	11 200.64	21 735.87	83 290.12
	玉米	135 290 072	118 873 484	119 836 920	20 366.71	19 821.83	21 571.47
	总额	240 699 996	369 785 652	599 208 466	52 153.18	118 152.94	291 288.69

资料来源：李经谋，2007；李经谋，2009。

（四）国内大豆市场制度建设

伴随国内粮食市场硬件建设的快速发展，粮食市场制度体系更加完善。首先，关于粮食市场管理的制度性文件相继出台。政府先后颁布《粮食流通管理条例》、《中央储备粮管理条例》、《粮食流通监督检查暂行办法》、《农产品批发市场管理技术规范》和《〈农产品批发市场管理技术规范〉实施细则》。其次，关于流通的规划、指导性意见不断出台。2007年出台的《全国粮食市场体系建设“十一五”规划》和《粮食现代物流发展规划》，为今后一段时期的国内粮食市场体系建设和物流业发展指明了方向。最后，关于交易商品质量标准的规范性文件陆续制定，如《农产品质量安全法》、《粮食质量监管实施办法（试行）》、《农业转基因生物安全管理条例》、《大豆国家标准（GB1352—2009）》等。

上述大豆市场制度的制定和实施为完善大豆市场体系建设、规范大豆交易活动，引导生产、流通和加工发挥重要的作用。特别是2009年9月1日实施的新大豆国家标准将对产业发展具有重要影响。作为一项强制性国家标准，修订后的标准增设了高油大豆和高蛋白大豆的分类定义，这将突出我国非转基因大豆的优势，使优质大豆及其制品的价格提高成为可能。

（五）电子商务为国内大豆交易方式带来历史性变革

2008年，我国网民人数2.98亿人，成为世界第一网民大国。农村网民规模达到8460万人，全国有97%以上的乡镇具备互联网接入条件。网络技术和现代信息技术发展促进了大豆交易方式由传统交易方式转向电子商务交易方式。电子商务是企业利用网络和电子技术从事的外部经营和营销活动。近几年国家先后发布实施了《2006～2020年国家信息化发展战略》、《国民经济和社会发展信息化“十一五”规划》、《电子商务发展“十一五”规划》等指导性文件，为电子商务的发展创造了有利条件。国内粮食行业对以互联网为代表的新技术的认知程度也不断提高，利用现代化手段开展自身各项业务活动的需求不断高涨，粮食行业电子商务日益被粮食企业所重视。国内引入电子商务服务的市场、企业数量迅猛增长，电子商务模式也由最初的信息平台发展为信息和交易的综合平台。

中国郑州粮食批发市场是较早开办电子商务的批发市场之一，它创立的中华粮网在1998年就开展了第一笔网上粮食交易，特别是2002年7月推出网上竞价交易（即栈单交易）后，国内粮食网上交易得到迅速发展。2007年，政府就通过中华粮网等电子商务平台销售最低收购价小麦3716万t、进口小麦30万t、稻谷1825万t、中央储备玉米60万t、中央储备油20万t，进一步促进了粮食电子商务的安全、稳定、有序运行，吸引更多企业加入其中。根据中华粮网抽样调查，70%以上的粮食企业和单位掌握互联网信息采集技术，80%以上的粮食加工和贸易企业乐于以电子商务方式开展购销活动，电子商务市场潜在需求逐渐显现（李经谋，2008）。

电子商务的发展降低了大豆交易成本、提高了流通效率、为国家实施宏观调控提供了有利工具。从长期来看，未来技术的发展必将为大豆网上交易的发展提供更加方便、低廉、快捷的市场服务。

分工趋于明晰，定位逐步明确、制度日益完善、交易方式更加先进的大豆市场体系为提高大豆资源配置效率，稳定大豆产销，维护大豆市场稳定作出了重要贡献。大豆收购市场在贯彻国家大豆收购政策、方便农民售粮、促进大豆生产发展和农民增收、提供商品豆源方面发挥了重要作用。例如，2008年末和2009年末，为了防止大豆价格过快下滑，保障农民收入，政府依托国有粮食企业实施大豆临时收储政策，以最低收购价格收购农户大豆。实践证明，2009年12月的大豆收购价格较2008年7月的高价位下跌34.05%，高于美国31.43%的跌幅，而小于世界现货市场42.47%的跌幅，说明最低收购价政策在一定程度上遏制了大豆价格过度下滑。

大豆零售市场在满足和方便人们日常生活需要，调剂粮食品种余缺方面发挥积极作用。大豆批发市场在组织大宗粮食品种交易，形成现货市场价格，传递市场供求和价格信息，服务国家宏观调控等方面发挥了重要作用。大豆期货市场稳步发展，在发现价格、规避风险等方面发挥着不可替代的作用。

第二节　国内大豆市场的价格

中国粮食市场价格经历了统购统销下的政府定价，双轨制下的市场与政府价格并行，市场供求决定了价格的三种形成机制。

一　大豆价格的形成

政府定价机制下由政府按照计划的方式直接规定大豆的收销价格。这种定价机制在供给短缺的战后经济稳定和恢复中发挥了重要的历史作用。但它否认了市场机制，价格信号不能准确反映市场供求，影响了资源的配置效率。所以，在改革开放以后，政府对这种定价机制进行了双轨制改革。双轨制是我国在经济体制改革初期所采取的一种渐进式的价格改革方式。在对计划经济体系无法一揽子全部调整和改革的情况下，国家对同一种产品（主要是生产资料）的计划内和计划外部分分别实行计划价格和市场价格，由此形成价格双轨制。大豆市场价格双轨制发端于改革开放初期的统购价格和超购价格在市场上并行，形成于1985年。当时政府取消统购制度，改统购价格为合同定购价格，超过合同定购数量的大豆实行市场价格，市场上正式出现合同定购价和市场价的双轨价格。作为对传统价格体系的渐进式改革方案，双轨制承认和允许了市场在粮食流通和价格形成中的作用。但是在双轨制政策下，包括大豆在内的粮食市场仍然受到政府的严格管控，价格处于政府的严格管理和干预下，市场引发的自由波动依然微弱。

1995 年 10 月，国务院领导提出“四分开，一并轨”的粮食部门改革思路，即政企分开、储备与经营分开、中央和地方责任分开、新老挂账分开，定购价与市场价并轨。到 1998 年 4 月，国务院领导改“四分开，一并轨”为“四分开，一完善”，即“并轨”的提法改为“完善粮食价格机制”。从此，中国粮食市场价格机制开始向市场化改革方向迈出重要一步。市场在粮食价格形成中的作用日益突出。

2004 年的中央 1 号文件明确指出“从 2004 年开始，国家全面放开粮食收购和销售市场，实行多渠道经营”。2004 年 5 月国务院颁布的《粮食流通管理条例》规定“国家鼓励多种所有制市场主体从事粮食经营活动，促进公平竞争”，这个条例以法规的形式明确多渠道经营的合法性。《国务院关于完善粮食流通体制改革政策措施的意见》（国发〔2006〕16 号，下称《意见》）要求“鼓励各类具有资质的市场主体从事粮食收购和经营活动，培育农村粮食经纪人，开展公平竞争，活跃粮食流通”。这样，多种市场主体和渠道的发展打破了国有企业的垄断格局，市场更加开放和竞争，大豆价格更充分地体现了供求双方多种力量的博弈。至此，我国已经建立起大豆价格由市场供求决定的价格形成机制。

二 国内大豆定价权旁落

在市场决定价格的机制下，供求对大豆价格具有决定性的影响。由于国内大豆产业高度依赖进口原料，进口大豆的供给状况和价格对国内市场发挥了决定性的作用，也就是，国内大豆定价权丧失。产生这种结果的原因主要在于我国大豆进口的贸易机制和渠道。

首先，现有大豆贸易普遍采用点价贸易方式，该方式决定了进口大豆价格取决于期货价格。点价即两口价（pricing）：在签订进口合同时，并不直接确定大豆的价格，而是双方事先谈定一个升贴水，并在合同中约定以 CBOT（美国芝加哥期货交易所）某月大豆合约作为标的合约，在一定的期限内由进口商自行采购相应数量的 CBOT 某月大豆期货合约，以期货价格均价加升贴水价作为最终进口价格（金胜琴，2008）。点价贸易的现货价格形成模式见下式

$$Sprice = SA + Fprice \tag{3-1}$$

式中，$Sprice$ 表示现货价格；SA 表示期货升贴水；$Fprice$ 表示期货价格。

式（3-1）表明现货市场价格等于期货与约定升贴水之和。所以，在点价贸易模式下，期货价格成为现货价格的基础。目前，世界有三大大豆期货交易所：中国大连商品交易所（DCE）、日本东京谷物交易所（TGE）和美国芝加哥期货

交易所（CBOT）。其中，CBOT凭借其庞大的交易规模和悠久历史成为世界大豆贸易的基准价格，从而建立“南美生产、中国消费、美国销售并决定价格”国际大豆的定价机制。张吉祥（2007）利用赫芬达尔指数，评估了中国、美国、日本三国在大豆进出口贸易中的定价能力，结果表明：美国对世界大豆市场具有绝对的定价权，标志市场定价能力的V值达到0.279，远远大于中国的0.044和日本的0.011（表3-2）。“美国在中国大豆市场上存在明显的市场垄断。美国贸易商通过市场垄断，从中获得垄断租金”（余建斌和乔娟，2006）。

表3-2　中国、美国、日本大豆贸易国际定价能力比较

年份	H_x	H_m	中国			美国			日本		
			C_x	C_m	V	C_x	C_m	V	C_x	C_m	V
2001	0.223	0.059	0.007	0.182	0.044	0.352	0.004	0.279	0.000 05	0.056	0.011
2002	0.222	0.061	0.007	0.186	0.046	0.318	0.003	0.250	0.000 14	0.047	0.010
2003	0.224	0.060	0.009	0.192	0.048	0.321	0.002	0.253	0.000 03	0.048	0.010
2004	0.236	0.106	0.004	0.296	0.094	0.303	0.003	0.209	0.000 03	0.045	0.014
2005	0.224	0.079	0.008	0.241	0.069	0.258	0.006	0.193	0.000 06	0.046	0.012
2006	0.223	0.059	0.007	0.182	0.044	0.352	0.004	0.279	0.000 05	0.056	0.011

资料来源：张吉祥，2007。

注：赫芬达尔指数，也称H指数，是指各国进口或出口的国际市场占有率的平方和，范围为0～1。该指数越大表明市场越集中，反之市场越分散。$V=(C_x \times H_x + C_m \times H_m)/(H_x + H_m)$，其中，$C_x$和$C_m$分别为一国出口和进口商品占国际市场的比重；$H_x$和$H_m$分别为整个国际市场出口和进口的赫芬达尔指数。$V$值表示各国商品进出口上的国际定价能力，$V$值范围为0～1，$V$值越大说明该国对于国际市场定价的影响力也就越大，$V$值越小则说明该国对于国际市场定价的影响力也就越小。

其次，现有大豆贸易渠道也导致国内大豆定价权旁落。20世纪90年代中期，为扩大国内油脂供给，政府逐渐放开大豆进口市场。国际资本借机进入国内豆油压榨市场。新加坡嘉里粮油公司、新加坡丰益粮油公司和美国ADM第一批进军中国油脂产业，继而美国嘉吉公司、邦吉公司、新加坡来宝集团也陆续进入。至2007年4月，国内有外资背景的大豆加工厂数量占加工厂总数的26.5%，其整体加工能力达到2778万t，占全国加工能力的36.1%。实际加工量1078万t，占国内实际加工量的51.7%。

这些跨国粮商投资国内大豆加工业以销售进口大豆为前提。它们投资我国大豆加工业或独资或参股经营，一般参股但不控股，如ADM收购华农集团湛江油脂厂30%的股份，却取得了其70%的原料采购权①，从而控制了大豆进口渠道。据研究，国际市场上少数几家跨国粮商掌握着美国、巴西和阿根廷等主产国的大豆收购、仓储和出口，控制着全球70%以上的大豆货源。中国80%的大豆进口货源由“ABCD”四家公司垄断（余建斌，2006）。中国的大豆进口市场

---

①　据经济参考报对九三油脂集团田仁礼的采访。“洋大豆”来势凶猛，我国大豆产业后果不堪设想，转引自中国农业网.http：//www.zgny.com.cn/ifm/consultation/2006－09－01/104394.shtml2006.9.1。

呈现卖方寡头垄断的结构特征。

市场结构对企业市场行为具有重要影响。跨国粮商在获得加工企业进口大豆的参与和决策权后把国内大豆加工业作为变现国际贸易利润的一个环节。这个环节中，企业不再运用简单的价格战方法获得竞争优势，相反，各方的“价格默契的合谋行为”有效地防止恶性的价格竞争。它们利用垄断的市场势力和点价贸易机制获取大豆贸易的定价权，攫取长期的垄断利润①。

式（3-1）表明进口大豆价格等于期货价格与约定升贴水之和。根据金胜琴（2008）的研究，点价方式下卖方的获利水平与期货价格无关，升贴水水平是其利润高低的决定性因素，所以升贴水成为买卖双方讨价还价的焦点。升贴水的水平主要取决于三个因素：运输成本、持有成本和卖方的期望利润。式（3-2）将升贴水表示为单位运输成本 $c(y)$、单位商品持有成本 $i(y)$（如利息支付等）、其他成本 ε 和期望利润 EPr 的函数。在国际贸易中，跨国公司一般追求稳健经营，按照一定的成本比例锁定利润，也就是式（3-3），其中 $b \geqslant 0$，表示国际粮商的目标利润率。所以，综合式（3-1）～式（3-3），进口大豆合同价格表示为式（3-4）

$$SA = f\left[c(y),\ i(y),\ EPr,\ \varepsilon\right] \tag{3-2}$$

$$EPr = b \times \left[c(y) + i(y) + \varepsilon\right] \tag{3-3}$$

$$Sprice = \varphi\left[c(y),\ i(y),\ \varepsilon,\ b\right] + Fprice \tag{3-4}$$

也就是说，进口大豆的现货价格取决于单位储运成本、期货和商品持有成本、其他成本、国际粮商确定的利润率水平和国际期货价格。

在现有贸易机制和渠道条件下，我国大豆市场定价权已经丧失。作为世界最大的大豆消费国和进口国，定价权的缺失大大增加了国内大豆市场风险。

首先，缺乏定价权使国产大豆无法形成自己的价格体系，不能体现国产大豆的优质优价，国产大豆市场份额萎缩，豆农种植意愿降低，国内大豆生产面临危机。其次，缺乏定价权还致使国内加工企业成为价格接受者，被国际粮商“牵着鼻子走”，经营风险大增。2004 年的“大豆风波”就是最深刻的教训。最后，由于缺乏定价权，世界市场的剧烈波动可能严重危及国内大豆产业安全和食品安全。

三 大豆价格的波动

（一）长期价格变动

1978 年以来，大豆名义收购价格呈明显上升趋势，30 年累计上涨 10 倍，

---

① 这里强调的是跨国粮商掌握了大豆贸易的定价权，并没有认为他们操控了国内大豆或豆油价格上涨。

年均上涨 8.32%。期间有 20 年环比上涨，13 年涨幅超过 10%，单年最大涨幅出现在 2007 年，增长 64.64%；仅有 10 年价格下跌，2 年跌幅超过 10%，单年最大跌幅出现在 1998 年，下跌 24.73%（图 3-1）。

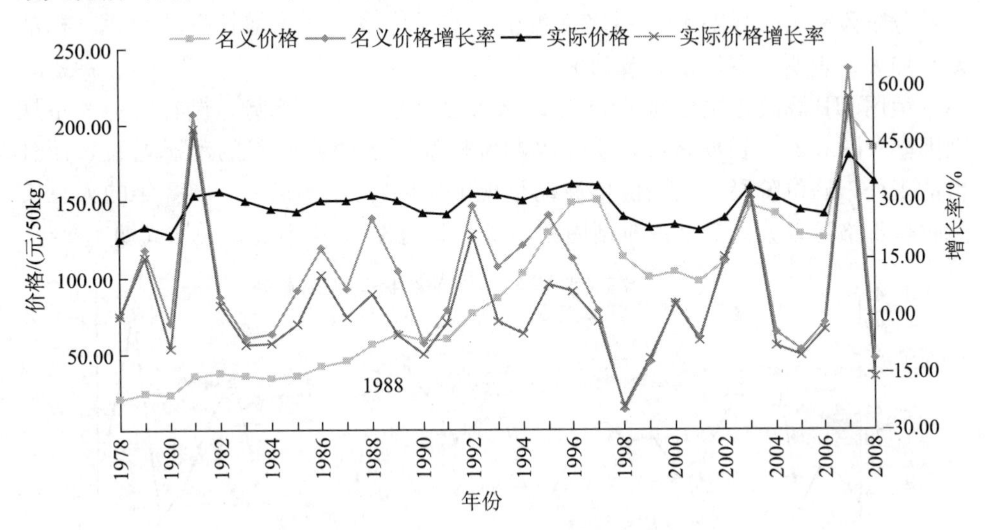

图 3-1 1978～2008 年大豆长期收购价格变动

资料来源：历年《全国农产品成本收益资料汇编》。

名义价格年际间波动较大。概括地说，前 10 年名义价格在低水平上波动；中间 10 年在波动中快速上涨；后 10 年在暴涨暴跌中上升。具体来看，1978～1990 年，大豆价格处于较低水平，价格在 20～60 元/50kg 的低水平狭窄空间内变动，1980 年、1983 年、1984 年和 1990 年价格略有下降，其余年份均处于上升通道。1991～1997 年，大豆价格进入快速上涨阶段，在 7 年时间里，价格上涨 153.30%，达到 150 元/50kg，登上了一个阶段的顶峰。其间，除增幅略有变化外，价格水平一直处于上升通道。名义价格在 1998 年以后开始剧烈波动，1998～2008 年的 11 年时间里，名义价格经历了 2 次大起大落。1998～2001 年，名义价格经历了滑铁卢式的大跌，4 年累计下降 35.58%。2002 年开始重新进入恢复性上涨阶段，到 2003 年，价格恢复到 147.23 元/50kg，但仍然没有达到 1998 年的价格水平。2004 年开始连续三年下降，至 2006 年累计下跌 14.58%。2007 年，大豆价格重新暴涨，当年涨幅高达 64.64%，2008 年价格快速下降，比 2007 年下降 11.01%。

名义价格极易受到宏观经济环境尤其是通货膨胀的影响，以它为指标研究市场波动往往产生放大效应，掩盖了市场的真实情况。运用 CPI 指数（以 1978 年为 100）剔除物价影响之后，实际价格与名义价格的动态特征截然不同（图 3-1）。在剔除物价影响之后，实际价格上涨趋势不再明显，长期在 30 元/50kg 上下波动。波动空间明显减小，其峰谷价差仅有 21.70 元/50kg（最小值是 20.25 元/50kg，最大值是 41.95 元/50kg），远小于名义价差空间。价格标准差缩小为 4.74，变异系数缩小为 0.16，都明显小于名义价格指标。

分阶段来看，1998 年以后名义价格和实际价格的环比增长率的变化（标准差）加大，表明大豆价格的波动更加剧烈。

运用 HP 滤波方法分离 1978 年以来大豆价格的时间趋势、循环趋势和不规则因素（图 3-2）。长期来看，实际收购价格经历了两峰两谷的动态过程，而且目前正处于峰位阶段。长期价格波动呈现出周期特点。1978～2008 年的大豆实际收购价格可以分为 7 个古典型周期，每个周期 3～7 年不等，平均周期 4.5 年。

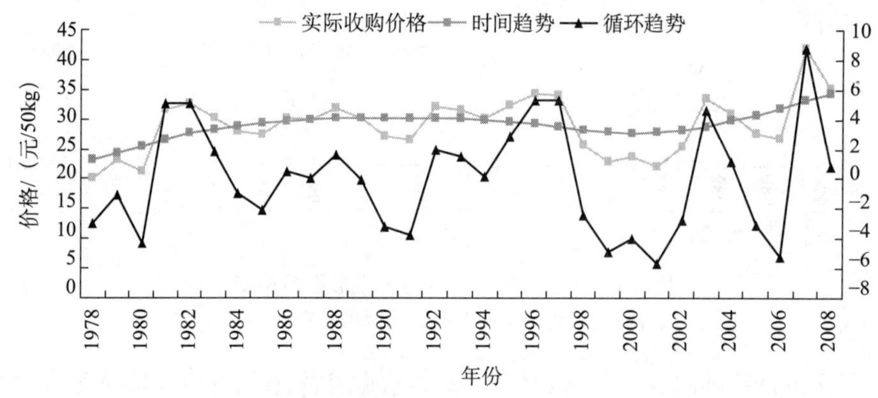

图 3-2 长期收购价格波动的时间趋势和循环趋势

注：时间趋势指大豆实际收购价格随时间变化呈现出来的线性趋势；循环趋势指本期收购价格与上期收购价格差呈现的变动趋势。

（二）短期收购价格波动

短期收购价格整体呈上涨趋势。1998 年 1 月至 2009 年 12 月，实际价格从 68.87 元/50kg 上涨到 75.16 元/50kg，增长 9.13%。虽然上涨幅度较小，但从长期看，1998 年正值市场高位，以 1998 年为基期可能缺乏说服力。如果从 1999 年 1 月的 41.58 元/50kg 算起，则到 2009 年 12 月上涨了 33.58 元/50kg，累计上涨 80.76%。在上涨的同时，短期收购价格波动呈现阶段性特征，价格波动幅度逐期加大。尤其 2006～2009 年是大豆收购价格频繁波动时期。

从大豆收购价格计量特征上看，首先，大豆收购具有明显的季节性。如果运用移动平均比率法计算收购价格的月度指数（表 3-3）。那么，结果表明：每年 5～8 月的收购价格指数较高，其余月份价格指数较低。这与中国大豆生产与上市特征基本吻合：每年的 5～9 月是国内大豆生产季节，市场供应较少，因而收购价格处于较高水平。9 月至次年 4 月大豆收获后集中上市，压低了市场价格。

表 3-3　1998.1～2009.12 大豆短期收购价格月度指数

1月	2月	3月	4月	5月	6月
0.9775	0.9720	1.0017	0.9977	1.0492	1.0283
7月	8月	9月	10月	11月	12月
1.0139	1.0097	0.9997	0.9712	0.9962	0.9859

其次，短期收购价格波动具有周期特征。先运用移动平均乘法模型剔除季节影响，然后再继续运用 HP 滤波方法分离长期趋势和循环因素（图 3-3）。

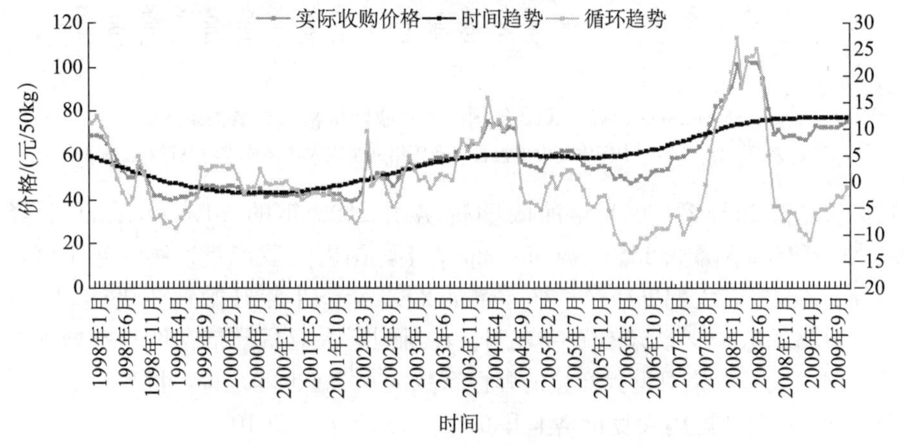

图 3-3　短期收购价格波动的时间趋势和循环趋势

注：时间趋势指大豆实际收购价格随时间变化呈现出来的线性趋势；循环趋势指本期收购价格与上期收购价格差呈现的变动趋势。

结果显示，1998 年 1 月以来，短期收购价格呈现三峰二谷的平缓上涨趋势。价格循环因素明显，可以划分为 9 个古典波动周期。9 个周期的平均波动幅度 33.02%，平均扩张期 7.44 个月，平均收缩期 9.62 个月，平均周期 15.88 个月，平均变异系数 0.13。

四 大豆价格的影响因素

随着大豆购销市场的全面放开，供求关系已经成为大豆价格的基本因素。除此之外，政府宏观调控政策、资本市场、能源市场也是影响大豆价格的重要因素。

（一）我国及世界大豆产量是影响国内大豆价格的首要因素

生产是大豆供给的根本来源。但大豆产量受播种面积、气候等自然因素的影响变化较大，也对价格产生较多的影响。尤其是进入 2000 年以后，大豆价格形成更加市场化，国内产量对价格的作用更加明显（图 3-4）。

例如，受种植面积大幅度增加影响，2000 年大豆产量比 1999 年增长

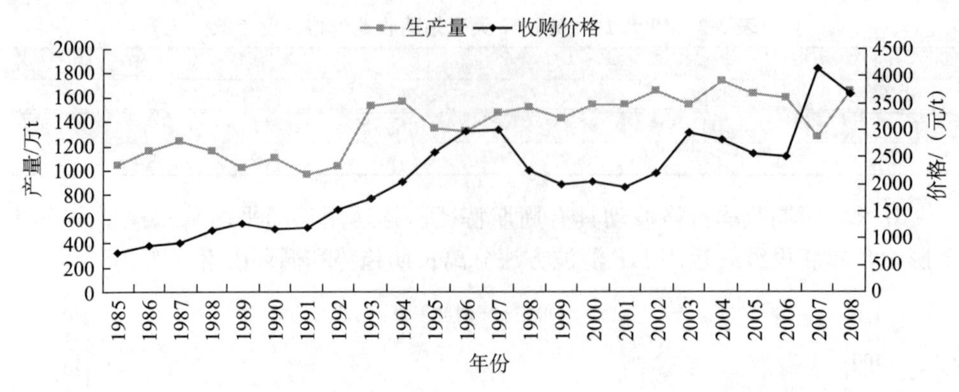

图 3-4　1985～2008 年国内大豆收购价格与产量关系

资料来源：2007 年《中国农业发展报告》和历年《全国农产品成本收益资料汇编》。

8.14%。增产却导致 2001 年的收购价格由 2000 年的 2055.40 元/t 下降到 1935.20 元/t，下降 5.85%。2005～2007 年，国内大豆产量连续 3 年下降，累计降幅 26.87%，大幅度减产最终导致了 2007 年下半年开始到 2008 年 10 月大豆收购价格暴涨 64%。还有研究表明：在对国际大豆贸易依存度日益增加的情况下，国内大豆价格对世界产量的弹性系数为 0.3；也就是说，世界大豆产量每下降 1%，就会使国内大豆价格上升 0.3%（刘家富，2010）。

（二）居民收入拉动的食用油消费和动物产品消费增加是大豆价格长期上涨的主要动力

大豆是国内居民的重要植物蛋白来源、食用油加工原料和饲料加工原料，其消费需求呈现刚性特征。随着居民收入的提高，国内居民对大豆及其制品的消费持续增加，成为大豆价格持续上涨的主要动力。

1985～2008 年，我国居民人均纯收入[①]由 478.56 元/a 增长到 9707.14 元/a，增长 19.28 倍。人均豆油消费[②]由 0.6kg/（人・a）左右，增加到 6.36kg/（人・a），增长 9.6 倍；国内肉、蛋、奶产量急剧扩张，分别由 1985 年的 2857 万 t、795 万 t 和 475 万 t 增长到 2008 年的 7269 万 t、2638 万 t 和 3651 万 t（图 3-5）。同期，国内大豆收购价格也由 715.20 元/t 上涨到 3685.20 元/t[③]。

---

① 本数据根据城镇居民人均可支配收入和农村居民人均纯收入使用人口比例加权计算后获得。

② 由于资料难获取，此处数据以 1985 年全国豆油产量除以当年全国人口数获得，未考虑贸易和库存影响。

③ 资料来源：2007 年《中国农业发展报告》和 2009 年《中国统计年鉴》。

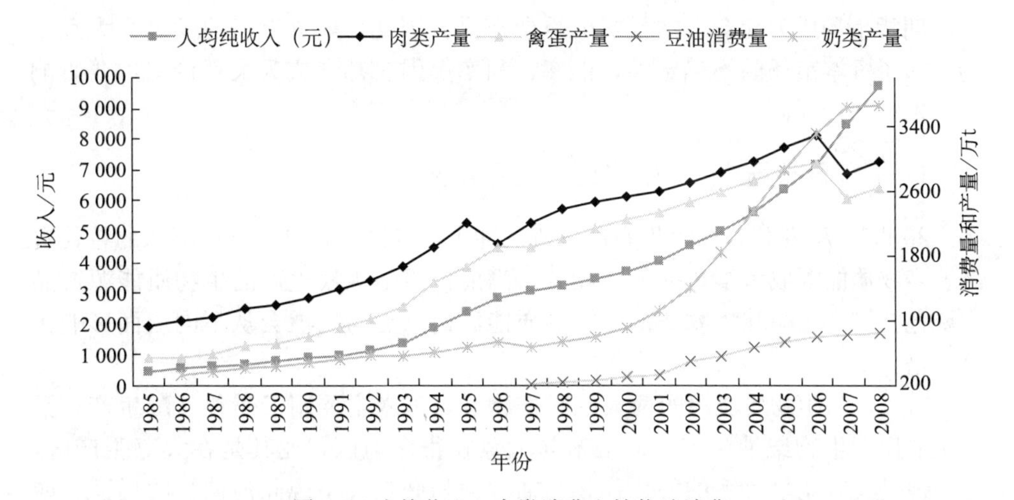

图 3-5　人均收入、肉类消费和植物油消费

资料来源：豆油消费数据来自国家粮油信息中心，其他来自 2007 年《中国农业发展报告》和 2009 年《中国统计年鉴》。

注：人均纯收入按照城乡人口比例对城镇居民可支配收入和农村居民人均纯收入做加权调整获得。

（三）宏观调控政策是大豆价格的重要影响因素

大豆价格对国内生产者和消费者都有重要影响。政府为防止“豆贱伤农”和“豆贵伤民”，对大豆及其制品市场采取了包括生产支持、价格保护、贸易调整和产业扶持等一系列监管调控措施。这些调控措施从供求、价格和贸易等多方面发挥作用，对大豆价格产生重要影响。

在 2008 年末，针对大豆价格下跌较大、较快的实际情况，国家启动临时收储计划，分别在 2008 年 10 月、12 月和 2009 年 1 月分三批下达临时收储任务，以 3.70 元/kg 的最低收购价格收储大豆 600 万 t。2009/2010 年度，政府继续执行大豆临时收储政策，以 3.74 元/kg 的最低收购价在内蒙古自治区、辽宁省、吉林省、黑龙江省“三省一区”收购（国标三等）大豆。

最低收购价政策对市场发挥了重要作用。2008 年 7 月至 2008 年 10 月，美国农户收购价格和世界市场平均价格分别下跌 25.18%和 38.86%。同期，国内大豆收购价格下跌 32.15%，跌幅高于美国，但低于世界市场。这说明，中国最低收购价政策在一定程度上遏制了大豆价格下降幅度，及时地为豆农提供了一个“托底”价格。

（四）期货市场为大豆市场引入了资本市场的不确定性

国内大豆期货建设日益成熟，在发挥价格发现和套期保值的基本功能的同时，市场的投资功能也日益完善。在国内投资环境缺乏、投资机会有限的前提下，期货市场成为社会资本投资的重要产品。因此，期货市场的发展为大豆市场引入了资本市场的不确定性，汇率、利率等因素都会成为大豆价格重要影响因素。

（五）能源市场对大豆价格具有重要影响

20世纪70年代，受世界石油危机的冲击，各国开始寻找化石能源的替代资源。生物质能源成为重要的替代能源。当前世界上规模生产的生物质能源产品主要包括燃料乙醇和生物柴油。生物质能源的兴起与发展会从不同层面影响大豆价格。

首先，从生物质能源的两大原料作物看，玉米主要用于燃料乙醇生产，大豆主要用于生物柴油生产。但玉米与大豆在很多地区，尤其是在大豆主产区，对土地是具有竞争关系的替代作物，播种面积必然会呈现此消彼长的局面。如果燃料乙醇需求增长，玉米面积扩大，大豆面积压缩，产量下降，势必引起大豆价格上涨，反之亦然。

其次，生物柴油需求会直接引发大豆价格的上涨。以美国为代表的生物质能源生产与消费大国，逐步将对能源消费从传统的不可再生转向可再生、可循环的新能源领域。生物柴油就是产业化的典型案例。大豆作为生产生物柴油的主要原料，会在世界能源消耗加剧的趋势下，扮演重要角色，能源需求的持续性与不可再生能源的有限性之间的矛盾，必然会使各国争相研发生物质能源。当传统能源价格高于生物质能源生产成本时，以大豆为原料的生物柴油必然会走俏，大豆价格也会随之水涨船高。

最后，生物能源兴起与发展，已经渗入和改变着能源市场格局。当然，能源市场的变动也会通过各种渠道影响大豆价格走势。由于传统以石油为代表的能源受到经济、地理甚至政治因素影响巨大，价格波动剧烈，远非供求能够决定，这种不稳定的价格形成机制中不稳定的因素将通过能源产业宏观环境影响到大豆等可再生生物质能源原材料的价格。

第三节　大豆期货市场建设与功能

期货市场在旧中国就已存在，当时的交易方式十分落后。新中国成立后，由于长期实行单纯使用行政手段配置粮食资源的计划经济体制，期货市场失去存在的基础而消失。十一届三中全会以后，我国农业生产有了很大的发展，进入市场调节的农产品不断增多，流通范围不断扩大，但是年度间起伏不稳，导致买难卖难交替，价格暴涨暴跌，生产和流通不相适应。为了解决这一难题，西方发达国家的期货制度重新被纳入政府视野。

一 大豆期货的产生与发展

1988 年的七届人大《政府工作报告》中指出："加快商业体制改革，积极发展各类批发贸易市场，探索期货交易"。1993 年，郑州粮食交易所以现货交易为基础，引入期货交易机制，成为新中国第一个期货市场。1994 年开始，国家对期货市场进行清理整顿。1998 年 8 月，国务院对全国 14 家期货交易所进行整顿和撤并，只在上海、郑州、大连保留三家期货交易所。其中，大商所、郑州商品交易所（以下简称郑商所）以粮食期货交易为主。至 2010 年 8 月，我国粮食共有 12 个农产品期货合约上市交易，其中，玉米、黄大豆 1 号和黄大豆 2 号、豆粕、豆油、棕榈油期货合约在大商所交易；白砂糖、一号棉花、优质强筋小麦和硬白小麦、菜籽油、早籼稻期货合约在郑商所交易。

经过 7 年的期货市场治理整顿，特别是近年来的快速发展，中国期货市场在管理体制、规范化程度、功能发挥以及行业文化建设等方面有了长足进步，为其长期可持续健康发展创造了条件。期货市场的功能得到显现。

一是规范了粮食市场秩序。期货市场的交易机制尤其是履约担保机制，在期货市场多年实践中已为现货企业所认可，严格透明的交易制度使合同履约率达到 100%，期货市场可以消除现货市场交易中商业信用缺失问题。

二是套期保值功能初步发挥，一定程度上降低了企业经营风险。国内已经有相当一部分企业，包括一些大型国有企业通过自身实践认识到期货市场作为回避价格风险的工具不可或缺。山东、河南等小麦主产区的一大批粮食企业利用郑州市场开展了套期保值业务，有的间接利用郑州小麦期货价格指导生产和流通；黑龙江省农垦总局下属 40 多个农场参与了大商所的大豆期货交易，并在每年安排大豆种植面积时重点考虑大商所期货价格。

三是以大豆、小麦为代表的一些品种的期货价格已经成为行业指导价格，对该品种乃至相关品种粮食的产、供、销的引导作用日益增强，在一定程度上实现了期货市场价格发现功能。

二 大豆期货的交易特征

（一）大豆期货标的

大豆期货 1993 年在大商所挂牌交易时，交易标的为"黄大豆"，转基因、非转基因大豆均可以交割。2001 年下半年以来，国家农业转基因政策及相关管理办法陆续出台。2002 年，为贯彻执行国家转基因政策，加强对进口转基因大豆的管理，大商所将黄大豆合约拆分为黄大豆1号合约（2002年3月15日上市，只允许非转基因大豆交割）和黄大豆2号合约（2004年12月22日上市）。黄大豆1号合约代表了国产大豆的价格走势，体现了国产大豆的品质特征，使国产非转基因大豆开始有了自己的价格发现中心，大商所也成为世界最大的非转基因大豆期货市场。随着2004年底黄大豆2号合约上市交易，大商所形成了完整的大豆合约交易体系。

（二）大豆期货合约标准

为了方便交割，黄大豆1号合约交割标准根据国标制定，标准品为三等黄大豆。交割时，一等、二等大豆实行升水，四等大豆实行贴水（表3-4）。

表 3-4　黄大豆 1 号期货合约标的品质标准

交割等级		纯粮率最低指标/%	种皮	杂质/%	水分/%	气味色泽	升水/（元/t）	贴水/（元/t）
标准品	三等黄大豆	91	黄色混有异色粒5.0%	1	13	正常	—	—
替代品	一等黄大豆	96					30	—
	二等黄大豆	93.5					10	—
	四等黄大豆	88.5					—	30

资料来源：大商所网站（http：//www.dce.com.cn）。
注："—"表示无。

（三）大豆期货合约交割时间

大商所大豆期货交割月份为1月、3月、5月、7月、9月、11月，涵盖了大豆播种及收获季节。从我国的情况来看，每年4～5月是大豆播种季节，9月是上一年度大豆库存即将销售结束、新一年度大豆即将收获的季节，而1月是农作物集中上市的季节，这三个月份价格波动较大，产业链相关主体避险需求较大，因此这三个月份合约成交活跃。

（四）大豆期货交易规模

大豆期货是国内交易时间最长的品种之一，在上市初期表现比较稳定，1996年由于国家宏观调控原因大商所玉米期货停止交易，大豆期货开始活跃。1997年以来，大豆期货的成交量与成交额在大商所与全国期货市场中的份额逐年增加，2001年的交易量占全国期货成交量的75%，2008年实现了跨越式的增长，全年成交2.2亿手，比2007年增长140%，在全国19个期货交易品种中，交易量与交易额分别占16.7%和13.2%。2000年以来大豆合约日均成交量一般保持在40万手左右，2008年日均成交量达到92万手，是全国累计交易量最大的品种，在全国18个上市的期货交易品种中成交量位居第二。

与国际市场比较，按可比口径计算，自1997年以来大豆合约成交量与芝加哥商业交易所（CME）成交量的比值不断提高，2001～2004年均在20%以上，之后虽然有所下降，但2006年之后，与CME所占份额的比重又有所回升，达15%以上。2008年大商所大豆期货交易量已达到东京谷物交易所的13倍。2008年在全球农产品期货期权交易量的排名中，大商所大豆期货的交易量位居第二。如此庞大的市场规模说明了大商所的大豆期货在全球大豆市场已占据较为重要的地位，它的市场影响力正伴随着市场容量的扩大在不断扩高。

（五）大豆期货流动性特征

大豆合约的流动性随着上市时间呈现出周期性变化的规律。在合约刚上市时，市场流动性较差，几个月后则迅速上升到较高水平，但各合约进入高流动性的时间不同，这取决于该期货合约的市场题材、政策变化以及投资者对它的认同时间。多数合约在交割月前一个月流动性开始下降，直至交割。

（六）客户结构

2008年参与黄大豆1号和2号的投资者数量为18.4万个，其中法人客户近2700个。这些投资者研究市场的供求关系和价格走势，其连续不断的交易形成了权威的大连大豆期货价格，对期货市场功能的实现发挥了良好的作用。2008年，黄大豆1号合约成交中单位客户占比达到10.06%，持仓中单位客户占比达41.56%。大商所大豆的客户参与情况与豆粕等其他成熟品种类似，单位客户成交占比较低，但是持仓占比较高，显示出单位客户交易频率低、持仓时间长的特点（表3-5、表3-6）。

表3-5 2008年黄大豆1号投资者结构

品种	总成交量/手	单位客户成交量/手	个人客户成交量/手	单位客户占比/%
豆一	227 363 100	22 862 730	204 500 307	10.06

资料来源：大商所网站（http：//www.dce.com.cn）。

表3-6 2008年黄大豆1号持仓量投资者结构

品种	总持仓/手	单位客户持仓/手	个人客户持仓/手	单位客户占比/%
豆一	366 690	152 392	214 298	41.56

资料来源：大商所网站（http：//www.dce.com.cn）。

从投资者的地区分布看，2008年华东地区的大豆成交量占总成交量的比重最大，为36.7%，其次是华北地区、华南地区，成交份额分别为21.04%、18.82%，国内最大的主产区域东北地区仅有8.76%[①]。

---

① 东北地区包括黑龙江、辽宁和吉林；华北地区包括天津、河北、山东和山西；华东地区包括江苏、安徽、浙江和上海；华南地区包括广西、福建和海南。

三 大豆期货市场功能

完善的交易机制，充足的流动性使大豆期货的价格发现与套期保值两大基本功能得到充分发挥。多年来，大豆期货价格走势与现货价格保持紧密联系（图 3-6），提供的价格信号真实地反映市场供求关系的变化，成为全国大豆生产流通中最具影响力的指导价格和国内大豆市场的晴雨表。大豆期货价格与现货的变化趋势基本一致，期货价格往往领先于现货价格一段时间，而在交割日期，期货价格自然回归到现货价格。

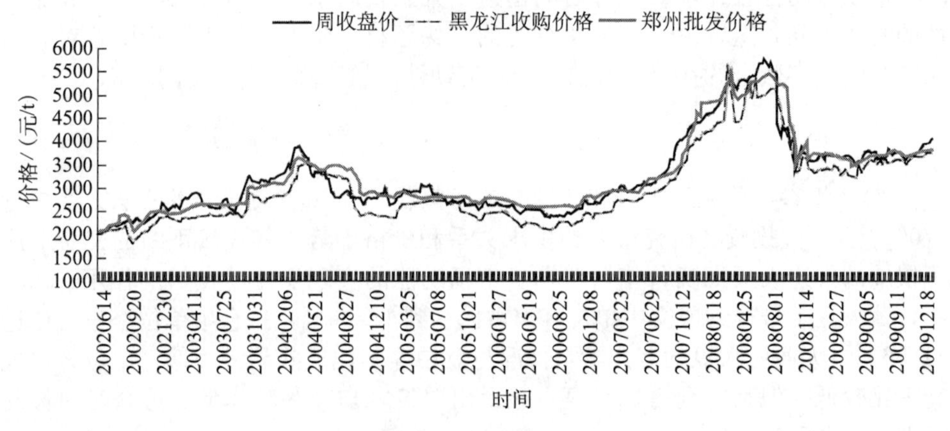

图 3-6　2002.6～2009.12 期货价格与现货（周）价格变动

有研究表明：大豆期货价格与现货价格存在长期协整关系（刘凤军和刘勇，2006；康敏，2005；刘家富，2010），具备比较完善的价格发现功能和风险规避功能。大豆期货价格具有预期性、连续性、公开性和权威性的特点，期货市场的健康运行和功能的充分发挥为大豆产业发展起到重要的指导和保障作用。大豆种植者可以根据预期的期货价格安排生产，运销商和企业可以据此定价、选择购销策略，政府部门也可以根据对期货市场的监测及时调控指导市场运行，维护大豆市场稳定。

期货市场还为大豆现货交易提供了良好的风险规避场所。如上节所述，无论是长期内还是短期内，大豆现货价格都呈现较大波动的特点，给大豆产业链企业带来较高的市场风险。从实际情况看，近年来大豆价格波动已经影响到了大豆产业链的生存和发展。利用期货市场套期保值，控制生产经营成本、稳定企业利润，已经成为广大的大豆产业链企业的共识。它们在期货市场上买进或卖出与现货数量相等但交易方向相反的大豆期货合约，在未来某一时间通过卖出或买进期货合约而补偿因现货市场价格不利变化带来的损失，成功地规避现货价格风险。

大商所的大豆、豆粕和豆油合约，构成了完整的大豆产业链合约组合，为企业控制经营风险，实现经营的稳定创造了有利的条件。在金融危机冲击下，2008年国内大豆期货价格从最高5800元/t下跌到3200元/t，跌幅达到44.83%。这种情况可能给大豆产业链企业带来灭顶之灾。然而，由于国内主要油脂油料企业多数都运用期货市场进行套利保值，所以这些企业躲过了这场危机。据统计，2008年参与大豆系列品种前20名的企业在期货市场通过套期保值的盈利有10多亿元，这在很大程度上弥补了现货交易中的损失（大连商品交易所，2009）。

市场经济条件下，市场是资源配置的基本方式，因而市场体系的完善程度直接影响到大豆产业的发展。研究表明：国内类型多样，主体多元、制度完备、功能完善的大豆市场体系已经基本形成，市场在大豆产业资源配置中发挥着重要的基础性作用。国内大豆价格形成机制日益市场化，供求已经成为价格形成的决定性因素。但由于我国大豆供给严重依赖国际市场，贸易方式单一，贸易渠道过于集中，导致国内大豆市场定价权旁落，为国内大豆产业发展埋下了重要的安全隐患。

期货市场的发展和完善为稳定大豆产业发挥了重要作用。研究和实践表明，我国大商所已经成为世界第二大大豆期货市场，其交易规模逐年扩大、客户结构日益合理、管理制度更加完备、功能更加完善，为我国大豆产业的持续、稳定发展作出了重要贡献。鉴于以上所述，我国已经具备了大豆产业发展的市场环境，应继续推进市场化改革，但需要培育和壮大期货市场，引导生产和消费，重获大豆市场发言权。

第四章 黑龙江省大豆生产现状

黑龙江省素有“大豆之乡”的美誉，大豆是黑龙江省三大主栽作物之中种植面积最大的作物，大豆产业已是黑龙江省的一个优势产业。因面积最大、总产最多、品质优良而在全国占有举足轻重的地位，是全国最重要的大豆商品基地和出口基地。

第一节 黑龙江省大豆种植现状

黑龙江省由于独特的地理优势和耕作栽培习惯，成为中国最大的大豆产区，曾经是最大的非转基因大豆出口地区之一，在生产和贸易上都有过辉煌的历史。

一 黑龙江省大豆种植情况

(一) 大豆播种面积总体上逐年增加

自1998年以来的10年间，黑龙江省大豆的播种面积从1998年的246万 hm^2 增加到2008年的397.2万 hm^2（表4-1），特别是2005～2008年4年间其播种面积平均每年在406.5万 hm^2 左右，占全国的44.12%。2005年，黑龙江省的大豆播种面积首次突破了400万 hm^2 大关。与此相比，黑龙江省大豆的总产量也在波动中提升。从1998年的444.6万 t增加到2005年的最高748万 t，增长了68.2%。

表4-1 黑龙江省大豆生产情况（1998～2008年）

年份	面积			总产			单产	
	全国/万 hm^2	黑龙江/万 hm^2	占全国的比重/%	全国/万 t	黑龙江/万 t	占全国的比重/%	全国/(kg/hm^2)	黑龙江/(kg/hm^2)
1998	850.0	246.0	28.9	1515	444.6	29.3	1782	1808
1999	796.2	215.3	27.0	1425.1	446.6	31.3	1789	2074
2000	930.7	286.8	30.8	1540.9	450.1	29.2	1656	1569
2001	930.0	287.4	30.9	1540.6	496.2	32.2	1656	1726
2002	872.0	263.1	30.2	1651	556.5	33.7	1893	2115
2003	931.3	324	34.8	1539	560.8	36.4	1653	1730
2004	960.0	340	35.4	1800	675.0	37.5	1875	1985
2005	956.0	421.5	44.1	1635	748.0	45.7	1710	1775
2006	930.4	424.6	45.6	1508.2	652.5	43.3	1621	1537

续表

年份	面积			总产			单产	
	全国/万 hm^2	黑龙江/万 hm^2	占全国的比重/%	全国/万 t	黑龙江/万 t	占全国的比重/%	全国/(kg/ hm^2)	黑龙江/(kg/ hm^2)
2007	875.4	380.9	43.5	1272.5	491	38.6	1454	1390
2008	912.7	397.2	43.5	1554.5	620.5	39.9	1703	1562
平均	904.1	326.1	35.8	1543.8	558.3	36.1	1707.9	1762.8

资料来源：2009年《中国农业统计年鉴》和《黑龙江统计年鉴》(2004～2009年)。

(二) 大豆的单产水平不稳定

从表4-2中可以看出，1997年以前，黑龙江省大豆单产水平基本逐年提高，1997年曾达到历史最高点2.41t/hm^2。1998年之后，大豆单产水平波动较大，特别是近5年大豆单产逐年降低，2007年更达到1.39t/hm^2，相当于1985年的单产水平。这其中可以看出黑龙江省大豆种植受自然条件约束比较明显，特别是受气候条件的影响较大，从另一面也可以反映出黑龙江省大豆种植仍然是靠天吃饭，抗灾能力较弱。

从黑龙江省大豆的平均单产看，虽然总体上逐年提高，但相对于北美洲和南美洲大豆单产还是比较低的(表4-2)。黑龙江省大豆种植分两大系统，分别为农垦总局系统和地方系统。农垦总局系统由于机械化程度高，连片种植，科技投入比较大，单产水平高于地方。以2002年为例，黑龙江省平均单产2120kg/hm^2，同样的气象条件，农垦总局系统每公顷单产2398.5kg，而地方系统只有1770kg，农垦总局系统比地方每公顷高出629kg，高出35.5%，从大豆单产来看，可挖掘的潜力还是很大。如果将地方系统大豆的单产水平提高到农垦总局系统的水平，以2002年面积计算就可增产大豆140万t。

表4-2　世界大豆单产情况　(单位：t/hm^2)

年份	美国	巴西	阿根廷	中国黑龙江
1992	2.53	2.04	2.29	1.62
1993	2.19	2.12	2.16	1.65
1994	2.78	2.16	2.04	1.84
1995	2.38	2.20	2.04	1.75
1996	2.53	2.25	2.11	1.91
1997	2.62	2.30	1.72	2.41
1998	2.62	2.35	2.69	1.81
1999	2.46	2.37	2.44	2.07
2000	2.56	2.40	2.34	1.57
2001	2.66	2.79	2.58	1.73
2002	2.56	2.61	2.64	2.12
2003	2.28	2.82	2.8	1.73
2004	2.84	2.31	2.19	1.99
2005	2.9	2.23	2.73	1.77
2006	2.9	2.38	2.68	1.66
2007	2.3	2.82	2.82	1.39

资料来源：FAO数据库；《黑龙江统计年鉴》(2004～2008年)。

（三）大豆总产波动较大

1997年由于天时地利等诸多因素的影响，黑龙江省大豆单产量达到创纪录的2.41t/hm^2（表4-2），致使黑龙江省大豆产量达到576万t，随后在1998～2005年的7年间，黑龙江省大豆产量持续上升，从1998年的最低444.6万t一路上扬增加到2005年的最高748万t。然而2005年之后黑龙江省大豆产量又呈下降趋势，从历史最高的748万t下降到2007年的491万t，两年间减少了257万t，仅相当于2005年产量的65.6%，2008年又回升到了年产620.5万t，但大豆总产基本保持在550万t左右（表4-1）。

二 黑龙江省大豆的生产分布情况

综合自然特点、生态条件、经济特点、生产水平，黑龙江省大豆生产可以划分为以下7个产区（表4-3）。其中，东部三江平原和西北部克拜①波状起伏平原为我省大豆主产区，包括齐齐哈尔、佳木斯、鹤岗、双鸭山等地区。该区大豆种植面积占全省的40%左右，总产占全省的37%左右；南部黑土地区为大豆高产区，包括哈尔滨、绥化等地区，面积和总产约占全省的15%；东南部半山区主要包括牡丹江、鸡西、七台河、伊春等地区，该区单产高，面积较小，自给为主，面积和总产约占全省的11%；西南部干旱盐碱区主要是大庆和齐齐哈尔等部分地区，该区为大豆生产不适宜区，产量低，面积和总产约占全省的3%；北部高寒区是我省大豆新近发展区，随着早熟、高产、优质新品种的不断育成推广以及栽培技术水平的提高，该区发展迅速，现已占全省种植面积的16%；主要包括黑河、大兴安岭等地区。

表4-3　2008年黑龙江省大豆主要生产市（县）情况

区　域	总产/万t	占省比重/%	面积/万hm^2	占省比重/%	单产/（kg/hm^2）	占省比重/%
哈尔滨	98.5	15.9	42.0	10.6	2343	150.0
齐齐哈尔	126.6	20.4	63.4	16.0	1997	127.8
鸡　西	36.8	5.9	14.7	3.7	2495	159.7
鹤　岗	9.1	1.5	6.2	1.6	1469	94.0
双鸭山	33.8	5.4	17.3	4.4	1962	125.6
大　庆	7.6	1.2	4.2	1.1	1796	115.0
伊　春	25.3	4.1	12.8	3.2	1978	126.6
佳木斯	113.9	18.4	57.8	14.6	1969	126.1
七台河	14.4	2.3	6.7	1.7	2133	136.6

① 克拜地区处于小兴安岭南部，松嫩平原的东北部，是小兴安岭向松嫩平原的过渡地带，实属松嫩平原。北部边缘呈波状起伏，地势较高，大致由北东向南西倾斜的漫川漫岗地区。

续表

区　域	总产/万 t	占省比重/%	面积/万 hm^2	占省比重/%	单产/（kg/hm^2）	占省比重/%
牡丹江	49.3	7.9	20.4	5.1	2413	154.5
黑　河	115.1	18.5	58.0	14.6	1984	127.0
绥　化	78.5	12.7	34.2	8.6	2294	146.9
大兴安岭	13.1	2.1	6.7	1.7	1959	125.4
农垦总局	140.2	22.6	53.9	13.6	2603	166.6
全　省	620.5	100.0	397.2	100.0	1562	100.0

资料来源：2009 年《黑龙江统计年鉴》。

农垦总局的 100 多个农场，主要分布在东部三江平原和西北部克拜起伏平原，由于生产水平较高，机械化程度较高，单产高于全省平均单产的 66.6%，面积占全省的 13.6%，总产量占全省的 22.6%。以经济状况和生产力水平为依据，单独划为一区，根据生态条件、自然特点，此区可分为东、西两个亚区。

三 黑龙江省大豆品质现状

商品大豆的品质分为外观品质和化学品质。通常外观品质是指商品大豆的清洁度、破碎率、色泽以及籽粒大小等物理指标；化学品质主要是指籽粒的脂肪和蛋白质含量。目前所强调的优质品种、优质大豆主要是指高脂肪或高蛋白质大豆。

（一）黑龙江省大豆品质在全国的位置

大豆的脂肪和蛋白质含量与生态条件有关。一般来说，高纬度大豆脂肪含量高、蛋白质含量低，低纬度大豆脂肪含量低、蛋白质含量高。因此北方大豆脂肪含量高于南方、蛋白质含量低于南方。大豆的脂肪和蛋白质含量与气候条件有密切的关系。

生育期间、特别是开花至结荚鼓粒期雨水充沛、土壤水分适中、气候凉爽、光照充足，夏季平均气温为 21～23℃的自然条件和栽培条件，有利于大豆脂肪含量的提高。黑龙江省 7～8 月温暖多雨，8～9 月日照充足，籽粒形成期间昼夜温差较大，有利于脂肪的形成与积累，因此，黑龙江和吉林两省大豆脂肪含量在全国最高（表 4-4），是我国最重要的高油大豆产区。同时，黑龙江省的小粒豆、高蛋白质大豆等特用品种，在我国对外出口贸易中，也都占有重要的位置。

表 4-4　我国大豆主要产区栽培品种大豆脂肪含量　（单位：%）

省（自治区）	平均值	最高值	最低值	省（自治区）	平均值	最高值	最低值
吉　林	22.1	22.7	20.0	内蒙古	20.9	22.1	19.5
黑龙江	21.0	22.2	19.5	辽　宁	20.7	22.4	17.3

续表

省（自治区）	平均值	最高值	最低值	省（自治区）	平均值	最高值	最低值
河　南	20.7	21.9	18.3	山　东	18.7	21.4	15.3
山　西	20.0	34.4	17.9	湖　南	18.7	22.3	16.0
青　海	19.9	21.8	16.3	新　疆	18.7	20.7	17.5
河　北	19.9	22.8	17.7	福　建	18.5	21.5	16.7
江　西	19.5	20.2	18.6	安　徽	17.9	19.2	14.6
江　苏	19.0	19.9	17.1	浙　江	17.2	18.5	16.1

资料来源：中国农业科学院作物科学研究所，吉林省农业科学院大豆研究中心．2007．中国大豆品种志．北京：中国农业出版社。

（二）黑龙江省大豆化学品质的历史发展与现状

黑龙江省有10余个科研单位从事大豆新品种选育研究工作，虽然各自育成的品种中都有高脂肪或高蛋白质的品种，但是从总体表现来看，位于不同地区的不同育种单位所育成推广的品种的脂肪和蛋白质含量还是有所不同。总的趋势为南部和中部地区的品种脂肪含量高于西部和北部地区；东部和南部地区的品种蛋白质含量较高（表4-5）。

表4-5　黑龙江省不同生态区推广品种大豆脂肪、蛋白质含量

地　区	主要育种单位	品种系列	脂肪/%	蛋白质/%	合计/%	品种类型
南部黑土区	黑龙江省农科院大豆所、东北农业大学	黑农 东农	21.04	40.92	61.96	高油、高蛋白质
中部黑土区	黑龙江省农科院绥化分院	绥农	20.55	40.00	60.55	中油、中蛋白质
西部干旱区	黑龙江省农科院嫩江分院、黑龙江省农科院大庆分院	嫩丰 抗线	21.14	38.73	59.87	高油、低蛋白质
东部低湿区	黑龙江省农科院合江分院 农垦院作物所、农垦红兴隆所、 八一农垦大学	合丰 垦丰 红丰 垦农	20.23	40.18	60.41	中偏低油、高蛋白质
北部高寒区	黑龙江省农科院黑河分院、农垦九三所	黑河 九丰	20.13	39.50	59.63	低油、低蛋白质
全省平均			20.62	39.87	60.49	

资料来源：黑龙江省种子管理局。

注：农垦院作物所即黑龙江省农垦科学院农作物开发研究所；农垦红兴隆所即黑龙江省农垦红兴隆科学研究所。

黑龙江省1951～2007年共推广品种292个，平均脂肪含量为20.74%，蛋白质含量为39.87%，蛋脂含量总和为60.61%（表4-6）。脂肪含量最高为20世纪60年代和70年代，当时大面积推广满仓金、合丰22号、黑农10号、黑农16号、黑农26号、合交6号等品种，蛋白质含量最高为80年代。90年代推广的品种平均脂肪含量最低，较50年代平均低0.53个百分点，但蛋白质含量提高了0.07个百分点。

表 4-6　黑龙江省不同年代大豆化学品质情况

年　代	黑龙江省推广品种			
	脂肪/%	蛋白质/%	蛋脂合计/%	样本数
20世纪50年代	20.56	40.29	60.85	11
60年代	21.67	38.24	59.91	24
70年代	21.20	38.99	60.19	15
80年代	20.24	41.30	61.54	74
90年代	20.03	40.36	60.39	76
21世纪	20.71	40.03	60.74	92
平　均	20.74	39.87	60.60	292
21世纪比20世纪50年代增加	0.15	−0.26	−0.11	

资料来源：黑龙江省种子管理局。

进入21世纪，由于狠抓了优质品种的选育，脂肪、蛋白质含量均有较大提高，2003～2005年推广的92个品种统计平均脂肪含量20.71%，较20世纪50年代提高了0.15个百分点；蛋白质含量40.03%，较50年代降低了0.26个百分点。总体看来，由于近年加强了对高油品种的选育，新育成品种脂肪含量有明显提高，而蛋白质含量有所降低。

（三）黑龙江省大豆的品质区划

根据黑龙江省大豆种植的区域品质特性，胡国华等将黑龙江省大豆品质生态区划分为三个大区六个亚区。分别是：东西部高油大豆生产区（Ⅰ区）、中部与东南部的高蛋白质生产区（Ⅱ区）、北部与东部沿江地区的蛋白质油分平衡区（Ⅲ区），每个区域分别显示了该区域的大豆品质特点。

第二节　黑龙江省大豆科技创新现状

黑龙江省在大豆育种、栽培、加工等方面有着得天独厚的优势，在产学研共建、科技成果推广上取得了一定的研究成果。

一 黑龙江省大豆综合生产能力得到提高

黑龙江省以农业标准化和大豆良种补贴政策实施为载体，寓管理于服务之中，在农民自愿的前提下，针对分散种植、单产低的突出问题，实行了“六统一分”的生产组织方式，即统一品种、统一深松整地、统一技术模式、统一播种、统一病虫害防治、统一订单销售和分户核算。把优质、高产的技术措施推广到了田间地头，实现了良种与良法、农机与农艺、生产与订单销售的有机结合，全省大豆生产能力不断提高。目前黑龙江省形成了东部、中部和西北部三个大豆集中种植优势产业带，超过百万亩种植规模的有嫩江、讷河、富锦、克山、五大连池、宾县、巴彦、拜泉等20多个市（县）。2008年，黑龙江省大豆种植面积发展到397.2万hm^2，总产实现620.5万t。

二 黑龙江省大豆育种现状

黑龙江省大豆科研力量较强，从事大豆研究的有东北农业大学（国家大豆工程技术研究中心）、黑龙江省农业科学院、黑龙江省农垦科学院三大系统的15个研究所。大豆科研人员150多人，占全国的50%，先后培育推广优良大豆品种292种，占全国大豆品种培育数量的1/3，其中含油21%以上的高油大豆品种23种，最高含量达23.9%；蛋白质含量在45%以上的高蛋白质品种9种，最高蛋白质含量达46.4%。从2000年开始，黑龙江省深入实施良种化工程建设，加大了对大豆专用品种培育和高产技术的研究与推广，每年从良种化工程专项资金中拿出一定比例，专门用于大豆良种培育和新技术研发，共培育高油、高蛋白质大豆品种（品系）36种，良种每3年更新一次。

三 黑龙江省主要大豆栽培技术现状

在大豆高产栽培方面，近年黑龙江省已研究推广了高寒模式、永常模式、兴福模式、三垄栽培、窄行密植、大豆工程化栽培6个模式。其中，1992年推广的高寒模式20万亩，平均单产3210kg/hm^2；1994年推广永常模式40万亩，平均单产3150kg/hm^2；三垄栽培模式实行垄底深松、垄体分层施肥、垄上双条精量播种，大面积单产2625～3000kg/hm^2；窄行密植技术采取“一个原理、两个体系、三种模式、灵活多样的种植方式”，实现单产3150kg/hm^2，4年累计推广54.4万hm^2，增产大豆2.12亿kg，增收5.32亿元；大豆工程化栽培技术采取“五推五改”，“通过一个集成、抓了两个载体、建立起三个体系、收到了三个效益”，达到大面积单产2550～3000kg/hm^2，6年累计推广应用422.7万hm^2，使单产提高了889.5kg/hm^2，总产增加37.6亿kg，创经济效益76.3亿元。这6种模式的推广应用，使黑龙江省的大豆生产水平有很大的提高。

目前黑龙江省大豆生产栽培技术基本实现了机械化、化学化，已经开始在一定面积上试用和应用生物防治、生物肥料，向有机、绿色、无公害化发展。在机械化方面农村以中小型为主，由半机械化向全机械化发展，农场以大中型为主，由主要环节机械化向全程机械化发展；在化学化方面正在向测土配方施肥、种子包衣、生化调控发展；在栽培管理措施方面已经注重精量播种、精细管理和深翻、深耕、深松。总之，现代化技术和现代化手段正在大豆生产实践中加大推广力度和应用步伐。

四 黑龙江省大豆分子生物学研究现状

中国大豆分子生物学研究起步较晚，目前主要是进行大豆重要基因的分子标记和大豆遗传多样性研究。从事分子生物学研究的主要有中国科学院遗传研究所、南京农业大学、东北农业大学和中国农科院等少数单位。其中中国科学院遗传所已有自己的作图群体，进行重要基因的分子标记研究，利用作图群体进行定位。南京农业大学、东北农业大学主要是与中国科学院遗传所合作分别进行了大豆花叶病毒株系抗性基因、大豆灰斑病抗病基因的分子标记和定位。中国农科院品种资源研究所在大豆重要基因分子标记和大豆遗传多样性研究方面开展了分子生物学研究。

在大豆耐盐基因分子标记、大豆花叶病毒东北 3 号株系抗病基因标记、定位，大豆胞质不育三系研究中对恢复基因的分子标记、定位以及抗大豆孢囊线虫基因的标记方面进行了研究，为利用分子标记辅助选择育种和种质创新提供了基础。

在大豆遗传多样性研究方面，用随机扩展增多态性 DNA 标记（RAPD）标记评价中美大豆品种，选用 57 个中国大豆祖先亲本（提供 80％育成品种遗传物质）和 18 个美国大豆种质（提供美国 85％育成品种的遗传物质），通过 RAPD 分析，51 个随机引物在这 75 个大豆种质中共扩增出可分辨的 PCR 产物 241 个。经聚类分析，发现中美大豆种质分别聚在不同的类别，两国南北方种质分聚在不同亚类，表明中美大豆种质遗传基础不同，引进美国品种可以扩大中国大豆品种的遗传基础，研究实践也证明了这一点，美国大豆品种在中国大豆育种上得到了应用。

第三节　黑龙江省大豆生产的优势

黑龙江省大豆主产区的地理优势，使得大豆育种和耕作栽培技术领先全国，在常年种植与科研中育成了优良品种，并且取得了一定推广价值，促进了黑龙江省大豆种植品种质量的提高和经济效益的增长。

一 丰富的自然资源

黑龙江省幅员辽阔，土地肥沃，雨热同季，非常适于大豆生长。全省耕地面积 1134 万 hm^2，其中大豆面积 300 万～400 万 hm^2，占全国大豆面积的 1/3

左右，单产高（虽然低于国际先进国家平均单产水平，但已接近世界平均单产水平，在国内处于先进地位，较全国平均单产高出8.5%），著名的三江平原和松嫩平原是黑龙江省大豆主产区，具有发展大豆生产的丰富资源。多年来，大豆一直是我省的传统作物，同时也是主栽作物和优势作物。

二 大面积高产典型

多年来，黑龙江省已创造出一批大面积的高产典型，见表4-7。

表4-7 黑龙江省大豆高产典型

推广年份	推广成效
1992年	北方高寒地区栽培模式20万亩，亩产214kg
1994年	永常模式40万亩，亩产210kg
1996～2000年	工程化栽培技术1万亩、亩产239.5kg，100万亩、亩产222.5kg，1000万亩、亩产169.3kg
1998～2000年	窄行密植1008.2万亩，亩产221kg
2001年	黑龙江省农垦总局1000万亩，亩产169.3kg
2007年	黑龙江省852农场608亩，亩产253.3kg
2008年	国家大豆工程技术研究中心1.075高产田创造了326.2kg/亩的东北地区大豆最高产量。

这些高产典型出自黑龙江，具有很强的可操作性，亩产已达到巴西、阿根廷等国的单产水平。实践表明，只要良种良法结合，在生产实践中保证技术实施严格到位，黑龙江省大豆单产仍具有大幅度提高的潜力，赶上先进国家的生产水平是完全可能的。

三 规范化高产栽培技术

经过多年的研究，黑龙江省已研究出一批增产效果好、易于操作的先进栽培技术。

（1）大豆窄行密植栽培技术，增产20%以上，大面积亩产210kg。

（2）三垄栽培技术，增产16%以上，大面积亩产175～200kg。

（3）大豆工程化栽培技术，增产15%～20%，大面积亩产170～200kg。

（4）土壤耕埴蓄水培肥技术，增产10%～15%。

（5）以种子包衣为中心的大豆病虫害防治技术，增产9%～12%。

（6）控制大豆迎茬减产技术，可使迎茬不减产，重茬减产降低10个百分点。

这些技术有些已与国际接轨，只要在规模上和标准化上进行完善与规范，就可以达到国外先进国家的水平。

四 高产优质品种

1. 高产、超高产品种

黑龙江省育成推广的大豆品种合丰25、合丰35、合丰50、合丰55、绥农14、绥农26、黑农48、黑农50、黑农55、垦丰16等品种推广面积居全国之首，一般亩产150～175kg，高产地块296.7kg。

绥98-6073、合98-1459、龙选1号等一批超高产品种（系），较对照品种增产21.4%～30%，最高亩产326.2kg。

2. 高油品种

黑龙江省现有脂肪含量22.5%以上的推广品种15种，分别为黑农44、垦丰9、垦农19、合丰42、黑农45、绥农20、合丰47、东农47、嫩丰17、合丰48、嫩丰18、垦农20、东农49、垦丰15和合丰52，共繁殖出高油种子3500万kg。还有10个品系进入农业部农业跨越计划和省良种化工程，正在试验示范。

3. 高蛋白质品种

黑龙江省现有蛋白质含量44%以上的推广品种15种，分别为黑农34、垦秣1号、黑农35、东农42、黑农41、北丰14、龙选1号、黑农43、绥小粒豆1号、黑河28、黑农48、黑河34、东农48、黑农54和绥小粒豆2号，共繁殖种子2700万kg，还有5个品系进入农业部跨越计划和省良种化工程，正在试验示范。

这些优质品种的油分或蛋白质含量均超过进口大豆的品质，加速推广这些优质品种，特别是加快选育一批既优质又高产、又抗病的品种，赶上国外大豆品种是完全能够实现的。

五 机械化水平和规范化种植

黑龙江省大豆种植基本上实现了机械化，国营农场机械化水平已与国际接轨，农村机械化水平也达到50%左右、高的可达70%。由于机械化的推行，为大豆种植技术规范化，种植面积规模化打下了良好的基础，为赶上世界先进国家提供了较好的保证，为优质品种的区域化种植提供了有利的条件（表4-8）。

表4-8　2003～2008年黑龙江省农业机械的使用情况（每百户占有农业机械户数）

类　型	2003年	2004年	2005年	2006年	2007年	2008年
机动脱粒机	5.8	5.6	3.5	4.7	4.3	3.4
大型拖拉机	5.6	7.0	9.9	12.9	16.2	17.7
小型拖拉机	43.8	42.8	49.2	48.9	47.2	47.1

资料来源：《黑龙江统计年鉴》（2001～2009年）。

六 雄厚的研究基础和科技队伍

黑龙江省有全国最多的大豆科技队伍和成果，从事大豆研究的中高级科技人员占全国的1/3以上，有两个国家级中心，即国家大豆工程技术研究中心和国家大豆改良哈尔滨分中心；一个教育部重点实验室，即教育部大豆分子生物学重点实验室；两所农业大学，即东北农业大学和黑龙江八一农垦大学；两个农业科学院，即黑龙江省农业科学院和黑龙江省农垦科学院，以及近百所农业、水利、农机等研究所和中高等农技学校，有相对完备的研究设备和基础。

七 非转基因优势

转基因大豆的商业种植始于1993年前后的美国，并迅速扩散到阿根廷、加拿大和巴西等国。美国是目前世界上最大的转基因大豆生产国和出口国，而阿根廷转基因大豆占播种面积的90%。但截至目前，全球还没有解决转基因生物技术的安全性问题。一些世界著名的科学家关于转基因生物对人类和环境有害或无害的论战一直没有停止过。

因此，欧美及日本等发达国家出于对人类健康和环境的考虑，先后对转基因生物进行立法。欧盟、日本和大多数第三世界国家利用技术壁垒手段，极力限制转基因大豆的进口。美国国会在1999年底也提出了一项严格管理转基因食品的法案，要求在含有转基因成分的食品上加贴标签。

同样，对动植物进行卫生检验检疫也成为欧盟、日本、美国等防范类似“基因安全问题”的重要手段。例如，欧盟、美国和日本等都对我国的农产品等实行了非常苛刻的检验检疫办法。在这样的国际大背景下，我国也出台了相应的政策。我国于1996年7月10日由农业部发布了《农业生物基因工程管理实施办法》；2000年6月6日，颁布了《农业转基因生物安全管理条例》，7个月后的2002年1月7日出台了与之配套的实施细则，具体包括《农业转基因生物安全评价管理办法》、《农业转基因生物进口安全管理办法》和《农业转基因生物标识管理办法》，这将对我国的农业转基因生物的研究、试验、生产、加工、经营、进口和出口等活动都产生深刻的影响。

《转基因管理条例》的实施在很大程度上控制了大豆的进口。目前国际市场对非转基因大豆需求旺盛，特别是欧盟各国和日本，消费的大豆基本是非转基因大豆，而且平均看非转基因大豆的价格要高出转基因大豆15%～20%，甚至更高。由于黑龙江省大豆都是传统的非转基因大豆，欧盟等大豆消费大国对转基因大豆的疑虑和排斥，无疑为黑龙江省大豆出口提供了非常大的潜在市场空间。

八 政府高度重视

黑龙江省委、省政府对发展大豆产业十分重视。2010 年，为积极应对国际金融危机对黑龙江省大豆产业发展的冲击和影响，省委、省政府组织省农委、省粮食局、省工信委、省科技厅、省发改委、省财政厅、省商务厅、省农垦总局、省农科院、东北农业大学、国家大豆工程技术研究中心、省大豆协会等相关部门在对黑龙江省大豆产业发展情况进行调查研究的基础上，研究编制《关于黑龙江省大豆产业发展的建议》，该建议将对今后黑龙江省大豆产业的发展起到重要的指导作用。

第四节 黑龙江省大豆生产存在的问题

黑龙江省大豆在外观品质上较好，种皮金黄、粒大、脐色淡，属世界一流，但在产量、品质、成本、加工技术等方面与国外先进国家还有较大差距。主要表现在以下 6 个方面。

一 大豆种植比较效益低

由于积温限制、缺乏换茬作物等原因，黑龙江省大豆重迎茬种植面积超过大豆种植面积的 1/2，达 1500 万 hm^2，重迎茬直接导致大豆单产低、品质差和病虫害高发，平均单产仅有 1.84t，每公顷分别较美国、巴西、阿根廷低 0.77t、0.65t 和 0.67t（表 4-9）。

表 4-9 1997～2007 年世界大豆单产情况 （单位：t/hm^2）

年份	美国	巴西	阿根廷	中国黑龙江
1997	2.62	2.30	1.72	2.41
1998	2.62	2.35	2.69	1.81
1999	2.46	2.37	2.44	2.07
2000	2.56	2.40	2.34	1.57
2001	2.66	2.79	2.58	1.73
2002	2.56	2.61	2.64	2.12
2003	2.28	2.82	2.8	1.73
2004	2.84	2.31	2.19	1.99
2005	2.90	2.23	2.73	1.77
2006	2.90	2.38	2.68	1.66
2007	2.30	2.82	2.82	1.39
平均	2.61	2.49	2.51	1.84

资料来源：FAO 数据库；《黑龙江统计年鉴》（2004～2008 年）。

黑龙江省大豆存在专种、混收问题，还未建立专品种大豆生产基地，与市场需求无法对接，没有实现优质优价。2007～2009年黑龙江省大豆亩均效益为108.80元，同期，玉米、小麦、水稻的亩均效益分别为217.67元、139.65元和218.55元①，种植大豆与其他作物相比效益低下。

二 大豆加工品质差

我国大豆加工70%是用做浸油。因此油分含量的高低直接关系到企业的效益。我国大豆的含油量较进口大豆低，加之水分大，加工粗糙，使大豆商品品质不如进口大豆，致使大型企业购买进口大豆的积极性很高，而对购买国产大豆则不够积极。

黑龙江省大豆与全国大豆相比含油量最高，但大豆平均含油量也只有20%左右，而美国大豆平均含油量为21.5%，巴西、阿根廷大豆平均含油量为21%～21.5%，加拿大大豆平均含油量为20.6%，黑龙江省大豆较进口大豆含油量低1.0～1.5个百分点。所以含油量低是黑龙江省大豆市场竞争力弱的重要原因。

但也应该看到，黑龙江省大豆蛋白质含量较进口大豆高1.38个百分点，高蛋白质品种可达45%以上，大豆生产污染少，非转基因品种是黑龙江省大豆的优势，应充分发挥这一长处，发展对外贸易，生产绿色食品，牢固地占据国内市场的主导地位，在国际市场塑造新的辉煌。

三 大豆种植规模小

多年来，黑龙江省科研单位已研究出一批增产明显的先进技术，如三垄栽培、窄行密植、大豆工程化栽培技术及多项单项技术，这些技术如能认真执行，均可达到亩产200kg以上。黑龙江省86.3%的大豆种植以家庭为单位，实行自耕、自种、自收的分散生产方式，导致大豆轮作不充分，机械化不能有效实施，科技推广难度大，极大地限制了生产率提高。由于种植规模小、机械不配套、技术不规范、生产力水平参差不齐，又缺少完整的社会服务体系、先进的技术应用范围小或即使应用也不规范，各地差异大，虽然出现了不少小面积亩产250kg以上的地块、200kg的大面积高产典型，但就全省来说，平均产量仍然很低。全省平均亩产只有120～130kg。所以增产显著的先进技术不能大面积应用、没能规范性地应用是限制黑龙江省大豆大面积高产的一个重要原因。黑龙江省

① 此处数据为笔者从黑龙江省粮食局综合统计处获得。

大豆种植户普遍在10～15亩的平均规模，专业农户的种植规模也只有150亩左右。而美国、巴西和阿根廷的大豆农场规模远远超过我国。目前美国、巴西和阿根廷农户种植面积为都在2000亩以上。种植规模扩大使得美国农场主获得规模效益，大豆种植成本大大低于我国，我国大豆种植成本比美国高33%。

四 大豆科研相对落后

发展大豆生产离不开科技，这已被事实所证明。但我国在大豆科研上投入太少，手段十分落后，无力进行深入的研究。

在美国，农协将大豆销售额的0.5%统一上缴，每年约8000万美元，支持大豆的研究与市场开拓。农业部每年拨出大量资金支持大豆研究。私人公司投巨款进行研究，孟山都公司每年用于研究的经费就达10亿美元，相当于我国农业科技总投入的10倍。

全国大豆育种攻关经费总共只有2000万元左右，一个中标单位每年只有几万至十几万元。“九五”期间，黑龙江省承担国家重中之重大豆大面积高产攻关项目，总经费1000万元，但试验示范面积累计6341万亩，平均每亩国家投入的科技经费不足0.16元，“杯水车薪”，研究难以深入。仪器设备投入严重不足，搞育种的仍是“一双眼，一把尺”，搞栽培的仍是“一双手，一杆秤”，经费不足，手段落后，应用研究难上水平，基础性研究更感到力不从心，在科技高速发展的今天，极大地阻碍了大豆科技的发展。

五 非转基因优势没有显现

欧盟、美国、日本、韩国市场包括大豆在内的非转基因产品比转基因产品价格高出30%～50%，且市场准入制度非常严格。黑龙江省大豆产品的消费市场，非转基因大豆价格一直参照转基因大豆价格定价，价格趋同。

作为大豆主产省份，非转基因大豆产品的品质优势在价格中没有体现，黑龙江省大豆要摆脱国际市场价格波动，走出独立行情很不现实；混淆了转基因大豆与非转基因大豆差别，使两者在同一个市场平台上竞争，最终使得我国大豆产业话语权丧失、定价权旁落；由于非转基因大豆产品天然、安全的特性没有宣传到位，缺乏自己的市场营销方式，无法形成独立的消费群体。

六 政策支持力度不够

种植补贴额度小，黑龙江省大豆种植业补贴仅占产值的7%，而2004年美国大豆补贴占产值比例为24%[①]。支持范围除直补种植者和加工企业外，缺乏对大豆研究、技术推广、检测检验、基础设施等一般性服务的支持；没有轮作补贴政策，黑龙江省北部地区由于积温等自然条件限制，只适合种植大豆，农业结构调整难度大，其他可轮作作物收益低，没有轮作补贴的保障，重迎茬问题就难以从根本上得到解决。大豆产量提高、品质优化短期内也无法实现。

与水稻、玉米、小麦的最低保护价政策不同，国家并没有对大豆实施长期最低保护价政策。大豆是对外贸易的大宗农产品，没有价格保护，国外大豆价格波动会随时影响到大豆主产区的稳定生产。

加工企业补贴相对僵化，目前黑龙江省大豆加工企业的补贴是每压榨1t的非转基因新豆给予补贴160元，但国际大豆价格波动剧烈，临时、定额补贴对企业适应市场变化十分不利；同时，国家缺乏植物油及调和油和混合油的统一标准，市场充斥各种名称的食用油，转基因与非转基因检验、检测技术不完善，虽然出台了相关转基因标识制度（如《农业转基因生物标识管理办法》等），但执行力度不够，市场区分不明显，导致竞争无序，相互倾轧。

本章对黑龙江省大豆生产的现状、大豆科研的现状、大豆生产的优势和存在的问题及在中国大豆产业中的地位与作用进行了阐述和分析。中国大豆产业是在几十年的荆棘坎坷中发展起来的，1949～2007年，大豆种植面积、产量以及单产基本处于波动发展态势。黑龙江是全国最大的大豆生产省份，种植面积、总产量、单产水平和商品量都居全国之首，黑龙江省的大豆生产对全国大豆供需平衡具有重要意义。

黑龙江省大豆生产与美国、巴西、阿根廷等主产国相比单产较低，户均种植规模小。黑龙江省大豆种植主要分布在东部三江平原、西北部克拜波状起伏平原、南部黑土区以及北部的高寒区四个区域。黑龙江研制出了具有世界水平的优质大豆品种，只是由于混种混收，以及杂质和水分问题，使大豆质量受到影响，侧面反映出黑龙江省大豆种植缺少规范化、标准化管理等问题。影响黑龙江省大豆生产的因素较多，其中农业机械化水平、有效灌溉面积的影响程度较强，反映出黑龙江省大豆生产与国际相比还处在科技水平较低，以及农业水利设施薄弱的基础上。

---

① 此处数据为笔者从黑龙江省粮食局综合统计处获得。

第五章 黑龙江省豆农行为

农户作为农业生产经营的微观主体，其生产经营目标是利益最大化或者效用最大化，而其生产经营既定目标的实现不仅依赖于自身的主观认知和意愿，同时也受制于其所属地区农业自然资源条件和外部社会经济环境条件。

第一节 黑龙江省豆农生产选择行为

农户在一定资源约束下，作出生产行为选择，任何一种选择都意味着放弃其他可能对生产者而言更有利的选择，也就是说每一种特定选择都具有机会成本，都与一定风险相关。这就要求农户作为决策者，在了解自己所处地区自然资源禀赋前提下，要有对自身能力和拥有资源的清醒认识以及一定的市场认知和把握能力。另外，农业已经不再是自给自足的“自然经济”，早已经融入了国民经济发展整体之中，国家政策以及国内外市场任何改变与波动都会以某种方式影响到农户的生产选择行为。

图 5-1 构建了中国大豆主产区农户生产行为选择的影响因素分析框架。影响大豆主产区农户生产行为选择因素主要有两个：一个是农业生产的内部因素；另一个是外部条件制约。农业生产内部因素中，耕地是最重要的自然因素，加之农户自身劳动力资源和相应的资金及技术构成了影响农业生产行为选择的内

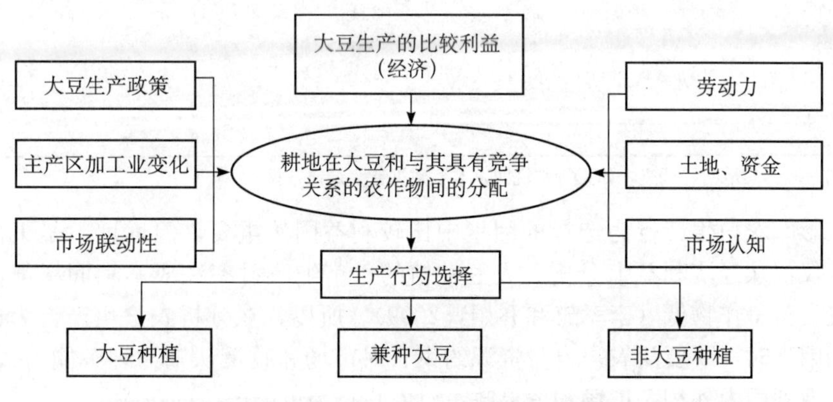

图 5-1 中国大豆主产区农户生产行为选择影响因素分析框架

部因素；外部因素主要是作用于具体选择行为的诸多国家相关产业贸易政策、制度环境，农产品市场发育和农户认知与利用程度，农户生产经营所需要的信息来源等。

一 农户生产行为选择的内部微观影响因素

影响农户生产行为选择的核心因素是不同作物之间的比较利益。种植大豆比较利益是影响耕地资源在大豆及与其有竞争关系农作物之间分配的经济因素。农户在进行农作物种植选择时，将对各种农作物的投入成本和预期收益进行比较，从中选择能够带来最大经济效益的农作物进行种植。本章重点关注影响农户不同选择的内外部因素，应用黑龙江、吉林、河北、山东四省调查数据，在比较分析中对农户决策时，从自身素质及对外界政策和市场变化认知程度，国内外市场联动性对农户生产行为选择造成的影响进行细致分析。

黑龙江省被调查的农户样本中，农户回答自己经济水平在村中处于中上的有 74 户、中等有 234 户、中下有 47 户，三者合计为 355 户，占该省总样本的 87.44%；吉林省被调查的农户样本中，农户回答自己经济水平在村中处于中上有 36 户、中等有 48 户、中下有 8 户，三者合计为 92 户，占该省总样本的 95.83%；河北省被调查的农户样本中，农户回答自己经济水平在村中处于中上的有 60 户、回答中等的有 11 户、回答中下的有 5 户，三者合计为 76 户，占该省总样本的 84.44%；山东省被调查农户样本中，农户回答自己经济水平在村中处于中上的有 8 户、回答中等的有 69 户、回答中下的有 8 户，三者合计为 85 户，占该省总样本的 94.44%（表 5-1）。

表 5-1 样本农户收入分组 （单位：户）

省 份	上等	中上	中等	中下	下等
黑龙江	35	74	234	47	16
吉 林	4	36	48	8	0
河 北	14	60	11	5	0
山 东	3	8	69	8	2
合 计	56	178	362	68	18

资料来源：实地问卷调查，如无特殊说明，本章数据皆为调研数据。

在影响农户生产行为选择的因素中比较利益固然重要，但远远不是事情的全部。仅仅从经济利益上分析，大豆种植的每亩纯收益率和成本利润率都不比其他主要竞争作物低（李孝忠和乔娟，2009）。所以，在分析农户生产行为选择的影响因素时，既要从农户自身资源约束、对市场和政策认知与理解能力入手，也要考虑到国内外相关市场和贸易政策对农户行为可能产生的影响。

每个农户生产行为选择背后驱动力量不仅仅是经济利益，更有社会和资源的制约，而且在社会经济转型过程中，这种社会和资源约束显得尤其重要，因此，要分析和透视农户生产行为内在逻辑，必须对影响农户行为的内外部因素有一个全面理解和掌握。

（一）劳动力资源数量及结构

农户生产行为是在内外部约束条件下，根据当地自然资源和社会经济发展状况以及自身拥有的农业生产资源、资金和人力资本进行综合考量的结果。在一定条件下，劳动力、土地和资金等生产要素之间存在互相替代的关系，如果农户的劳动力资源比较丰富，生产选择倾向于劳动密集型方式；反之，可以采用资金密集型生产模式，通过购买设备、机械以及新型技术来弥补劳动力的不足。

农业家庭人口中除了能够创造价值的劳动力资源外，还有一部分是纯消费人口。纯消费人口一般包括老人和小孩，维持这部分人的日常生计是农户决策时需要考虑的重要方面。农户家庭中劳动力的数量与农户家庭总人口数量的比例是影响农户经营决策的重要指标，恰亚诺夫（1996）称之为“劳动消费比率”，劳动消费比率高的农户家庭，单位劳动力负担小，其决策行为目标对发展要求相对较多，生产选择上倾向于作物的获利性；反之，劳动消费比率低的农户家庭，单位劳动力负担重，其决策行为目标首先要满足家庭成员的生计需要，生产选择上倾向于稳产、价格波动相对小的作物。

从本研究调查农户的家庭规模看，4 个省份中平均家庭规模最小的是河北省，只有 3 人。平均家庭规模最大是山东省超过了 5 个人，吉林省接近 5 人，黑龙江省刚刚超过 4 人（表 5-2）。

表 5-2　各调查区农户的平均家庭结构

省　份	家庭规模/人	劳动力/人	需供养*/人	供养/劳力
黑龙江	4.14	2.63	1.23	0.47
吉　林	4.79	1.83	1.38	0.75
河　北	3.00	0.58	2.17	3.74
山　东	5.57	3.02	1.36	0.45

*需供养指的是老人和上学的孩子。

从劳动力人数看，平均劳动力人数最多的是山东省，超过 3 个人，其次为黑龙江省，平均劳动力规模接近 3 人，吉林省不足 2 人，河北省不足 1 人[①]。

从需要供养的老人和儿童数量以及劳力供养比例看，除河北省数据奇异

---

① 可能与当时调查者与被调查者沟通有关，河北省的数据调查时间为 2008 年暑假，多数年轻人都外出打工。

外[①]，其他调查区的差别不是很明显。具体为，黑龙江省从事农业劳动力需要供养的人数不足 1 人，相同的情况在吉林省和山东省也有所体现（图 5-2）。

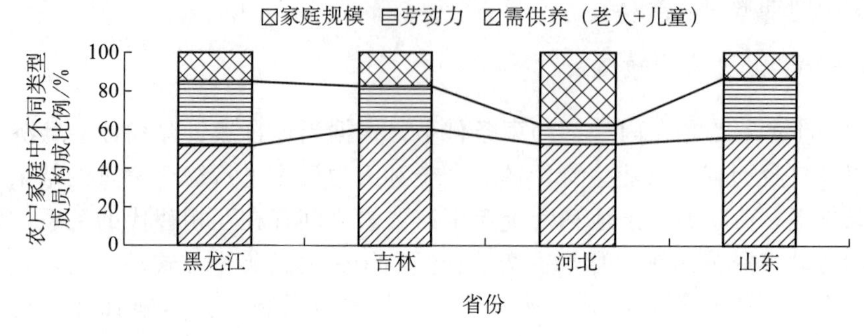

图 5-2 调查区农户家庭结构图

Mcpeak 和 Doss（2006）对肯尼亚北部地区牛奶生产与售卖行为研究中，农户内部成员合作决策过程中，农户整体决策行为具有明显性别和个体年龄影响迹象。而且，决策中个体偏好不同对农户决策影响得到了学术界广泛关注（Mazzocco，2007；Mcpeak 和 Doss，2006；Vermeulen，2007）。但从本研究调查样本数据的性别看，被调查者中，男性居于绝对优势地位，吉林省和河北省的农户调查样本中所有决策者均是男性，黑龙江省和山东省有个别女性在农业生产中扮演主要作用，但是比例甚小。

从年龄结构上看，被调查农户户主（决策者）平均年龄均在 40 岁以上，其中，吉林省最小，为 40 岁，河北省平均年龄最大，为 45 岁。从受教育程度看，整体而言，调查样本农户受教育年限的中位数在初中阶段。其中，黑龙江省偏低，吉林省和山东省偏高（表 5-3）。

表 5-3 调查区户主（决策者）性别、年龄、文化程度

省 份	性 别		年龄/岁	受教育年限/年
	男	女		
黑龙江	395	11	41.5	7.84
吉 林	96	0	40.0	8.55
河 北	90	0	45.0	8.00
山 东	85	5	41.6	8.59

当前大豆种植停滞甚至在需求增长下的“逆行”减少，很大程度上与我国土地资源有限，国家重视诸如水稻、小麦等粮食作物生产有关。

（二）土地及资金要素特征

不同作物不同年份种植比例不同，除经济利益影响外，还蕴含着种植业选择

① 由于条件限制，河北和山东样本不足以代表全省情况，此处与黑龙江省对比，不代表全省情况。

的资源约束问题。大豆的非粮食属性决定了农户不可能在其基本生活，尤其是口粮难以保障的前提下，专营这种市场化、商品化程度高的作物而放弃粮食生产。

在土地规模小的农户中，大豆种植比例相对低下。土地规模增加后大豆种植选择的资源约束放松，农户选择大豆等多种作物经营的比例有所增加，而且在黑龙江省北部的主产市县，上百亩甚至更多的大豆专营农户数量相当客观，这当然与当地自然资源约束（积温限制）不无关系，但调查中农户反映规模优势也是其决策中重要的考虑因素。

从表 5-4 具体的分省数据看，黑龙江省和吉林省调查农户的土地规模集中在 30～60 亩，黑龙江省这一区段的农户样本数占该省总调查农户样本数的 46.87%，吉林省这一区段的农户样本占比为 69.75%；河北省和山东省的样本土地经营规模集中在 30 亩以下，河北省这一区段的农户样本数占比为 58.89%，山东省这一区段的农户样本数占比为 96.67%。

表 5-4　调查区农户土地规模　　（单位：户、亩）

省　份	$S<10$	$15<S<30$	$30<S<40$	$40<S<60$	$60<S<80$	$S>80$
黑龙江	51	86	121	126	34	109
吉　林	19	10	66	17	5	2
河　北	22	31	27	6	4	0
山　东	11	76	3	0	0	0

“S”表示土地规模；“0”表示无该调查样本。

从图 5-3 看，黑龙江省调查农户土地规模分布呈“N”形。具体看，土地经营规模在 10 亩以下样本数较少，之后随着土地经营规模增加，相对应的样本数量也有所增加，最大值出现在“40～60”区段，黑龙江省样本农户土地经营规模在 80 亩以上有一个突然增加，这是北部主产区“规模”种植户样本偏多的原因。

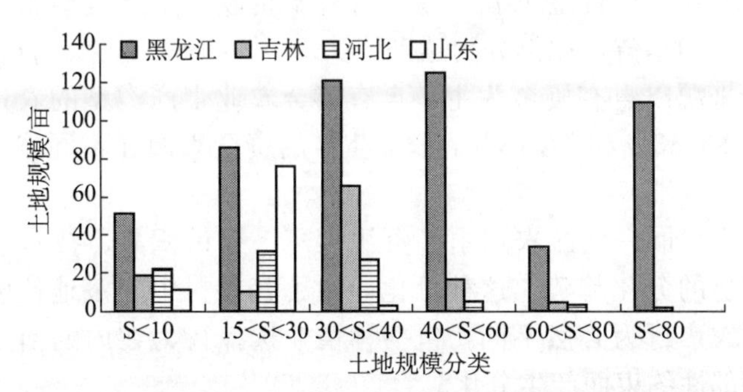

图 5-3　农户土地规模样本分布

多数生产大豆的地区也可以种植玉米、小麦，甚至水稻，这些地方由于种大豆效益与其他作物之间有差异，可以调整种植结构。例如，近几年在黑龙江中部地区减少的大豆种植面积就纷纷改种了水稻、玉米等效益更好的作物。但在黑河、大兴安岭等黑龙江北部地区，因受积温影响没有替代作物，大豆种植几乎是一种无奈的选择，这也是样本数据中黑龙江省超过 80 亩的大豆种植户为数不少的原因之一。对大豆主产区农户关注的一个重要方面是要关注没有替代作物地区的农业发展、农民增收。

除土地资源约束外，资金也是制约农业生产的重要方面，尤其是农业再生产过程。现实农业生产中，农户面对市场机遇主动调整种植业结构时，往往遇到不可预料的诸多市场、自然和政策风险，预期收益一旦难以实现，其下一年度农业简单再生产就会遭遇到资金短缺的现实，如果当年种植品种为非粮食作物，不但直接影响到农户的预期收入，甚至会对农户的基本生计产生冲击。长此以往，农户生产决策偏好于价格市场波动相对较小的粮食作物也就成为了必然。

从表 5-5 看出，调查农户样本数据分析，2007 年没有发生借贷行为的农户为 273 户，占总样本农户的 39.22%，有借贷行为发生的农户数量为 423 个农户，占总样本农户的 60.78%。其中用于种植业贷款为 389 户，养殖业贷款 28 户，其他类型有 6 户。

表 5-5 调查区农户生产资金来源 （单位：户）

省 份	农业生产资金来源	
	自有＋贷款	自有
黑龙江	300	106
吉 林	16	80
河 北	20	70
山 东	87	17
合 计	423	273

分省看，农业生产资金来源中以“自有＋贷款”生产类型农户占多数的省份有黑龙江省和山东省，比例分别达到了 73.89%和 83.65%。吉林省和河北省农户生产资金来源以自有资金为主，自有资金农业生产类型的农户分别占到总农户样本数的 83.33%和 77.78%。农业生产的资金来源在不同省份呈现了明显的不同。

市场经济下，同一地区农户由于资源禀赋、知识积累、技术水平甚至机遇不同产生了明显的分化趋势，这种分化导致了其在村中经济地位的变化，而不同经济条件下农户行为必然不同，包括种植业选择行为在内的诸多行为也会因自身资金等外部性约束而产生分化。

二 农户生产行为选择的外部宏观影响因素

理性的农户在选择生产行为时，除出于经济利益考虑外，其行为选择必然会受到外部因素的影响。外部因素主要指影响农户生产选择行为的非农业生产因素，如国家的产业政策、贸易政策。而在农业领域某一政策出台一般出于保护和支持某一品种和相关产业发展的目的，国家可能通过价格、补贴、税收、规划等方面的政策重点扶持其生产和加工以及贸易的各个环节，在客观上造成了耕地资源在不同农作物之间的分配比例。另外，国内外市场联动引起的市场价格不稳定，农户进行生产行为选择时信息获得以及决策依据等也是影响农户生产经营行为的重要外部因素。

所谓政策环境可以理解为农户所处的经济状况，包括影响农户家庭劳动积极性，影响生产、消费、积累和投资的一系列政策措施。根据机制设计理论的观点，政策环境的设计属于激励问题。能否通过采取某些政策措施或制定一定的规则使农户（或其他理性经济人）追求自身利益最大的自利行为目标与社会目标或公众利益保持一致，也正是机制设计理论或激励理论要解决的问题，具体到大豆生产，其实质是政策措施与农户经济行为的利益驱动一致。

如图 5-4 的政策支持体系，生产政策主要是大豆生产补贴政策体系，加工和贸易政策对农户影响，主要是通过对整个行业影响以及中间企业行为最终影响到农户生产行为的。因此，要对整个大豆产业发展变化，尤其是涉及生产、加工和贸易政策作用效果有一个宏观把握，重点对相关产品价格联动性可能对农户生产行为产生的影响进行研究，在整个大豆产业变化中找出农户生产行为选择的宏观原因。

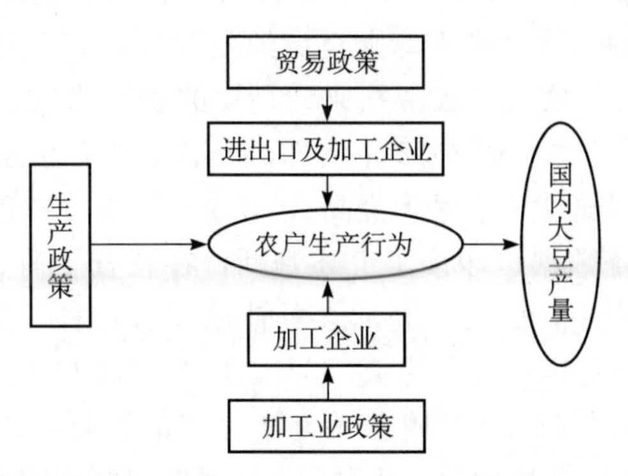

图 5-4　政策体系与大豆主产区农户行为

（一）生产领域政策支持与补贴

2002 年农业部联合各有关部门在东北及内蒙古四省（自治区）建设了 1000 万亩高油高产大豆示范区，并确定了“三增一降”的目标：平均亩产可望达到 150kg，部分高产地块可超过 200kg，含油率有望提高 2 个百分点，达到 21%，两项指标达到国际平均水平；农民和企业有望增效，亩均可增效近百元；生产成本将有所下降。随后农业部还制订了《东北高油大豆优势区域发展规划》及《中国大豆品质区划》，这两个规划确定了内地大豆生产的总体布局，为推行大豆专一品种区域规模种植，进而提高产品质量创造了基础条件。中央财政在大豆主产区实施了高油高产大豆发展计划，主要的手段就是对大豆良种进行补贴，建立高产高油大豆示范区。同年内地还将大豆加工企业使用国产大豆的增值税进口抵扣率由10%提高到了13%，并取消了运输大豆的铁路建设基金，还对1000万亩高油高产大豆示范项目实行了每亩补贴10元的支持政策[①]。“大豆振兴计划”另一个受益群体是大豆种植户，从黑龙江省的情况看，在国家大豆发展计划的示范辐射作用下，2002年全省高油大豆实际种植面积为1320万亩。2003年在国家扩大实施“高油大豆振兴计划”的基础上，黑龙江省财政和农垦部门专门拿出6000万元，采取每亩高油大豆补贴10元、高蛋白质大豆补贴5元的良种补贴办法，实施了省级大豆振兴计划800万亩，其中高油大豆400万亩、高蛋白质大豆400万亩，使全省大豆总补贴面积达2000万亩。

经过两年的政策实施取得了显著的效益。一是产量增加。2002年黑龙江全省300万亩示范区，亩产达到176.3kg，2003年种植面积700万亩，亩产150kg，分别比全省大豆平均亩产高26.3kg和20kg。二是效益提高。2002年按大豆平均销售价格每千克1.84元、高油大豆每千克售价1.90元计算，全省示范区每亩平均纯效益达200.56元（含国家良种补贴10元），比全省平均每亩增收58.48元，比上年每亩增收133.66元。2003年示范区大豆每亩纯效益239.37元（不含国家良种补贴），比全省平均大豆亩纯效益高49.12元，比上年示范区大豆每亩增收48.81元。实施“大豆振兴计划”的农民增收3.4亿元，人均增收382.8元。三是品质改善。据2002年测算，全省300万亩示范田平均含油率达到21.5%以上，比普通大豆含油率提高2～3个百分点（王正谱，2004）。

我们的农户调查数据也印证了上述判断，在调查了有关“大豆振兴计划”的428户大豆种植户中，回答“高油大豆补贴以及良种补贴的钱款已经到位”的农户有212户，占总样本农户的49.53%；回答“地方是否有与‘大豆振兴计划’出台的配套措施”时，有119户给予了肯定的答复，占被调查农户总数的27.8%；回答“‘大豆振兴计划’在生产上已经取得明显成效”的有375户，比例多达87.62%。从有限的样本数据中，农户对国家的扶持政策普遍持欢迎态度，而且在政策实施年份中确实实现了促进大豆生产积极性、提高产量、优化品质的初衷。

---

① 冯青．2002-10-25．农业部力推“大豆振兴计划”，中国成为国际谷物商主战场．中国经营报，3。

（二）加工与流通（贸易）政策

大豆通过压榨加工获得的豆油和豆粕，构成了大豆需求的主要部分。一个地区大豆压榨能力直接构成了大豆种植者出售大豆的市场外部需求。随着中国大豆市场开放，各大豆主产区的贡献率变化剧烈，主要体现为东北主产区对全国大豆贡献率逐步加大，其中黑龙江省地位举足轻重；黄淮海地区大豆生产在国内所占比重逐步减小；沿海地区大豆加工业逐步兴起。伴随这一过程的是不同地区加工能力变化，中国大豆主产区相互之间关系也发生了变化，主要体现在各个省份产能与加工能力的比例变化。总体而言，沿海省份由于具有明显的地理优势进口大豆，加工能力近年来逐步提升；环渤海以及东南沿海和北部湾地区省份加工量上升较快。可以看出这种趋势在未来有加剧走向。具体见表5-6。

表 5-6　2003～2008 年中国大豆压榨能力变化　（单位：万 t）

省　份	2003～2004 年	2004～2005 年	2005～2006 年	2006～2007 年	2007～2008 年
河　北	210	235	252	260	290
吉　林	220	250	280	290	300
黑龙江	600	650	690	710	750
山　东	880	890	900	950	960
其　他	381	770	922	965	930
全　国	2291	2795	3044	3175	3230

注：大豆市场年度为当年 10 月至次年 9 月，2007/2008 年度数据为国家粮油信息中心 2008 年 4 月预测值。

首先，从全国总量看，2003～2004 年，全国大豆压榨能力①为 2291 万 t，2007～2008 年达到 3230 万 t，增长近 1000 万 t，增长幅度达到 40.99%。短短 5 年全国大豆压榨能力比初期增长了近一半。

其次，从主产区看，黑龙江省大豆压榨能力明显下降，2003～2004 年，黑龙江省大豆压榨数量为 600 万 t，2007～2008 年为 750 万 t，压榨能力增加 150 万 t，压榨数量占全国压榨总量比例从 26.19%下降到了 23.22%；吉林省的情况大体趋势一样，2003～2004 年，吉林大豆压榨数量为 220 万 t，2007～2008 年为 300 万 t，增长停滞。压榨数量占全国压榨总量比例也从 9.60%下降到了 9.29%。同为传统主产区的山东省压榨量虽然由于地处环渤海经济圈具有进口优势有所增加，2007～2008 年的大豆压榨数量占全国的 29.72%。

目前所形成国内大豆主要制油圈有：以加工国产大豆为主的东北内陆地区制油圈；环渤海地区大豆制油圈，主要以加工进口大豆为主，但在每年 11 月到

① 此处压榨能力是理论压榨能力，所有大豆压榨厂常年开工能够消耗的大豆数量，并不是每年实际压榨数量。据中国食品土畜进出口商会统计，国内大豆压榨业的年综合平均开工率不足 40%。

次年3月也加工部分国产大豆；江苏和浙江地区形成江浙大豆制油圈，常年以进口大豆为加工原料；在华南地区形成华南大豆制油圈，该地区大豆制油企业大多是在2001年后才快速发展起来的，原料来源均为进口大豆；最后是四川、河南等地内陆地区形成内陆大豆制油圈，这些油厂既加工进口大豆，也加工部分国产大豆。

由于大豆的持续不断进口，传统意义上的大豆产区与销区边界逐渐模糊，取而代之是新大豆加工企业纷纷建立以及传统产区加工企业的沿海化转移。这种大豆加工业“沿海化”，使得如黑龙江省这样的主产区地位更加凸显。因此说，研究大豆生产者行为的主体是黑龙江省以种植大豆为主的农户，辅以其他大豆产量较多其他生产省份的典型农户，通过对不同地区农户行为对比分析更能体现转型时期大豆主产区农户生产经营行为变化的内在逻辑和可能的发展趋势（李孝忠和乔娟，2009）。

以黑龙江省大豆加工业为例，传统豆制品加工企业数量约450个，年加工大豆为32万t，产成品70万t。黑龙江省共有大、中、小大豆油脂加工企业1400多个，其中浸油厂147个，机榨厂1300个，主要分布在粮食、乡企、供销、外贸、农场、部队与个体私营企业，年加工大豆300万t，产油脂45万t，饼粕225万t（冯晓和江连洲，2008）。但由于环保要求，大豆加工业要求企业远离市区，使得主要产区与需求区脱离，加大了成品流通成本，不利于其迅速分销与资金周转。黑龙江省产区的中小加工企业也逐渐关停并转，大型企业也在沿海地区设立分厂，对本省大豆生产的需求有所下降。

农户大豆种植的外部需求之一就是加工企业的用料需求，粮食流通体制市场化改革后，农户生产所面临的市场需求日益多元化，销售渠道逐步拓宽。如果有一个本地发达的购销渠道，顺利实现生产—加工—销售各个环节间的衔接，一个相对完整的产业体系就可以建立起来。在不同的外部市场环境下，农户的生产行为选择有很大的不同。农村市场发育程度越高，农户生产选择空间就越大，其生产行为就越可能灵活和多样化。主产区农户所面对的主要需求依然是油用大豆企业的压榨需求，这就使得因企业与农户之间的运输距离而产生的交易成本成为了农户种植大豆与否的一个重要原因。我国大豆之所以欠缺价格优势，很大程度上是受了国内运输条件的限制。尽管单纯从生产角度看，黑龙江省大豆的生产成本要比美国低，但从产地到销地不计流通过程中的商业利润，仅运费一项就使大豆批发价格高出农民出售价格的20％（洪涛，2004）。

如图5-5所示，在调查问卷中，对“附近是否有粮油收储与加工企业”的回答中，大豆种植户回答“有”的是263户，回答“没有”的145户，分别占调查的大豆种植户的64.46％和35.54％；非大豆种植户回答“有”的为62户，回答

“没有”的是69户，分别占调查的非大豆种植户的47.33%和52.67%，而且多数粮油加工企业距离农户所在地比较远（20km以上）。

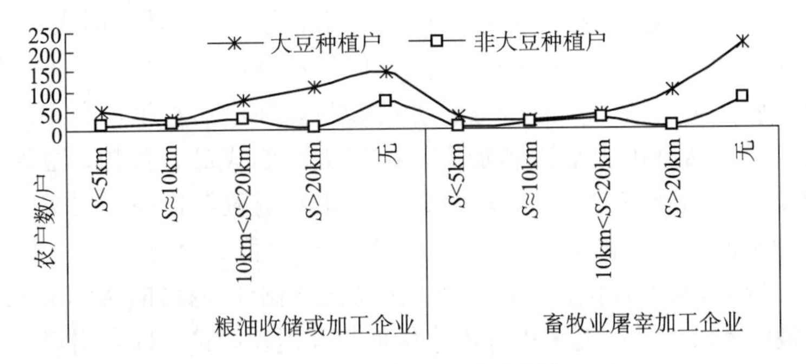

图5-5　农户与加工企业距离

总体看来，大豆主产区农户所面临的外部市场发育相对有限，附近没有加工企业的农户样本数量占多数，总体农户数据中回答“附近没有粮油加工类和畜牧养殖加工类企业”的603户，占样本总数的85.78%。外部市场发育不完全直接影响农户产品出售，2008年黑龙江省产区大豆价格随国际市场涨跌而大起大落，笔者调查中得知，由于外部需求不足，直至2009年春播时节仍有多数大豆种植者前一年大豆没有出售。虽然国家启动了临时储备计划，但由于要求高，数量有限只能消化黑龙江省当地产量的1/3弱，对市场提振作用有限。

（三）转基因标识制度

2001年5月23日，国务院颁布了《农业转基因生物安全管理条例》，对在中国境内从事农业转基因生物的研究、试验、生产、加工、经营和进出口等所有相关活动进行了规定。为了实施，2002年3月20日，农业部颁布了三个配套管理办法——《农业转基因生物安全评价管理办法》、《农业转基因生物进口安全管理办法》、《农业转基因生物标识管理办法》。2002年4月8日，卫生部也发布了《转基因食品卫生管理办法》（2002年7月1日实施），要求对“以转基因动植物、微生物或者其直接加工品为原料生产的食品和食品添加剂”必须进行标识。伴随着这些转基因安全管理政策的实施，中国大豆进口贸易也发生了较大波动。2001年，中国大豆进口量为1394万t；2002年，进口量为1132万t，比上年减少18.8%。这在一定程度上对转基因大豆进口起到抑制作用从而间接保护了中国的大豆产业，促进国内大豆种植者的积极性，但也客观上成为中国以安全性为目的的非关税壁垒。但大豆长期供给小于需求形势决定了这种政策作用临时性和不可持续性。

（四）出口退税政策

我国大豆生产量不能够满足消费要求，因此适当进口转基因大豆是必要的。鉴于我国大豆加工能力严重过剩，一方面应控制新建大豆加工企业，同时进行结构调整，整合生产能力；另一方面主动参与国际市场竞争，利用现有的大豆加工能力，进行转基因大豆来料加工，出口大豆制成品、豆粕、豆油等，参与东亚乃至全球国际经济大循环。辅之以豆粕出口退税等措施，促进实现国内大豆加工企业利润，同时也会对国内大豆种植者产生积极影响。

以2002年国家综合执行转基因管理以及豆粕出口退税的实际为例，此前大豆粕一直被归入农产品一类来执行增值税征收及退税政策，即在出口时征收13％增值税后享受5％的退税优惠。政府从保护国内大豆油脂加工行业，促进国内大豆豆粕出口的角度考虑，2001年将大豆豆粕归入以农产品为原料生产的工业品一类执行退税政策，即开始享受13％的退税税率。此项措施至今依然发挥着积极作用。

以上这些生产、加工与贸易上的政策在宏观上对农户生产行为产生影响，同时随着农产品市场化改革的深入，国内外农产品市场联动性加强，农产品国内外供求日益联系在一起，某一品种数量和价格变化，都会以某种形式通过产业链不同环节相互传导和影响。这种最直接的影响体现为相关产品进出口量变化，以及产业链中不同产品之间的价格传导。农产品市场化改革取消了统购统销，有超过30％农户认为缺乏稳定的销售渠道会加剧其生产经营的不稳定性。

第二节　黑龙江省豆农技术采纳行为

近年来，在进口转基因大豆的冲击下，国产大豆一直面临着严峻的形势。尤其是主产区黑龙江省的大豆种植面积、产量和价格连年大幅波动，对当地大豆加工企业的生产和大豆农户的增收造成冲击。提升国产大豆的竞争力，首先要提高大豆的自给能力，重点就在于提高主产区大豆生产技术应用水平。本节在对黑龙江省6个县（市）13个村的大豆农户进行问卷调查的基础上，分析黑龙江省农户需要的大豆生产技术类型、具体技术措施以及对各项技术的需求程度，明确黑龙江省农户大豆生产技术需求的优先序列，为提高黑龙江省大豆生产技术应用水平提供政策依据（崔宁波和李海，2010）。

一　调查与统计方法

在确定调查样本时，首先将黑龙江省内的所有县（市）按照人均地区生产总值从大到小等距划分为6组，每组中随机抽取1个县（市），每个县（市）选取大豆种植面积最大的乡镇作为样本镇。最后，在每个样本镇随机抽取1～3个村，每个村内随机抽取10户种植大豆为主的农户。最终确定的样本村分别是巴彦县兴隆镇福合村、民主村、隆青村，宾县宾西镇、西川村、朝阳村、新福村，五常市拉林镇红旗村、太平村，木兰县柳河镇常胜村、柳河村，延寿县延河镇团山村、新华村，绥棱县双岔河镇双泉村，共计6个县（市）的13个村进行入户调查，填写130户农户问卷，经过对问卷的初步整理和分析，共得到有效问卷118份，有效率为90.8%。

根据2008年《中国统计年鉴》，2007年黑龙江省农民人均纯收入为4132.29元，平均每户家庭人口为2.92人，每户家庭平均年纯收入在12 000元左右。根据被调查农户家庭年收入的实际情况，将被调查农户按年收入分为三类：第一类农户家庭年收入小于12 000元（低等收入），第二类农户家庭年收入为12 000～30 000元（中等收入），第三类农户家庭年收入在30 000元以上（高收入），分成3个统计组。统计结果是，低等收入组农户有26户，中等收入组农户有53户，高收入组农户为29户。其余10户农户未填家庭年收入，则按三类农户的比例分摊入各组。

根据农户户主的文化程度将他们分为小学、初中、高中（中专）3个层次。其中，户主为小学文化程度的农户有55户，初中的有25户，高中的有14户。未填学历的农户有24户，则按相应的比例分别计入各学历组。

根据农户大豆生产规模将它们分为小于10亩（小户）、10～20亩（一般户）、20～50亩（大户）、50亩以上（规模经营户）4类。其中，小农户为17户，一般户为38户，大户为40户，规模经营户为5户。其余18户未填写生产规模，则按各类生产规模农户的比例分别计入各组。

为提高问卷的有效性，问卷内容在必要的地方采用了互相印证的方法，如在农户所需的农业技术大项下列出子项目，要答卷人主观填写。从回收的问卷答卷情况看，大多数问卷答卷前后是一致的，农户回答问题是认真的。调查数据经过核查后，利用SPSS软件建立数据库，进行频次分析、相关分析及其他基本统计分析。

二 统计结果与分析

在分析农户对大豆生产技术类型的需求时，调查问卷设计了11项大豆生产技术类型，它们分别是：①新品种；②新农药；③新肥料；④新农机；⑤高产技术；⑥增效技术；⑦节本技术；⑧省工技术；⑨施肥技术；⑩病虫草害防治技术；⑪产后加工储存技术。在可供选择的这11项大豆生产技术类型中，农户至少选 5 项，可以多选，并要求对前 5 项技术类型按需求的先后予以排序。

（一）总体情况

在有效问卷的 118 户农户中，71.19%农户首先需要的是大豆新品种，其次是大豆高产技术（42.37%），再次是新肥料（41.53%），第四和第五分别是新农药（38.14%）、病虫草害防治技术（31.36%）（表 5-7）。

表 5-7　农户对大豆生产技术类型的需求

技术类型	新品种	新农药	新肥料	新农机	高产技术	增效技术	节本技术	省工技术	施肥技术	病虫草害防治技术	产后加工储存技术
比例/%	71.19	38.14	41.53	6.78	42.37	13.56	11.02	11.02	11.02	31.36	0.85

（二）分组情况

无论家庭年收入高低，所有农户对大豆生产技术类型需求的前 5 位相同，它们分别是新品种、新农药、新肥料、病虫草害防治技术、高产技术，但是低收入农户技术类型需求的前后顺序与中等收入以上的农户有所不同。

1. 按家庭年收入分组

首先，各收入组农户最需要的生产技术类型都是新品种，其中中等收入组农户对新品种的需求比例最高（77.4%）。其次，低收入组农户对高产技术的需求（57.7%）超过了新农药（34.6%）、新肥料（34.6%）和病虫草害防治技术（34.6%），而中等收入以上的农户对高产技术的需求（28.3%）远低于低收入农户。收入越高对高产技术需求的比例越低，反映出中等收入以上农户的高产技术应用水平要高于低收入农户。再次，高收入农户对新肥料和新农药的需求分别为 63.2%和 42.1%，远高于低收入农户，可知农户对新农药和新肥料技术的需求与农户收入水平成正比。可能的原因是，农户收入越高经济承受力越强，其生产优质农产品的期望就越高，对提升农产品质量的生产技术的需求也会扩大，这符合需求诱导技术创新的原理。

2. 按农户种植规模分组

除了规模经营户以外，各组农户的前两项科技需求都是新品种和高产技术，而且农户大豆生产规模越小，需要新品种和高产技术的农户比例越高，如小户对高产技术需求的比例比大户高 32.4%。此外，规模经营户的第二项科技成果类型需求是病虫草害防治技术（62.5%），而大户、一般户、小户对该技术的需求分别为 34.2%、23.7%、17.6%，说明农户的大豆种植规模越大，需要该项技术的农户比例就越高，这同资源禀赋程度诱导技术创新的理论相一致。

3. 按农户受教育程度分组

无论受过何种程度的教育，农户所需的前 5 项生产技术类型是一样的，最急需的都是新品种，这种需求以高中（大专）文化程度的农户最为明显。小学文化程度对高产技术和病虫草害防治技术的需求比例为 44.1%和 25.4%，初中和高中文化程度对于高产技术的需求比例均下降 4 个百分点，而对于病虫草害防治技术的需求比例分别增加 14.6%和 34.6%。表明随着农民受教育水平的提高，选择采用高产技术的比例呈反向变动，选择病虫草害防治技术的比例呈正向变动。

三 具体技术措施需求分析

在分析农户需要的具体技术措施时，调查问卷根据黑龙江省大豆生产实际，列举了 18 项大豆生产常用技术，分别是：①高产品种；②优质品种；③高产与优质兼顾品种；④化学农药；⑤生物农药；⑥有机肥；⑦复合肥；⑧抗重迎茬技术；⑨栽培模式（如三垄栽培，窄行密植等）；⑩收割机械；⑪加工机械；⑫种子包衣；⑬平衡施肥技术；⑭肥料减施；⑮病虫害精准预报；⑯病虫害精准防治；⑰农药减施技术；⑱节水灌溉技术。调查时要求农户从中至少选择 10 项技术措施，并按需求程度给予排列，可以多选。

（一）总体情况

调查显示，农户对大豆具体生产技术措施的需求有较大差异，需求的前 10 项技术分别为：高产与优质兼顾品种（46.6%）、高产品种（45.8%）、优质品种（34.7%）、复合肥（27.1%）、抗重迎茬技术（22.9%）、化学农药（22.0%）、病虫害精准防治（18.6%）、病虫害精准预报（12.7%）、农药减施技术（9.3%）、栽培模式（6.8%）（表 5-8）。

表 5-8 农户对大豆具体生产技术措施需求的先后次序

技术需求次序	名 称	需求农户比例/%	技术需求次序	名 称	需求农户比例/%
1	高产与优质兼顾品种	46.6	6	化学农药	22.0
2	高产品种	45.8	7	病虫害精准防治	18.6
3	优质品种	34.7	8	病虫害精准预报	12.7
4	复合肥	27.1	9	农药减施技术	9.3
5	抗重迎茬技术	22.9	10	栽培模式	6.8

（二）分组情况

在具体技术措施中，品种类技术措施是所有大豆农户最迫切的需求。此外，中等收入以下的农户对病虫害精准防治、预报和栽培模式有较强的需求，规模种植户和高收入农户急需抗重迎茬技术。农户对复合肥和化学农药的需求与文化程度呈反方向变动。

1. 按家庭年收入分组

无论农户的家庭年收入水平如何，对品种类技术的需求在其整个技术需求中都是最主要的，这种需求程度表现为农户收入越低，需求的比例越高，如低收入农户对高产优质品种的需求比高收入农户高16.6%。中等收入以下的农户除了对品种类技术的需求外，对病虫害精准防治、预报和栽培模式也有较强的需求，而且对防治的需求比预报更迫切；高收入农户对抗重迎茬技术的需求比中等收入、低收入农户更为急迫。此外，复合肥、化学农药也是豆农普遍需要的，农户的收入水平与需要化学农药的农户比率成正向变动，与需要复合肥的农户比率成反向变动。

2. 按农户种植规模分组

大豆种植规模对于农户技术需求程度的影响是明显的。62.5%的规模种植户首先需要的技术是高产与优质兼顾品种，其次是抗重迎茬技术，将近一半的规模种植户同时需要的技术还有种子包衣、农药减施技术，近1/3的规模种植户还需要高产品种和化学农药技术。47.5%的大豆生产大户首先需要的技术是高产品种，1/3以上的大户需要的技术是优质品种、高产与优质兼顾品种、化学农药、抗重迎茬技术。而一般户和小户首先需要的两项技术是大豆高产品种、高产与优质兼顾品种，此外复合肥、化学农药、抗重迎茬技术、病虫害精准防治等技术也是他们比较需要的。

3. 按农户受教育程度分组

高产与优质兼顾品种、高产品种、优质品种是各组农户普遍需要的前3项具体生产技术措施，其中对高产与优质兼顾品种的需求最高。从各组农户对复合肥和化学农药的需求来看，文化程度越低，需要这两项技术的农户的比例越高，如小学文化程度的农户需求分别为35.8%和25.6%，高中文化程度的农户需求仅为13.3%；而对于病虫害精准防治、栽培模式和生物农药等技术，文化程度较高农户的需求则显然是更为迫切，比小学文化程度农户需求高出10个百分点以上。初中文化程度的农户除了品种类技术外，最迫切的需求就是抗重迎茬技术，比例达到30.0%。

第三节　黑龙江省豆农市场认知与利用

农户对外部市场的利用是以认知和理解为前提的，否则只能被动接受外部市场给定的价格。这一节着重分析农户的市场认知，农户只有对自己所处市场环境有了解和判断才可以利用市场信息指导自己生产行为，而认知过程中不可避免地存在认知偏差，从而可能导致行为与意愿的偏离（李孝忠和乔娟，2009）。

一 农户对市场的认知与理解

（一）对期现货市场认知与理解

表 5-9 整体看，大豆户知道期货市场具体位置的占总样本数的 30.22%，知道进口数量的占总样本数的 9.35%，知道进口来源的占总样本数的有 41.19%。

表 5-9　大豆农户市场认知　（单位：户）

省　份	期货市场	进口数量	进口来源
黑龙江	132	38	167
吉　林	20	0	32
河　北	6	0	18
山　东	10	14	12

具体看，对期货市场认知中，黑龙江省能回答出来“国内主要农产品期货市场所在地”的有 132 户，占该省样本农户的 33.33%，进口数量回答正确的有 38 户，占该省样本农户的 9.5%，进口来源回答正确的有 167 户，占该省样本农户的 41.75%；吉林省能回答出来“国内主要农产品期货市场所在地”的有 20 户，占该省样本农户的 20.83%，进口数量没有回答正确的样本，进口来源回答正确的有 32 户，占该省样本农户的 33.33%；河北省能回答出来“国内主要农产品期货市场所在地”的有 6 户，占该省样本农户的 16.67%，与吉林省一样，河北省进口数量也没有回答正确的样本，进口来源回答正确的有 18 户，占该省大豆样本农户的 50%；山东省 3 个指标的认知程度比较相近，回答正确的比例分别为 27.78%、38.89%和 33.33%。

对非大豆农户对市场认知考查对比，可以发现两种不同种植行为农户对市场的理解差异。表 5-10 数据显示非大豆种植户知道国内期货市场的有 121 户，占非大豆种植户总体样本数 274 户的 44.16%，高出大豆种植户 10 个百分点以上，进口来源同样是 44.16%的高比例认知程度，远远高于大豆种植户 9.35%的认知比例，三个衡量比例中进口数量认知程度低于大豆种植户，只有 11.31%。大豆种植户市场认知比非大豆种植户低，换言之，非大豆种植户对大豆市场进口数量、进口来源了解程度比大豆种植户清楚，这也可能是其避免种植大豆面临市场风险而选择不种植大豆原因之一。第六章中将实证这种理论设想。

表 5-10　非大豆农户市场认知　（单位：户）

省　份	市场认知			国际粮价	
	期货市场	进口数量	进口来源	无差别	国际高
黑龙江	74	11	75	90	13
吉　林	14	8	14	14	9
河　北	6	0	18	16	8
山　东	27	12	14	92	2

第四章已经阐述了非大豆种植户主要选择种植玉米、水稻和小麦，此三者都是国际粮食贸易的主要品种。再看一下这些粮食种植户对国际市场了解情况，本章选择的指标是国际市场大米价格，回答没有差别的农户为 212 户，占非大豆种植户总样本数 274 的 77.37%，回答国际市场价格高的只有 11.67%。实际情况是当时（2008 年 9 月）国际市场价格是国内市场价格的 3 倍甚至更高。

（二）对国内外大豆种植的认知与理解

农户行为的理性历来是学术界研究的热点，现代开放环境下，农户决策行为更多受自身素质、占有资源以及当地市场发展程度的限制。因此，对农户行为的理解应该建立在对农户决策所面临条件认知与理解基础之上。

学者从不同角度实证了国内外大豆成本收益以及品质差异，但农户作为生产者对国内外大豆品质差异理解程度如何，这直接关系到针对大豆生产有关的新技术推广和应用。在问卷中反映出无论是大豆种植户还是非大豆种植户都承认国内外大豆品质存在着差异，回答没有差异的比例不足 5%。黑龙江省大豆种植户中，认为国内外大豆品质差异主要是出油率和转基因的占总体样本农户的 60.25%，而认为没有差别和不太清楚的比例也高达 42.75%。其他三个省份大豆种植户对出油率和转基因的差别也比较认同（表 5-11）。

表 5-11　大豆种植户国内外大豆品质差异认知　（单位：户）

省　份	单　产	出油率	是否转基因	没有差别	不太清楚
黑龙江	66	126	115	13	158
吉　林	12	12	40	13	16
河　北	24	18	18	—	—
山　东	12	8	12	—	4

“—”表示没有人选择。

非大豆种植户中，回答“不清楚区别”的黑龙江省最多，为 54 户，占该省非大豆种植户的 47.79%；山东省回答“不清楚区别”的有 21 户，占该省非大豆种植户的 22.58%。黑龙江省非大豆种植户认为国内外大豆品质差异主要是是否为转基因，其次是出油率；吉林省非大豆农户则把是否为转基因与单产并列为主要差别，这和河北省的情况类似（表 5-12）。

表 5-12　非大豆种植户品质差异认知　　（单位：户）

省　份	单　产	出油率	是否为转基因	没有差别	不太清楚
黑龙江	6	19	35	1	54
吉　林	13	4	14	2	5
河　北	19	14	18	—	—
山　东	5	56	7	5	21

“—”表示没有人选择。

认知偏差（cognitive bias）指的是生理心理状态均正常的人，由于知识水平的匮乏而对未来缺乏明确的预期和把握时，往往会出现认识上的种种偏误。这种偏差已经在行为经济学和行为金融学的研究中被证实，由于上述认知偏差的广泛存在，大豆主产区农户如果对市场认知行为不能反映市场运行的真实过程，对市场所提供信息的理解和应用会大打折扣，其行为选择或决策也会受到影响，认知程度高、对市场运行有所了解的农户生产决策时考虑预期和未来农产品价格走势，而认知程度相对较低的农户则多根据以往种植经验和上一个年度农产品价格决定下一年生产，因此农户的市场认知对种植决策影响已经逐步显现出来（李孝忠等，2009）。下一节从政策角度分析大豆相关产业政策对农户生产行为产生影响，着重从影响农户生产选择（决策）的宏观政策变化和大豆相关品价格波动与传导关系分析入手。

二　豆农对市场的参与和利用

对大豆研究离不开豆油、豆粕相关品的供给与需求。实证分析大豆进口与豆油、豆粕出口之间的内在关系，可以验证大豆进口仅仅是为了满足国内对豆油和豆粕的消费需求，还是中国以相对低廉的生产成本吸引了国际大豆生产国的原材料、国际大豆加工业产业转移并通过加工品实现利润增值。这种大豆相关品进出口对主产区农户生产经营行为都有着“潜移默化”的影响。

同时，与大豆市场开放相联系，大豆主产区农户市场参与行为，主要表现为对市场价格变动的利用。大豆因为加工产业链长、产品多，任何相关品价格波动都会以某种方式传导并影响到产地收购价格，从而对农户售卖行为与收益产生影响。市场波动对农户生产与售卖行为的影响主要体现在相关产品进出口数量与价格波动的相互传导。

（一）大豆相关品的联动性

研究大豆进口与国内豆油、豆粕供给量关系，及其与豆油、豆粕出口之间的关系，需要给定一些基本假设条件。首先，大豆进口主要用于压榨，直接消费忽略不计。因为以食用为主直接消费大豆的国内需求不足 20%，且主要由国内生产满足。因此，大豆进口必然会对国内豆油、豆粕供给量产生影响。其次，豆油、豆粕出口是在满足国内需求前提下的净出口，产业内贸易不在本研究范围内，所以计量数据处理为净出口数量。最后，假定研究时期内，国内食用植物油以及饲料供给格局没有变化。

在以上假定下，我们要验证的假设有两个：①大豆净进口与国内豆粕、豆油供应量是否协整；②大豆净进口与豆粕、豆油净出口之间是否协整。如果假设①的回答是肯定的，我们可以初步得出，大豆进口是由于国内需求所导致的结论。而假设②若被证真，则说明我们有可能成为大豆加工业国际转移受益者，或者说至少有这种趋势。

因此，为了系统全面研究大豆进出口与豆油、豆粕进出口以及两者国内供应量之间的关系，数据选取时间为1996～2006年，并处理成大豆净进口量，豆油、豆粕净出口量，豆油、豆粕国内供应量5组数据（表5-13）。

表5-13　1996～2006年大豆、豆油以及豆粕相关数据（单位：万t）

年　份	大豆净进口	豆粕净出口	豆油净出口	豆油国内供应	豆粕国内供应
1996	90.77	−180.81	−114.21	253.91	730.21
1997	268.05	−182.77	−70.95	277.95	984.58
1998	301.36	−370.38	−67.13	291.96	1082.30
1999	410.40	−55.83	−82.43	271.46	759.56
2000	1021.00	−5.05	−31.00	342.00	1630.00
2001	1369.00	−5.37	−7.00	387.00	1709.00
2002	1104.00	−0.07	−82.26	436.00	1522.00
2003	2047.00	76.98	−186.90	679.00	1725.00
2004	1990.00	60.10	−249.71	690.00	2455.00
2005	2619.40	35.04	−163.12	692.00	2656.00
2006	2789.00	−29.26	−142.49	834.00	2827.00

资料来源：《中国统计年鉴》（1998～2006年），国家粮油信息中心。

从近10年数据看，中国大豆净进口量逐年攀升，同期国内豆粕、豆油的供应量变化趋势也逐年增加（图5-6），呈现相似的变动趋势。豆粕净出口在2001年之前有不断上升态势，但之后走势趋于平缓，但豆粕依然有出口持续态势。豆油净出口在1996年之后也有上升趋势，表现为净出口的绝对值变小，但2001年之后绝对值又趋于增大，进口量有所增加。

长期内大豆净进口与国内豆油、豆粕供给量之间都呈现增长的相似变化趋势，但单位根检验结果是后两者均为非平稳序列。大豆净进口、豆粕净出口是I（0）单整；豆油净出口是I（1）单整。对于均是I（0）单整序列可以应用传统的OLS方法直接进行协整回归检验。而对于没有通过平稳性检验，但两者有相同趋势的序列可以用Granger因果检验来检验其相互间的关系。因此，大豆净进口与豆粕国内供应量采用Granger因果检验，而与豆粕净出口采用协整检验分别进行。检验结果及分析如表5-14所示。

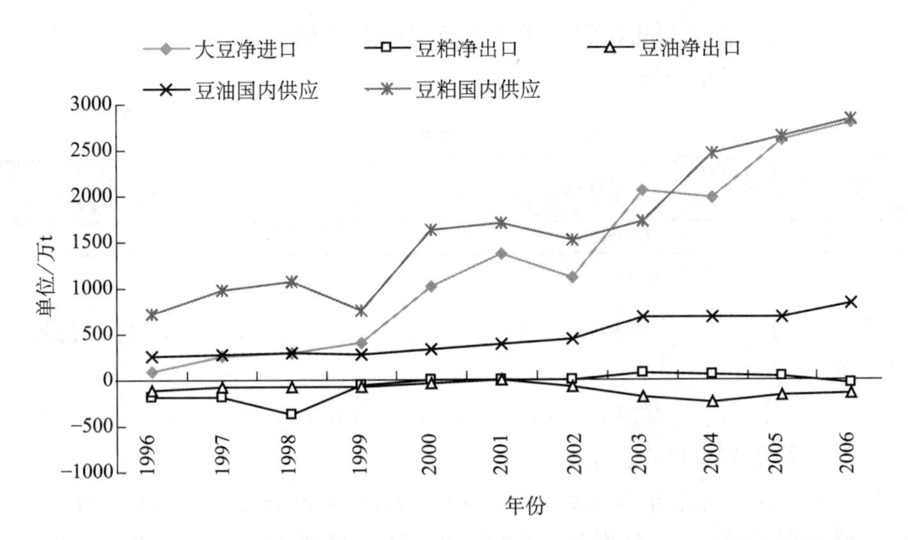

图 5-6　1996～2006 年大豆净进口，豆油、豆粕净出口及国内供应变动

资料来源：《中国统计年鉴》(1996～2006 年)，国家粮油信息中心。

经 ADF 检验，大豆净进口、豆粕净出口是 I（0）单整，可以应用传统的 OLS 方法直接进行协整回归检验，然后对其残差序列进行 ADF 的单位根检验（表 5-14）。并根据检验结果建立误差修正模型。

表 5-14　大豆净进口与豆油和豆粕净出口的单位根检验结果

变　量	检验类型 (c, t, n)	ADF 检验统计量	临界值 1% −2.68	临界值 5% −1.96	临界值 10% −1.62	结论
Ln (djj)	$(c, 0, 0)$	−1.8041		−1.6113*		平稳
Ln (yjc)	$(c, t, 1)$	−7.7447		−3.6105***		平稳
Ln (pjc)	$(c, 0, 0)$	−2.5999		−1.9483**		平稳

注：(c, t, n) 分别表示是否有常数项、时间趋势和滞后阶数。滞后阶数由 AIC \ SC 准则确定。10%的显示性水平下三者拒绝有单位根的原假设。

* 表示 10%水平拒绝有单位根的原假设；** 表示 5%水平拒绝有单位根的原假设；*** 表示 1%水平拒绝有单位根的原假设。

大豆净进口、豆粕净出口为 I（0）单整，同阶单整，可能存在协整关系，可以进行协整回归检验。而豆油净出口为 I（1）单整，不能与大豆净进口直接进行回归检验。

（1）应用 OLS 方法回归得到大豆净进口与豆粕净出口之间的协整回归方程如下：

$$\text{Ln}(pjc) = 0.8227\text{Ln}(djj) + \mu_t \tag{5-1}$$

$$R^2 = 0.9483 \quad (29.8761)$$

式中，Ln (pjc)、Ln (djj) 分别表示豆粕净出口和大豆净进口，式（5-2）和式（5-3）中符号含义与此相同；括号内数字表示 T 值；μ_t 表示残差。

（2）μ_t 单位根检验结果（表 5-15）。

表 5-15 μ_t 单位根检验结果

变量	检验类型（c，t，n）	ADF 值	临界值 1%	临界值 5%	临界值 10%	结论
μ_t	(0，0，1)	−2.5560	−2.68	−1.96	−1.62	平稳

注：5%水平拒绝有单位根的原假设。

表 5-15 显示，μ_t 是平稳的，接受 Ln（pjc）与 Ln（djj）协整的假设。误差修正项为

$$\mathrm{ECM}_{t-1} = [\mathrm{Ln}(pjc) - 0.8227 \times \mathrm{Ln}(djj)]_{t-1} + v_t \qquad (5\text{-}2)$$

（3）误差修正模型的建立。

以 Ln（pjc）的差分为因变量，以 Ln（djj）的差分 ΔLn（djj），滞后一期的误差修正项 ECM_{t-1} 为自变量，利用 OLS 法，通过 Eviews5.0 进行回归，得到误差修正模型为

$$\underset{}{\Delta \mathrm{Ln}(pjc)} = \underset{(0.0234)}{0.0627} + \underset{(4.2489)}{0.8086}\Delta \mathrm{Ln}(djj) + \underset{(1.0343)}{0.3347}\mathrm{ECM}_{t-1} \qquad (5\text{-}3)$$

$$R^2 = 0.8300 \qquad F = 9.7649 \qquad P = 0.02889$$

Johansen 协整检验。由于无法事先确定国内供应量与大豆净进口两个变量哪个作为被解释变量，哪个作为解释变量，因此本文选用 Johanson 协整检验对大豆净进口与豆油、豆粕国内供给量的协整关系进行分析。Johansen 协整检验是建立在向量自回归模型基础之上的。利用 Johansen 协整检验，首先应建立 VAR 模型。

本文运用 E-views 估计出 VAR 模型的参数结果为

$$\begin{aligned} djj = {} & \underset{(2.2463)}{0.3544}djj(-1) + \underset{(3.4495)}{0.5940}djj(-2) + \underset{(1.5898)}{0.2494}yng(-1) \\ & + \underset{(0.5497)}{0.09117}yng(-2) - \underset{(-1.1308)}{596574.0307} \end{aligned} \qquad (5\text{-}4)$$

$$R^2 = 0.9632 \qquad \mathrm{AIC} = 31.3876$$

$$\begin{aligned} yng = {} & \underset{(2.4149)}{0.43709}djj(-1) - \underset{(-1.7491)}{0.3456}djj(-2) + \underset{(3.7687)}{0.06782}yng(-1) \\ & + \underset{(1.7002)}{0.3234}yng(-2) + \underset{(0.6204)}{375487.8827} \end{aligned} \qquad (5\text{-}5)$$

$$R^2 = 0.9483 \qquad \mathrm{AIC} = 31.6624$$

上述两个方程中，djj、yng 分别表示大豆净进口量和豆粕国内供应量。括号内为 T 值。滞后期的选择是依据 AIC 准则，即选择使 AIC 最小的滞后阶数。

经过比较，本文选择最大滞后期为 2 的模型。根据以上结果，可以看出在 5%的显著性水平下，滞后 1 期的大豆净进口、滞后 2 期的大豆净进口对当期大豆净进口有显著影响，而豆粕国内供应量对于大豆净进口统计上不显著；滞后 1 期的大豆净进口、滞后 1 期的豆粕国内供应量对当期国内豆粕供应量有显著影响。说明豆粕国内供应量与自身一阶滞后有显著关系，而与大豆净进口关系较弱。

从表 5-16 中可以看出，两个原假设的迹检验统计量均小于 5%临界值，接受原假设，即豆粕国内供应量与大豆净进口两者之间无协整关系。

表 5-16 豆粕国内供应量与大豆净进口的 Johanson 协整检验结果

原假设 H_0	滞后阶数	特征值	迹检验统计量	5%临界值	概率**
无协整关系	2	0.5761	15.4947	38.3085	0.0000
至多有一个协整关系	2	0.0123	3.8415	0.5466	0.4597

** 表示 5%水平下显著。

接下来，我们以同样方式对豆油国内供应量与大豆净进口之间关系进行分析，首先得到 VAR 模型：

$$djj = 0.3382djj(-1) + 0.6767djj(-2) + 0.8933yng(-1)$$
$$(2.0029) \qquad (3.5749) \qquad (1.1116)$$
$$+0.1337yng(-2) - 587\,687.9541 \tag{5-6}$$
$$(0.1532) \qquad (-1.3192)$$
$$R^2 = 0.9651 \qquad \mathrm{AIC} = 31.3324$$

$$yng = -0.0560djj(-1) + 0.1022djj(-2) + 0.9997yng(-1)$$
$$(-1.3413) \qquad (2.1825) \qquad (5.5325)$$
$$-0.0631yng(-2) + 75\,433.4241 \tag{5-7}$$
$$(-0.2920) \qquad (0.6846)$$
$$R^2 = 0.9731 \qquad \mathrm{AIC} = 28.5385$$

式中，djj、yng 分别表示大豆净进口量和豆油国内供应量。括号内为 T 值，滞后期的选择是依据 AIC 准则，即选择使 AIC 最小的滞后阶数。

经过比较，本文选择最大滞后期为 2 的模型。根据上述方程结果，可以看出在 5%的显著性水平下，大豆净进口只与自身滞后期有明显联系，统计上显著，与豆油国内供应量之间没有通过显著性检验；豆油国内供应量与大豆净进口的 2 阶滞后以及自身一阶滞后统计显著。

根据 VAR 模型确定的滞后期阶数，对大豆净进口和国内豆油供应量序列进行协整检验，检验结果如表 5-17 所示。

表 5-17　大豆净进口和国内豆油供应量 Johanson 协整检验结果

原假设 H_0	滞后阶数	特征值	迹检验统计量	5%临界值	概率**
无协整关系	2	0.5761	36.5792	15.4948	0.0000
至多有一个协整关系	2	0.0123	3.2826	3.8415	0.0700

** 表示 5%水平下显著。

在 5%的显示性水平下，无协整关系假设的迹检验统计量大于临界值，拒绝无协整关系假设。至多有一个协整关系假设的迹检验统计量小于临界值，接受至多有一个协整关系假设。即豆油的国内供应量与大豆净进口之间存在长期协整关系。

格兰杰因果检验。由于大豆净进口与豆粕国内供应量之间没有协整关系，豆粕数据是非平稳，且二阶差分及含有趋势项和时间趋势的差分仍然不平稳，但是两者在趋势上确有明显相似，可以用格兰杰因果检验法①，验证两者的关系（表 5-18）。

表 5-18　大豆净进口与豆粕国内供应量格兰杰因果检验

原假设	F 统计值	P 值	是否接受原假设
djj 不引导 *png*	3.0661	0.0580	拒绝
png 不引导 *djj*	2.6043	0.0868	拒绝

从表 5-18 中的检验结果看，在 5%的显著性水平下，大豆净进口与豆粕国内供应量之间存在双向的格兰杰因果关系。

豆油净出口由于国内需求增长趋势短期内难改变，和大豆进口呈现发散状态，不具有趋势相似特征，可以认为两者逻辑上联系较弱。

（二）大豆相关品价格的联动性

在考查了数量上的关系之后，我们来探讨一下价格上的影响，大豆与相关产品豆油、豆粕之间具有密切的联系，而大豆大量进口对国内生产者影响主要通过价格传导机制体现，因此，我们选择了大豆到岸价格，数据是美国大豆和南美大豆到岸价格平均值。大豆收购价是哈尔滨、齐齐哈尔、牡丹江、佳木斯、集贤、北安六地油用大豆产地收购价平均值，豆粕出厂价和豆油出厂价为九三油脂、集贤阳霖、海伦东源、牡丹江金源、三棵油脂、桦川油脂、佳木斯吉庆平均出厂价，数据时间段是从 2006 年 6 月 22 日到 2009 年 4 月 4 日 4 组 1152 个数据。

大豆收购价格划分为明显的两个阶段：一是价格飙升（2006.4～2008.9），这一阶段国内大豆产地收购价格稳步上升，2006 年 4 月 10 日黑龙江省产地平均收购价格为 2573 元/t，2007 年黑龙江省北部大豆主产区干旱减产，价格上涨，

① 多用于关联价格间相互引导关系验证，价格是多种因素作用的最终表现形式，数量亦然。

与国际粮食价格上涨相叠加，大豆产地收购价格一度达到了 5000 元/t 以上，2008 年 8 月 27 号黑龙江省大豆产地平均收购价格达到了 5537 元/t 高峰值。二是价格回落调整阶段，2008 年 9 月后，随着新大豆逐步上市和金融危机导致国际粮食价格下降的双重影响，大豆产地收购价格一路走低，至 2009 年 4 月，国内大豆产地收购价格稳定在 3200 元/t 左右。与高峰期价格相比下降了近 70%。

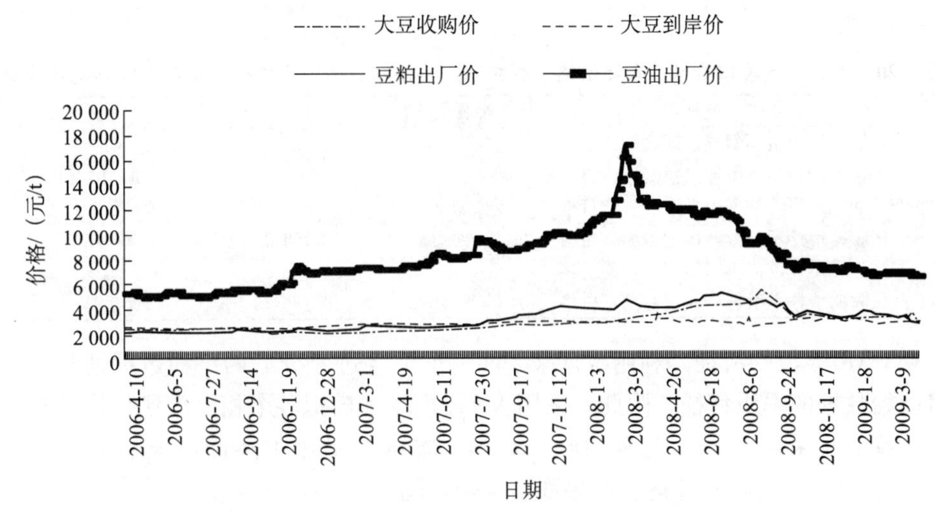

图 5-7　大豆及相关品价格变化（2006.4～2009.4）（单位：元/t）

资料来源：天琪期货，其中黑龙江省产地价格为哈尔滨、齐齐哈尔、牡丹江、佳木斯、集贤、北安产地油厂收购过筛油用大豆价格平均；大豆到岸价格是美国大豆和南美大豆到岸价格的平均。

从大豆及相关品出厂价格波动（图 5-7）看，豆粕、豆油价格及大豆进口到岸价格与大豆收购价格走出了一波相似的趋势，从数据看，豆粕与豆油走势逐步缓慢攀升后回落，大豆进口到岸价格变化相对不大，豆油出厂价的波动幅度较大而且波峰来得更早，降得更快。

平稳性（ADF）检验如表 5-19 所示。

表 5-19　大豆产地收购价格、到岸价格、豆粕出厂价格和豆油出厂价格 ADF 检验

变　量	T-stat	*P* 值	结论
大豆到岸价格（—1）	−3.54***	0.0075	平稳
大豆产地收购价（—1）	−6.82***	0.0000	平稳
豆粕出厂价（—1）	−11.92***	0.0000	平稳
豆油出厂价（—1）	−8.91***	0.0000	平稳

注：（—1）表示各个变量的一阶差分，下同。

*** 表示 1%水平下显著。

从数据系列趋势看，都是不平稳序列，在对其进行建模前必须进行平稳性检验，本书应用 ADF 方法对原始数据系列进行检验，原始数据都是不平稳的，进过一阶差分后，各个数据系列都变成了平稳。

大豆产地收购价格、到岸价格、豆粕出厂价格和豆油出厂价格的原始数据都是不平稳的，但是经过一阶差分后变得平稳了。

表 5-20 检验结果显示，大豆到岸价格、大豆产区收购价格、产区豆油出厂价格、产区豆粕出厂价格互为格兰杰引导关系，也就是存在着互为因果的关系。在接下来的 VAR 模型建构中，可以将相应的之后变量作为彼此的内生变量处理。

表 5-20　大豆产地收购价格、到岸价格、豆粕出厂价格和豆油出厂价格的格兰杰因果关系检验

假　设	观测值	F统计值	P值
大豆到岸价格不引导产区收购价格	286	115.030	3.2×10^{-37}
产区收购价格不引导大豆到岸价格		179.941	4.9×10^{-51}
产区油厂出厂价格不引导产区收购价格	281	2.619 97	0.074 62
产区收购价格不引导产区油厂出厂价格		4.711 02	0.009 73
产区豆粕出厂价格不引导产区收购价格	286	20.558 0	4.7×10^{-9}
产区收购价格不引导产区豆粕出厂价格		8.180 33	0.000 35

VAR 模型的特征是利用数据来表明特征，经过差分后的平稳数据通常会掩盖原始数据的本质特征。因此，采用 VAR 模型来模拟各个相关市场价格波动的动态特征时采用市场各变量的原始数据。本部分沿用上述四组原始数据建立 SVAR（4）模型，具体运行结果如表 5-21 所示。

表 5-21　大豆产地收购价格、到岸价格、豆粕出厂价格和豆油出厂价格 VAR 模型结果

	大豆产地收购价	大豆到岸价格	豆粕出厂价	豆油出厂价
大豆产地收购价（－1）	0.731 9*	－0.041 76***	－0.207 2*	0.126 5
大豆产地收购价（－2）	－0.140 8*	－0.026 51**	0.004 655*	－0.128 8
大豆到岸价格（－1）	1.486 3	2.029 4***	0.513 4	－1.057 1
大豆到岸价格（－2）	－1.089 8	－0.966 8***	－0.269 1	1.085 3
豆粕出厂价（－1）	0.329 4**	－0.008 0***	1.334 3*	1.806 9
豆粕出厂价（－2）	－0.325 2**	0.012 86***	－0.367 9*	－1.767 3
豆油出厂价（－1）	－0.011 25**	0.000 861***	0.001 516**	1.185 5**
豆油出厂价（－2）	0.013 99**	－0.001 59***	0.001 131**	－0.207 4**
C	2.635 3	6.889 2	－36.874 9	－27.104 0
调整的 R^2 值	0.995 3	0.999 9	0.996 1	0.991 9
F统计值	7 359.677	1 279 423.	8 757.399	4 289.977
对数似然值	－1 505.303	－777.593 4	－1 552.011	－1 914.661
AIC 值	10.777 9	5.598 5	11.110 4	13.691 6
SC 值	10.894 5	5.715 0	11.226 9	13.808 0

*表示 10%水平显著；**表示 5%水平显著；***表示 1%水平显著。

从表 5-21 模型运行结果看，有两类明显的趋势。一是国内大豆产地收购价格、豆粕出厂价格和豆油出厂价格与大豆到岸价格之间没有显著性联系。说明大豆到岸价格对国内大豆收购价格以及相关产品并不构成明显影响，而且到岸价格的一阶和二阶滞后也都不显著。二是大豆到岸价格与国内相关品价格间有明显联系。换言之，大豆到岸价格直接受到国内大豆收购价格、豆油出厂价格和豆粕出厂价格的影响，而且这种影响以负向为主。大豆产地收购价格上升会对大豆到岸价格产生一定的下压空间，大豆收购价格的一阶和二阶滞后估计系数都是负的，印证了这种判断。

VAR 模型滞后结构检验结果如图 5-8 所示，如果被估计的 VAR 模型所有根模的倒数小于 1，即位于单位圆内，则其是稳定的。图 5-8 为上述 VAR 模型 AR 根的图表，可以看出，所有根模的倒数都位于单位圆内，这也意味着模型是稳定的，其相应的脉冲响应函数的标准误差是有效的。对于稳定的 VAR 模型，脉冲响应函数应该趋近于 0，且累计响应趋向于某些非 0 常数。

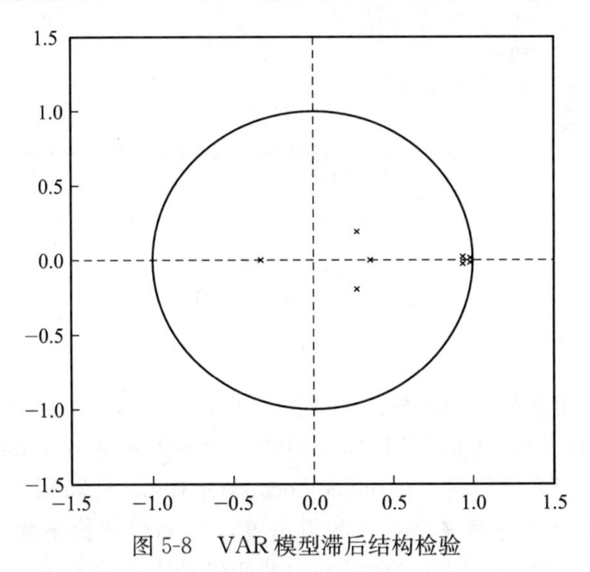

图 5-8　VAR 模型滞后结构检验

经过协整检验，大豆国内产地收购价格与豆粕、豆油出厂价格间存在同阶 I（1）协整，这表明，豆粕和豆油出厂价格与大豆产地收购价格之间具有长期均衡关系，因此，建立 3 变量的 VAR（3）模型，图 5-9 为分别给相关产品价格一个正向冲击，得到关于大豆产地收购价格的脉冲响应函数图。图 5-9 中，横轴表示冲击作用的滞后期间数（单位：3 天），纵轴表示大豆产地收购价格（元），实线表示脉冲响应函数，代表大豆产地收购价格对相对应的相关产品价格变动的冲击反应，虚线表示正负两倍标准差偏离带。

从图 5-9 中可以看出，当在本期给豆粕价格一个正冲击后，大豆产地收购价格会第二期达到高峰，冲击响应值达到了 35.2，之后回落到第七期时，也就是 1 个月左右时间，这种正向冲击响应效应消失。

同样，当在本期给豆油价格一个正冲击后，大豆产地收购价格会第二期达到低谷，主要是油厂会短期内消耗库存或者以进口大豆为主，对主产区大豆收

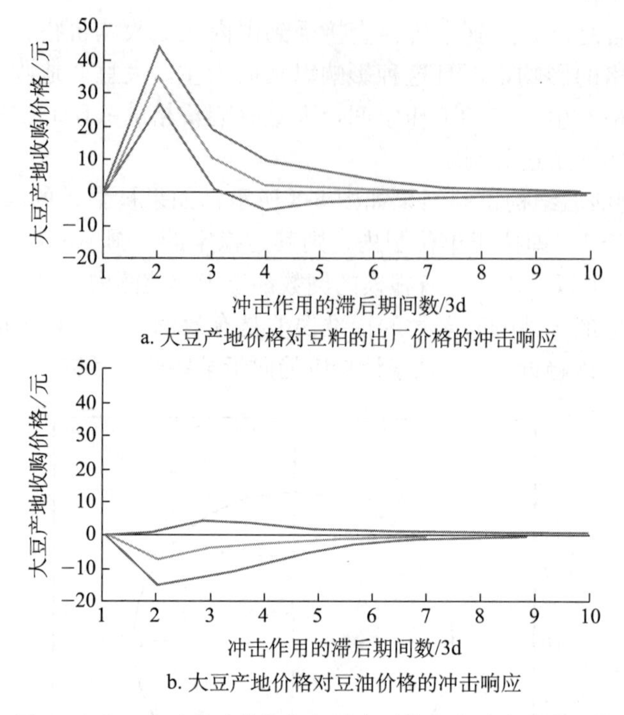

a. 大豆产地价格对豆粕的出厂价格的冲击响应

b. 大豆产地价格对豆油价格的冲击响应

图 5-9 大豆产地收购价格与相关产品价格的冲击响应函数

购产生一定的打压效果，但这种效果在第六期的半个月左右，即会消失。

脉冲响应函数描述的是 VAR 模型中的一个内生变量的冲击给其他内生变量所带来的影响。而方差分解（variance decomposition）分析每一个结构冲击对内生变量变化（通常用方差来度量）的贡献度，进一步评价不同结构冲击的重要性。因此，方差分解给出对 VAR 模型中的变量产生影响的每个随机扰动的相对重要性的信息。

从表 5-22 方差分解的结果看，滞后两期的大豆产地价格自身贡献率最高达到了 79.12%，其次为豆粕行业，滞后两期的豆粕出厂价格对大豆产地收购价格贡献率达到了 20.01%，而豆油价格变动对大豆产地收购价格变动贡献率不足 1%，随着滞后期的延长，共享相对份额增大，但是直到 10 期之后贡献率也才只有 3.13%。

表 5-22 大豆相关品价格冲击对大豆产地收购价格变动的贡献率

Period	S. E.	DS	DM	DO
1	67.447 23	100.000 0	0.000 000	0.000 000
2	85.126 71	79.122 01	20.016 40	0.861 593
3	88.581 65	75.771 44	22.240 21	1.988 349
4	100.164 2	76.447 95	21.201 97	2.350 079
5	110.496 7	73.385 79	24.230 93	2.383 282

续表

Period	S. E.	DS	DM	DO
6	116.426 5	71.526 13	25.784 80	2.689 066
7	123.643 8	71.289 08	25.832 12	2.8787 99
8	130.935 8	70.547 07	26.535 36	2.917 579
9	136.880 0	69.732 32	27.244 37	3.023 311
10	142.875 1	69.355 38	27.517 64	3.1269 77

Period：滞后期；S. E.：差方；DS：大豆产地价格；DM：豆粕出厂价格；DO：豆油价格。

由于 VEC 模型的表达式仅仅适用于协整序列，所以应该先运行 Johansen 协整检验，并确定协整关系数。需要提供协整信息作为 VEC 对象定义的一部分。

表 5-23 Johansen 协整检验结果表明至少在 5%显著性水平下，存在两个协整关系，因此，可以对上述 VAR 模型进一步做向量误差修正模型（VEC）：

$$\Delta sp=-0.612ecm(-1)+0.28\Delta sp(-1)-0.023\Delta sp(-2)$$
$$\quad -8.20 \qquad 4.43 \qquad -0.38$$
$$-0.006\Delta op(-1)+0.017\Delta op(-2)+0.34\Delta mp(-1)$$
$$\quad -0.45 \qquad 1.36 \qquad 6.98$$
$$-0.11\Delta mp(-2)-2.27\Delta cp(-1)+3.48\Delta cp(-2)+3$$
$$\quad -1.79 \qquad -2.78 \qquad 4.39 \qquad 0.99$$

式中，sp 表示产地大豆收购价格；op 表示产地豆油出厂价格；mp 表示产地豆粕出厂价格；cp 表示大豆到岸价。

表 5-23　Johansen 协整检验结果

原假设	Eigenvalue	迹检验统计量	0.05 临界值	*P* 值概率
没有协整关系*	0.273 876	190.893 9	47.856 13	0.000 0
至少存在一个协整*	0.266 469	101.284 1	29.797 07	0.000 0
至少存在两个协整	0.038 121	14.516 23	15.494 71	0.069 8
至少存在三个协整	0.012 893	3.633 460	3.841 466	0.056 6
迹检验统计量显示 5%水平下至少存在两个协整				

* 表示在 5%显著性水平下拒绝原假设。

可以看出，大豆产地收购价格自身波动可以负向误差修正，系数为负代表具有反向修复调节机制，价格偏离均衡状态时，具有自我调节倾向，价格相对于市场的调节决策合理性欠缺。从误差修正模型中其他系数来看，价格具有显著的序列相关性，表现为产地价格滞后一期、二期都是显著的。滞后一期的进口到岸价格对产地价格的影响表现为负，但影响偏小同时并不显著，这与我们第三章宏观上的判断相一致，即进口并不直接对国内生产造成直接影响。中间产品豆粕对大豆产地价格有明显正相关，说明中间厂商需求会直接影响农户的种植行为选择（李孝忠和乔娟，2009）。

本章通过建立影响农户生产选择行为分析框架，分内部微观因素与外部宏观因素两大类对农户生产选择行为进行了系统分析。微观因素中，农户自身特征和家庭结构以及拥有自然资源和资金对农户都产生影响，大豆生产资金约束比较弱；农户市场认知和政策认知在生产决策中也有明显作用，对市场认知度高，了解农产品期货市场，了解国内外大豆差异农户不倾向于种植大豆。

外部因素中的政策因素对农户直接作用有限，市场联动性计量表明，农户产地收购价格，即出售大豆价格与进口到岸价格之间没有因果关系，与农户技术采纳行为相呼应得出，影响农户种植行为选择的直接因素是农户自身拥有资源特性以及大豆产地收购价格以及相关制成品出售价格的相关结论。

第六章 黑龙江省大豆加工产品与技术

黑龙江省作为最大的大豆生产省，加工业也曾经是最为辉煌的产业。大豆加工的科研实力雄厚，创造了一大批具有转化潜力的科研成果，生产了品种繁多的产品，在创造经济价值的同时，也创造了大量的就业机会，为区域经济发展做出了贡献。

第一节 黑龙江省大豆加工业概况

黑龙江省是全国的大豆主产区，也是大豆加工业的主要基地，更是大豆制品消费和经贸大市场。大豆及其加工制品在黑龙江省农产品生产和销售中占有重要的位置。

一 黑龙江省大豆加工业能力与布局

黑龙江省具有良好的加工基础，大豆加工能力和年处理量都居于全国前列。大豆加工产品数百种，有些产品在国内处于领先地位。

（一）大豆加工能力

2005/2006 年度黑龙江省加工大豆 444.80 万 t，占大豆总产的 67.41%，实现工业产值 78.96 亿元，利税 5.28 亿元，拉动黑龙江省工业总产值上升 2.34 个百分点；2006/2007 年度，加工大豆 383.62 万 t，占大豆总产的 62.21%，实现产值 71.24 亿元，利税 3.21 亿元，拉动黑龙江省工业总产值上升 1.93 个百分点（冯晓和江连洲，2008）。

（二）大豆加工布局

黑龙江省规模最大的油脂加工企业有黑龙江九三油脂有限责任公司（年加工大豆能力近 200 万 t）、黑龙江省集贤阳霖油脂集团（年加工能力 91 万 t）以及地处鹤岗、齐齐哈尔、海伦、富锦、讷河、集贤等地的一批年加工能力 10 万 t 以上的企业。大豆蛋白加工企业有哈高科大豆食品有限责任公司，年加工大豆10 万 t，可生产油脂、蛋白质、食用纤维、低聚糖以及异黄酮等 11 类 50 个品种。

另外，黑龙江省还有哈尔滨三乐源生物工程集团股份有限公司、黑龙江双河松嫩大豆生物工程有限责任公司、大庆日月星蛋白有限公司、哈尔滨黎明植物蛋白科技有限责任公司等一批具有一定生产规模的蛋白质加工企业（冯晓和江连洲，2008）。

二 大豆加工产业及产品开发生产概况

（一）传统豆制品

黑龙江省传统豆制品加工总量不大，但涉及的范围很广，遍布于大中城市和县城乡镇。哈尔滨、齐齐哈尔、牡丹江、佳木斯、鸡西、鹤岗、双鸭山、大庆、伊春、黑河等大中城市及农场总局都有大型豆腐、酱油及豆酱等豆制品加工厂，县城乡镇也大都有豆腐和酱油厂。传统豆制品加工企业数量约 450 个，年加工大豆 32 万 t，产成品 70 万 t。这些企业 90%以上采用国产化加工设备，哈尔滨、佳木斯、鹤岗等地的部分企业引进了日本内酯豆腐生产线。佳木斯晨星岛、穆棱豆美丝及哈尔滨正阳河已形成产业化集团，成为地、市级骨干企业，为区域经济发展做出应有贡献。

传统大豆制品缺少国家统一规定的包装，保鲜保质技术水平低，手工作坊生产比重较大。从生产规模来看，工业化生产规模小，作坊式生产多，产品质量不稳定，日生产能力从几吨至几十吨，差异很大。

（二）现代大豆蛋白制品

黑龙江省新型豆制品品种较多，加工量在全国所占比重较大，加工企业约 60 个，年加工大豆 24 万 t，产成品 28 万 t，分布在部分大中城市和大豆主产区。哈尔滨、齐齐哈尔、牡丹江、佳木斯、鸡西、黑河的加工企业最多，密山市龙维豆粉厂已加入维维食品饮料股份有限公司，年产速溶豆粉 4 万多吨。

2008 年，国内大豆蛋白企业发展到近百家，产能达到 40 万 t。在大豆蛋白深加工方面，目前已有规模不等的大豆分离蛋白生产线 30 多条，设计年产量为 10 万 t，实际年产量为 3 万 t 左右。黑龙江省共有大豆蛋白粉生产厂家 41 家，最大的哈高科大豆食品有限责任公司年产大豆蛋白粉 1.2 万 t、低温豆粕 4.5 万 t、大豆分离蛋白 1.2 万 t、大豆组织蛋白 0.75 万 t、大豆膳食纤维 0.24 万 t 等多种产品，生产关键设备为国外引进。最小的年产几千吨，基本上采用国产设备。浓缩大豆蛋白厂家 9 家，最大的年产 1.2 万 t，最小的年产 0.2 万 t，基本上都是采用国产加工设备、碱提酸沉工艺技术。黑龙江双河松嫩大豆生物工程有限责任公司建成了全省第一条 1 万 t 醇法大豆浓缩蛋白生产线，黑龙江富赛宝生化制品公司率先在国内进行浓缩蛋白技术改性，生产了几十个专用品种，降低了生产成本，扩大了浓缩大豆蛋白的应用领域。黑龙江九三油脂有限责任公司、哈高科大豆食品有限责任公司、大庆日月星蛋白有限公司、黑龙江省阳霖油脂集团及安达北方磷脂有限公司等大豆加工企业为国家级或省级龙头企业。

但是，黑龙江省大豆蛋白加工业以分离蛋白质为主，品种少、功能单一，大豆蛋白系列产品的结构不合理，产品质量不稳定，且在加工关键技术和装备、功能性的研究与开发及大豆蛋白的应用等方面与国外还存在较大的差距。

（三）大豆油脂加工

随着中国社会主义市场经济体制的建立和逐步完善，粮油市场的放开，多种经济成分并存，国有企业、股份制企业、民营企业、合资及独资企业相互竞争，给我国的油脂工业带来了生机与活力，油脂工业的总体水平已接近国际先进水平。生产的食用油产品有高级烹调油、煎炸油、色拉油、营养及风味调和油、人造奶油、起酥油及其他专用油脂。国内以大豆浸出加工为主，在建及已建成的1000～2500t/d大型油厂近80个，最大的达5000t/d。膨化浸出、混合溶剂浸出、液态烃浸出、超临界流体浸出等有不同规模的应用。目前，全国和省内大多数大豆加工企业的产品仍然是大豆油、高温粕等初级加工产品，高附加值产品无论是在深度还是在广度上都开发不够。

据2006年调查，黑龙江省共有大型、中型、小型大豆油脂加工企业1400多个，其中浸出油厂147个，机榨厂1300个，主要分布在粮食、乡企、供销、外贸、农场、部队与个体私营企业，年加工大豆300万t，产油脂45万t，饼粕225万t。在147个浸出油厂中，100t/d物料以下的小型油厂100个，200t/d左右的中型油厂40个，400t/d以上的较大型油厂7个。年油脂加工能力已超过500万t。黑龙江九三油脂有限责任公司是省内最大的大豆加工企业，年加工大豆200万t，年产1级大豆油15万t，色拉油5万t，粗磷脂0.6万t，产品畅销国内外，成为国内知名品牌。

随着近年外资企业油脂加工量的迅速增加，中国食用油在2008年对外依存度为59%，6.2%的外资企业控制着全国45.6%的产量。我国大豆加工企业布局的沿海化趋势，对黑龙江省的油脂加工企业产生了巨大的冲击，目前黑龙江省油厂总数已减少至150家左右，200t/d以上规模的油厂88家，1000t/d以上的20家。随着油厂规模不断扩大，油厂数量在逐渐减少。

黑龙江省的大豆加工产能已超过日处理3万t，按照年开工300天测算，实际年加工能力在900万t，2008/2009年度加工数量在100多万吨，多数企业阶段性开工。这些油厂与沿海油厂相比，规模小、市场占有率低，没有足够的能力和条件与沿海外资控股企业竞争。

（四）大豆深加工

我国在大豆深加工产品，磷脂、低聚糖、膳食纤维、异黄酮、皂苷、天然维生素E、蛋白肽等尚无统一的、完整的国家质量标准，生产及加工企业各自为政，产品质量参差不齐，不能实行良好的组织协调和管理。同时，研发机构分散、专一性不强，不具备核心系统的研发能力，基础研究薄弱，国家级实验室和中试基地建设资金投入不足，具有产业化工程示范和带动作用的项目较少。

黑龙江省虽然在大豆加工、大豆蛋白深加工和综合利用方面有了一定的进展，但是大豆蛋白和大豆磷脂加工企业技术装备整体水平落后，深加工能力小，产品技术含量、附加值、增值率及市场占有率仍然较低，综合开发利用水平不高，深度加工增值能力不强。丰富的大豆资源还只是一种潜在的经济优势，大豆低聚糖、膳食纤维、异黄酮、皂苷、天然维生素E、蛋白肽等深加工产品仍处在工艺中试和中试成果熟化的技术水平，产业化的条件、生产工艺技术和装备方面与发达国家相比还有较大的差距。

大豆磷脂因其最为安全有效而被喻为“大脑的食物”、“血管清道夫”、“可以吃的化妆品”，成为大豆深加工的热点。磷脂医药保健品的开发、食用磷脂功能助剂的开发、各种高档化妆品和工业用磷脂助剂的开发等也使得磷脂加工业有着巨大的潜在市场。

黑龙江省有浓缩磷脂基础产品、精制磷脂、中间产品和磷脂胶囊产品的大豆磷脂生产厂家共12个，基本上采用真空脱水、丙酮萃取、乙醇洗涤及白土吸附工艺。多数采用国产化设备，部分加工企业引进了低温冷冻干燥工艺装备。磷脂主要用于高级专用饲料，生产供人类食用的高级磷脂的企业为数不多，多数产品停留在浓缩磷脂水平。现有少数几家生产粉末磷脂的企业，主要采取丙酮萃取工艺，成本高，存在残留溶剂等问题。到目前为止，只有黑龙江九三油脂有限责任公司采用了二氧化碳超临界萃取工艺，并实现了规模化生产。

目前，黑龙江省的大豆磷脂、低聚糖类、维生素E、异黄酮、大豆皂苷、大豆甾醇等的生产和开发尚处于起步阶段。广阔的市场和落后的加工形成巨大的反差。国家大豆行动计划的实施，有力地推动了大豆加工业的发展，一批示范企业在大豆深加工上已进入了一个新阶段，以技术创新为先导，实行小品种、大批量、创名牌的战略，建设具有现代化高科技的大豆加工产业。

随着科学技术的发展，大豆油经过深加工，还显现出很多的其他用途。例如，工业上可制甘油、油墨、合成树脂涂料，可加工成润滑油、绝缘制品和液体燃料；医药上有降低血液胆固醇、防治心血管疾病的功效，是制作亚油酸丸、益寿宁的原料，所含生育酚（即维生素E）对不孕症有一定疗效等。这部分产品消费约为15万t，不足总消费量的5%，但是由于豆油的用途越来越广泛，消费量继续增长成为必然趋势。

三 黑龙江省大豆及加工产品供给与需求

近年来，有关黑龙江省内大豆加工产品供需方面的准确数据还没见详细的调查和统计，据黑龙江省大豆协会对大豆供需的统计，2008/2009 年度黑龙江省当年产量 695.78 万 t，年度供给量为 1007.78 万 t（含进口及外省流入），其中省内消费合计为 185 万 t，包括压榨油用豆 110 万 t；居民食用 45 万 t；种子用豆 20 万 t；其他 540 万 t（含 2009 年度国储），从 2004/2005 年度年产量和供给量开始呈下降趋势，榨油用大豆的数量也在逐年下降，传统豆制品用大豆的数量基本稳定（表 6-1）。

表 6-1　黑龙江省大豆供需平衡表　（单位：万 t）

项目	2006/2007 年度	2007/2008 年度	2008/2009 年度	2009/2010 年度
当年产量	750	620	695.78	650
年度供给量	910	805	1007.78	1242.78
本省消费合计	230	213	185	250
压榨油用	160	140	110	170
居民食用	40	38	45	50
种子用	20	25	20	20
其他消耗	10	10	10	10
外省消费合计	495	280	230	240
压榨油用	200	100	50	60
城乡食用	230	160	150	170
期货出口	65	20	30	10
结转库存	160	185	312	592.78

注：2008/2009 年度后含国储、外省流入。

黑龙江省传统豆制品豆腐、豆酱和酱油等基本上自产自销，传统豆制品的市场供需相当，基本饱和。传统豆制品省外及出口的销售量为：黑酱油和白酱油年出口量 120t，腐竹年省外销售 60t。新型豆制品市场很大，分离蛋白、大豆粉和大豆发泡粉年国内外销售总量 2.82 万 t。精制磷脂、浓缩磷脂国内外销售总量 1.63 万 t。油脂制品年省外销售 13.52 万 t，大豆油脂本省消费量 70%，饼粕消费量 40%。黑龙江九三油脂有限责任公司生产的“九三”牌系列产品供不应求，并远销到韩国、蒙古国、俄罗斯及东南亚等国家和地区。黑龙江克东牌咸味腐乳被评为国家级名优特产品，黑龙江宝清的无色酱油出口日本和东南亚等国。

黑龙江省人口 3811 万，加上流动人口，总人口近 4000 万，每人按年消耗油脂 18kg（世界平均水平 20kg，日本 17kg，韩国 16kg）计算，年食用油需求量在 72 万 t 左右。近年来，在跨国企业雄厚资本冲击下，黑龙江省油脂企业占市场份额越来越小。1995 年前后，黑龙江省油脂企业豆粕、豆油可以卖到广东沿海；2003年前后，只能够销售到河北；2007年以后，豆粕销售区域多数被压缩在黑龙江省内，而南方油脂企业用进口大豆加工的豆油数年前已经摆上黑龙江超市货架，豆粕产品也于近年打入黑龙江市场。黑龙江的大豆和大豆产品也从以前的买方市场转到卖方市场，目前在超市的货架上黑龙江省内油厂的产品寥寥无几。作为世界大豆原产地黑龙江，大豆市场处于被边缘化的境地。

四 黑龙江省大豆加工业前景分析

（一）黑龙江省大豆加工原料的优势

黑龙江省大豆的优势在于非转基因大豆。欧盟、中国和日本都已对大豆和大豆制品实施转基因管理规则。欧盟和日本的大豆消费市场份额占世界大豆消费的10%以上，仅次于美国、巴西、阿根廷和中国。仅美国每年向欧盟和日本出口的大豆贸易额就在20亿美元左右，市场潜力巨大。黑龙江省生产的非转基因大豆是高蛋白品种，籽粒中蛋白质含量高达48%～50%，氨基酸水平优于其他植物蛋白，是一种重要的优质植物蛋白资源，与美国、巴西等国的高含油、低蛋白、转基因大豆相比具有较强的国际竞争优势。黑龙江优质大豆深受日本味噌加工企业的喜爱，但在含高蛋白大豆品种的种植上没有形成规模经济优势，混种、混收、混储现象严重，无法实现专用品种的规模化加工和出口。

（二）黑龙江省大豆加工业的前景分析

从1994年开始，根据国家食物与营养咨询委员会向国务院及有关部委提出的建议，我国城市实施了“大豆行动计划”。预计到2030年，人均消费大豆25kg，总需求量可达到5500万t。在食品工业“十一五”及中长期规划中，我国把大豆食品加工作为食品工业的一个重点，在政策与资金投入上给予扶持，要求在“十一五”末，初步形成现代大豆食品工业的构架，实现工业化大豆食品占大豆食品总消费量的30%。因此，对于大豆主产区的黑龙江是非常好的发展机遇。

1. 传统豆制品

我国利用大豆的加工技术已有2000多年的历史，豆腐、豆酱、酱油、腐乳等传统豆制品是居民生活的必需品。豆腐及豆制品系列产品有800多个品牌，我省的传统豆制品也是历史悠久、品种繁多。日本和我国在饮食习惯上有许多相似之处，传统的大豆制品，如味噌、纳豆、酱油、豆腐、豆乳、豆芽、毛豆是居民一日三餐的重要食物，有广阔的市场。近年中国产的冷冻干豆腐也在日本的部分超市上出现，它们具有价格便宜、质量高、营养丰富等特点。据日本资料介绍，日本的豆腐和味噌等传统豆制品制作技术是从我国传入的，遣唐使将豆腐制作方法从中国传入日本。目前日本每个家庭年平均消费豆腐 74.5 块，加上油豆腐，每年花费近 1 万日元，约占外食消费的 24%。近年来，传统豆制品在肥胖病流行的美国和欧洲也得到了消费者的认可，豆制品作为可降低心脏病发病率的食品，各大超市都在销售（图 6-1）。目前，国外在传统豆制品加工基础理论、应用技术和装备方面超过了中国，在生产过程中实现了机械化和自动化。并且，利用生物工程技术开发出品种繁多的豆腐制品和发酵豆制品，缩短了生产周期、降低了生产成本、提高了制品的质量、延长了货架期以及方便了物流配送等。

图 6-1 日本市场部分传统豆制品

因此，在如何利用这些传统的大豆加工技术资源，开发适合于现代市场的大豆制品，是提高大豆食品市场竞争力的捷径。传统豆制品具有营养价值高、价廉、绿色等优点。但目前黑龙江省豆腐生产还停留在原始作坊的水平，传统豆制品加工行业工艺设备和包装保鲜技术落后，尚不能大规模商品化生产。经常有黑豆腐加工点被曝光，超市里能像日本豆腐那样能在冷藏温度下保质 3 天的盒装豆腐还很少见。为解决目前的落后局面，首先，要加强质量监督，加强传统豆制品自动化技术的开发；其次，加强传统豆制品加工工艺理论的研究，研制开发方便传统豆制品的生产技术，引进和开发味噌、纳豆和豆乳等日式传统豆制品的生产技术，使传统大豆制品朝着优质、安全、营养的方向发展。由于黑龙江省的干豆腐在国内具有很高的声誉，应利用黑龙江省的大豆优势，加工成冷冻干豆腐或制品销往国外市场。

2. 现代大豆蛋白制品

1）豆乳

豆乳及其他豆制食品已成为国际消费潮流，豆乳是日本超市上销量很大的饮品，价格高于牛奶（豆乳：200 日元/200ml，牛奶：160～188 日元/200ml）。豆乳中富含能治疗更年期疾病的大豆异黄酮和具有抑制血压上升、安定精神、激活肾肝机能、抗癌、促进乙醇代谢、消臭、防止肥胖等效果的 γ-氨基丁酸（GABA）成分。日本豆奶分三大类：豆乳、调整豆乳和豆乳饮料，保质期达 9

个月。

目前，豆乳在国内还没有得到很好的开发，在黑龙江省内的超市上还不普遍，主要原因包括：对豆乳的品牌和营养价值宣传得少；消费者对豆乳的食用价值认识不足，产品质量参差不齐，口感差距较大，保质期短等。随着国内居民营养过剩导致各种疾病的增多，豆乳的发展还蕴藏着很大的商机。优质、安全、营养和绿色应是今后豆乳和豆制品的发展方向。

2）大豆蛋白

由于大豆蛋白具有营养、乳化、黏结、保水、吸油等功能特性，已被广泛用于水产熟制品、香肠类制品、碎肉调理食品、面包和点心制品、面条、乳制品等。据有关专家分析，中国大豆分离蛋白的年消费量达到 8 万 t，按国内价格计算，产值可达到 180 亿元。其中仅饮料行业就可应用 6 万 t，产值接近 100 亿元。据估计，中国对大豆蛋白的消费量将会持续上升，很可能每年增长 10%以上。中国人均日缺少蛋白质在 8g 以上，仅中国一年全民蛋白质需求理论补充量就在 350 万 t 左右，相当于大豆及其制品 700 万 t。而中国目前除传统大豆加工品外，现代工业化大豆加工能力不超过 50 万 t（包括分离蛋白、大豆蛋白肽、速溶豆粉、脱腥豆粉等），即生产量不足需求量的 1/10，这为中国大豆蛋白行业的发展提供了广阔的市场。

3）大豆油脂加工

经过多年的技术引进和消化吸收国外的先进技术，目前国内和省内油厂的主要生产技术指标已接近和达到国外的先进水平，今后油厂的生存主要取决于规模、成本、管理、经营及新产品开发能力等。借鉴发达国家油脂加工企业从量变到质变的发展过程，随着外资和国内油脂企业的激烈竞争，在当今国外大豆处理能力 1000～8000t/d、全厂操作人员 13～20 人的先进生产技术的形势下（图 6-2），以及国内加工企业结构调整优化组合，日趋大型化、规模化、沿海化和综合效益化的发展趋势下，在外商独资或外资参股的企业加工能力占中国大豆总压榨能力的 80%以上的不利条件下，我省大豆加工企业的数量会进一步减少。生产规模大、加工成本低、管理先进、具有竞争力产品的企业会在激烈的竞争中得到生存和发展。

4）大豆深加工产品

大豆中含有一些高附加值、功能性因子的活性物质，在保健食品、医药工业上逐步显现出功能特性，为各国研制和开发的方向。美国、日本和欧盟等一些国家和组织利用高新技术和装备，在大豆功能性物质的制备、提纯和改性方面做了大量的研发，生产出高纯度、系列化的产品。近年来，随着人们生活水平的不断提高，营养过剩和饮食结构不合理的人群数量在增加，因此，患心血管疾病的人数也不断在增加。国外一些发达国家已经对保健功能性油脂产品进

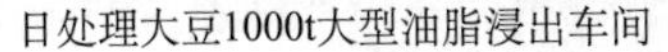
日处理大豆1000t大型油脂浸出车间

建于沿海的大型大豆油脂加工厂

图 6-2　大豆油脂加工厂房

行了大量的研究和开发，如可降低人体胆固醇、减肥的食用油和大豆蛋白肽产品，并于 2002 年在日本、美国和欧洲的一些国家上市销售（图 6-3）。

图 6-3　大豆油脂保健食品

国外先进国家对大豆开发的经验可以借鉴，如大豆蛋白的高端产品，美国中央大豆和 ADM 都有 100 多种专利；日本真磷脂公司在 20 年前就生产了各种磷脂产品共 80 多种，用于食品、医药、化妆品、化工等行业。例如，大豆异黄酮有预防骨质疏松症的作用，经常食用豆制品的日本人的骨质疏松症发病率比欧美人要低得多。大豆肽氨酸则具有明显改善失忆症以及痴呆症等作用，1995 年在美国上市就形成了 1 亿美元的市场，目前市场容量也在不断扩大。日本的日清制油、花王、日清制粉等大公司都具有先进的科研所，开发各种深加工的产品，应用范围从食品、保健品、化妆品、化工品至药品等领域。

为了企业的生存和提高竞争能力，改变油脂加工企业的产品单一、产品类同的落后局面，应加强大豆科学研究的力度，对大豆的特殊成分进行深层次的研究开发，提高产品的附加值。大豆中含有大量生理活性物质，包括低聚糖类、磷脂、维生素类、异黄酮、大豆皂苷等。目前这些产品在黑龙江省内已得到初步开发，但大多都在低层次重复开发的水平。在大豆蛋白纤维产品、大豆胶黏剂、大豆蛋白膜、大豆油墨、大豆润滑油等非食品用途产品开发方面的成果还很少。今后重点应在质量、种类和用途上进行高层次的研究和开发。

5）大豆蛋白饲料

随着饲料市场的不断扩大以及食品安全越来越受到重视，豆粕及其制品在饲料中的比例不断上升。畜牧养殖业的持续发展是饲料市场不断扩大的保证。由于人口不断增长，仅满足新增人口基本需求一项，养殖产品的产量就需要再提高30%以上。目前我国继续保持着世界第二大饲料生产国地位，由于豆粕是各种饲料的重要蛋白质来源，所以对于豆粕的需求将仍然保持旺盛的势头。

6）大豆研发重点及方向

（1）水酶法大豆制油工艺的研究。在水溶剂法应用基础上，采用纤维酶、半纤维酶或果胶酶，来破坏油料的细胞结构，提高大豆蛋白和油脂提取率。

（2）生物技术在大豆油脂改性或结构脂质制备中的研究。酶促水解和酶促定向酯交换，生产出功能性油脂和结构脂质，化学或酶法合成共轭亚油酸。

（3）膜分离技术在大豆油脂工业中的应用研究。用膜分离进行油脂水化脱胶，对油脂浸出中混合油分离溶剂来替代混合油的蒸发与汽提，回收溶剂，节能降耗。

（4）功能性大豆油脂及脂肪代用品的研究。开发适合不同消费群体的功能性油脂，如运动员专用、降血脂、促进儿童生长发育、减肥、甘二酯和中碳链甘油酯、食品专用和营养保健等大豆油脂产品。

（5）应用高科技、开发高附加值新兴大豆功能性产品。加速大豆磷脂产品的研制，重点开发磷脂保健食品、高纯度卵磷脂、磷脂化学品及医药系列产品；强化大豆天然活性因子提取分离纯化工艺的研究，逐步完善大豆低聚糖、膳食纤维、异黄酮、皂苷、蛋白肽等生产工艺中试成果的熟化。加强新兴产品功能性的基础理论研究，向产品精深加工的研究开发领域延伸。

（6）顺应传统大豆制品发展趋势，增加大豆制品的色、味、型。尽快提高产品质量，改进传统制品的加工工艺和设备，应用现代保鲜和包装技术实现规模化生产。

（7）加强大豆蛋白系列产品的研究，强化大豆产品营养和改善食品质构的功能。重点生产低变性豆粕，开发营养或功能特性各异的大豆蛋白产品，如大豆蛋白粉、组织蛋白、浓缩蛋白、分离蛋白、水解蛋白、蛋白质功能特性助剂，广泛地应用到不同食品体系中。

（8）遵循可持续发展的原则，有效保护自然生态环境，切实保证经济效益、社会效益和生态效益兼优。例如，开发大豆蛋白包装可食膜、蛋白纤维、可降解蛋白质膜材料、大豆蛋白聚酯复合材料、食品润滑油、生物柴油、环保油墨、磷脂燃料油功能助剂、航天航空磷脂润滑油等。

（9）精深加工技术研究开发。以提升大豆加工工艺技术水平和增加产品科技含量、附加值为目标，围绕改进质量、降低成本、提高效益和扩大出口，充分利用资源、满足环境需求与市场的特殊要求，通过多学科联合、多技术集成，加深对大豆深加工技术研究，缩短与国际技术水平的差距。重点抓好超临界萃取、超微粉碎、微胶囊化技术、微波技术、膜技术、冻干技术、挤压膨化技术等高新技术的研究开发。特别是生物技术在大豆加工中的应用，如酶生物催化技术，酶分离转化技术，酶改性、定向可控酶酯交换技术等。

黑龙江省大豆加工企业规模小、品牌弱，与外资竞争，难以形成规模优势。建议有关部门能够牵头，整合黑龙江主大豆产区民营中小油厂，组合营销，聚弱成强。采用收购或依托股份制模式，成立销售公司，保留中小油脂企业自主权，通过建立统一品牌及铺设国内销售网络，降低运营成本，重占南方市场，完善省内大豆加工业整体布局。同时，油脂企业还应提高管理、经营水平，增加市场份额，加强新产品研发等方面的力度，使黑龙江省大豆产业良性运转。

在大豆加工方面，大豆加工业急需通过科技进行产品升级，拓宽应用领域，延长产业链，提高产品附加值，从而提高经济效益，增强大豆产业的国际竞争力。

第二节　黑龙江省大豆加工技术科研现状

黑龙江省在大豆加工业方面汇聚了一大批人才，具有一定优势。在科研方面有国家大豆中心、黑龙江省粮科所及齐齐哈尔市粮油所等 14 个综合科研院所，哈尔滨商业大学、东北农业大学及齐齐哈尔大学等 7 个设有食品加工或粮油加工科系的大专院校。大豆加工科研力量在全国独占鳌头，具有高中级职称专业科技人员 300 余人。

一　黑龙江省从事大豆加工的机构与人员

国家大豆工程技术研究中心（黑龙江省大豆技术开发研究中心）是专门从事大豆研究和科研成果产业化研究的机构，成立于 1988 年。中心现有科研人员 75 人，具有高级职称的 46 人，中级职称的 14 人，博士 20 人，硕士 21 人。中心设有黑龙江省大豆产品质量监督检测中心、黑龙江省大豆产品标准制定委员会、《大豆科技》编辑部和一个博士后科研工作站。中心拥有各类大豆加工实验室 18 个，中试基地 5 处。中心拥有大豆蛋白分析仪、脂肪分析仪、纤维分析仪、气相色谱仪、高效液相色谱仪、氨基酸分析仪、核酸分析仪等分析检测仪器，以及喷雾干燥塔、双螺杆挤压机、热压机、胶体磨、均质机等生产实验设备。中心先后承担了国家级、省级科研项目 50 余项，获得国家、省级科研成果奖励

12 项。以江连洲教授为首席专家的科研团队在功能性大豆蛋白、大豆肽、功能性油脂、大豆磷脂、非膨化挤压大豆蛋白、大豆异黄酮、大豆皂苷、黄浆水利用等方面取得了丰硕的成果。

哈尔滨商业大学食品工程学院是黑龙江省高校中从事大豆研究的主要单位，始建于 1958 年，拥有食品工程教研室、食品安全教研室、生物工程教研室、食品工程研究所、省高校食品基础化学实验教学示范中心和分析检测中心等研究机构，一个“食品科学”二级学科博士学位授权点。现有教职工 68 人，其中教授 15 人，副教授 16 人，高级工程师 6 人，具有博士学位的教师 12 人，具有硕士学位的教师 23 人。硕士生导师 18 人，博士生导师 2 人，享受国务院政府特殊津贴的专家 2 人，享受省政府特殊津贴的专家 1 人，省级学科带头人 2 人，“龙江学者”1 人。拥有核磁共振波谱仪、气质联用仪、MPT 微波等离子光谱仪、电泳分析系统、色谱管理系统以及离心式喷雾干燥系统、远程控制发酵系统、离心薄膜蒸发器、真空冷冻干燥机等设备。拥有高科技的研究平台，较齐全的分析检测设备，为大豆研究提供了可靠的实验条件和检测条件，为研究工作提供了强有力的硬件保障。以石彦国教授为代表的科研人员在传统豆制品生产、大豆蛋白的物化特性及开发技术等领域开展了大量的研究工作，取得了多项科研成果。

东北农业大学食品学院始建于 1958 年。食品学院现设食品科学、畜产品加工、农产品贮藏加工工程三个系，并设有食品科学研究所，食品综合实验中心，食品工程工艺中心，黑龙江省农产品贮藏加工实验中心。其中食品科学与工程专业拥有一个一级博士学位授予学科，并设有博士后流动站，是黑龙江省重点专业。目前拥有博士生导师 10 名，硕士生导师 31 名，教授 11 名，副教授 14 名，高级实验师（工程师）4 名。学院具备完善的农产品加工研究条件和设备，拥有色-质联用仪、分析及制备型高效液相色谱、气相色谱、超滤系统装置、质构仪、Bio-RAD 低压层析系统、双螺杆挤压机及喷雾干燥塔等仪器，可以为各种大豆产品分析测试和加工研究提供有力的保障。在大豆油脂精炼、功能性大豆分离蛋白制备、功能性大豆肽、超临界 CO_2 萃取法制备大豆磷脂、水酶法提取大豆油脂等方面取得了多项成果。

黑龙江省农科院大豆所组建于 1984 年。现有在岗科技人员 56 名，其中研究员 14 名，副研究员 18 名。加工及品质分析研究室承担着大豆品质分析和多项大豆深加工项目，重点开展了大豆膳食纤维的改性技术及在食品中的应用、黑豆营养保健口服液研制、非膨化挤压大豆蛋白等方面的研究，并获得省科委二等奖和院科技二等奖。大豆研究设施条件齐全，有蛋白质分析仪、脂肪分析仪、近红外谷物分析仪、气相色谱仪、胶体磨、均质机、发酵罐、离心机、浓缩罐、喷雾干燥仪、旋转蒸发器、双螺杆挤压机等设备。

哈尔滨医科大学、哈尔滨工业大学、齐齐哈尔大学、八一农垦大学、九三粮油工业（集团）有限公司、黑龙江省轻工研究院、哈高科大豆食品有限责任公司、黑龙江双河松嫩生物有限责任公司等单位也有科研人员开展大豆加工的相关研究，并取得了多项成果。

二 黑龙江省大豆加工技术分类及特色

（一）大豆蛋白及大豆肽加工技术

大豆是重要的植物蛋白资源，充分、有效地利用大豆蛋白资源是改善国民营养膳食结构，提高蛋白质的摄入量，增强国民体质的重要举措。我国在大豆蛋白粉的脱腥技术和生产工艺方面已获取了比较丰富的经验。大豆蛋白加工领域是大豆精深加工中最有潜力、最有前途的领域，产品也大都是高技术含量、高附加值的产品。例如，分离蛋白质、组织蛋白质、浓缩蛋白质、大豆多肽等（朱秀清等，2001）。

1. 大豆分离蛋白

分离蛋白质的生产主要采用碱浸酸提沉淀技术（石彦国，1993），碱浸酸沉法是以豆粕为原料，经碱溶、去渣、酸沉、干燥等工艺加工成大豆分离蛋白。碱浸过程适宜的 pH 范围（7.5～9.0），温度一般不超过 80℃，对原料豆粕进行提取，固/液比的选择一般为 1：（10～20），提取时间一般为 45～60min。虽然过高的 pH 有利于蛋白质的提取，但会导致蛋白质和碳水化合物间的相互作用，以及脱氢和丙氨酸、赖氨酸、丙氨酸残基等有毒化合物的形成，影响蛋白质的营养价值。利用高温气压烘晒技术可以调节大豆蛋白粉的 NSI 值（氮溶解指数）（江连洲和胡少新，2007）。

目前，国内外生产分离蛋白质仍以碱提酸沉法为主，美国和日本等发达国家开始试用超滤膜法和离子交换法。黑龙江省大豆蛋白加工企业多为引进国外的先进生产线，黑龙江等省企业也相继开发及生产出蛋白质加工设备生产线。纵观这些国内蛋白加工设备，除离心机、喷雾塔与国外先进设备相比有差异外，其他设备工艺参数基本上达到或接近国外水平（江连洲和夏剑秋，2003）。

大豆分离蛋白根据用途分为肉制品型（凝胶）、乳制品型（液体和固体乳制品添加，增加蛋白质）、注射型（用于火腿肉）、速溶型（蛋白粉用）、面制品型（饼干、饺子）、冰激凌型（用于生产冰激凌）等。大豆分离蛋白具有独特的功能，对于食品增加蛋白质、持油、保水、发泡等有特殊作用，大豆分离蛋白在食品领域应用广泛。

2. 大豆组织蛋白

组织化大豆蛋白的生产是利用热塑性挤压技术赋予大豆蛋白以一定结构或

形状。将低温脱脂豆粕、高温脱脂豆粕、冷榨豆粕、浓缩蛋白、分离蛋白等原料加入一定量的水及添加物，并混合均匀，通过机械或化学方法，强行加温、加压，挤出成形，改变蛋白质分子之间的排列，产生同方向的组织结构，同时凝固起来，形成纤维状蛋白，即大豆组织蛋白。产品可以直接应用于食品加工中作为配料，并具有很好的稳定性。生产组织蛋白对原料蛋白质的要求不高，脱脂豆粉、浓缩蛋白和分离蛋白均可作为生产时的原料蛋白，生产设备也较简单。用脱脂豆粉、浓缩蛋白生产组织蛋白时最终产品的成本较为低廉，在应用时既有价格优势，同时产品也能够满足大多数生产者的应用需求。

3. 大豆浓缩蛋白

浓缩蛋白有三种生产技术：一是采用酸浸提法，可提高产品的溶解性，不存在溶剂的回收问题，相应的生产成本较低，但物料分离后有相当的乳清液排出，该废液须处理后才能排放，否则会对水体造成污染；二是以水为溶剂浸提，产品的溶解性能低、色泽也较深，原料脱脂豆粉中的异黄酮损失量较小，不利于进行大豆成分的综合利用；三是采用醇浸提法连续提取，生产要求进行溶剂回收，溶剂回收后得到的剩余物可作为动物饲料用，整个加工过程基本无污染物质排出，有利于环境保护。大豆浓缩蛋白加工的原料以低温脱溶粕为佳，也可用高温浸出粕，但后者利用率低、质量较差。

为了充分发挥大豆浓缩蛋白的使用价值，应用加热和均质等物理手段可使大豆浓缩蛋白恢复并增强乳化和凝胶功能，制备功能性大豆浓缩蛋白。

4. 大豆多肽

大豆多肽是以大豆蛋白为原料经蛋白酶水解后，再经特殊处理所得到的以相对分子质量低于1000为主的低分子肽的混合物。其氨基酸组成几乎与大豆蛋白一样，必需氨基酸含量丰富、组成平衡，具有易消化吸收、降压降脂、低过敏性和抗氧化等功能。

大豆多肽的生产工艺为：大豆蛋白在适宜条件下酶解；然后加酸调 pH 至 4.3，使未水解的大豆蛋白酸沉而除去；加热升温钝化蛋白酶，得到大豆蛋白水解物溶液；随后用固液比为 1∶10 的活性炭粉在 50℃下搅拌 30min 后冷却过滤，达到脱色、脱苦、脱臭效果；然后使大豆多肽溶液缓缓流经阴阳离子交换树脂除去盐；最后在 670mmHg[①] 的真空压强下浓缩，即得大豆肽（程莉君等，2007）。

（二）大豆油脂加工技术

大豆油一般用压榨法和溶剂浸出法等多种方法处理后得到杂质较多的毛油，

① 1mmHg=0.133kPa。

然后经过精炼得到可食用的精炼油。

压榨法又分为普通压榨法和螺旋压榨法两种。普通压榨法是一种在大豆上加压的方法。现在这种方法已不大使用，特别是工业化大规模生产中几乎不用。螺旋压榨法是在水平装置的圆筒内安装有螺旋轴，经过预处理的大豆进入螺旋压榨机后，一边前进一边将油脂挤压出来。这种方法可以连续生产，但在榨油过程中，因摩擦发热，蛋白质多发生较大程度的改变。

浸出法制油是利用能溶解油脂的溶剂，通过润湿渗透、分子扩散和对流扩散的作用，将料坯中的油脂浸提出来。然后，把溶剂和脂肪所组成的混合油进行分离，回收溶剂而得到毛油。我国制油工业实际生产中应用最普遍的浸出溶剂有正已烷或轻汽油等几种脂肪族碳氢化合物。其中轻汽油是应用最多的一种溶剂，但最大的缺点是易燃易爆，成分复杂，沸点范围较宽。浸出法出油率高达 99%。浸出法是油脂工业中制取大豆油的主要方式。

油脂加工设备的选定和标准化以及国外先进成套设备和技术的引进和消化吸收，在油脂制取、精炼、副产物综合利用，生产装备、工艺技术、产品质量及经济指标上都达到了很高的水平。黑龙江省内多数大豆油脂加工厂引进国外加工设备、工艺技术及管理模式，对提高油脂产业技术水平起到良好的带头作用；也有不少厂采用国产化设备，提高了黑龙江省油脂产业设计制造能力。

（三）大豆加工中副产物的综合利用

豆渣、豆皮和乳清废水是大豆加工中的副产物。目前大部分生产厂家却苦于技术及开发成本等方面的问题，只能卖做饲料或当做垃圾处理。充分利用食品加工的下脚料来开发新型食品，不仅是提高原料综合利用的一条途径，也是开发保健品所需原料的一条途径，同时还可以保护环境，将大豆加工中的副产物变废为宝。

1. 豆渣和豆皮

豆渣和豆皮作为大豆蛋白生产中的副产品，长期以来作为饲料处理。随着食品科学的发展，人们从营养学角度重新认识豆渣和豆皮，豆渣（干基）中约含有蛋白质 20%、纤维 60%，此外还含有钙、磷、铁等矿物质。豆皮中含有约 65%的膳食纤维，丰富的糖、蛋白质、铁及其他微量成分。大豆膳食纤维具有调整肠胃道、减肥等功能。豆渣和豆皮可直接添加用于制造油炸食品、膨化食品、面包等产品，这类产品既强化了其中的膳食纤维，又可改善产品的品质。

用豆渣和豆皮生产膳食纤维是大豆综合利用的一条新途径。为了改善大豆膳食纤维的口感和气味，加工中要采用加碱蒸煮法脱腥，然后采用挤压蒸煮法、酶解技术和发酵技术进行改性。这些技术的应用改善了大豆膳食纤维的色泽和风味，更有利于人体的消化吸收，同时也可提高其功能性，扩大了大豆纤维的应用领域。

2. 黄浆水

黄浆水又称大豆乳清，是大豆制品加工时排放的废水。黄浆水中含有较多的营养物质，排放后不但造成可利用营养成分的损失，也为微生物繁殖创造了条件，造成环境污染。通过一定的技术将黄浆水充分利用起来，变废为宝，将会创造出更大的社会和经济效益。

（1）提取大豆异黄酮。大豆异黄酮可作为雌性激素治疗的替代品，可改善妇女更年期综合征，并具有降低血液胆固醇、防止骨质疏松及抑制癌细胞生长的作用。随着生活水平的提高，人们对天然生物活性物质的需求正逐渐增大。大豆异黄酮对人体生理代谢有益的调节作用及丰富的大豆资源，为其开发利用展示出广阔的市场前景，目前正越来越受到世界各国的关注。

醇法生产大豆浓缩蛋白（SPC）过程中，异黄酮几乎全部进入大豆乳清中，因此，大豆乳清可以作为生产大豆异黄酮的原料。以膜超滤结合树脂吸附法从乳清中分离异黄酮的收率大于70%，产品纯度大于30%。

（2）提取核黄素。核黄素又名维生素 B_2、维生素G或乳黄素，是一种人体必需的水溶性维生素。采用黄浆水生产核黄素效价高，生产中通常使用发酵法制备核黄素。

（3）提取大豆低聚糖。黄浆水除了能提取大豆异黄酮和核黄素之外，还可以通过有效工艺提取低聚糖，在黑龙江省天菊集团首先建成了日处理800t大豆乳清、年产大豆低聚糖2280t的全套生产线。

从乳清液中提取大豆低聚糖有多种方法，主要有超滤法和膜集成法，另外还有酸沉淀法、微波提取法和微生物发酵法。采用膜法生产大豆低聚糖具有生产工艺简单、易操作、运行成本低等特点。

（4）黄浆水加工饮料。大豆乳清营养价值很高，但是由于有豆腥臭和涩味，因此不能直接用作食品或饮料。日本研究用碳酸化处理的方法，脱除大豆乳清的豆腥和涩味，并且由于二氧化碳与乳清中所含有机酸的综合作用，可使其具有比一般碳酸饮料更为浓厚适口的风味，从而可制成清凉饮料。先将大豆乳清加热，再加入糖和香料，然后做碳酸化处理。采用黄浆水生产清凉饮料工艺简单，投资费用低，原料来源充足，成本低，容易操作。

黄浆水中含有还原糖和一定量的氮源、磷源、多糖等，因此可以利用黄浆水制面包酵母和药用酵母。另外还可利用黄浆水酿造白酒、酱油。

3. 大豆粕

豆粕是大豆经过提取豆油后得到的一种副产品，按照提取的方法不同，可以分为一浸豆粕和二浸豆粕两种。其中，以浸提法提取豆油后的副产品称为一浸豆粕；而先以压榨取油，再经过浸提取油后所得的副产品称为二浸豆粕。一浸豆粕的生产工艺较为先进，蛋白质含量高，是国内目前现货市场上流通的主要品种。豆粕一般呈不规则碎片状，颜色为浅黄色至浅褐色，具有烤大豆香味，含蛋白质40%～48%。作为一种高蛋白质，豆粕是制作牲畜与家禽饲料的主要原料，利用此低温脱溶豆粕可以进一步生产出大豆蛋白粉、大豆组织蛋白、大豆浓缩蛋白、大豆分离蛋白等大豆蛋白产品。

4. 油脚

大豆油脚是大豆生产豆油过程中产生的副产品，因此，对油脚资源合理利用将产生巨大的经济效益。长期以来，大豆油脚没有得到很好的利用，大多数油脚被用来生产劣质肥皂或质量极差的粗脂肪酸；部分油脚被用来生产饲料；有些技术落后的地区把油脚当做肥料，甚至当作废物丢弃。大豆油脚中含有丰富的大豆磷脂。大豆磷脂是一种具有较高营养价值的天然乳化剂。含有丰富的卵磷脂、脑磷脂、肌醇磷脂、丝氨酸磷脂等成分，其脂肪酸中含有60%的不饱和脂肪酸，并含有丰富的维生素及微量元素。大豆磷脂除了补充人体必需的营养素，还具备其独特的生理活性，对生物膜的生物活性和机体的正常代谢有重要的调节功能。制备磷脂主要是以乙醇、丙酮为提取溶剂，对油脚进行分离提取。

（四）传统豆制品加工技术

传统豆制品分为两大类，100多个品种。一类是非发酵制品，其生产流程基本上都经过清选、浸泡、磨浆、除渣、煮浆、成型等工序，产品的物态都属于蛋白胶状，如豆腐、干豆腐及素制品等；另一类是发酵制品，需要经过一个特殊生物发酵过程，产品具有特定的形态和风味，如腐乳、酱油、豆豉等。

三 黑龙江省大豆加工科研成果及应用

国家和黑龙江省始终重视大豆加工产业的发展，从“六五”开始，就根据产业发展需要，及时在国家和省攻关计划中安排了科研项目。在大豆加工科研项目方面，黑龙江省先后承担了“大豆优质蛋白与高纯磷脂开发与产业化示范”等国家科技支撑计划、“863”计划、成果转化计划、国际合作计划、“大豆精深加工技术研究及系列产品开发”等省科技攻关项目60余项。其中，国家科技支撑计划8项，“863”计划项目2项、国家农业科技成果转化项目2项，国际合作项目2项。获国家级及省部级奖项12项。在科技计划的支持下，黑龙江省的大豆加工业发展较快，取得了一批科研成果，在大豆加工技术上取得了重要进展，目前已有多项成果实现了产业化应用。

（一）大豆蛋白加工

1. 功能性大豆分离蛋白组分分离提取加工技术

研制出的功能性大豆分离蛋白的组分分离提取加工技术解决了大豆分离蛋白溶解性差及酸性沉淀等问题，实现了大豆蛋白高效分离，生产出低变性、高质量、多样化的大豆分离蛋白专用型分离蛋白产品。产品质量高，具有环保效益。主要采用技术：大豆蛋白功能基团的修饰与加工技术、大豆蛋白定向酶解和可控酶解技术、抗氧化性肽分离纯化技术和大豆肽超滤纯化技术（江连洲等，2004；黄莉等，2003；郑环宇等，2003；朱秀清等，2005）。

2. 大豆浓缩蛋白的连续式酒精浸出技术

目前，已研制出了动态梯度复式萃取器和螺旋挤压式脱溶机两套关键设备，并应用于生产。这一技术既提高了蛋白质提取率又降低了能耗，并且通过过渡态调控的醇变性大豆蛋白改性技术对大豆蛋白分子进行修饰，从而达到对大豆浓缩蛋白凝胶型、乳化型和分散型的改良，应用范围大大拓宽。

3. 非膨化挤压大豆蛋白生产技术

利用独特新颖的非膨化挤压蛋白改性技术和开发的特殊挤压设备使常规挤压难以加工的高水分、高蛋白的复杂原料能够稳定地挤压成型，并形成具有类似肉纤维组织结构的组织化产品。本省率先在国内建立了年产 1 万 t 的非膨化挤压大豆组织蛋白生产线。应用本技术开发的产品填补了国内空白，达到了国外同类产品指标。

4. 特用型大豆加工特性研究及新产品开发

筛选出了脂肪氧化酶 L1、L2 缺失型、高蛋白、高异黄酮的大豆品种，明确了 7S 和 11S 蛋白质亚基组成对乳化性、凝胶性、起泡性、吸水性、束油性等加工特性的影响，建立了品种与加工特性的线性关系，为特用型大豆加工提供理论依据和技术支撑。

（二）大豆油脂加工

在大豆油脂精炼研究方面，针对大豆在油脂加工过程中出现的一系列问题，引入生物酶技术，开发出先进的生物法-酶法物理精炼方法，具有良好的经济和环保性能。用生物酶法脱除大豆油中非水化磷脂，用生物酶改性大豆磷脂乳化性，将生物精炼技术应用于高酸值油的精炼技术研究中。利用磷脂酶将毛油中的非水化磷脂水解脱除，精炼过程不产生废水，减少中性油损失、油脚的产生及各种高聚合物和反式脂肪酸的生成（罗淑年等，2005；2007；2008；罗淑年等，2007；朱秀清等，2004；罗淑年等，2008；屈岩峰等，2009；富效轶等，2004）。该项技术已应用于九三粮油工业（集团）有限公司等多个大豆油脂生产企业。

在微胶囊化大豆粉末状固体油脂加工技术研究方面取得了突破，实现了产业化生产。采用微胶囊包埋技术将液体油脂转化为粉末状固体油脂，解决了液体油脂运输难、保质期短的问题；攻克了微胶囊壁材、乳化剂等关键技术（王喜泉等，2000；富校轶等，2002；2005）。提升了油脂生产技术水平、提高了大豆油脂产品的档次、增加了大豆油脂产品的附加值。在黑龙江阳霖油脂集团有限公司建成年产3000t生产线1条，产品遍布全国。

（三）加工副产物综合利用

在大豆乳清废水、油脚等大豆加工副产物综合利用方面，经过科研工作者的多年努力，已攻克了多项关键技术，变废为宝，利用加工副产物提取功能因子，提高产品附加值。实现了大豆磷脂、大豆异黄酮、大豆皂苷、大豆低聚糖、大豆活性纤维等的高效制备，并开发出多个新产品。

1. 大豆磷脂

在大豆磷脂加工方面，利用无机膜法制备高品质浓缩大豆磷脂生产技术，建成了国内第一条年产3000t膜法食品级大豆磷脂示范生产线，并实现了医药级高PC磷脂生产关键技术的突破。在CO_2超临界氢化大豆磷脂技术方面取得了突破，解决了大豆磷脂的氢化关键问题，提高了反应效率，优化了产品质量。该技术已达到国际领先水平，在大庆日月星公司建立氢化磷脂示范线1条。

2. 大豆异黄酮和大豆皂苷

利用萃取技术和柱层析技术提取、纯化大豆异黄酮、大豆皂苷，将生物酶解技术应用于大豆苷元的生产上，解决了提取纯化和酶水解控制的产业化生产关键技术，实现了大豆异黄酮、大豆皂苷和苷元的规模化生产。以大豆乳清为原料，用大孔树脂吸附技术进行分离、纯化大豆异黄酮，为大豆异黄酮的生产开辟了新的途径。采用振动式动态超滤膜分离提取大豆乳清蛋白质，解决动态膜预涂过程中粒子大小及分布控制技术难题（专利号：ZL200610141126.6），从而提高膜通量，解决大豆异黄酮酶水解过程中负反应的控制问题，探索出糖苷酶水解或酸水解大豆异黄酮水解物的技术。

开展了对大豆皂苷的分离纯化，以及大豆皂苷对于增强免疫、抗肿瘤作用的研究。首次进行了高浓度大豆皂苷单体A、B的分离，比较全面地研究了大豆皂苷对多种肿瘤的拮抗作用。在分子水平和细胞水平上探讨了大豆皂苷抑癌作用的可能机制，探讨了如何提高机体免疫力来杀伤肿瘤细胞，为抗肿瘤治疗提供了一条新的思路。

3. 大豆纤维

以鲜豆渣为原料，利用碱处理、生物酶解和超微粉碎技术制备大豆膳食纤维粉。生产出大豆纤维系列食品，纤维素片、纤维素胶囊、纤维素膨化食品、纤维素冲剂等，目前已有哈高科大豆食品有限责任公司等多家企业投入生产，产品畅销国内外。

利用生物技术手段从大豆活性纤维中制取大豆纤维多糖，其可溶性多糖含量达到18%；另外，还开发出纤维含量达28.5%（100mg/粒）的大豆纤维胶囊，并且生产出两种含大豆纤维多糖的益生乳制品。

(四) 传统豆制品

在酱油、豆酱、腐乳等传统发酵豆制品生产方面，近些年开发了大量新型菌种，改进了发酵工艺，缩短了发酵周期，改善了产品口味。还出现了新型方便豆制品，如海绵状方便豆腐，该产品由水豆腐经干燥脱水制得，大大延长了豆腐的保质期，并且质量轻，方便携带和运输，是新型快餐食品。为了改变传统豆腐的手工作坊式的生产模式，实现豆腐的工业化生产，在豆腐的工业化生产设备研制方面还需不断努力。

第三节　黑龙江省大豆加工业的优势

黑龙江省作为我国的大豆主产区，大豆加工业的主要基地，对保障全国优质非转基因大豆油脂和蛋白产品的需求，保护农民种植积极性，促进农民增收，实现工业反哺农业，保障国家粮食安全，促进区域经济发展起到了积极作用（王丽红，2009）。黑龙江省大豆加工产业已初步形成了集群，涌现出一批有经济实力和市场竞争优势并在全国同行业有一定影响力的大型企业和集团。

一 原料资源优势

(一) 原料数量优势

大豆是黑龙江省三大主要作物之中种植面积最大的作物，大豆产业已是黑龙江省的一个优势产业，因面积最大、总产最多、品质优良而在全国占有举足轻重的地位，是全国最重要的大豆商品基地和出口基地。2009年黑龙江省大豆种植面积6229万亩，较上年增加229万亩，大豆总产量680万t。作为中国大豆主产区，黑龙江省发展大豆加工业具有得天独厚资源优势。黑龙江省大豆年加工利用率不足50%，大部分非转基因大豆用于外销，如果省内大豆加工产业竞争力增强，大豆原料内销力度增大，原料数量优势将对发展大豆加工业有着巨大的推动作用（房丽敏，2009）。

（二）原料品质优势

黑龙江省具有天然的良好生态环境，有许多优质高油、高蛋白及双高的非转基因大豆品种。2000～2006 年选育的品种中黑农 44、合丰 42、绥农 20、垦农 18 油分含量超过了 23%，同时育成的非转基因的常规大豆品种蛋白质含量平均达 43%左右，高于美国转基因大豆品种 2～3 个百分点，适于食用加工。近年来黑龙江省育成了多个代表国际先进水平适合黑龙江各积温带生长的高蛋白质、高脂肪的大豆品种，只要加强标准化作业推广力度、保证品种特性，就可具备竞争的原料优势（房丽敏，2009）。

（三）绿色食品优势

黑龙江省是最早开发绿色食品的省份之一，黑龙江省的绿色食品种植面积、产品产量、产品品种、绿标使用数量等均位居全国之首。2009 年黑龙江省绿色食品种植面积发展到 5760 万亩，比上年增长 10.2%。实现总产值 717 亿元，增长 9.3%，完成实物总量 2920 万 t。黑龙江省已建成全国绿色食品原料标准化生产基地 128 个、面积 4450 万亩，占全国总面积的 45%，已成为全国最大的绿色食品标准化生产基地，率先在全国实现主要农作物基本达到无公害化以上生产水平。2009 年黑龙江省绿色（有机）和无公害农产品认证数量 10 700 个，居全国首位。其中，有效使用绿色（有机）食品标志的产品 1600 个。有 25 个产品获得国家农产品地理标志登记保护。拥有了“北大荒”、“完达山”、“红星”、“九三”等中国驰名商标，创出了“五常”、“泰丰”、“摇篮”、“龙丹”等中国名牌，黑龙江省绿色有机食品品牌已享誉海内外，成为安全优质农产品代名词。

2009 年黑龙江省绿色（有机）食品加工企业发展到 500 家，其中年产值超亿元的企业 63 家。绿色（有机）食品企业完成加工总量 1000 万 t，销售收入 285 亿元。有 99 家绿色（有机）食品企业被评为省级以上重点龙头企业，其中 17 家被评为国家级农业产业化龙头企业，占国家级农业产业化龙头企业的 47.2%；82 家被评为省级农业产业化龙头企业，占省级产业化龙头企业的 44.3%。绿色食品骨干龙头企业还带动了广大农户参与产业化经营，进一步完善了贸工农、产加销相联合的绿色玉米、大豆、水稻、乳品、肉类、山产品、饮品和特色产品八大产业体系，绿色食品企业成为黑龙江省经济发展中十分活跃的因素。黑龙江省绿色食品（有机、无公害）产品已销售到全国所有省（包括台湾省）、自治区、直辖市，并远销欧盟、美国、日本和东南亚等 38 个国家和地区。2009 年黑龙江省绿色食品省外销售额达 240 亿元。目前发展绿色食品已成为黑龙江省的重点工作之一，大豆食品加工业将会在绿色食品生产方面大做文章（宋显文和刘永祥，2010）。

（四）非转基因优势

根据国际农业生物技术应用服务组织（ISAAA）公布的数据，2007年全球转基因大豆种植面积达5860万hm^2，占全球大豆收获面积的64%，占转基因作物总面积的51%。当年美国转基因大豆占其大豆播种面积的比例约为80%，巴西为64%，阿根廷几乎为100%。这3个国家占全球转基因大豆收获面积的90%以上。可以说，中国从上述3国进口的大豆绝大部分是转基因大豆。

由于转基因食品的安全性问题目前尚未有定论，因此许多国家对转基因产品进行限制。欧盟、日本、韩国等都已明确规定对转基因大豆的限制。中国继2001年6月6日颁布《农业转基因生物安全管理条例》以后，又颁布了《农业转基因生物安全评价管理办法》等3个实施细则，并于2002年3月20日正式开始施行。《农业转基因生物标识管理办法》第三条规定列入第一批必须标识的农业转基因生物就有大豆种子、大豆、大豆粉、大豆油、豆粕及玉米、油菜、棉花、番茄等作物的种子及其副产品。

黑龙江省的优势在于大豆不含转基因成分。由于美国大豆的主要进口国欧盟、中国和日本都已实施转基因管理规则，这势必影响到美国的出口。欧盟和日本的大豆消费市场份额占世界大豆消费的10%以上，仅次于美国、巴西、阿根廷和中国。仅美国每年向欧盟和日本出口的大豆贸易额就达20亿美元左右，市场潜力巨大。由于它们对转基因大豆的进口控制条件非常苛刻，黑龙江省是非转基因大豆的主产地，完全可以利用非转基因的原料优势，发展大豆加工产业，限制转基因大豆的大量进口，并占领部分欧盟、日本的市场。因此，非转基因大豆加工业已成为全省优势明显、特色鲜明的农产品加工重要产业。

二 加工技术优势

近年来黑龙江省大豆食品工业的加工技术迅速发展。在新产品的开发，新技术的利用方面取得了一定成就。例如，专用、特用型大豆加工特性研究及新产品开发，高蛋白大豆品种的筛选和加工特性研究，无腥味大豆品种的筛选和加工特性研究，高异黄酮大豆品种的筛选和加工特性研究，大豆蛋白生产关键技术研究，膜技术在大豆综合加工利用中的应用，大豆生理活性因子的提取和纯化，大豆制品腥味快速检测技术，高水分大豆蛋白组织化技术等。通过运用现代科学技术和装备加速对传统的大豆食品产业的技术改造和创新，整合大豆科技界的资源，充分发挥科研院所联合攻关的优势，大幅度节约经济成本，提高综合科技创新水平，开发出满足市场需求的系列产品，实施消费创新，确定传统、新兴和营养保健三大系列大豆食品的合理规模和比例，形成“产学研”

一体化的加工产业链优势布局。

（一）企业优势

截至2008年，黑龙江省有大豆加工企业1180家，年加工能力1282万t。其中规模以上企业68家，国家重点龙头企业2家，省级重点龙头企业25家，年加工能力910万t（张小平，2009）。九三油脂工业集团设备先进，在国内大豆加工企业中加工能力位居第二，加工量位居第三，已连续三年入围中国企业和制造业500强（张小平，2009）。阳霖油脂集团加工能力年处理大豆180万t，跻身全国民营油脂企业前列。中国最大的大豆工业园区——大庆日月星大豆高新工业园，依托黑龙江省非转基因大豆主产区优势，生产非转基因的绿色、有机、无公害的大豆产品。在国内油脂加工企业80%已被外资收购或兼并、跨国粮商将我国本土大豆逐渐排挤出油脂企业的采购单的情况下，黑龙江省大豆加工业独撑国内非转基因大豆加工产业大旗，承担着维护民族大豆加工产业安全的重任。农垦垦区大豆年加工能力达到200万t，实现了以大豆加工企业为龙头，带动生产基地和承包职工的产加销、贸工农一体化的经营格局，初步形成了大豆产业化体系。着力打造了九三油脂、完达山乳业、北大荒米业和九三丰缘麦业等一大批国家级农业产业化龙头企业（张小平，2009）。由于加强了外引内联和招商引资工作，韩国、日本、泰国、以色列等国以及正大、光大、东大等集团分别以设备、技术和资金等各种方式，来黑龙江省办油脂、蛋白质饲料及食品加工企业。

黑龙江省大豆制品除传统豆制品，油脂加工外，近年开发研究并生产了组织蛋白、分离蛋白、蛋白活性肽、卵磷脂、低聚糖、皂苷、异黄酮、天然维生素E等8大类30多个品种（房丽敏，2009）。

（二）科研及人才优势

全国专门从事大豆研究的科研机构31家，黑龙江省就有15家。其中有国家大豆工程技术研究中心、黑龙江省粮科所及齐齐哈尔市粮油所等14个综合性科研院所；东北农业大学、东北林业大学、哈尔滨工业大学、哈尔滨商业大学、齐齐哈尔大学、八一农垦大学等7个设有食品加工或粮油加工科系的大专院校；我国专门从事大豆研究中级职称以上的科研人员500人，而黑龙江省就有300人左右。2009年6月，由国家大豆工程技术研究中心发起的中国大豆产业战略创新联盟在黑龙江省哈尔滨市成立。近几年，黑龙江省科研项目得到了联合国发展计划署、国家科技部、国家农业部及省市各部门的大力支持，承担了联合国开发计划署（UNDP）、国家“九五”、“十五”、“十一五”、“863”及省市重大大豆加工项目68项。

（三）技术引进

黑龙江省加强了国外专项考察和技术引进工作，基本上汇集了德国鲁齐、丹麦尼鲁、美国温哥、瑞士林达及日本日清的先进设备、先进技术、先进工艺。引进应用或消化吸收的油脂、蛋白质、磷脂、饲料加工设备和工艺技术，数额之多、品种之全为全国各省之首。

三 市场优势

（一）地域优势

黑龙江省与俄罗斯接壤，有3000多千米的边境线。其中，界江2300km，有25个开放口岸。西部与内蒙古自治区、南部与吉林省接壤，特别是北部、东部隔黑龙江、乌苏里江与俄罗斯相望，因而成为我国乃至亚洲和太平洋地区陆路通往欧洲大陆的重要通道。黑龙江与东北亚其他地区比较，交通条件有较大优势，虽地处内陆，但对内、对外经济联系十分通畅。与韩国、朝鲜、日本及东南亚国家有经济联系通道，贸易往来频繁。

（二）需求优势

国内生产供不应求，需求庞大。目前我国自产大豆人均12～13kg，除黑龙江省外，人均只有7～8kg，其他能满足本省食用大豆需求的只有安徽、内蒙古、河南和吉林省，绝大多数省份加上港澳地区人均大豆水平较低，基本不能满足对大豆的需求。另外中国人均日缺少蛋白质在8g以上，仅中国一年全民蛋白质需求理论补充量就在350万t左右，相当于大豆及其制品700万t。而中国目前除传统大豆加工品外，现代工业化大豆加工能力不超过50万t（包括分离蛋白、速溶豆粉、脱腥豆粉等），即生产量不足需求量的1/10，这就为黑龙江省食用大豆生产提供了广阔的消费市场。黑龙江省食用大豆在国际市场也有良好声誉和市场销售潜力，在日本、东南亚各国和欧洲国家也有一定的市场。仅日本每年就需要进口近100万t食用大豆。因此在保证满足中国市场需求的情况下，再开辟世界高消费市场，打造中国特色大豆知名品牌具有十分重要的现实意义（矫江，2008）。

四 政策优势

近几年国家及各级政府部门对大豆产业越来越重视，制定了许多优惠政策。从1994年开始，根据国家食物与营养咨询委员会向国务院及有关部委提出的建议，我国城市实施了“大豆行动计划”。国务院颁布的《中国营养改善行动计划》和《九十年代中国食物结构改革与发展纲要》分别提出要求：“中国成年人，平均每人每日蛋白质摄取量不低于75g”、“安排好豆类作物的发展计划，并制定有效的扶持政策，加快发展”。国务院将蛋白质和大豆制品供给作为一项国家基本政策，向全民提出具体要求，这是发展大豆蛋白加工产业的最好机遇。中国近期实行农业税免税政策大大降低了农民负担，刺激了大豆的生产，进一步给大豆蛋白生产带来有利的影响。对于大豆分离蛋白和浓缩蛋白产品，中国实行出口退税政策，极大地刺激了国内蛋白企业走向国际市场的积极性。同时，中国采用睦邻外交政策，与周边国家加强经贸往来，加入WTO，与东盟签订自由贸易协定，与澳大利亚、欧盟、俄罗斯、印度、加拿大、拉美等国家、地区合作，也为中国大豆蛋白占领市场创造了很好的“大环境”。

预计到2010年，我国人均大豆消费量约为16kg，大豆需求量将达到4000万t，到2030年，预计人均消费大豆25kg，总需求量可能达到5500万t。在食品工业“十一五”及中长期规划中，我国把大豆食品加工作为食品工业的一个重点，在政策与资金投入上给予扶持，要求在“十一五”末，初步形成现代大豆食品工业的构架，实现工业化大豆食品占大豆食品总消费量的30%（韩冰等，2009）。《国家中长期科技发展规划纲要》（2006～2020年）将农业确定为重点发展领域之一。这一历史背景对于大豆主产区的黑龙江省是非常好的发展机遇，有着广阔的前景。

首先，国务院于2001年5月颁布了《农业转基因生物安全管理条例》，重点管制转基因农产品的进口。一方面，该条例的实施限制了国际市场上大豆进口，提高国产大豆在国际市场上的竞争能力。另一方面，黑龙江省大豆是非转基因大豆，这是其优势所在。而进口的美国及南美大豆大多属于转基因大豆。目前科学界尚未对转基因食品的安全性给予定论，世界各国尤其是欧盟和日本对转基因食品管理严格（房丽敏，2009）。

其次，2003年，农业部制订了《高油大豆优势发展区域规划》，将重点建设东北高油大豆带，把东北地区建设成为世界上最大的非转基因高油大豆生产区域。黑龙江成为重点发展地区，黑龙江省委、省政府对大豆产业化工作十分重视，省政府成立了“大豆振兴计划”领导小组。省政府将“大豆振兴计划”纳入省“四大计划”、“五大工程”，重点推进；省农委将“大豆振兴计划”作为全省农业和工作重中之重；省政府还在资金、政策上予以支持，确保“一年见成效、三年有明显成果、五年打一个翻身仗”这一总体目标的实现。

再次，中央和黑龙江省支农惠农力度加大。近两年来，国家实施了“一免四补”的优惠政策，即减免农业税、对农民实行了粮食直接补贴、良种补贴、农机补贴和综合直补政策。2005年中央财政安排水稻、大豆、玉米和小麦良种补贴达38.7亿元，比上年增加10.2亿元，高油、高蛋白大豆比重达66%。近几年中央“一号文件”都锁定农村、农业问题。这为黑龙江农业发展提供了政策依据和宏观指导。2007年黑龙江省明确提出各级财政支农投入增量、固定资产投资用于农村的增量、土地出让收入用于农村建设的增量“三个继续高于上年”，国家对产粮大县的奖励优先用于农业和农村基础设施建设等一系列支农惠农政策，大幅度增加了对“三农”的投入（房丽敏，2009）。

最后，政府批准成立中国大豆产业协会和黑龙江省大豆协会。2007年3月25日成立的中国大豆产业协会以推动中国大豆产业的发展为宗旨，维护大豆种植者及相关企业的合法权益，充分发挥桥梁、服务、自律、维权的作用。黑龙江省大豆协会为大豆科研、生产、加工、贸易单位及个人服务，引导大豆生产、经营者获得收益，引导大豆加工企业实现产业化经营，对大豆生产、加工提供技术支持，整合大豆科研、生产、加工、贸易资源，进行合理配置，合力打造黑龙江省大豆品牌（房丽敏，2009）。

以上几项政策都直接对大豆的生产要素、相关产业、经营主体产生了促进作用，为提高黑龙江省大豆竞争力提供政策支持。

第四节　黑龙江省大豆加工业存在的问题

虽然我国大豆的加工历史悠久，但其真正意义上的发展却是在近几十年。随着人们对大豆及其制品的营养价值和保健功能的认识逐步提高，大豆加工领域的科研与开发进展迅速，带动我国的大豆制品迅速向产业化发展。黑龙江省的大豆产业也发展迅速，成为黑龙江省重要的农产品加工产业。

中国入世后，非关税措施逐步削减，市场开放，贸易自由化程度加大，国外优质、低价大豆及其加工品也在冲击国内市场，从大豆原料到加工产品的竞争越来越剧烈，国外大公司正在开展多元化经营和各种形式的联合，跨国垄断经营趋势增强，对我国大豆生产及加工业带来严峻挑战（江连洲和胡少新，2007）也使黑龙江省大豆加工产业面临着前所未有的压力，这些问题正严重影响着黑龙江省大豆加工业的发展。

目前，黑龙江省大豆加工业存在的问题主要表现在以下几个方面：一是加工原料问题日益突出；二是加工企业规模化程度低；三是加工产品附加值低；四是政策支持力度不大。

一　加工原料问题

从1996年我国成为大豆净进口国起，国内大豆供需缺口逐年增加，近10年我国大豆消费量快速增加，年均约增 305 万 t。国产大豆数量基本持平，增加全靠进口。2008 年国产大豆 1650 万 t，进口大豆 3744 万 t，国产大豆仅占消费总量的 30%左右，国产大豆已失去了主导地位。从大豆需求构成看，榨油对大豆的需求量最大，占大豆需求总量的 75%以上；其次是食用与工业（矫江和谢学军，2010）。

黑龙江省作为我国大豆生产基地，它所面临的进口大豆的冲击最大，形势尤为严峻。随着黑龙江省大豆加工业的快速发展，大豆加工原料问题集中表现在大豆产量、大豆价格和大豆质量三个方面，这些本来是黑龙江省大豆的传统优势，而如今却都转变为劣势。

首先，在大豆原料产量方面，近年来黑龙江省大豆加工业发展迅速。2009 年仅大豆油脂加工企业就有 1400 多家，再算上食用大豆和工业用大豆，年大豆加工能力从 2000 年的 300 万 t 发展到 2009 年的 1000 万 t。黑龙江省大豆播种面积占全国大豆播种面积的比例达到 43%，产量占全国大豆产量份额的 42%（柳放，2007），年产大豆维持在 600 万～800 万 t，虽然保持全国第一大产区的地位，但原料供应量已经满足不了加工能力的快速扩大。

其次，在大豆原料价格方面，截至 2006 年年底，全国仍在开工的 97 家成规模的大豆加工企业中，64 家被外资控股或参股，这 64 家企业的实际加工能力占市场份额的 85%，同时，外资还控制了全国 80%的大豆进口（柳放，2007）。尽管外资的介入表面上只是企业的投资方发生改变，但跨国公司大规模收购的真实意图并不是想通过大豆加工环节赚取利润，而是为了保证向我国出口大豆渠道畅通，亦即他们控制了加工环节，削弱了国内大豆种植者在产业链中的生产环节的作用，通过价格的控制从而全面控制我国大豆产业。

黑龙江省大豆加工企业主要是与沿海外资企业竞争产品销售市场。当进口大豆销售价格较高时，会拉动黑龙江省大豆涨价，对农民增收有利。同时，企业加工地产大豆原料成本与沿海地区企业加工成本基本在一个起跑线上，企业还可以收购加工地产大豆。但进口大豆生产成本较低，即使加上运输成本等，一般情况下，销售价也是较低的，由此抑制黑龙江省大豆价格上涨。当进口大豆价过低，地产大豆销售价降低到效益低于其他作物时，或达到农民生产无利可图程度，就会出现卖豆难问题。黑龙江省大豆商品量占我国大豆商品量的 80%以上，后果将是国产大豆占消费量比重下降，进口大豆所占比重上升，这更增加了外商垄断我国大豆市场的风险。更严重的问题是，为了解决农民卖豆难问题，国家以最低保护价收购大豆，但加工企业却因原料成本过高，失去了与沿海外资企业竞争的可能性。这是造成黑龙江省大豆加工企业停止收购地产大豆和停工停产的主要原因。其负面影响首先是加工企业被逼上死路，很难再维持生存和发展。其次是农民生产和加工企业脱节，不利于形成以企业为核心的产销一体化。最后是国家大量保护价收购大豆，涨价销售可能性不大，降价销售也会冲击后期市场，同时给国家造成经济损失。2006～2009年，我国大豆主产区黑龙江省大豆从来没有经历过这样的困局：堆积如山的库存大豆以及跌破种植成本的收购价格。同时，产区的加工业已经承受不住政府对产品和原料的双向控制，大部分工厂或关、或停，少部分有实力的企业也都准备离开产区走向沿海。国产大豆的产加销产业链条已经开始断裂，这为今后稳定生产和调剂市场留下了隐患。

再次，大豆加工业中占主导地位的是油脂加工业，其所需要的大豆原料注重的是出油率和质量的稳定，这正是国产大豆的弱点。黑龙江省大豆生产很多还是以家庭为单位，生产规模小，组织化程度低，同一地区不同家庭生产使用的大豆品种各异，管理水平参差不齐，商品大豆的品质、规格不尽一致。我国高油大豆优势区商品大豆的油分含量比进口大豆约低1%，非高油大豆优势区商品大豆的油分含量比进口大豆约低2%，杂质和水分含量分别比美国高2%和4%（杨红旗，2010）。虽然积极推广了高油、高蛋白优质大豆的种植，但种植面积和产量远远达不到加工能力的需求。同时，大豆产业链衔接不够，龙头企业订单农业推广面积不足，种植和收购环节的脱节，存在混收、混储、混运现象，难以保证加工企业对大豆原料品质需求，大豆原料的整体质量得不到提高，这些都严重影响着大豆加工业的生产效率和经济效益的提升。

另外，大豆转基因危害虽暂时还无定论，但大豆主要出口商都宣传它无害，而进口国家，特别是经济发达国家大多宣传它有害。黑龙江省发展大豆加工业，要体现特色品牌和占有高消费市场，更应注意通过新闻媒体等形式，大力宣传非转基因大豆的益处。今后如何确保食用大豆安全，已经成为我国需要高度重视的问题。而我国加工制成品中对转基因和非转基因的要求不明确，二者价差没有拉开，国产大豆非转基因的优势没有发挥出来。

二 加工企业规模化程度低

黑龙江省大豆加工业近几十年来取得了长足的发展，无论是企业数量还是企业规模都不断扩大，但与美国及沿海企业相比，黑龙江省的大豆加工企业规模仍然偏小。黑龙江省大豆加工企业2000多家，其中油脂加工企业1400多家，但日处理200t以上的中型企业只有40个，日处理1000t以上企业只有5家。在60多家新兴豆制品加工企业中，只有少数蛋白加工企业达到万吨的生产规模；而在450多家传统豆制品加工企业中，实现规模化、现代化生产的极少，大多还停留在手工作坊式的生产模式。

由于企业生产规模小，给黑龙江省大豆加工业的发展带来了诸多不利因素。

一是大豆加工企业结构不合理，大部分是油脂加工企业，产业链条短，结构单一。国外大豆加工企业一般都是走产业链一体化、初深加工结合、多品种结合的道路，而黑龙江省除个别企业在大豆收购、加工、饲料生产、国际贸易、深加工等领域具有一定规模以外，大多数大豆油脂加工企业很少涉足原料收储、贸易、饲料加工等产业链的上下环节，没有形成从收储、加工到贸易等产业链经营模式，导致一些企业因缺乏原料而开工不足，一些企业产品出现滞销。

二是加工成本高。大豆加工业普遍存在着原料消耗、溶剂消耗和能源消耗大的问题，也是黑龙江省加工企业多年来存在的通病。以黑龙江省油脂企业与美国企业对比看，日加工 1000t 的规模，美国的成本是 137～152 元/t，黑龙江省是 180 元/t，相差 28～43 元/t；日加工 2000t 以上的规模，美国加工成本是 106～122 元/t、黑龙江省是 140 元/t，相差 18～34 元/t。而纵向比较可以看出，企业规模越大成本越低。总体上，豆油加工企业全部依靠规模效益，日加工能力在 1000t 以下的中、小工厂，半数以上处于倒闭、停产、半停产状态。

三是厂家多，不合理建设造成加工能力过剩，设备闲置。黑龙江省大豆加工业，小型规模企业建设过多，尤其是低水平的重复建设过多，致使很多企业开工不足，国有资产严重浪费，总体加工利润下降，给国家造成沉重负担。不少规模小、产品不好、效益较差的小厂与大厂争供货、抢原料、夺辅料，造成了无序竞争的状态。

四是资金不足、设备落后。大豆加工企业，特别是油脂加工企业原料收购季节性强，一次投放资金量大。而小型企业由于效益不好，资金短缺，不能加大设备改造和科技投入，致使加工新装备应用不多，自动化程度较低，科技含量不高；新型豆制品加工关键设备不过关，科技创新意识不强，油脂加工设备更新改造力度不大，绝大多数企业仍应用着 20 世纪 90 年代的国产老设备。

三 加工产品附加值低

黑龙江省大豆加工业当前存在的另一个关键问题是大豆加工产品单一、附加值低。大豆的产业链很长，大豆制品可分为三大类：一是传统豆制品，包括豆腐、豆腐干等非发酵制品和酱油、腐乳等发酵制品；二是新兴豆制品，包括豆奶粉、豆奶等全脂大豆制品和分离蛋白、浓缩蛋白、组织蛋白、蛋白饮料等蛋白制品，以及油脂制品；三是大豆营养保健功能成分开发利用制品，包括大豆磷脂制品、大豆低聚糖、大豆异黄酮、大豆纤维等。

近年来，大豆深加工在国际上受到高度重视，世界大豆制品已达到 1.2 万余种，从大豆到分离蛋白增值 3 倍，再制成火腿肠增值 15 倍。目前，注射用大豆蛋白售价 400 元一支，而纯度较高的磷脂已达 700 万元/t，2002 年美国仅大豆保健食品销售额就达 25 亿美元。随着科技进步，在美国，大豆已成为一种成本更低廉、性能更优越、用途更广泛的工业原料，不但被越来越多地加工成美味食品、调味品、食品添加剂、保健品、营养品，还被加工成为洁净的燃料、胶黏剂、塑料、纺织、建筑、防尘材料、医药用品、油墨、油漆等。

而目前黑龙江省大豆加工业还处于初级阶段，产业链短，多数产品基本上以粗、初级加工产品为主，大豆精深加工层次浅，高新技术、高科技含量和高附加值的产品少。没有做到基础材料、中间产品和终极产品全方位深层次开发。传统制品加工停留在豆腐、豆腐干、素制品阶段；新型制品加工停留在豆粉、大豆分离蛋白阶段，油脂加工停留在色拉油阶段，导致大豆加工业的深度开发程度和综合利用率很低，大豆加工企业市场竞争力不强，其产品品种、质量与数量与国家先进水平还有一定的差距。

随着近年来黑龙江省大豆科技投入的加大，黑龙江省的大豆科研水平和能力逐步提高，应用超膜分离、挤压膨化、微波加热干燥、高压处理、微胶囊技术等新技术，研究开发的多种功能及保健品，功能性大豆蛋白、大豆核酸、大豆低聚糖、大豆皂苷、大豆磷脂和大豆异黄酮等大豆科研取得了突破性的进展，为黑龙江省大豆加工业提供了高附加值的产品和技术。但由于大豆加工企业对新技术的认识程度、市场开发力度及观念意识等方面的原因，致使科研成果转化缓慢，极大地制约了黑龙江省大豆加工产业的发展。

四 政策支持力度不大

政府政策历来是影响产业发展的重要因素。从世界大豆主要出口国的情况来看，多数国家通过改善农业相对于非农产业的不利贸易条件，或改善本国农业贸易条件来提高大豆的国际竞争力以克服大豆比较利益低于非农产业的弱质性。欧美在乌拉圭回合协议达成前主要采取直接价格支持措施，乌拉圭回合协议达成后开始逐渐转向采用直接收入补贴。中国近年来才刚刚开始对大豆生产者进行直接支持补贴。为克服大豆生产的农户小规模分散经营，使之适应大规模的加工和销售的要求。但从生产者支持水平的国际比较可以看出，中国总体对大豆生产者的支持水平偏低，个别年份为负值，最高年份也明显低于美国和澳大利亚的最低水平。

美国、巴西和阿根廷等国在 20 世纪 70 年代就制订了国家大豆发展计划，成立了国家级大豆中心和大豆协会，建立健全了大豆育种、栽培、收购、营销等一系列服务体系，并制定了相应的大豆产业保护政策，以保证大豆生产者能获得平均利润。1999 年美国农业部开始实施价值 10 亿美元的大豆援助计划，以帮助支撑大豆价格。长期以来，美国政府一直给予豆农每吨 37 美元的补贴，年补贴总额达 25 亿美元，相当于大豆产值的 25%。2002 年美国通过的《新农业法案》尽管对大豆的保护价从每蒲式耳 5.8 美元降到 5.2 美元，但实际的保护程度仍处于较高水平。阿根廷政府尤其注重支持豆油和豆粕的出口，以支持国内大豆加工工业，使其豆油和豆粕的国际竞争力很强。为了适应国际市场竞争的需要，提高巴西大豆在国际市场上的竞争力，巴西政府特别针对亚洲、欧洲等不同市场，制定了相关的质量标准和生产技术规程。针对新产区的大豆市场体系还不健全、运输距离远、成本较高的问题，巴西政府正在积极采取有针对性的措施，以创造良好的国际贸易环境。

加入世界贸易组织前后，中国大豆都不在政府贸易政策保护范围，并且由于大豆替代品的地位发生变化，必将影响大豆的竞争力状况。尤其是中国加入世界贸易组织后，对与大豆争地的高产粮食作物玉米、小麦和稻谷的进口实施关税配额制度，配额内进口给予低关税，配额外的进口实行高关税。对大豆和豆粕的进口没有关税配额保护，大豆进口关税为 3%，豆粕进口关税为 5%。对豆油进口在 2005 年前实行配额保护（但 2005 年前的配额量很大，保护作用不是很明显），2006 年起取消配额，征收 9%的关税（低于其他食用油进口关税），并且所有这些关税承诺水平是农产品中最低的。这意味着中国大豆市场将十分紧密地与国际市场联系在一起。这无疑增大了大豆的市场风险。

从 2002 年起，中国推出了“大豆振兴计划”。2004 年国家扶持农业特别是粮食生产的政策措施力度之大、农民得到的实惠之多是多年来所没有的，概括起来主要是“三补一减”，即对种粮农民实行直接补贴，扩大良种补贴范围，对农民购买农机具给予补贴，以及全面取消除烟叶以外的农业特产税、加大农业税减免力度。黑龙江省在认真落实国家“大豆振兴计划”、关税配额调控和转基因管理措施等新保护政策的同时，还积极采取其他有效措施，保护和发展本省的大豆产业。黑龙江省保护和发展大豆产业的政策虽然取得了明显成效，但与发达国家及在同一农业生产力水平的发展中国家 WTO 成员相比，仍然凸现出诸多问题。除了存在征收不合理的农业税费负担、农业基础设施投入不足、科技研发与推广资金短缺和农产品加工企业信贷困难及税收政策不优惠等常规性问题外，还存在一些突出问题，其中最关键的就是在大豆加工产业支持政策方面没有实质性的措施。同时，产区的加工业已经承受不住政府对产品和原料的双向控制，大部分工厂或关、或停，少部分有实力的企业也都准备离开产区走向沿海，国产大豆的产加销产业链条已经开始断裂。这为今后稳定生产和调剂市场埋下了隐患（田仁礼，2009）。

本章重点阐述了黑龙江省大豆产业加工技术的现状，包括技术优势、成果及转化、科研队伍优势，加工产品及市场分布，对加工关键技术进行了归类和分解，并对技术进展进行梳理。指出了黑龙江省继续发展大豆加工业具有原料优势、加工技术储备优势以及市场容量和认可度等优势；同时发展也面临着原料来源、企业规模和自主创新能力问题及国家政策支持等多方面障碍。

第七章　黑龙江省大豆加工企业行为

在市场竞争中企业行为千变万化，但目的是为了在竞争中获得优势，获取利润，持续发展，企业行为的主要部分是原料采购行为、定价行为和市场营销行为。本章以这个行为分析的理论为主线，宏观上考察黑龙江省大豆加工企业行为的模式选择。

第一节　黑龙江省企业原料采购行为

在传统的采购管理中，采购任务一般是由采购方来完成的。采购部门根据需求方的库存情况制订采购计划，并向多个供应商发出采购要求，各供应商收到采购信息后，纷纷对此进行投标，经过双方的谈判与协商，通常采购部门会选择价格最低的供应商作为合作伙伴。

一 黑龙江省企业大豆原料采购的几种模式

不同的企业的传统采购管理方式也不同，包括集中采购、联合采购、国际采购等模式。

（一）传统的采购管理

集中采购模式就是企业内部所有物品需求部门将所需物品集中交给专一部门进行统一的采购。由于数量大，企业与供应商讨价还价的能力增强，以此来达到降低价格的目的。中小型企业肯定是将采购的权力交给采购部负责，大型的企业可以将所有的采购业务都交给专门负责的采购平台，针对不同类型的采购物种运用不同的采购方法，达到总体采购成本最低。

联合采购，是指中小型企业之间对于共同需要的物品进行联合采购，这样物品的需求量会大增，与供应商之间的谈判价格会更有优势，这是中小型企业、饲料企业降低原料采购价格的有效方法。

国际采购，由于我国的饲料原料短缺严重，特别是在大豆、鱼粉、氨基酸等方面都需要大量从国外进口。大型的饲料企业可以通过自营进出口业务直接进入国际市场，在国际市场上采购从而获得价格上的优势。

（二）供应链管理下的采购模式

供应链管理模式下，采购方式是以订单驱动方式为主进行的。生产订单是在用户需求订单的驱动下产生的。然后，生产订单驱动采购订单，采购订单再驱动供应企业，主要通过市场联结、合同契约联结、参股联结、承包约束机制等方式。

市场联结方式，即企业根据市场行情和自己加工的需要量，凭借自己的信誉，在市场上随机收购自己所需要的原料，供求双方事先不签订合同，自由买卖，价格随行就市。企业与供应商是纯粹通过市场价格竞争发生交易。这种市场联结的利益关系，不稳定，从严格意义上来说，只能算作合作机制的初级形式。

合同契约联结方式，即企业根据自己对原料的需要，通过与供应商签订具有法律效力的产销合同，明确规定双方的责任、权力、利益，以契约关系为纽带，进入市场，参与竞争，谋求发展。这种联结方式就是所谓的“订单合同”。

参股联结方式，即企业与供应商互相参股，以股权为纽带联结成利益关系。在这种方式下，企业一般演化成为股份合作制法人实体，而入股供应商则成为企业的股东和企业“车间型”经营单位，相互拥有，共兴共荣。

承包约束机制，主要表现在企业与农户的关系上，即企业将已分给农户的土地“反租”回来，再倒包给农户经营，成为企业的一个生产车间，生产的产品全部由企业收购。

二 黑龙江省企业大豆原料采购影响因素

采购管理是企业为了满足生产和销售需要，从适当的供应商，在适当的品质下，以合适的价格，在适当的时间，购入适当数量的物品或服务所采取的一切管理活动。企业的采购策略主要受以下几种因素的影响。

（一）原料的质量

影响产品质量的因素包括：配方技术、生产技术、品管工作、原料质量等。尽管配方技术、生产技术和品管工作在产品质量中发挥重要作用，但没有原料作为支撑也只是空中楼阁。据分析，产品营养成分及质量差异40%～70%来自原料质量的差异。若原料质量得不到有效的控制，生产出的产品质量就难以稳定。因此，必须从采购源头控制原料质量，采购接近需要的消化率和营养水平的原料，是保证生产优质产品的前提，有利于提高企业效益，提升企业形象。

（二）原料的成本

效益是企业的生命，企业通过生产追求高效益，而原料成本是影响产品成本的主要因素。在产品的销售额中，采购成本占60%～80%，从采购环节中节约的成本将会成为企业增加的利润。因此，降低原料成本是企业的根基所在，决定了企业的生存发展。许多企业通过强化原料采购的科学管理，成功推进了企业品牌、资金、规模化等优势的建立和发展。

（三）企业的规模

企业规模的大小直接影响着其在市场上讨价还价的能力，如果某一产品企业的数量和规模都很小，进行原料交易时底气不足，往往处于被动地位；如果原料的供应商集约化程度较高，则其会影响市场。

（四）供求双方的信息对称程度

如果双方信息不对称，供应方往往掌握的信息比较多，其市场敏感度高于采购商，所以在原料采购行为中企业常常处于被动状态。同时由于供应与采购双方在信息的沟通方面缺乏及时的信息反馈，不能较好地应对市场需求变化的情况，供需之间对用户需求的响应没有同步进行，往往导致采购一方在需求减少时库存增加，需求增加时则出现供不应求的不良局面，缺乏应对需求变化的能力。

（五）供应商的选择

产品中价值60%是经过采购由供应商提供，毫无疑问产品“生命”的60%应在进货质量控制中得到确保，也就是说企业产品质量不仅要在企业内部控制好，更多的应控制在供应商的质量管理过程中。经验表明，一个企业要是能将1/4～1/3的质量管理精力花在供应商的质量管理上，那么企业自身的质量水平至少可以提高50%以上。

通过上述的分析，企业选择何种采购模式是以上所有因素的综合结果，追求利润最大化是企业生产经营的目的，企业的采购模式也必须遵循盈利原则。

三 黑龙江省企业大豆原料采购模式选择

通过上述模式的影响因素分析，黑龙江省大多数企业的大豆原料采购模式摒弃了传统的采购模式，以供应链管理的采购模式为主。其原因如下。

在传统的采购管理中，采购任务一般是由采购方来完成的。采购部门根据需求方的库存情况制订采购计划，并向多个供应商发出采购要求，各供应商收到采购信息后，纷纷对此进行投标，经过双方的谈判与协商，通常采购部门会选择价格最低的供应商作为合作伙伴。但是合作往往是短期性的，下次采购可能又要更换新的供应商。采购的目的是为了补充库存，采购部门并不关心企业的生产过程，不了解生产的进度和产品需求的变化，因此采购过程缺乏主动性，采购部门制订的采购计划也比较单纯，很难适应生产需求的变化，容易造成库存积压，过多地占用资金等。另外，对于采购过程中产品质量和交货期等方面的控制也大多是通过事后把关的办法来进行。

供应链管理下的采购模式主要是为了订单而采购，使企业从对采购商品的管理转变为对供应商的管理。在供应链环境下企业实现的同步化运作，对企业外界的供应商进行管理，使得供应链企业的业务流程向精细化生产方向努力。实现企业生产过程中的“零”缺陷、“零”故障、“零”库存的高效化运作。通过双方的协作降低了不可预测的需求变化带来的风险，减少了反复询价和谈判所带来的成本。同时，采购方应及时把质量、服务、交货期的信息传给供应方，使供应方严格按要求提供产品与服务。供应方参与到需求方的生产过程，了解所供应商品的使用情况并总结调整意见，协商解决所供应产品的物流和质量等情况。通过合作伙伴关系，避免了许多不必要的手续和谈判过程，供需双方都从降低交易成本中获得好处。

第二节　黑龙江省大豆加工企业产品定价行为

市场化定价理论中，市场结构划分为 4 种类型：极端典型的完全竞争结构与完全垄断结构，介于完全竞争与完全垄断市场结构之间的垄断竞争与寡头垄断市场结构。不同的市场结构决定企业不同的市场行为，从而形成不同市场结构下的企业定价基本理论。

一 黑龙江省大豆加工企业产品定价模式

现实的市场往往既不是完全竞争的，也很难是完全垄断的，大量的现实市场介于完全竞争与完全垄断市场结构之间——既存在企业间的对抗与竞争，同时具体企业又因某些方面的特定优势而形成局部的垄断性。介于完全竞争与完全垄断市场间、更接近于完全竞争的市场结构为垄断竞争市场，更接近于完全垄断的市场结构为寡头垄断市场。但我们可以从上述两种极端情况的定价中体会市场竞争均衡下企业定价模式选择。

（一）市场均衡的定价模式

在完全竞争的市场条件下，企业只能是价格的接受者，没有定价权。完全竞争企业不具备定价能力，市场价格完全由市场供求均衡决定，企业只能在接受市场均衡价格条件下选择产量，不必考虑竞争对手的生产选择。

在完全垄断的市场条件下，企业拥有产品的定价权，只有一家企业完全垄断市场，因此，完全垄断市场定价实际上就是完全垄断企业定价。完全垄断企业依据企业需求函数（即市场需求函数）与企业成本函数，以利润最大化发生顺序决定企业的生产数量和产品价格。

（二）“3C”定价模式

定价的“3C”原理告诉我们，定价的主要影响因素包括：成本、顾客和竞争者。可以说价格是本企业与竞争对手及顾客博弈的均衡结果。成本是企业定价的底线，只有补偿成本的定价才能保证企业持续发展。市场导向是市场经济的游戏规则，以人为本是现代企业的生存法则。基于定价的“3C”原理，可以得到三种常见的定价方法：成本导向定价方法、竞争导向定价方法、消费者导向定价方法。

1. 成本导向定价方法

成本导向定价方法是指企业在制定价格时主要着眼于企业内部的成本和目标利润，在定价时往往强调制定的价格水平应能使企业收回成本并获得一定的利润。根据西方经济学和市场营销理论建立起来的企业产品成本导向定价方法，以成本为基础，成本信息在定价和产品组合决策中非常重要，因为只有产品定价足以保证企业能够收回全部成本，企业才能获得生存和发展的空间，并向投资者提供足够的利润，而且，成本信息具有易获取性，当企业需要在短期内确定多种产品的价格时，成本是产品定价唯一的依据。甚至在产品价格完全由市场供需决定，企业没有能力左右产品市场价格的情况下，企业仍需根据产品的成本信息制定产品的生产和销售计划。成本低的企业能够获得较高的利润率，并且在进行价格竞争时可以拥有更大的回旋空间。

2. 竞争导向定价方法

竞争导向定价方法是指企业的定价主要以竞争性产品的价格而不是以成本或需求为基准。这种方法并不一定要求企业产品价格和竞争对手的产品价格保持完全一致。在其他营销手段的配合下，企业可以根据自己的竞争实力，结合企业的成本和市场需求，制定高于或低于竞争对手的价格，以谋求企业的生存和发展，从而实现本企业的定价目标和总体经营战略目标。采用这一定价法，价格与产品成本和需求不发生直接关系。产品成本或市场需求变化了，但竞争者的价格未变，就应维持原价；反之，虽然成本或需求都没有变动，但竞争者的价格变动了，则相应地调整其产品价格。这种定价法主要目的就是扩大某一产品的市场占有率。

3. 消费者导向定价方法

消费者导向定价方法是以市场为导向的定价方法，它是以消费者需求为基本依据，确定或调整企业营销价格的定价方法。具体说就是在产品的供给成本相同或基本相同的情况下，利用产品物质属性的差别和不同消费者对同一产品的不同偏好及评价来进行差别定价。这种差别定价的目的是要在消费者满意的基础上，使得一定量的产品销售利润最大化，被消费者所接受。企业在生产某产品前，首先要估测消费者对该产品可能的理解水平，并以此制定价格，然后再根据价格预测可能的销售量、生产能力、生产成本等，最后推测有无利润，决定生产还是放弃生产。在运用这一定价方法时，企业不是完全被动的，它可以采用多种手段影响消费者对其所提供的产品价值的理解。实际上这种定价模式就是按照市场的供求关系来对产品定价。

二 黑龙江省大豆加工企业产品定价的影响因素

市场营销理论原理告诉我们，定价的主要影响因素包括：成本、消费者和竞争者。

（一）企业的成本对定价的影响

主要是产品原料的价格；如果产品原材料的价格高，企业的生产成本就增加，那么企业定价时就要考虑是否能收回成本。对于以大豆为原料的加工企业来讲，主要是考虑大豆的价格。而大豆的价格又和大豆的播种面积，进口大豆、替代品的价格，其他商品的供求关系有关。

在大豆品种、种植技术及其他条件不发生变化的条件下，大豆种植面积变化成为影响当期大豆供给量变化的主要因素。据黑龙江省有关部门统计，2008年黑龙江省大豆产量达到700万t（民间机构估算为900万t），但因为金融危机爆发，2008年7～10月，黑龙江省内大豆价格从6.10元/kg，直线下跌至3.00元/kg，跌幅超过50%，巨幅下跌使农户大豆严重滞销，造成2009年大豆的种植面积大幅减少。

我国自1996年由大豆净出口国变成净进口国以来，2008年大豆进口量占全球贸易量的51.8%，成为全球最大的大豆进口国。我国巨大的进口需求已成为左右全球大豆价格变动的重要因素，也成为国际投资基金炒作的对象。2009年上半年，受国储豆计划影响，国内大豆市场价格倒挂，进口大豆到岸价格严重低于国产大豆价格，最大价差高达 700 元/t。面对低迷的豆油与豆粕市场，加工国产大豆亏损已成为行业不争的事实。

大豆作为食品，其替代品有豌豆、绿豆、芸豆等；作为油料，其替代品有菜籽、棉籽、葵花籽、花生等；作为饲料蛋白有鱼粉、菜籽粕、棉粕等。大豆油的直接替代品有菜籽油、花生油、棕榈油。其中，棕榈油、菜籽油与大豆油相比，存在成本替代优势。另外，大豆价格与下游产品豆油、豆粕及豆粉比价以及其他相关粮食产品如玉米、小麦等比价关系也有关联影响。以上这些替代品的使用及需求结构变化影响着大豆及其主产品市场需求，进而影响着大豆及其主产品市场供求及其价格走向。当大豆与其诸多替代品出现临界比价时，大豆与原料类、下游产成品类、粮食类产品之间产生纵向替代与横向替代。

商品比价是同一时间同一市场不同商品之间的比例关系。大豆期货价格与原油价格走势具有很强的正相关性，原油价格上涨对大豆价格走势形成支撑。首先，原油价格上涨会推动大豆种植成本的提高，如化肥、农药；其次，原油价格的上涨会推动海运费上涨；再次，豆油是生物能源的主要原料，作为原油的替代品，原油价格的上涨推动了生物能源需求的增长。因此，原油价格走势对大豆工业需求具有很强的引导作用，进而影响大豆价格变化。

（二）消费者需求对定价的影响

消费者对于价格的敏感程度影响着该种商品的需求。产品越是独特，消费者对价格越不敏感；对于该种替代品了解得越少，他们对价格的敏感性就越低。如果消费者对于不同替代品的质量无法进行比较，则他们对价格越不敏感；开支在消费者收入中占的比重越小，他们对价格的敏感性越低；开支在最终产品的全部成本的费用中所占的比例越低，消费者的价格敏感程度越低。如果一部分成本由另一方分摊，消费者的价格敏感性越低。如果产品与以前购买的资产合在一起使用，消费者对价格不敏感；假设消费者认为某种产品的质量更优、声望更高或是更高档的产品，消费者对价格的敏感性就越低；消费者如果无法储藏商品，他们对价格的敏感性就越低。

目前，我国对大豆需求主要是食用消费需求和压榨需求，其中食用消费需求相对稳定，对价格影响较弱，而压榨需求呈快速增长趋势，是影响大豆价格波动的重要因素。大豆压榨后的主产品为豆油和豆粕，豆油与菜籽油、棉籽油、棕榈油、椰子油、花生油、葵花籽油等其他植物油一起构成了我国主要的植物食用油，其消费需求受其他植物油替代产品供求状况的影响；豆粕是动物饲料的主要配料之一，其需求与饲养业的景气状况密切相关。豆油与豆粕的需求变化较大，具有明显的季节性（每年 1～2 月是豆油需求旺季，2～5 月受饲养业影响是豆粕需求旺季），其中豆粕的供求状况对大豆期货价格影响很大。

（三）竞争者行为对定价的影响

在由市场需求和成本所决定的可能价格的范围内，竞争者的成本、价格和可能的价格反应也在帮助公司制定它的价格。公司需要对它的成本和竞争者的成本进行比较，以了解它有没有竞争优势。公司还要了解竞争者的价格和提供物的质量。一旦企业知道了竞争者的价格和所提供的东西，就能够利用它们作为制定自己价格的一个起点。如果企业提供的东西与一个主要竞争者提供的东西相似，那么企业必须把价格定的接近于竞争者，否则就要失去销售额。倘若企业提供的东西是优越的，企业定价就可比竞争者高。然而，企业必须要知道，竞争者可能针对本企业的价格做出反应。

三 黑龙江省大豆加工企业产品定价的模式选择

黑龙江传统豆制品加工企业数量约 450 个，年加工大豆为 32 万 t，产成品 70 万 t。这些企业 90％以上均采用国产化加工设备，从生产规模来看，工业化生产规模小，作坊式生产多，生产能力大的日产成品几十吨，小的几吨，幅差很大。一些生产规模大的企业已形成产业化集团，成为地方产业的支柱，或成为国家级或者省级的龙头企业。传统的豆制品基本上是自产自销，传统豆制品的市场供需相当，基本饱和。因此在定价的问题上主要是按照市场的供求关系来定价。

黑龙江省新型豆制品加工量在全国所占比重较大，加工企业 60 个，年加工大豆 24 万 t，产成品 28 万 t，品种较多，全省有蛋白粉生产厂家 41 家，最大的哈高科大豆食品有限责任公司年产 1.2 万 t，最小的年产几千吨，基本上采用国产设备。黑龙江省大豆磷脂生产浓缩磷脂基础产品、精制磷脂、中间产品和磷脂胶囊经济产品的厂家 12 家，基本上采用真空脱水、丙酮萃取、乙醇洗涤及白土吸附工艺。多数采用国产化设备，部分加工企业引进了低温冷冻干燥工艺装备。

黑龙江省共有大、中、小型大豆油脂加工企业 1400 多个，其中浸出油厂 147 个，机榨厂 1300 个，主要为粮食、乡镇企业、供销、外贸、农场、部队与个体私营企业，年加工大豆 300 万 t，产油脂 45 万 t，饼粕 225 万 t。在 147 个浸出油厂中，日加工 100t 物料以下的小型厂 90 个，200t 左右的中型厂 40 个，400t 以上的大型厂 7 个。近 40％的浸出油脂厂通过单项或多项技术改造，加工生产能力提高 20％以上，年油脂加工能力已超过 500 万 t。

黑龙江九三油脂有限责任公司年加工大豆 200 万 t，年产一级大豆油 15 万 t，色拉油 5 万 t，粗磷脂 6000t，产品畅销国内外，成为国内知名品牌。该企业所生产的“九三”牌系列产品供不应求，并远销到韩国、蒙古国、俄罗斯及东南亚等国家和地区。此类大型龙头企业的定价是综合上述的几种定价方式来综合定价的，既要考虑到本企业的成本和利润，又要满足不同消费者的需求，同时要面临着全国同行业竞争者的冲击。这样的企业在不能左右市场价格的情况下，通过技术创新，引进先进的生产设备来降低企业的成本，同时通过大量的市场调研来研发出适合消费者需求的产品。并在提高自己产品的市场的占有率，降低本企业的成本的前提下制定一个低于竞争者的产品价格。

大豆加工企业是在一个接近于垄断竞争的市场结构中进行活动的，因此，企业产品的定价方式要遵循市场营销理论的“3C”原理。

第三节 黑龙江省大豆加工企业市场营销行为

市场营销观念要求企业一切计划与策略应以消费者为中心，明确目标市场的需要与欲望，比竞争者更有效地满足目标市场的要求。要求企业营销管理贯彻“顾客至上”的原则，将管理重心放在善于发现和了解目标消费者的需要上，并千方百计去满足他，使消费者满意，从而实现企业目标。

一 黑龙江省大豆加工企业市场营销观念

市场营销观念认为，实现企业各项目标的关键，在于明确目标市场的需要和欲望，并且比竞争者更有效地传送目标市场所期望的物品或服务，进而比竞争者更有效地满足目标市场的需要和欲望。市场营销观念的出现，使企业经营观念发生了根本性变化，也使市场营销学发生了一次革命。

（一）市场营销概念及内涵

市场营销观念是一种新型的企业经营哲学。这种观念是以满足顾客需求为出发点，即“顾客需要什么，就生产什么”。尽管这种思想由来已久，但其核心原则直到20世纪50年代中期才基本定型，当时社会生产力迅速发展，市场趋势表现为供过于求的买方市场，同时广大居民个人收入迅速提高，有可能对产品进行选择，企业之间为实现产品的竞争加剧，许多企业开始认识到，必须转变经营观念，才能求得生存和发展。

市场营销观念的4个支柱是：市场中心、顾客导向、协调的市场营销和利润。推销观念的4个支柱是：工厂、产品导向、推销、赢利。从本质上说，市场营销观念是一种以消费者需要和欲望为导向的哲学，是消费者主权论在企业市场营销管理中的体现。

（二）黑龙江省大豆加工企业的营销定位

通过对市场定位的调研确定自己的产品定位。由于大豆加工企业的产品主要是豆油、豆粕、豆奶制品，因此，企业的营销理念以消费者为主体。通过一系列的调研活动，认为价格、品牌和质量是影响消费者购买的主要因素。价格便宜、质量高、品牌信誉好的产品具有很强的市场潜力。同时，企业也对自己有力竞争者的产品市场定位情况进行了解，以生产区别于竞争者的类似产品。

因此，黑龙江省的大豆加工企业通过自己的市场定位生产出符合不同口味消费者的产品，大部分企业的产品从宣传文字，商标设计，产品品质、口感都必须体现保持品工艺的传统特色，有较好的色、香、味，反映出公司悠久的历史，崇尚健康，崇尚自然的企业文化。

例如，在奶制品的营销过程中，企业根据对牛奶市场的调查分析，对黑龙江乳业所应选择的目标市场进行定位：对哈尔滨及一些中小城市内的液态奶饮用者提供高、中、低档次的产品，选择传统家庭购买者与关注食品安全者和关注品牌的购买者这两个群体作为黑龙江城镇地区的目标市场。大部分产品以经济包装的袋奶为主打产品，吸引经济收入中等的消费群，同时吸引要求方便的消费者，提供满足他们对质量、价格等要求的产品，把品牌形象建设融入营销管理的每一个细节中去，既保证销量的增长，又不放弃或减弱品牌建设，并把它作为营销管理工作的核心。

二 黑龙江省大豆加工企业市场营销手段

目标市场选定之后，还必须进一步制定出营销策略，才能据以开展有效的营销活动。营销策略是指针对选定的目标市场，考虑企业的资源能力和外部环境，综合运用企业可控制的各种市场营销手段，组成的一个系统化整体策略，以达到企业的经营目标。

（一）品牌策略

产品的品牌形象是企业的昭示。因此，品牌策略也是产品营销的重要组成部分。据调查显示，重视乳品品牌或知名度的消费者占到了 53%。因为乳品的购买是一种习惯性行为，有 1/3 的消费者基本固定购买一个品牌，90%以上的消费者固定在两三个品牌，企业占据市场份额的关键是让自己的产品品牌成为消费者的习惯性购买品牌。广告的重复，会产生品牌熟悉，而不是品牌信念。消费者在购买时会联想到某句广告词，从而产生对该品牌的购买，购买之后觉得不错或挺好，就会产生以后的习惯性购买行为。

（二）“绿色营销”

“绿色营销”（green marketing）是企业针对人们对资源环境和自身健康的关注、崇尚自然、追求健康及生活质量的需求心理、需求趋势，以消除和减少产品对生态环境的影响而展开的营销实践活动，也是现代营销理论研究的重要方式。绿色消费是一个质量消费的概念，反映在大豆制品上主要表现为天然、安全消费，这是新世纪人类对食品安全最敏感、最基本的需求。

（三）价格营销

营销中定价策略的确定，是以经济学价格理论为依据，实践经验判断为手段的统一过程。采取灵活的价格策略，有利于挖掘市场机会，实现企业整体目标。价格是市场营销因素中最关键、最活跃的因素，它直接关系到产品能否为消费者所接受，关系到需求量的大小和利润的多少，是市场营销中重要的策略之一。影响产品价格的有关因素包括成本、购买力、供求、竞争、心理和政策法规等。选择科学合理的定价方法是实现企业定价目标乃至实现企业营销目标的重要保证，企业应根据消费者接受能力、自身的劳动消耗以及竞争状况，灵活地确定和调整产品价格。

（四）促销营销

促销是指企业通过人员推销或非人员推销的方式，向目标顾客传递商品或劳务的存在及其性能、特征等信息，帮助消费者认识商品或劳务所带给购买者的利益，从而引起消费者的兴趣，激发消费者的购买欲望及购买行为的活动。包括降价促销、抽奖、价格折扣等。

（五）广告策略

广告宣传重在提高自身的美誉度，强化地方特色产品的新鲜优势和高品质形象。应以感性的影视广告宣传和理性的小区现场宣传相结合的方式，强化“本地豆制品最新鲜”的主题。包括对豆制品的免费品尝、媒体的宣传、加大产品的无公害知识的宣传等。

（六）公共关系策略

公共关系是指某一组织为改善与社会公众的关系，促进公众对组织的认识、理解及支持，达到树立良好组织形象、促进商品销售目的的一系列促销活动。公共关系营销的核心是赢得消费者忠诚，维系消费者。消费者的需求是市场存在的基础，能够创造性地主动满足消费者需求的企业是不可战胜的。如果忽视了公共关系的建立，忽视消费者需求，那么与消费者的距离会越来越远，此时，再好的广告也是徒劳！

三 黑龙江省大豆加工企业市场营销策略选择

黑龙江的大豆加工企业里有 7 家企业为国家级或者省级龙头企业，在本省的同行业里这些企业成为市场的领导者，他们的营销策略主要是品牌策略，即树立自己的美誉品牌进而吸引消费者的购买行为。

（一）市场追随者营销策略

对于那些没有成为市场领导者的企业来讲，一部分是市场的追随者，它们的营销策略是在各个细分市场和产品、价格、广告等营销组合方面模仿市场领导者，基本不进行创新。由于它们是利用市场领导者的投资和营销组合去开拓市场，自己跟在后面分一杯羹，故被看做依赖市场领导者而生存。或者在产品的基本性能特征方面模仿领导者，但是在包装、广告上又保持一定差异。如果模仿者不对领导者发起挑战，领导者不会介意。在许多产品同质性高的行业，不同公司的产品相同，服务相近，不实行差异化策略，价格几乎是吸引购买者的唯一手段，随时可能爆发价格大战。

（二）差异化营销策略

另一部分企业是实行差异化策略，这些企业的产品有相当的市场占有率，产品结构虽不是最优但有一定的赢利能力，短期内虽不会有被竞争对手打压的可能，若突然间以挑战者身份出现，可能要在营销策略上作出太大的改变以配合。因此，最佳选择为距离跟随，实施差异化策略，一方面通过跟随获取一定利益，另一方面通过差异使品牌价值增值。此策略有利于实现品牌健康发展、公司持续稳定经营的目的。

本章研究了黑龙江省企业大豆原料采购影响因素，包括原料的质量、原料的成本、企业的规模、供求双方的信息对称程度、供应商的选择。大豆市场化定价主要有市场均衡的定价模式和“3C”定价模式两种，其中“3C”定价策略又包括成本导向定价、竞争导向定价、消费者导向定价三种主要形式。

一般的营销策略：品牌策略、“绿色营销”、价格营销、促销营销、广告策略、公共关系策略等几种主要模式。同时，根据黑龙江省大豆产业实际，指出黑龙江省大豆产业应该采取市场追随者营销策略和差异化营销策略两种主要战略。

第八章 黑龙江省大豆市场分析

黑龙江是国内最大的大豆主产区，也是重要的大豆加工区，在对国内大豆市场发挥重要作用的同时，也受到国内外大豆市场的影响。基于此，本章分析了黑龙江省大豆市场的供求形势、市场结构和市场组织，黑龙江省大豆价格形成与政府调控措施和效果。这些研究试图揭示黑龙江省大豆市场供求、结构、组织和价格体系中存在的问题，为制定黑龙江省大豆产业战略规划奠定现实基础。

第一节 黑龙江省大豆市场发展分析

一 黑龙江省大豆供求形势与预测

(一) 黑龙江省大豆供求现状

黑龙江省是我国大豆主产区，是全国最大的商品大豆生产基地。黑龙江省大豆种植面积占全国的37%～44%，总产量占全国的38%～46%，商品率80%以上。2009年黑龙江省大豆总产量680万t，占全国产量的46.89%，直接从事大豆种植的农民近1000万。黑龙江省每年生产的大豆30%～40%用于本省消费，近60%销往省外（表8-1）。黑龙江省拥有规模以上大豆油脂加工企业67家，日加工能力超过2万t；大豆蛋白加工企业10家，设计年生产能力10万t，这些企业基本全部采用本地产大豆作为原料。但由于近年进口大豆价格低于国产大豆，黑龙江省大豆产业受到巨大冲击。

表8-1 黑龙江省大豆年度供求平衡表 （单位：万t）

项目	2004/2005年度	2005/2006年度	2006/2007年度	2007/2008年度	2008/2009年度	2009/2010年度
当年产量	1000	950	750	620	695.78	650
年度供给量	1050	1070	910	805	1007.78	1242.78
本省消费合计	335	280	230	213	185	250
压榨油用	235	190	160	140	110	170
居民食用	50	45	40	38	45	50
种子用	30	27	20	25	20	20
其他消耗	20	18	10	10	10	10
外省消费合计	595	630	495	280	230	240

续表

项目	2004/2005 年度	2005/2006 年度	2006/2007 年度	2007/2008 年度	2008/2009 年度	2009/2010 年度
压榨油用	300	320	200	100	50	60
城乡食用	240	240	230	160	150	170
期货出口	55	70	65	20	30	10
结转库存	50	120	160	185	312	592.78

资料来源：黑龙江省大豆协会。

从压榨市场看，黑龙江省大豆的省内压榨市场需求由 2004/2005 年度的 335 万 t 减少至 2008/2009 年度的 185 万 t；省外压榨市场需求也由 2004/2005 年度的 595 万 t 减少至 2008/2009 年度的 230 万 t。从食用市场看，黑龙江省大豆的省内食用市场相对稳定，保持在 40 万～45 万 t/a 的消费规模；省外食用市场也日益萎缩，由 2004/2005 年度的 240 万 t 减少至 2008/2009 年度的 150 万 t。可以说，黑龙江省大豆面临进口大豆的冲击，正在丧失其压榨市场和省外的食用市场。尤其值得注意的是，2007 年以后，具有价格优势的转基因豆粕、豆油也开始进入黑龙江市场。

（二）黑龙江省大豆供求趋势

1. 黑龙江省大豆生产及其挑战

大豆生产的趋势。大豆是黑龙江省四大粮食作物之一，年播种面积为 300 万～400 万 hm^2，年产量 650 万 t 左右，是全国最大的大豆生产省份。随着政府对大豆产业安全的重视，黑龙江省大豆生产将迎来新的发展机遇。在 2008 年黑龙江省发改委制定的《千亿斤粮食生产能力战略工程规划》中，大豆作为黑龙江省重点生产的粮食品种列入战略规划。按照该规划的目标，到 2015 年，黑龙江省大豆种植面积维持在 367 万 hm^2，平均单产达到 2250kg/ hm^2，总产达到 825 万 t，比 2007 年增长 334 万 t，增长 67.51%。

在总产增长的同时，黑龙江省大豆品质也将进一步改善。2007～2015 年，黑龙江省将建设 1 个省大豆种质改良中心，4 个大豆区域创新中心，各中心重点开展品种改良、作物栽培、植物保护、土壤改良、科学施肥等技术研究和推广工作。同时还在北部地区的黑河市，东部的佳木斯、鸡西、双鸭山，西部的齐齐哈尔、哈尔滨绥化，以及农垦北安、九三分局等地建设大豆良种繁育基地 15 个，重点繁殖早熟、中早熟、中熟、晚熟 4 个系列，以高脂肪、高蛋白及兼用型为主的大豆品种。

尽管黑龙江省大豆生产具有产量增加和品质改善的空间，但也面临成本加大、灾害影响、比较效益低的三大挑战①。首先，2008 年，在国际原油价格暴

---

① 资料来源：黑龙江省大豆协会。

涨背景下，黑龙江省大豆生产成本增加。黑龙江农户家庭人均生产投入1645.64元，同比增长34.2%，比上年多投入419.18元，其中因生资价格上涨导致的投入增加占到八成。前三季度，生资价格增长24.6%，其中影响较大的化肥价格每千克3.08元，涨幅达29.5%；燃料价格每千克5.34元，涨幅达33.6%；种子价格每千克6.84元，涨幅达9.3%。从长期来看，生产资料价格和劳动力成本上升是一个不可逆转的趋势，而上涨的成本将大大地降低黑龙江省大豆的价格竞争力。其次，黑龙江农业基础设施建设欠账较多，耕地排灌设施缺乏，仅有的农业水利设施也建成多年，缺少修缮维护，大豆生产基本靠天吃饭。受生产条件影响大，旱、涝、雨、雹都可能对大豆产量产生较大影响。再次，2009年4月调研显示，在国家六批收储政策影响下，水稻、玉米市场价格稳定，大豆受进口低价冲击，效益不明显。据统计，农户每公顷水稻种植效益6572.85元，玉米效益4561.65元，大豆效益2503.50元。大豆、玉米、水稻的种植效益比为1∶1.82∶2.63，农户增播大豆计划降低。如果大豆比较效益持续降低，农户种植积极性下降将严重影响省内大豆生产和供给，威胁民族大豆产业安全。

2. 黑龙江省大豆需求及其趋势

尽管供给面临诸多不确定因素，但黑龙江省大豆的市场需求具有广阔的前景。从全国市场来看，国内大豆需求增长迅猛，尤其是进入21世纪以后，大豆消费量由2000年的2711万t/a猛增到2008年的4907万t/a，增长了81%，年均增长7.69%。从发展趋势来看，根据国家食物与营养咨询委员会向国务院及有关部委提出的建议，从1995年开始，我国城市实施了“大豆行动计划”。2010年，我国人均大豆消费量约为16kg/a，根据第六次全国人口普查结果，2010年我国人口总数为13.40亿，大豆食用需求量达到2144万t，大豆总需求量4000万t；到2030年，预计人均消费大豆25kg，以15.19亿人口计算，大豆食用需求总量将达到3798万t，大豆需求总量可能达5500万t（周应恒和邹林刚，2005）。在食品工业“十一五”及中长期规划中，我国把大豆食品加工业作为食品工业的一个重点，在政策与资金投入上给予扶持，要求在“十一五”末，初步形成现代大豆食品工业的构架，实现工业化大豆食品占大豆食品总消费量的30%。这对黑龙江省大豆产业是难得的发展机遇，有着广阔的前景。

黑龙江省内需求潜力也较为可观。黑龙江省大豆需求主要分为种用、食用、工业消费、榨油消费和出口五个方面。

种用需求同种植面积密切相关，按照每公顷用种72.37kg，2015年将消耗大豆种子25.56万t。食用及工业消费、压榨消费都可以归结为加工需求，资料显示，黑龙江省年大豆加工能力650万t，实际加工量300多万吨（冯晓和江连州，2008）。

从发展角度看，我国每年用于食品加工的豆油为60万～80万t，占豆油消费的20%左右。随着食品工业的发展，豆油的使用量还将逐步增长。随着科学技术的发展，豆油经过深加工，还显现出很多的其他用途。例如，工业上可制甘油、油墨、合成树脂涂料，可加工成润滑油、绝缘制品和液体燃料；医药上有降低血液胆固醇、防治心血管疾病的功效，是制作亚油酸丸、益寿宁的原料，所含的维生素 E 对不孕症疗效好等。这部分产品消费约为 15 万 t，不足总消费量的 5%，但是由于豆油的用途越来越广泛，消费量继续增长成为必然趋势。

我国加工利用大豆的技术已有 2000 多年的历史，豆酱、豆腐等加工技术就是我国人民发明的。豆腐及豆制品系列产品有 800 多个品种，黑龙江省的传统豆制品历史悠久、品种繁多。同时，新型豆制品加工也方兴未艾。豆奶及其他豆制食品已成为国际消费潮流。大豆的蛋白质和油脂是非常优良的营养源，含有大量生理活性物质，包括低聚糖类、磷脂、维生素类、异黄酮、大豆皂苷等。例如，大豆异黄酮有预防骨质疏松症的作用，经常食用豆制品的日本人的骨质疏松症发病率比欧美人要低得多。大豆肽氨酸，则具有明显改善失忆症以及痴呆症等作用。1995 年在美国上市就形成了 1 亿美元的市场，目前市场容量也在不断扩大。

饲料市场的不断扩大以及重视食品安全，将使黑龙江省大豆为原料的非转基因豆粕及其制品在饲料中的比例不断上升。生活水平的提高和人口的增长都需要养殖业的发展，仅满足新增人口基本需求一项，养殖产品的产量就需要再提高 30%以上。饲料市场是畜牧养殖业的不断发展扩大的保证。豆粕是各种饲料的重要蛋白质来源，所以饲料产业的发展对大豆的需求也将仍然保持旺盛的势头。

黑龙江省大豆面临着广阔的国际市场前景。中国每年出口的 45 万 t 大豆主要来自黑龙江省。日本和韩国是黑龙江省大豆的传统出口市场，年进口中国大豆 20 万 t 以上。欧盟是世界第二大大豆进口区域，年进口大豆 1300 万 t 以上。受益于国内家禽业的发展和大豆加工产能扩张政策的支持，俄罗斯大豆进口量在过去五年也迅速增长（俄罗斯主要进口巴西的非转基因大豆）。上述区域主要以进口非转基因大豆为主，如果黑龙江省大豆能够继续稳固和扩大日韩市场，成功打开欧盟和俄罗斯的非转基因大豆市场，那么将会获得巨大的市场空间。

另外，近年来世界上出现一种提倡食用天然、健康食品的绿色消费文化，转基因食品消费在部分国家和区域遭遇抵制之风。欧盟民众一直对转基因产品持怀疑态度，他们购买转基因食品的积极性并不高。有调查显示（尚军，2007），虽然越来越多的欧洲民众能够接受生物制药和生物工业产品，但对使用生物技术生产的农产品仍然强烈抵制。大部分欧洲民众认为转基因食品“没有任何价值，在道德上是不可接受的，还将对社会构成威胁”。日本消费者对转基因作物持否定态度，不愿意食用转基因食品的消费者的比例为 90%左右，且呈明显上升态势。可见，如果黑龙江省大豆大打绿色牌，实施非转基因、高蛋白的差异化战略、品牌战略，将会迎来新的、更大的国际市场空间。

二　黑龙江省大豆市场结构分析

（一）大豆市场主体构成

黑龙江是大豆主产大省，也是流通和加工大省，各类市场主体在大豆市场上博弈，交易、实现资源合理配置和流动，维持市场均衡。黑龙江省大豆市场主体主要包括生产主体——农户、消费主体——加工企业和消费者、运销主体、管理主体——政府相关部门。

生产主体——农户是大豆市场最基本的生产经营单位。据统计，黑龙江省约有豆农近 1000 万[①]。他们按照利润最大化原则配置资源：承包耕地，利用劳动力、资金、技术和自然力等生产要素，完成大豆的生产，出售手中的剩余产品，为大豆市场提供最基本的交易对象——大豆。而他们则获得劳动的价值，根据效用最大化目标把换取的资金在生产和生活之间分配，扩大、缩小或维持生产。

消费主体主要是指直接食用大豆及其制成品的消费者和以大豆为原料的加工企业。前者在自己预算的约束下选择商品消费，实现消费效用的最大化。后者主要包括以大豆为原料的豆腐、酱油、豆油、饲料等传统大豆加工企业，也包括以大豆蛋白为主要产品的新兴加工企业。加工企业是大豆商品的消耗者，他们在利润最大化的指引下，采购加工大豆原料，销售大豆加工制品。因此，他们的行为既受原料成本的影响、也受产品价格的指引，其行为往往具有矛盾性，一方面希望原料价格越低越好，另一方面希望自己的产品价格越高越好。为了获得更高额利润，他们通常会采用各种营销手段提高其产品的知名度、影响力，培养特定客户群。通常条件下，由于规模和资金优势，加工者往往具有大豆市场控制力，其行为对大豆市场的平稳运行和健康发展具有重要影响。

运销主体由各类从事大豆运输、销售的经纪人、企业和农民合作经济组织组成。他们在市场上买进或卖出大豆，获得买卖差价或佣金作为自己的劳动报酬。正是运销主体的运输和储藏行为实现了大豆商品及其资源的空间价值和时间价值，为大豆资源的科学配置提供了必要的载体。当然运销主体这种市场行为的客观效果建立在自身的效用最大化决策基础之上。他们利用自己的信息和人脉优势，以及对未来的市场判断采取相应的买卖行为，获得相应的利润。当

---

① 资料来源：黑龙江省大豆协会。

然，也要承担市场不利变化带来的市场风险。运销主体的行为一方面为市场不可或缺，另一方面也可能带来市场的混乱和波动。这就需要市场管理主体来规范市场运行。

市场管理者——政府包括两个含义：一是工商、税务、质检等部门负责市场的公平交易、保护市场的持续、健康运行。二是政府部门为了防止市场大起大落，损害消费者或生产者利益而对大豆市场采取的宏观调控政策。在市场的信息不对称和利润最大化的驱使下，市场交易者之间可能会产生以次充好、缺斤短两、偷税漏税等欺诈违法行为，这些违法行为违背了市场公平交易的原则，不利于市场健康交易环境的建设，更可能导致资源的扭曲配置，政府的相关管理部门的存在为规范各方行为，维护市场健康、持续运行提供了制度和法律以及监督保障。

（二）大豆市场结构

大豆市场主体之间既共生共存，又相互竞争，交易也在其矛盾的博弈中完成。因此，市场博弈中各方力量的对比，对交易结果和资源配置结果都具有重要影响。

黑龙江省有近1000万的农户种植大豆，在家庭承包经营体制下，他们独立经营，独自核算。近1000万农户分散在黑龙江省的各个地区。由于数量众多而且分散，农户之间一致行动的成本高昂，导致黑龙江省豆农之间一盘散沙，无序竞争。比较而言，大豆加工能力比较集中。据黑龙江省大豆协会2010年6月的统计，黑龙江省现有规模以上大豆压榨企业67家，蛋白质加工企业10家，其中九三油脂集团日加工能力7100t，阳霖油脂集团日加工能力3700t，2家企业的日加工能力占规模企业全部日加工能力的20%以上。

全省形成了三个大豆加工中心，即以九三油脂集团为代表的中、北部油脂加工中心；以阳霖集团、金泉粮油为代表的油脂、豆粉、大豆深加工的东部加工中心；以哈尔滨高科大豆深加工为代表的南部加工中心。比较集中的加工能力和相对集中的加工区域降低了企业间集体行动的成本，增加了其市场垄断的能力，对黑龙江市场产生了一定的市场势力。在实际市场运行中，众多企业经常具有相同的市场行为：几乎同时开秤收购或拒收农户大豆。例如，在2008年末黑龙江省大豆价格高于进口大豆价格条件下，黑龙江省大豆加工企业不约而同地停产停收省内大豆，导致省内大豆价格在进口冲击和省内停收的双重压力下迅速下跌。

三 黑龙江省大豆市场组织建设

长期以来，黑龙江的大豆产业组织松散，各自为战，“农户一盘散沙，企业孤军奋战”是国产大豆竞争力弱的根源所在（盖钧镒和卢良恕，2010）。为了改变这种局面，迎接入世后的国际大豆的大举进入，由黑龙江省九三油脂有限公司、黑龙江省天琪期货经纪有限公司以及种植、加工、贸易、科研等领域的单位共同组织成立黑龙江省大豆协会（Heilongjiang Soybean Association，HSA）。2007 年 5 月 19 日 HSA 在哈尔滨市正式成立，成立时拥有 400 多单位和个人会员，覆盖了大豆产业的各个环节。HSA 以保护黑龙江非转基因大豆，推动大豆产业发展为宗旨，为国家和黑龙江省实施大豆产业政策服务、为企业和农户生产经营服务，协调利益关系，规范经营行为，维护大豆产业经济组织和个人的合法权益，根本目的在于推动黑龙江省大豆产业持续、健康发展。HSA 的成立标志着黑龙江省大豆产业从此有了自己全行业的组织。截至 2009 年 10 月末，HSA 个人会员总数已经达到 10 万多名、单位会员近 500 家。

（一）黑龙江省大豆协会

作为黑龙江省大豆产业自己的协会，根据协会章程，HSA 主要从事以下工作：①宣传贯彻国家和我省大豆产业发展政策；②分析大豆产业及相关行业动态和发展趋势，接受政府委托，对大豆生产、加工、流通、科研现状和大豆产业发展中存在的问题进行专项调研，提出意见建议，为政府制定大豆产业发展规划，出台政策措施，提供决策依据；③制定大豆产业行规行约，规范行业行为，加强行业自律，维护行业内公平竞争，推动大豆产业健康发展；④接受政府委托，参与制定、修订大豆行业标准，并组织实施；⑤建立产业信息平台，设立网站、创办刊物，向会员及时提供市场信息和咨询服务；⑥积极开展与国内外同行业组织的交流与合作，帮助会员开拓国内外市场；⑦积极推动现货与期货相结合的大豆定价机制的建立，引进开发先进的交易模式，降低交易成本，充分发挥期货市场价格发现、规避风险的功能，防范化解市场风险，稳定生产，促进流通；⑧宣传国产非转基因大豆的优势，倡议建立非转基因大豆保护区，实施标识认证制度，保护我省非转基因大豆资源，提升非转基因大豆品牌价值及其在国内外市场的竞争力；⑨组织业务培训、政策咨询、技术交流、会展招商、产品推介活动，参与组织科技成果推广应用，促进生产、加工、流通和科研之间的良性互动，积极发展与大豆产业相关的公益事业；⑩反映会员诉求，协调会员关系，维护会员合法权益；向政府有关部门提出反倾销、反补贴、反垄断的调查申请，代表会员进行反倾销、反补贴、反垄断的调查应诉工作；⑪接受会员单位或政府有关部门委托的其他事务。

自成立之日起，黑龙江省大豆协会积极为会员提供各种服务。①搭建了协会门户网站，并陆续在省内粮食主产区招募了 157 名信息员，设立了 20 多个信息采集网点，建立了短信息发送系统和热线咨询服务系统。协会还创办会刊，为会员提供科技培训。②维护行业利益，保护黑龙江非转基因大豆资源，施行黑龙江地产大豆原产地标识的认证工作。搭建产业平台，积极开展对外交流沟通，参与制定国际大豆行业标准。③积极反映行业诉求。2007 年，面对黑龙江省大豆种植面积逐年减少、豆农和加工企业面临生存危机的现状，HSA 不断向社会各界呼吁，积极向国家反映会员的意见、困难和要求，"两会"期间两位全国人大代表——协会的孙维本顾问和孙魁文会长，专门就黑龙江省大豆产业严峻形势提出提案。经过不断努力，黑龙江省大豆产业现状引起各方关注，中央电视台、黑龙江电视台、黑龙江日报、农垦电视台等新闻单位连续对黑龙江省大豆产业状况进行了深度报道。利用这些契机，协会将搜集整理的有关材料反馈到省及国家有关部门。上述努力促成国务院决定将大豆良种补贴规模由 1000 万亩扩大到 4000 万亩，也促使国家商务部将大豆、豆油、豆粕列入《大宗农产品进口报告和信息发布管理办法（试行）》报告品种范围。

上述成就表明，黑龙江省大豆协会正在遵循其"保护黑龙江非转基因大豆，推动大豆产业发展"的宗旨，履行其服务、协调、自律、维权的职责，为国家和黑龙江省实施大豆产业政策服务、为企业和农户生产经营服务，协调利益关系，规范经营行为，维护大豆产业经济组织和个人的合法权益，为推动黑龙江省大豆产业持续、健康发展作出贡献。

但 HSA 在前进的道路上业面临一些重要的问题：一是社会对协会的认可度较低，社会影响力不够，亟待加强宣传，提高行业影响力。二是协会的运行机制体制还有待健全完善。要成为非营利性的社会组织，HSA 的行政管理机制、资金投入机制，人员管理和激励机制等有待改进。三是比较美国大豆协会，HSA 的功能和服务尚需进一步完善。在美国，大豆协会能够游说政府，参与制定相关产业法案，为大豆产业发展谋求法律支持和保障。他们还利用大豆产业基金开发海外市场，资助科学家按照农户和企业的需求开展科学研究。美国大豆协会还建立了基于产业链的服务模式，为会员提供大豆产前、产中和产后的全方位服务。这些都是 HSA 需要学习和完善的地方。

（二）国家大豆产业技术创新战略联盟

黑龙江省大豆协会致力于解决黑龙江省大豆产业的市场和政策问题。但作为大豆产业发展的重要内在动力——技术层面存在的创新能力不强，产学研脱节等问题仍然没有得到很好的解决。为了整合我国大豆产业资源，建立长效合作机制和战略合作关系，构建我国大豆产业一个新的公共技术创新平台，有效解决我国大豆产业技术创新能力不强，产学研结合依托短期项目多、战略层面合作少、合作形式松散、缺乏稳定合作机制和持续有效的内在动力，从而制约我国大豆产业自主创新能力的提高，使国内大豆产业处于依靠资本扩张和资源过度消耗实现增长及在全球大豆产业中处于劣势地位等诸多问题，国家大豆工程技术研究中心、黑龙江省九三油脂（集团）有限责任公司、黑龙江省阳霖油脂集团、山东谷神生物科技集团有限公司、江南大学、中国农业大学等19家单位自愿组成国家大豆产业技术创新战略联盟。联盟于2009年7月在哈尔滨宣告成立。联盟设立秘书处，负责企业需求与科研单位的链接协调。产业技术创新联盟的成立，为我国大豆产业技术创新，产学研结合，为市场导向的大豆产业发展提供了重要的支撑和保障，也必将为黑龙江省，乃至全国大豆产业的发展发挥重要的引导和推动作用。

（三）农民专业合作社

为了改变家庭承包经营导致的农户经营规模小，抵抗风险能力弱的现状，提高农业生产组织化程度，我国在2007年7月起开始实施《农民专业合作社法》。农民专业合作社是在农村家庭承包经营基础上，同类农产品的生产经营者或者同类农业生产经营服务的提供者、利用者，自愿联合、民主管理的互助性经济组织。合作社法的颁布是我国农业合作史以至农业发展史的一件具有里程碑意义的大事。依法促进农民专业合作社的建设和发展，可以提高农民进入市场和农业的组织化程度，增强农产品市场竞争能力，增加农民收入。此后，黑龙江农民专业合作社组织蓬勃发展，截至2009年9月末，全省在工商部门注册登记的农民专业合作社已有7702个，其中大豆玉米等种植专业合作社占57%[①]。这些专业合作社的成立，扩大了豆农生产规模，降低了大豆生产成本；提高了农民进入市场的组织化程度，增强了豆农抗风险能力；改进了生产技术和标准，增强了大豆产品的市场竞争力，为推动黑龙江省大豆产业的持续、健康发展发挥了重要作用。

案例1：黑龙江省克东县宝泉镇德胜村大豆专业合作社，成立于2007年8月16日，现有入社农户532户，是全县第一个大豆种植专业合作社。三年来，德胜村大豆专业合作社实实在在为农民增产增收提供了保障。

在合作社成立之前，德胜村以一家一户为单位种植大豆。建立大豆专业合作社后，运用先进适用的农业机械，对土地实行统耕、统种、统收等机械化作业，2009年耕种全村1.3万多亩土地，种植优质高蛋白和高油大豆，统一购进大豆种子70t，购进泰达牌测土配方肥260t，在大灾之年，平均亩产156kg，亩产高出散户50kg。同时，争取到了大豆高产攻关示范项目落户德胜村，2009年示范田大豆比其他田每亩增收100多元。

---

① 资料来源：佚名．2009-12-23．黑龙江豆农卖点越来越看得准了．http：//www.agronet.com.cn/News/Detail _ 536166 _ 5.aspx。

从成本来看，合作社经营每亩大豆地，投入种子20元、化肥45元、农药10元、当年机耕费和上年秋整地28元、收割10元、人工费15元，每亩成本总计123元，而散户每亩成本大约165元，相比之下，入社社员每亩降低成本42元。

最重要的是，合作起来的农民与齐齐哈尔飞鹤大豆食品科技有限公司签订种植合同，建立合作社与企业利益共同体，使大豆产业实现了产加销一体化经营。由大豆专业合作社提供优质的高蛋白大豆原料，企业按蛋白含量收购，高于市场价0.18元/kg。企业加强管理，生产优质产品，打造自己品牌，使合作社和企业共赢。再由领导小组办公室组织引导、监督企业和农民专业合作社，本着互惠互利的原则签订订单。企业对大豆原料品质提出具体要求，并承诺相关服务条款；合作社组织社员依照合同生产原料，并负责收购社员生产的专用大豆，与加工企业兑现产品购销合同条款。根据加工企业的需要，合作社种植了哈北46-1、华疆3号、北豆5号等2个高蛋白品种和1个高油品种。县政府组织技术监督部门监督企业与大豆专业合作社履行产品收购合同，维护企业、合作社和农民三者的利益，达到三方满意①。

尽管近年来黑龙江省大豆市场的组织化程度有所提高，但尚未形成完整的大豆产业组织。首先，大豆产业链的整合机制尚未建立。豆农和企业之间还未建立起稳定的利益联结机制，市场运作缺乏风险管理和规避机制，面对市场风险，豆农和企业"大难临头各自飞"的现象屡有发生。其次，产业协会的运行和功能发挥存在障碍。大豆协会作为社会性团体，缺乏独立的法人，其运营经费、人员管理等存在较多困难。同时，大豆协会的功能不够完善。美国的大豆协会链接大豆产前生产资料供应和市场预测，产中的各种技术、劳动服务、产后的营销指导、商品统计等多方面的服务内容。而中国大豆产业协会和黑龙江省大豆产业协会由于成立时间短，尚处于建设发展时期，各项服务内容和功能尚待进一步发掘和完善。

四 黑龙江省大豆市场运行模式与效率

黑龙江省大豆市场运行采取市场调节为主，政府重点调控干预的市场运行模式。这种市场运行模式能够充分体现供求机制、竞争机制和价格机制在大豆生产、流通、加工和消费环节的资源配置中发挥基础性作用。另外，由于大豆商品的特殊重要性和黑龙江省在全国大豆产业中的重要地位，政府对黑龙江省大豆市场实行重点调控的宏观管理方式，无论是计划经济时期还是市场经济时

① 资料来源：计慧.2010-5-7.振兴大豆产业急需发展专业合作社.中华合作时报，1。

期，黑龙江省大豆市场一直是政府关注和调控的重点。在价格政策上，中央政府在1979年、1981年、1986年、1990年、1994年、1996年多次提高大豆收购价格①。2008年和2009年，国务院启动大豆临时收储计划，在黑龙江等地以最低收购价收购豆农手中的大豆，以保护豆农利益。在产业政策上，政府在入世后密集出台多项政策扶持大豆产业发展。“大豆振兴计划”为黑龙江等大豆主产省区首开大豆专项良种推广补贴先河。《粮食流通管理条例》（2004）和《国务院关于完善粮食流通体制改革政策措施的意见》（国发〔2006〕16号）为大豆临时储备和最低收购价政策奠定制度基础；《国务院办公厅关于促进油料生产发展的意见》和《促进大豆加工业健康发展的指导意见》为引导大豆生产和加工业科学发展建立政策框架。可以说，每一项政策的出台，黑龙江省大豆产业都首当其冲，是政策调控的重点区域。

在市场的机制和政府宏观调控下，黑龙江省大豆市场运行绩效明显提高，国内外市场之间和国内区域市场之间的价格整合关系更加紧密，资源配置更加灵活科学，农户利益得到保护。但是当前的市场运行也存在若干问题。

首先，大豆最低收购价是一把双刃剑。在豆农和加工企业之间存在利益博弈和权衡。2008年末以来实行的临时收储政策保护了豆农利益，但造就了国内大豆价格高地，使黑龙江产大豆价格远高于进口大豆价格，使得以黑龙江省大豆为原料的加工企业不堪重负，举步维艰。

其次，政府调控管理多，市场服务不到位。政府非常重视对黑龙江省大豆市场调控，出台各种政策措施调控市场运行。但是，在管理的同时，政府对其应该承担的服务职能重视和履行不够，尤其是信息服务严重缺失。目前，国内已经建立起以政府为主导，以企业为补充的农产品信息服务整体框架。但由于信息具有公共产品特性，且搜集和发布成本高，企业的作用有限，政府应在农产品市场信息服务中发挥更大的作用。但现有信息服务的时效性差，前瞻性信息少，信息使用成本高，权威性信息少；信息内容不完善，外部依赖严重。

信息服务缺失的直接后果就是市场决策失误导致产业无法弥补的损失。例如，2003年9月到2004年3月，国内大豆收购价格由2360元/t上涨到接近3000元/t，先期出售的豆农损失较大，后悔不迭。2004年9月初，黑龙江省大豆收购价格达到3200元/t的历史高位。受上年经验的影响，豆农惜售心理严重，市场交易冷淡。此后，大豆价格一路下跌至2005年3月初的2380元/t。实际上2004年是美国有史以来的最高产量，大豆平均单产为创纪录的2866kg/ hm^2，全球大豆总产量达2.3亿t，远高于上年度的1.9亿t，价格下跌

---

① 由于1984年大豆退出统购范围，1984年和1985年两年大豆价格下降。但1985年国务院明确主产区（黑龙江、辽宁、吉林、内蒙古、安徽、河南）大豆实行“倒三七”的合同订购价后，1986年大豆价格再次上涨。

大势所趋，但由于缺乏准确信息和权威的预测，豆农再次痛失良机。

第二节　黑龙江省大豆市场价格变化

计划经济时期，在粮食统购统销制度下，政府完全控制粮食市场购销，价格由政府按照国民经济计划决定，全国的大豆商品执行统一价格，地区差异和季节差异较小。伴随国内粮食流通体制改革，大豆购销已经市场化，供求对其价格发挥决定性作用。

一 黑龙江省大豆价格形成

2004年国家全面放开粮食收购和销售市场，实行多渠道经营。2006年发布的《国务院关于完善粮食流通体制改革政策措施的意见》要求“鼓励各类具有资质的市场主体从事粮食收购和经营活动，培育农村粮食经纪人，开展公平竞争，活跃粮食流通”。这样，多种市场主体的同台竞争打破了国有企业的垄断格局，市场更加开放和竞争。黑龙江省大豆购销完全放开，大豆价格更充分地体现了供求双方力量的博弈，市场波动也越来越大（图8-1）。但由于黑龙江在全国大豆产业中的重要地位，黑龙江市场一直受到政府的调控。

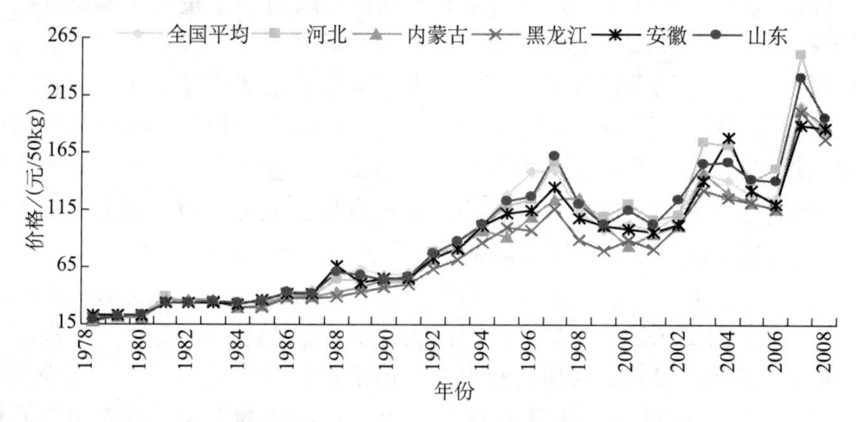

图8-1　1978～2008年黑龙江等省区大豆价格变化比较

（一）最低收购价制度

2004年我国全面放开粮食购销市场的同时还建立了最低收购价制度。国务院在同年5月颁布的《粮食流通管理条例》规定“当粮食市场供求关系发生重大变化时，为保障市场供应，保护种粮农民的利益，必要时可以由国务院决定对短缺的重点粮食品种在粮食主产区实行最低收购价格”。这个规定以法规的形式确定粮食最低收购价格政策。尽管当时大豆未包含在最低收购价格保护品种范围内，但 2006 年的《国务院关于完善粮食流通体制改革政策措施的意见》中又提出“对不实行最低收购价的主要粮食品种，在出现供过于求、价格下跌较多时，政府要及时采取有效措施调节供求，防止出现农民‘卖粮难’和‘谷贱伤农’”。这为政府干预大豆市场留下了政策空间。在 2008 年末，针对大豆价格下跌较大、较快的实际情况，国家启动临时收储计划，以 3700 元/t 的最低收购价格分三批收储大豆 600 万 t。

（二）临时收储制度

2009 年 12 月 1 日至 2010 年 4 月 30 日政府继续执行大豆临时收储政策，以 3740 元/t 的最低收购价在内蒙古自治区、辽宁省、吉林省、黑龙江省“三省一区”收购（国标三等）大豆。在此期间，政府引导东北大豆压榨企业入市收购，对指定的大豆压榨企业和中储粮总公司一次性费用补贴 0.16 元/kg。临时收储政策的实施有力地稳定了黑龙江省大豆价格，保护了农民利益。可见，黑龙江省大豆价格是以市场为基础，政府参与调控的形成机制。

尽管黑龙江省大豆价格以市场为基础，但在全国大豆市场开放的条件下，黑龙江省大豆生产供求处于进口冲击的大背景之下，大豆定价基础已经转变为全球供求，而不仅仅是黑龙江或国内市场的供求运动的结果。自从 1996 年转变为大豆净进口国以来，我国对世界大豆进口依赖程度迅猛提高。至 2008 年，进口大豆占国内大豆供给的 69.72%，黑龙江的份额只有 12%左右，对国内市场的供给已经不能具有太大影响。另外，国内大豆加工主要以油用为主，在 2004 年大豆风波之后，国际资本迅速进入中国大豆加工市场，垄断国内压榨市场和原料采购。在这种背景下，国际市场的供求和价格成为国内大豆价格的决定力量。也就是国际市场的大豆价格引领国内大豆价格。

按照一般的经济常识，黑龙江省大豆具有非转基因和高蛋白的优势，在商品品质上存在差异性，可以根据一定的差异性定价。但是由于黑龙江省大豆并未形成固定的消费人群，缺乏市场偏好条件下无法形成自己的定价体系。

二 黑龙江省大豆价格水平

同全国大豆市场一样，黑龙江省大豆价格也呈现波动上涨的走势（图 8-1）。2008 年，黑龙江省大豆名义收购价格为 177.81 元/50kg，比 1978 年上涨 786.25%，年均上涨 8%，但比较其他产区（内蒙古、安徽、河北、山东）和全国平均水平，黑龙江省大豆价格相对较低。

首先，从横向比较来看，黑龙江省大豆收购价格长期低于其他产区，每

50kg 大豆各年平均比内蒙古低 5.34 元，比山东低 15.65 元。其次，从纵向波动特征来看，黑龙江价差较小，仅略高于安徽，小于河北、山东两省，居倒数第二。黑龙江省大豆价格变异系数居于中等水平（表 8-2）。

表 8-2　黑龙江等省区大豆价格及其波动特征

省　份	平均值/（元/50kg）	最大值/（元/50kg）	最小值/（元/50kg）	标准差	变异系数
黑龙江	75.41	201.53	20.06	46.35	0.61
河　北	91.39	251.96	18.50	59.05	0.65
内蒙古	80.75	204.84	18.06	49.14	0.61
安　徽	84.69	189.57	22.96	49.58	0.59
山　东	91.06	231.81	19.05	56.24	0.62
全国平均	87.59	207.05	19.80	51.02	0.58

资料来源：《全国农产品成本收益资料汇编 2009》。

面对来势汹汹的进口大豆的冲击，低廉的价格成为黑龙江省大豆的重要竞争优势，但近年来，这种价格优势已经难以保持（图 8-2）。

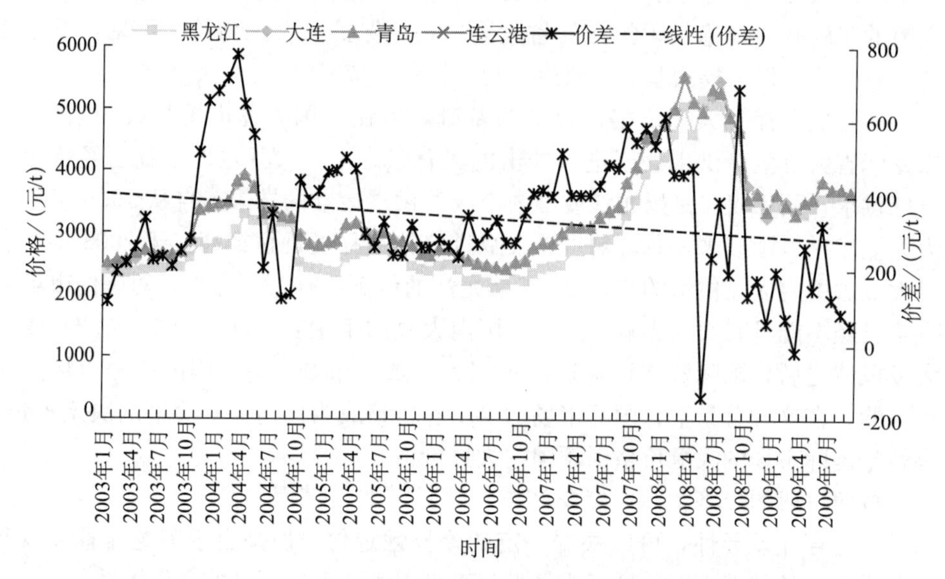

图 8-2　黑龙江省大豆收购价格与进口大豆港口价格比较

资料来源：南华期货

黑龙江省大豆价格为本地观察点收购价格；大连、青岛和连云港价格为大豆进口完税价格；价差为“连云港完税价格－黑龙江收购价格”；线性（价差）为价格差的线性回归拟合结果。

2008 年 5 月以前，每吨黑龙江省大豆基本比进口大豆低 300 元以上，2004 年 3 月，黑龙江省大豆收购价格一度低于连云港进口完税价格 779.70 元/t，黑龙江省大豆获得较强的价格优势。但在国内强劲需求拉动和生产成本推动，以及国外高额补贴的多重作用下，黑龙江省大豆的价格优势正在消失。

首先，近年国内大豆生产成本增长较快，2008 年黑龙江省大豆单位面积成本比2004年上涨42.88%，而单位面积产量仅增长7.78%，所以单位产量成本增长了33.80%（表8-3）。快速增长的生产成本必将支持黑龙江省大豆价格处于高位。

表8-3　2004～2008年黑龙江省与美国大豆生产成本比较

年份	单位面积成本/（元/hm²）		单位面积产量/（kg/hm²）		单位产量成本/（元/50kg）	
	美国	黑龙江	美国	黑龙江	美国	黑龙江
2004	5095.05	3719.85	3031.05	1947.00	84.05	92.70
2005	5350.95	4061.85	3119.40	2064.00	85.77	95.51
2006	5408.70	3970.20	3071.85	1942.50	88.04	98.99
2007	6288.37	4295.85	3023.26	1488.00	104.00	141.01
2008	6613.42	5315.10	2851.87	2098.50	115.95	124.03
2008年比2004年增长	29.80%	42.88%	−5.91%	7.78%	37.95%	33.80%

资料来源：《2004～2008年全国农产品成本收益资料汇编》。

其次，以美国为代表的主产国的补贴政策支持压低了国际大豆市场价格，对我国大豆市场造成较大冲击。长期以来，美国为扶持国内大豆生产，保护豆农利益，对大豆生产给予贷款差价补贴、反周期支付等名目繁多的补贴。按照OECD的统计标准，美国对大豆单一商品的生产者支持①的规模世界最高。2000～2008年累计提供了88.20亿美元的国内支持，年均11.02亿美元，年均单一商品支持率为6.63%。而根据美国农业部公布的统计数据，2002～2008年美国政府各种补贴就为豆农提供了84.63亿美元的支付（表8-4），占同期农民售豆收入的5.13%（刘家富，2010）。

表8-4　美国对农产品项目的净支出　　（单位：百万美元）

支出项目	2002年	2003年	2004年	2005年	2006年	2007年	2008年	2009年	2010年	2011年
总支出	15 680	17 425	10 575	20 187	20 211	11 040	9 076	11 443	11 972	11 466
玉　米	2 959	1 415	2 504	6 243	8 804	3 195	1 856	2 175	2 157	2 350
大　豆	3 447	907	595	1 140	591	337	446	596	585	613

资料来源：USDA-ERS网站www.usda.gov/。
注：财政年度，2010年和2011年为预计值。

巨额的补贴提高了美国大豆的价格竞争力，形成了对世界市场的倾销，有研究表明美国在1999年和2001年的倾销程度达27%，1999～2001年，平均倾销程度达24%（苗水清和刘英杰，2005）。倾销的结果是：把世界大豆市场价格压低17%（程杰和武拉平，2008）。最后，国内政府调控政策必将保持黑龙江省大豆价格的较高价位。

---

① 为衡量和比较各国对农业生产者支持水平，经济合作与发展组织设计和建立了生产者支持（PSE）等指标体系，Producer SCT是其中之一。该指标用于衡量和比较从消费者和纳税人转移给单一农产品生产者的货币额度。详见OECD网站。

2004 年以来，我国进入工业反哺农业，城市支持农村的发展新阶段，政府日益重视“三农”工作，逐年加大农业投入，出于保护国内大豆产业、促进豆农增加收入的目的，政府也会将黑龙江省大豆价格调控于较高价位。2008 年的世界金融危机使世界大豆市场遭受重创，大豆价格在 2008 年 9 月至 2009 年 3 月的 7 个月时间里陡降 30%。

而同期中国市场由于及时出台临时收储政策，稳定了黑龙江省大豆市场。这样，黑龙江省大豆收购价格同期内仅下降 16.90%。所以，黑龙江省大豆价格与进口大豆价格的差距缩小至 2009 年 9 月的 53 元/t①，价格优势不再明显。

三 黑龙江省大豆价格的政府调控及其效果

入世以后，中国政府承诺取消大豆进口配额，削减大豆进口关税至 3%，采用单一关税措施，贸易政策对国内大豆市场的保护功能弱化。但我国政府在“工业反哺农业，城市支持农村”的农业发展新阶段充分利用世贸组织 AMS 微量许可协定加大对国内大豆产业和市场的扶持。2002 年，中央政府在东北三省和内蒙古自治区对 60 多万 hm^2（1000 万亩）大豆实施良种推广补贴，2007 年补贴面积扩大到 260 多万 hm^2（4000 万亩）。大豆良种补贴的实施既改善了主产区大豆品质，也降低了大豆生产成本，提高农户的种植积极性。除生产支持外，中央政府还充分利用粮食储备政策干预大豆收购市场。

2008 年 7 月至 2008 年 10 月，国内大豆收购价格、美国农户收购价格和世界现货价格分别下跌 32.15%、25.18%和 38.86%。针对大豆价格急剧下降，豆农利益受损的情况，2008 年 10 月中央政府启动大豆临时收储计划，分四批以 3.70 元/kg 的价格收储主产区大豆 600 万 t。收储计划起到立竿见影的效果：2008 年 7 月至 2009 年 12 月，国内产区大豆收购价格最大跌幅 34.05%，尽管高于同期美国的最大跌幅（31.43%），但小于世界现货市场大豆最大跌幅（42.47%），政策效果明显。2009 年末，我国政府将大豆最低收购价格提高至 3.74 元/kg。同时，为了引导东北大豆压榨企业入市收购，对指定的压榨企业和中储粮总公司每收购 1kg 大豆给予一次性费用补贴 0.16 元。这样的政策不仅保护了农民的利益，也减轻了主产区压榨企业收购大豆时面临的价格压力。

今后，为了满足农民增收，保障国内食物安全目标的需要，我国政府必将继续完善和实施大豆产业扶持和市场干预政策，将黑龙江省大豆价格维持在一个较高的水平。

上述研究表明：黑龙江省大豆供给和需求在未来都会呈现增长的态势。尽

---

① 有文章或评论讲黑龙江省大豆收购价格比进口大豆价格高 200～300 元/t。

管当前黑龙江省大豆呈现销售困难、价格趋降的态势，但是随着国内需求的增加和消费者绿色、健康消费理念的增强，黑龙江省大豆仍然具有广阔的市场潜力。问题在于如何充分发挥黑龙江省大豆非转基因和高蛋白优势。黑龙江省大豆生产者数量大、单位规模小、缺乏市场控制力。

相比之下，大豆加工企业凭借其资本和规模优势对黑龙江省大豆市场的影响能力越来越强。面对“农户一盘散沙，企业孤军奋战”的产业组织模式，黑龙江省近年积极培育新兴市场组织，先后成立了黑龙江省大豆产业协会和国家大豆产业技术创新战略联盟，农民专业合作社也发展到7000多个。新型产业组织的建立和发展为提高黑龙江省大豆产业组织化程度、增强黑龙江省大豆市场竞争力、维护黑龙江省大豆产业利益发挥更重要的作用。

2004年国家放开粮食购销市场以来，黑龙江省大豆市场多种主体并存，供求成为黑龙江省大豆价格形成的基本力量。但是鉴于黑龙江省大豆的重要地位，政府从未放弃对其调控和管理。在入世承诺的范围内，生产补贴和价格支持是近年政府调控黑龙江省大豆市场的有效措施，但这些措施的“双刃性”也将促进政府调控手段和方式的多样化、动态化和科学化。

第九章 黑龙江省大豆流通分析

流通是市场的基础，大豆流通包括从生产领域向消费领域转移的购、储、运、加、销的全过程，居于引导生产、衔接产销、保障消费、资源利用等中枢地位。因而，流通成本和效率的高低是影响大豆产业发展的重要因素。本章主要从制度、格局、物流的角度分析黑龙江省大豆流通存在的问题和发展趋势，研究大豆产业发展的市场流通环境。

第一节 黑龙江省大豆流通制度与渠道

从2004年放开粮食购销市场以来，黑龙江省根据国务院出台《粮食流通管理条例》和《国务院关于完善粮食流通体制改革政策措施的意见》（国发〔2006〕16号），放开大豆购销市场，培育多种购销主体，发挥国有粮食购销企业的主渠道作用，建立健全黑龙江省大豆市场体系，完善大豆市场管理制度。

一 黑龙江省大豆流通制度

黑龙江省在遵守国家各项相关的法律、法规和政策的前提下，于2007年颁布了《黑龙江省人民政府关于完善粮食流通体制改革政策措施的意见》（黑政发[2007] 25号）规范黑龙江省的粮食流通。以这个“意见”为核心，黑龙江省制定和完善了《黑龙江省粮食市场体系建设实施方案》、《黑龙江省粮食物流节点建设方案》、《黑龙江省粮食质量检验监测体系建设实施方案》（黑粮计字[2007] 100号）、《黑龙江省国有粮食购销企业安全管理指导意见》（黑粮储字[2008] 121号）、《黑龙江省粮食局关于做好区域性粮食企业集团组建工作的通知》（黑粮行字[2009] 43号）、《黑龙江省粮食局关于进一步深化国有粮食购销企业改革有关问题的通知》（黑粮行字[2008] 70号）、《黑龙江省现代粮食流通发展战略工程规划》（2008—2012）等一系列粮食流通政策和规划。

一系列政策、规划的制定和实施，为规范黑龙江省大豆流通、培育市场主体、深化国有粮食企业改革、规划粮食市场格局、健全粮食质量检测体系奠定了制度基础，也将推动促进黑龙江省大豆流通的科学化、规范化和市场化。

二 黑龙江省大豆流通渠道

黑龙江省大豆流通渠道主要经历了两个阶段的变化。20 世纪 90 年代以前为第一阶段，那时国家对大豆的订购数量较大，国有粮食购销部门作为主要的流通主体承担了大部分的大豆购销工作。他们收购农户的大豆并销售给其下属的油脂加工企业。个体的大豆购销商和集贸市场则承担部分大豆的购销，成为国有粮食购销主渠道的补充。

20 世纪 90 年代中期以后，受到国有粮食购销企业逐步退出大豆流通领域和压榨企业快速发展的影响，流通加工企业收购成为黑龙江省大豆流通的主要渠道。首先，随着国内粮食流通体制改革，政府对大豆的合同订购数量逐年减少，国有粮食购销企业逐步退出大豆购销市场。同时，民营压榨企业迅速发展带动大豆需求快速增加，运销企业和个人等多种流通主体迅速发展，压榨企业开始委托运销企业或个人直接收购农户大豆，逐渐成为黑龙江省大豆流通的主要渠道。其次，食用大豆和有用大豆的流通渠道出现分化。油用大豆主要通过压榨企业直接收购或委托收购，而食用大豆流通除加工企业直接收购以外，大部分通过批发市场和集贸市场完成交易。

当前，黑龙江省大豆市场主体主要包括生产主体——农户；流通主体——基层运销商、各类粮食购销企业；消费主体——各类加工企业和个体消费者等；管理和服务主体——各级市场管理和服务部门。众多的主体之间的交易关系错综复杂，业务往来也相互交叉，构成了多样化的大豆流通渠道。同时，伴随商品流通，关于市场交易的各种信息也在各主体之间多向流动（图 9-1），图中虚框表示黑龙江省大豆流通渠道，主要有以下几条。

（一）豆农—火车站广场大经销商—压榨加工企业

一些贸易公司长期驻扎大豆集散地的火车站广场，在产地组织货源，从事大豆运销活动。他们长期同铁路部门打交道，熟悉大豆市场运作规律，雄厚的资金支持和技术管理优势。少数大规模的豆农或农场将生产出来的大豆直接运往火车站广场的大经销商，再由经销商运往压榨加工企业。

（二）豆农—基层运销商—大经销商（或国有粮食购销企业）—压榨加工企业

这是目前大豆流通的主体渠道。基层运销商主要指活跃在农村市场的分散的小规模从事粮食运销的个人和组织。他们将分散于千家万户的零散大豆收购起来直接送往本地的加工企业，或者以批量交易的方式出售给大经销商或国有

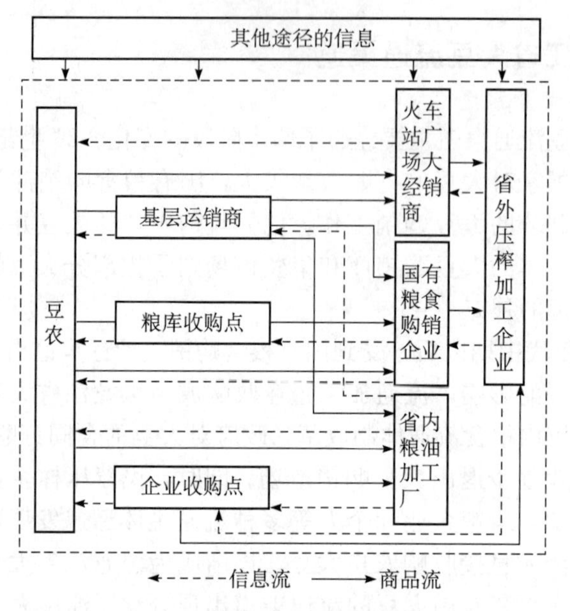

图 9-1 黑龙江省大豆流通渠道

粮食购销企业，再由他们把大豆销往外地市场或加工企业。这条渠道的特点是由基层运销商充当农户与市场联系的“二传手”。他们的参与在一定程度上规避了小规模农户直接入市面临的信息和规模劣势，减少了农户的入市风险。

（三）农户—加工企业

为了保障原料供应，一些实力雄厚的加工企业在主产区设立网点收购农户手中的大豆，搭建了一条农户与企业直接交易的大豆流通渠道。这条渠道的最大特点是农户与企业直接交易，省去全部的中间环节。在市场上，企业可以按照自己的加工进度和质量要求确定收购量、进度和质量要求，农户也可以直接将自己的大豆卖给加工企业，将流通领域的利润收入囊中。但是，与经销商网络比较，企业建立数量庞大的、分散的收购网点将极大地增加其采购成本，给企业运营带来较大的财务压力。

值得注意的是，尽管购销市场已经完全放开，大豆压榨企业和运销企业和个人成为大豆流通主要渠道，但鉴于黑龙江省的商品粮基地和大豆主产地的地位，黑龙江省大豆市场上国有粮食购销企业的主渠道作用还将长期保持，在个别时期的特定条件下，国有粮食购销渠道仍然会对大豆购销发挥重要的作用，形成国有粮食企业、加工企业和运销企业三足鼎立的大豆购销局面。例如，截至 2010 年 5 月，黑龙江豆农已经销售的上年产的 71 亿 kg 大豆中，有 22 亿 kg 进入国家临时储备，近 26 亿 kg 进入省政府指定的 81 户享受收购加工补贴的压榨企业，其余的进入其他流通渠道[①]。

总之，无论粮食流通体制如何改革，国有粮食购销企业的主渠道地位不会改变，国有粮食企业对黑龙江省大豆流通市场的干预和调节必将持续，从而为保障和扶持黑龙江省大豆产业发展发挥重要作用。

三　黑龙江省国有粮食企业改革

国有粮食企业改革历来是我国粮食流通体制改革的核心内容。黑龙江省作为农业大省，其国有粮食企业改革也直接影响到粮食流通改革的成败。《国务院关于完善粮食流通体制改革政策措施的意见》（国发［2006］16号）提出："加快推进国有粮食购销企业改革，切实转换企业经营机制"，要使国有粮食购销企业真正成为市场主体，创新国有粮食购销企业组织结构，规范国有粮食购销企业产权制度改革，培育若干个大型粮食企业集团，发展粮食产业化经营。为贯彻落实国发［2006］16号文件精神，黑龙江省政府在2007年4月颁布《黑龙江省人民政府关于完善粮食流通体制改革政策措施的意见》（黑政发［2007］25号）。该意见明确要求加快推进国有粮食购销企业改革，加快骨干企业的公司化改革、非骨干企业的投资主体多元化改革，提高粮食产业化、规模化经营水平。

围绕上述目标，黑龙江近年来加快国有粮食企业改革，至2008年6月，全省骨干国有粮食购销企业完成公司制改造161户，占应改造企业的67%。七台河、齐齐哈尔、大兴安岭和省农垦总局率先全面完成了骨干国有粮食购销企业的公司制改造。非骨干国有粮食购销企业完成投资主体多元化改革337户，占应改造企业的93.5%。按照产业化、规模化的要求，黑龙江省大力推进国有粮食企业资源整合和资产战略重组，努力培育壮大粮食产业化龙头企业和企业集团。截至2010年7月，全省已经组建多家粮油集团，如伊春地区的伊春兴安粮油集团、绥化地区的隆绥粮食集团有限公司、齐齐哈尔地区的齐齐哈尔粮食集团、牡丹江地区的金良投资公司、甘南县的甘南县国联粮食购销有限公司、大庆的庆粮集团公司。这些集团公司要么以规模较大、实力较强的粮库为核心，要么整合市、区两级企业，要么整合所属企业资源，要么以产业一体化为纽带组建大型粮食集团公司。这些规模化的粮食集团公司适应世界粮食市场集团化、产业化的趋势，优化资源组合，提升企业经营管理水平，大幅度提高经济效益，进一步发挥了国有粮食企业的主渠道作用。

改革的不断深入使国有粮食购销企业焕发了新的生机，加快了粮食流通产业发展的步伐。一是改革和发展促进了粮食顺畅销售。2007年在全国粮食市场

---

① 资料来源：黑龙江省粮食局。

严重波动，国家宏观政策发生重大变化的条件下，黑龙江省国有粮食购销企业发挥了主渠道作用，国有粮食购销企业全年粮食收购量占全社会的44%，占国有粮食经营企业收购总量的79%；销售量占全社会的38%，占国有粮食经营企业的69%；为农民增加收入56.33亿元。二是改革和发展促进了企业经济效益的提高。实现亏损额18 811万元，比2006年减亏31 608万元。截至2008年6月末，黑龙江省国有粮食购销企业累计亏损6157万元，比2007年同期减亏20 962万元，减亏幅度为77.3%。全省有230户国有粮食购销企业实现了盈利，占总户数的38.2%[①]。

虽然黑龙江国有粮食流通企业改革已经初见成效，但国有粮食企业改革仍然面临诸多挑战：一是国内外市场紧密接轨，世界经济全球化、一体化深入发展，多元主体竞争日益激烈，粮食流通集团化、规模化、产业化已成为当代世界发展之潮流，在世界500强中粮食流通领域的ADM、邦吉、嘉吉和路易达孚四大巨头，已实际控制着全球的粮食资源和市场，而我国仅有中粮集团列入其中，黑龙江省还没有一个国有粮食集团能够与之相提并论。二是黑龙江省国有粮食购销企业规模小、实力弱、区位分散、单打独斗的现实情况、改革尚未完全到位、体制不顺、机制不活的弊端导致了企业竞争力弱、影响力小、控制力差、抗御市场风险能力不强。面对日益国际化、产业化、规模化的大豆流通趋势，黑龙江国有粮食企业的改革任重道远。

第二节 黑龙江省大豆流通格局

黑龙江省大豆种植遍布全省各地，但受资源差异和农户种植习惯的影响，大豆生产呈现一定的区域性布局，形成了北部北安和五大连池地区、东部三江平原地区和西部松嫩平原地区三大大豆种植优势区域。

一 黑龙江省大豆流通格局与趋势

在2002～2006年全省大豆总产排序前20名中，7个县（市）位于三江平原，10个县（市）位于松嫩平原，3个县（市）位于北部地区（刘家富，2009）。与此对应，黑龙江67家规模以上大豆加工企业形成三个主要的大豆加工区，即以九三油脂集团为代表的中、北部油脂加工区；以阳霖集团、金泉粮油为代表的油脂、豆粉、大豆深加工的东部加工区；以哈尔滨高科技园区大豆深加工为代表的南部加工区。这些加工企业分布在全省主要产区，加工能力基本覆盖本省产量。省内

---

① 资料来源：黑龙江省粮食局。

大豆流通主要发上在产业带和加工区之间，流通半径在200km左右。

省外大豆流通主要发生在黑龙江与加工区之间。黑龙江省大豆可以运往吉林和辽宁压榨圈以及环渤海压榨圈（河北省、山东省），也有一些流向京津和江浙沪地区，不过数量不大且主要是食用豆，江苏省是东北油用大豆可运达的最远省区（苏惠，2005）。但近几年由于进口大豆的冲击，环渤海压榨圈及江浙压榨圈对黑龙江省大豆的需求下降较快。

从长期来看，受采购成本和商品性状的影响，黑龙江省大豆很难和进口大豆竞争沿海压榨圈市场，并且传统的黑龙江省大豆市场也将受到进口大豆的挤占。尤其是受2008年末以来的最低收购价政策的影响，黑龙江省大豆已经形成自己的价格高地，市场价格高企导致竞争力缺乏，东北压榨圈也受到进口大豆的冲击，黑龙江省大豆加工企业采购进口大豆的动机增强，进一步挤占黑龙江省大豆市场空间，如果不立刻采取措施，黑龙江省大豆的流通半径将进一步缩小。

二 黑龙江省大豆运输方式

1996年大豆退出保护价范围之前，黑龙江省大豆购销活动比较简单。农民将自己生产的大豆要么送交国有粮库，要么送往油坊榨油，运输距离较短，运输方式也以畜力车或汽车的短途公路运输为主。但1996年以后，国内大豆压榨企业兴起，压榨能力和原料需求迅速扩大，作为主产区的黑龙江省大豆的流通范围逐渐扩大，运输方式也发生了相应的改变。2000年以前，由于公路运输方便快捷，公路长途运输成为大豆的主要运输方式。但在2000年以后，全国公路超载现象严重，汽车装得比火车多，引起政府相关部门的重视，开展系列的治理超限超载的工作。尤其是2004年全国治理车辆超限超载工作电视电话会议以后，各地加大了治理超限超载工作力度，公路运输成本增加，公路不再承担长途运输的主要任务转而用于省内范围的大豆运输，包括由产地—中心集散地，产地—加工地，产地—集散地—加工地的运输。

在公路运输受限的条件下，黑龙江省大豆长途运输转而走向铁路，特别是2002年免征大豆铁路建设基金的政策更加推动了大豆铁路运输的发展。当前，铁路运输主要承担进关大豆运输，一般运至黄三角压榨圈。由于近年政府大力整治公路超载、超速，大豆公路运输的经济性下降，铁路运输受到山海关瓶颈制约、运力紧张、运费高涨的影响，更多的经销商或企业选择铁海联运的方式。铁海联运方式指大豆在集散地装上火车，经铁路运至大连港，再由大连港经海运运抵目的地。尽管铁海联运的费用稍高，但铁海联运能够保障及时运抵目的地，所以经销商们仍然愿意采用这种运输方式。有统计表明：外销的东北大豆约60%经由大连港销往江苏、浙江、福建、广东、山东等地（刘志雄，2008）。

三 黑龙江省大豆流通成本及其影响因素

大豆流通成本主要是指大豆离开生产者到加工者或食用消费者之前的各个周转环节发生的费用支出，包括物化损耗和劳务，包括运输、装卸、存储、管理等费用。其中，运输费用占整个流通成本的比重较大，是影响黑龙江省大豆流通成本的关键问题之一。研究表明（苏惠，2005；刘志雄，2008），流通环节多，铁路运费高是黑龙江省大豆的价格竞争力低的重要原因。

表 9-1 列出 2007 年 1～9 月黑龙江省大豆到各主要地区的价格。收购价格是收购商在收购大豆时直接支付给农户的价格。

表 9-1　2007 年前三季度中国东北大豆到各主要地区的价格

（单位：元/t）

地　区	收购价格	收购环节费用	铁路运费	铁路基金	总计
辽宁大连	2900	75	70	11.6	3056.6
山东青岛	2900	75	87	19.2	3081.2
广东广州	2900	75	239	27.7	3241.7

资料来源：刘志雄，2008。

收购环节费用，主要包含大豆收购过中所涉及的装卸、验收、收购人员的成本和场地租金等费用；铁路运费则指黑龙江省大豆运往各地的铁路运输费用。三者之和显示了黑龙江省大豆到达目的地的全部成本构成；而后两者涵盖了黑龙江省大豆铁路运输的主要流通成本。其中，大豆收购环节平均费用约为 75 元/t（丁亚君，2006）。铁路运费主要取决于运输距离的远近。例如，到大连为 70 元/t，到广东则达到 239 元/t。根据国家发展改革委员会下发的《关于对经山海关入关铁路运输粮食收取铁路建设基金的通知》，铁道部从 2007 年 4 月 1 日起对东北地区经山海关站入关的稻谷、大米、小麦、小麦粉、玉米和大豆收取每吨每千米 0.012 元的铁路建设基金。

从表 9-1 可以看出，黑龙江省大豆到大连的价格约 3056.6 元/t；到山东的价格约 3081.2 元/t；到广东的价格则高达 3241.7 元/t。该表大致反映了大豆的各项成本。然而，这只是名义上的，实际上如下两项成本也是影响东北大豆竞争的因素：一是水分成本。大豆业界普遍认为，黑龙江省大豆水分比进口大豆要高 2 个百分点，如果按 2900 元/t 计算，则价格要相差 58 元/t，在比较时就应扣除。二是资金成本。大豆压榨企业收购黑龙江省大豆的资金成本较高，每吨大豆的平均利息成本为 70 元①，但是，进口大豆，压榨企业每吨大豆的平均利

① 因为黑龙江的大豆只能一次性收购，不能回流，一个大型油脂企业资金每年只能周转 2 次，比较之下，企业使用信用证采购进口大豆，资金周转可以达到 8 次以上。

息成本只有 20 元，两者相差 50 元。而且，表 9-1 没有考虑企业为争取到货车车皮所花的公关费用。

受东北地区铁路运力紧张，运输高峰叠加的影响，每年黑龙江省大豆集中上市的时候也是黑龙江用车申请最集中的时期，铁路运输“一车难求”的现象普遍。为了申请到车皮，运销商除了交纳规定费用外，往往还得支付额外费用（俗称“请车费”）。这笔费用为 3000～7000 元/车皮。如果一车皮按 60t 计算，则每吨要多支付 50～120 元。可见，黑龙江省大豆铁路流通实际加价在 200 元/t 左右。流通成本较高的实际情况降低了黑龙江省大豆的价格竞争力，使黑龙江省大豆在流通环节中丧失了发展先机。

第三节　黑龙江省大豆物流建设

黑龙江省大豆物流的流量主要由三部分构成：一是商品大豆的市场流通；二是中央储备和地方储备大豆的收储、调运和轮换；三是大豆进出口。根据黑龙江粮食局的统计，2009 年，黑龙江省大豆总流通量约为 1700 亿 kg，大豆进口 228 亿 kg，出口 222 亿 kg。

一 黑龙江省大豆物流现状

（一）大豆物流规模和环节

规模小是黑龙江省大豆生产的基本特点，这在一定程度上决定了黑龙江省大豆物流的一个特征，即收储企业从分散的小农户收购粮食开始，进入一系列物流环节。黑龙江省大豆外运至江苏加工企业需经历相当复杂的物流过程。例如，江苏加工企业购买黑龙江富锦的大豆的流程如下：大豆收购—收纳库暂存—集并至中转库—清理、降水—铁路运至北良港—装船海运至江苏某港口暂存—企业库房暂存—压榨加工车间，经过的节点有 8 个之多。

（二）大豆运输方式和条件

黑龙江省大豆物流过程中的运输方式有铁路运输、公路运输、铁海联运等方式，产区的大豆当地消费一般只需采用一种方式（多为公路运输）、经过一次运输就可以到达需求方。跨省区的大豆供需流通往往要采用三四种方式，经过三四次运输才能到达需求方。

黑龙江中长距离运输主要依靠铁路运输和铁海联运。铁路运量占总运量的比例最大。常用的车辆以 C_{60} 敞车居多，其次是 P_{60} 棚车。由于车辆设计、装卸机械、企业设施限制，原豆流通多采用包装形式，这使得机械化作业难以展开，一定程度上阻碍了各物流节点之间的衔接，降低了物流效率。

近年，黑龙江开始注重粮食系统自身的运输工具的配备，积极开展“四散化”粮食物流建设，特别是在东北地区购置了2400辆L_{18}散粮专用火车进行散粮运输试点，取得良好的效果。有些粮库也自发开展散粮汽车运输业务。

从运输条件来看，黑龙江省社会、经济的快速发展，社会物流和人流的加快，铁路、公路、客货的迅速发展，为大豆运输提供了有力保障。

1. 铁路运输

铁路运输是黑龙江省粮食外运的主要力量，近年来，每年粮食运量在200亿kg以上，2007年达到1222亿kg。规划到2015年，将形成350亿kg运力，完全满足总流通能力320亿kg粮食的需求。

黑龙江省境内铁路由哈尔滨和沈阳铁路局共同管理。2007年末，省内国铁营业里程4952.6km（哈尔滨铁路局管内4840.1km，占97.7%；沈阳铁路局管内112.5km，占2.3%），货运营业站230个（哈尔滨铁路局管内224个，占97.4%；沈阳铁路局管内6个，占2.6%）。

近年来，在铁路部门的努力下，黑龙江省粮食等大宗物资运量呈现较快增长态势。2007年全年，黑龙江省经铁路运输粮食2506万t，占全省铁路货物发送量的15.6%，比上年增加200万t，增长8.7%，比全国粮食铁路运量增幅高5个百分点。其中，哈尔滨铁路局完成2293万t，占91.5%，沈阳铁路局完成214万t，占8.5%。

黑龙江省主要粮食集运通道主要有平齐线、福前线、佳富线、绥佳线、密东线、林密线、图佳线、滨绥线和京哈线，其中运输能力紧张较为突出的主要有佳富线和绥佳线。粮食出省通道有京哈线（含哈大线）、拉滨线、平齐线、通让线和图佳线，除图佳线外各主要出省通道的能力均处于饱和或超饱和状态。

近年来，铁路部门对黑龙江省粮食运输采取了旺季抢运、建立运输协调机制、将运力向粮食大客户和重点企业倾斜、建设粮食战略装车点等措施，保证了粮食外运。2007年，哈尔滨铁路局在讷河、白山乡建立两个粮食战略装车点，采取开行粮食专列为主的方式，共组织发运粮食105万t。沈阳铁路局建成的新肇、太阳升2个战略装车点，全年发运粮食93万t。

2. 公路运输

黑龙江省公路运输主要承担将原粮从农户手中运送到粮食储备库的短途倒运任务以及成品粮的短距离运输。黑龙江省现有货运站179个，其中一级站5个、二级站27个、三级站36个，四级站111个，年平均日换算货物吞吐量6万t。已在每个中心城市以及全省20%以上县城建设了公共的货运中转站。

到2005年底，全省汽车保有量达到92.1万辆，是1995年的2.5倍，比2000年增加37.6万辆。营业性运输车辆20.9万辆，营运载货汽车13万辆，50

万吨位，厢式化、专业化营运载货汽车达到1.5万辆，年均增长7%，轻型载货汽车达到7.3万辆，8t以上重型载货汽车达到1.56万辆。到2006年，全省公路运输货运量达到4.8亿t，占全国综合运输量的70.3%；货运周转量达到252亿t/km，占全国综合运输总量的20.5%；公路货物运输平均运距为52.5km。

(三) 大豆装载方式

粮食装载主要有包装、散装、集装三种方式。目前，黑龙江省大豆主要采取90kg袋装包装方式流通。包装材料传统上采用麻袋包装，现在多使用化纤编织袋以节约包装费用。

散装方式是指粮食没有经过任何包装，使用专门的机械、容具、仓库进行装卸、运输、储存的流通方式。散装方式省去了包装材料费用，便于机械作业，作业效率高。散粮海轮的装卸单机作业效率高达2000t/h。原粮散装化作业是发达国家普遍采用的方式，但目前黑龙江省大豆的散装流通量较少。

集装化方式是指利用集装箱等大型装具装纳粮食后进行流通的方式，粮食在到达目的地前不再取出。集装化方式能适应分类运输、小批量运输的需求，在流通过程中避免污染、丢失、破碎，不产生粉尘。集装箱在货物运输上应用广泛，发展迅速。发达国家正在研究试验采用集装箱运输原粮。黑龙江省大豆运输较少采用集装箱方式。

(四) 大豆仓储方式、规模和设施

黑龙江省大豆仓储主要包括三部分。一部分是农户仓储，另一部分是流通和加工企业库存，最后一部分是中央和省级临时储备。农户仓储主要出于待售目的或自用目的，使用化纤编织袋等简易包装或水泥囤、苇席囤储存。这部分仓储数量主要受市场价格的影响，但一般来讲，由于农户在春播时资金需求加大，农户待售大豆一般只能储存到次年4～5月，少部分大规模农户可能积压至下个收获季节。加工企业库存主要是企业为了保障加工原料供应而保留在企业仓库的周转库存。由于黑龙江省大豆生产的季节性较强，企业需在大豆收获季节集中采购至足够一个加工周期的原料，然后集中存储，这导致大豆库存资金压占严重。大豆临时储备是政府处于调控市场目的而临时收储的大豆。为了应对国际金融危机和国内大豆价格下跌，政府在2008年末和2009年末启动临时收储计划。其中，2008年末收购的大豆主要集中在国有粮库，而2009年为了减轻国有粮食企业收购压力，政府鼓励加工企业参与大豆临时收储，并给予0.05元/kg的收储补贴。

黑龙江省现有的715户粮食仓储企业中有效仓容192.05亿kg，烘干机724台，年烘干能力201.94亿kg，有铁路专用线的粮食企业185户。多数仓储企业

均能提供大豆仓储服务，大豆仓储库房包括露天囤、简易仓、正规仓等多种类型，正规仓又有平房仓、楼房仓、浅圆仓、立筒仓和地下仓等。

（五）装卸方式

“七五”国家科技攻关项目的实施，开发了粮食立筒仓成套机械设备。通过“九五”国家科技攻关项目的研究，开发了火车、汽车、轮船的装卸粮机械，并在储备粮库建设中得到广泛应用。气垫胶带输送机，斗式提升机、刮板输送机等最大产量可达800t/h，初清筛达500t/h。L_{18}专用火车的粮食装卸设备、散粮汽车装卸设备、粮食装卸船设备已经批量生产，可以满足散粮物流系统的运营需要。大型港口为适应3万～8万t海轮快速装卸的需要，常配置800～1200t/h筒仓输送设备和1000～2000t/h的装卸船设备。

（六）大豆物流信息建设

近年来，黑龙江省大豆物流信息体系建设初见成效。首先，黑龙江通信基础设施建设发展较快，手机、电话、电视等多种通信设施、媒体普及成果显著，为豆农收集和获取大豆市场信息提供设备保障。

其次，省内部分粮食收储企业建立了粮情自动监测、仓储台账管理、粮食收购结算、机械化粮库自动控制等企业内信息系统。

再次，黑龙江省粮食信息服务体系已日益完善。建立了信息快捷反馈的制度和渠道，形成了信息共享的平台。基层信息直报点呈报上来的信息，可以通过政府门户网站、“龙粮网”和黑龙江粮油中心批发市场设立的农民服务热线、手机短信平台等信息服务平台以及省广播电台的“早餐前后”、“黑土家园”等各类农村热播节目，迅速反馈给农户。

最后，黑龙江省完善了粮油市场价格信息监测体系。至2007年，全省已建立市（地）和县两级信息工作站75个，信息直报点69个；国家粮食价格直报点16个，油脂生产企业价格监测直报点15个。形成了纵向上至国家、下至企业，横向覆盖了全省粮食和油脂的生产、收购、加工、销售各类企业的市场价格监测体系（肖培尧，2008）。

二 黑龙江省大豆物流存在的问题

尽管黑龙江省大豆物流发展较快，但仍然存在诸多制约因素。主要体现在基础设施建设不足、成本高以及与其他产业协调不足上。

（一）交易分散导致收购成本高

由于生产规模小，每户豆农的销售量一般只有5t左右，一台30t以上的货车需要走5～6户才能满载。收购者需要逐户谈判，约定价格、品质和交易数量，遇到任何分歧都可能导致交易失败，要装满一车需要走几个村屯、花费一天的时间。因此，交易规模小、地点分散导致农户收购成本高。

（二）运力不足导致大豆运输困难

铁路运输时间相对集中，季节性强。每年大豆运量主要集中在第一、第四季度大豆大量上市时期。因与元旦、春运等客运高峰和电煤运输货运高峰重叠，运输需求和运能相对不足的矛盾比较突出。同时，大豆运输方向以南部线出省及入关为主，销往辽宁、山东、河北，受到山海关铁路瓶颈的严重制约。大豆运输私营货主较多且比较分散，自有设备设施落后，储运能力不足和现代化、机械化水平低，影响铁路运输效能。受过路、过桥费以及燃油价格一直居高不下的影响，公路粮食运输成本远远高于铁路运输成本，制约了公路粮食运输的发展。

（三）仓容条件有限致使仓储成本高

农户仓储能力和条件有限，仓储损耗较大。如上所述，黑龙江豆农仓储以包装袋储存、水泥囤和苇席囤储存为主，隔潮、防鼠、通风能力差，加上豆农收储后不能及时晾晒筛选，每年鼠盗、发霉等损耗较大，导致农户仓储成本较高。

政府仓储方面，仓容能力不足，设施老化，功能不完善。到2007年末，黑龙江省纳入粮食仓储设施统计范围的粮食企业共有715户，有效仓容为192.1亿kg。但仅水稻产区的粮食商品量就达到132亿kg，如果加上玉米和大豆，现有仓容显然难以满足实际需求。另一方面，已有仓房老化陈旧，破损问题严重。现有全省粮食企业仓容中，属1998年以前建设的仓容为77.5亿kg，占仓容总量的39.3%。这部分仓房大多为土木结构仓、简易仓和苏式仓，由于建仓时间长、维修不及时，现已普遍出现基础下沉、墙壁裂缝、仓顶漏雨、地面返潮等现象。已有仓库缺少30m以上输送设备，装卸设备不足，粮情测控装置不足，缺少机械通风设备。全省装备粮情测控系统仓容量仅占有效仓容的41.4%，全省实现机械通风仓容量仅占有效仓容的38.3%。

（四）物流节点少，流出通道不畅

物流节点是物流网络中连接物流线路的结节之处，包括港口、空港，货车货运站，公路枢纽、大型公共仓库和现代物流（配送）中心、物流园区等。物流节点的设施和功能完善程度直接关系到各物流环节的衔接，影响物流成本和效率。尽管黑龙江省公路和铁路货运站点、仓储库房分布较多，很多粮食企业也有专用铁路线等基础设施，但这些节点之间的衔接不足，功能不够完善，成为制约大豆物流的重要“瓶颈”。至2007年，全省的715户粮食企业共有铁路专用线 20.61 万 m，其中有效长度 12.97 万 m，平均每户只有 182m，大部分装车点都不能满足一次整列装车作业条件。全省有粮食发运站点 230 多个，其中 98 个车站发运量不足 2 万 t。大豆物流“四散化”水平不高。“四散化”直接影响大豆物流作业的机械化程度和效率，关系到物流成本的高低。但受诸多影响因素的作用，黑龙江散粮发放能力为每小时 2.8 万 t，其中火车装车能力只有每小时 0.98 万 t。

三 黑龙江省大豆物流的发展趋势

物流对粮食产业发展的制约已经受到各级政府的关注和重视。国家发改委在 2007 年 8 月发布《粮食现代物流发展规划》，提出“到 2015 年，初步建成全国主要散粮物流通道和散粮物流节点，形成物流网络，基本实现主要跨省粮食物流通道的散储、散运、散装、散卸和整个流通环节的供应链管理，形成现代化的粮食物流体系，增强国家对粮食市场的应急调控能力”的粮食物流发展目标。黑龙江省也高度重视粮食流通工作，粮食局在 2008 年 7 月制订了《黑龙江省现代粮食流通产业发展战略工程规划（2008—2012）》指导全省粮食流通产业发展。该规划拟构建“以农民余粮购销服务体系为基础，以产业结构体系为支撑，以产业组织体系为牵动，以产业安全调控体系为保障，以产业综合服务体系为配套”的现代粮食物流产业框架体系。

在物流基础设施上，黑龙江省规划：到 2015 年将建成东、中、西三条连接省外销区与省内重点粮食产区的粮食物流主干通道网络。该物流通道网络体系由 22 条区域性次级通道和 130 个物流节点构成，其中包括 10 个大型粮食物流中心，形成全省粮食物流网络体系，总流通能力达到 320 亿 kg。其中：东部通道覆盖佳木斯、双鸭山、七台河、牡丹江、伊春及依兰县等区域，由 8 条区域性次级通道和 49 个物流节点构成，粮食流通量达到 124.4 亿 kg；中部通道覆盖哈尔滨、绥化、黑河、大庆及铁力市等区域，由 11 条区域性次级通道和 58 个物流节点构成，粮食流通量达到 101.9 亿 kg；西部通道覆盖齐齐哈尔和嫩江等区域，由 3 条区域性次级通道和 23 个物流节点构成，粮食流通量达到 27.7 亿 kg。130 个重点粮食物流节点主要以铁路沿线仓储设施较好、接卸能力强、中转数量大的国有粮库为主，适当选择部分产粮大县中交通比较便利的非沿线国有粮库为配套。

黑龙江省还计划提高省内粮食仓储能力，改善粮食仓储条件。到 2015 年，全省将在粮食产量发展较大的水稻、玉米、大豆主产区选择一批交通便利、辐射范围广、粮食外运量大、基础设施较为完备、能够发挥节点功能的粮食企业，扩建仓容以及增加符合粮食流通“四散化”运输的配套设施设备。到 2015 年全省投资72.88亿元，新建仓容71.5亿kg，仓型主要以便于发挥物流中转功能的砖圆仓、钢板仓、房式仓为主，新建铁路专用线50km、水泥晒场245万m^2、罩棚90万m^2、烘干机330座。

随着黑龙江粮食运输通道建设、“四散化”物流普及、仓容设施建设和仓储条件改善，长期困扰黑龙江省大豆流通的物流瓶颈将得到极大缓解，大豆出省通道将进一步打通，仓储损耗进一步降低，物流效率大幅度提高。这些将极大地提高黑龙江省大豆的市场竞争力。

黑龙江省大豆流通制度已经日益完善，多种市场主体正在培养壮大，多种购销渠道使得大豆购销市场竞争比较激烈。但是，鉴于黑龙江省商品粮基地的特殊性和国有粮食企业改革的深入，黑龙江国有粮食企业的主渠道作用必须继续发挥，2008年以来的大豆临储实践也证明了这一点。黑龙江省大豆省内运输以公路为主，而省际运输主要使用铁路和铁海联运方式。但是由于铁路运力和季节性的影响，大豆运输成本高已经成为黑龙江省大豆流通的重要“瓶颈”。仓储能力有限，条件落后的实际也使黑龙江省大豆仓储损耗大、成本高。

因此，黑龙江粮食流通产业发展滞后是制约黑龙江省大豆产业发展的重要因素。值得庆幸的是，黑龙江省各级政府部门已经注意到这个问题，并正着力解决。《黑龙江省现代粮食流通产业发展战略工程规划（2008—2012）》的制订和实施将迎来黑龙江粮食流通产业的发展，大豆流通的瓶颈将得到极大改善，铁路运输也将不再是黑龙江省大豆流通的制约，而将为黑龙江省大豆的省际运输发挥更多更大的作用。

第十章 黑龙江省大豆产业发展的战略依据、目标及方针

黑龙江省大豆产业在国民经济中的地位和作用，决定了大豆产业在农业结构调整、食品加工业、农民增收以及社会稳定等方面具有重要意义。在国内外产业环境剧烈变动下，如何适时调整产业发展战略，制定适合产业发展方向，符合市场需求走势的战略规划成为当务之急。本章从分析黑龙江省大豆产业发展中存在的问题开始，探讨了大豆产业发展战略应该遵循的依据、实现的目标及方针。

第一节　黑龙江省大豆产业发展存在的问题分析

2009年国家在东北及黑龙江实施大豆临时储备政策，其中黑龙江省收储量达453万t，超过全省大豆总产量的一半，占国家临时储备大豆总量的76%。国家临储大豆政策的实施，标志着东北及黑龙江省大豆种植、大豆贸易、大豆加工企业的生存及发展已经上升到国家政策层面，对黑龙江省大豆产业的振兴及发展、对千万豆农的切身利益及生存具有十分重要的作用及意义。但从长远看，黑龙江省大豆产业振兴还需要提升整个产业链的竞争能力。

一 大豆生产领域问题分析

由于积温限制、缺乏换茬作物等原因，黑龙江省大豆重迎茬面积超过大豆种植面积的1/2，达3000万亩，重迎茬直接导致大豆单产低、品质差和病虫害高发，平均单产仅有100kg，比美国低67kg。黑龙江省大豆存在专种、混收问题，还未建立专品种大豆生产基地，大豆专用性不强，与市场需求无法对接，没有实现优质优价。2007～2009年黑龙江省大豆亩均效益为108.80元，同期，玉米、小麦、水稻的亩均效益分别为217.67元、139.65元和218.55元[①]，种植大豆与其他作物相比效益低下。

---

① 此处数据为笔者从黑龙江省粮食局综合统计处获得。

二 大豆加工领域问题分析

(一) 企业规模小、产品结构单一、加工成本高

黑龙江省内大豆加工企业绝大多数为油脂加工企业。160 余家油脂加工企业多数处在大豆主产县（市、区），规模有限，基本上是依靠地产大豆为原料，没有形成规模效应，无法与跨国集团抗衡。黑龙江省大豆加工企业的科技投入不足，产品技术含量低，产业链条短，产品附加值低，品种专用性差造成加工成本过高。主要加工品依旧是豆油、豆粕，豆粉、腐竹等豆制品，企业没有形成规模，产品结构单一，大豆产品较少。一旦豆油或豆粕市场价格出现下滑，黑龙江省大豆加工企业即会面临亏损、停产、甚至倒闭的危险。

(二) 产能过剩、产品同质

黑龙江省拥有大豆油脂加工企业 150 余家，年处理量达到 700 万 t，占全国加工能力7000万 t 的 1/10，目前黑龙江省大豆加工企业开工率不足一半，一些企业停产，复产的企业均属阶段性开工。以 2009 年末黑龙江省补贴压榨的 81 家企业为例，合计产能近 4000 万 t，远超过黑龙江省大豆产量，存在着明显的差能过剩问题。而且多数是中小型加工企业，大都建在以地区级为单位的范围内，基本上是依靠本地生产的油脂原料为生。因此，生产规模都不是很大，产品同质性问题突出，缺乏市场竞争力。相比美国中央大豆公司、温哥公司和 ADM 公司等十几家大豆加工企业，加工总量约占全国的 60%，并且产品种类和利基市场相对完善。

三 大豆流通领域问题分析

(一) 市场准入标准缺乏，竞争无序

大豆的主要产品仅 17%是豆油、80%是豆粕。然而关于植物油及调和油的国家标准一直空缺。使得大豆压榨及饲料业的市场准入门槛很低，竞争相对无序，这也是我国大豆压榨业产能过剩产生的根本原因之一。美国大豆建立了完善的国家质量标准，逐步做到统一标准、统一检测仪器和统一检测方法，产品不仅有明确的标识指标，还有内定控制指标，具有很强的认证和仲裁能力。同时，我国缺乏植物油、调和油和混合油的统一标准，市场充斥各种名称的食用油，转基因与非转基因检验、检测技术不完善，虽然出台了相关转基因标识制度（如《农业转基因生物标识管理办法》等），但执行力度不够，市场区分不明

显，导致竞争无序，相互倾轧。

（二）非转基因大豆品质优势没有显现

欧盟、美国、日本、韩国市场包括大豆在内的非转基因产品比转基因产品价格高出30%～50%，且市场准入制度非常严格。在黑龙江省大豆产品的消费市场，非转基因大豆价格一直参照转基因大豆价格定价，价格趋同。作为大豆主产省份，非转基因大豆产品的品质优势在价格中没有体现，黑龙江省大豆要摆脱国际市场价格波动，走出独立行情很不现实；混淆了转基因大豆与非转基因大豆差别，使两者在同一个市场平台上竞争，最终使得我国大豆产业话语权的丧失、定价权的旁落；由于非转基因大豆产品天然、安全的特性没有宣传到位，缺乏自己的市场营销方式，无法形成独立的消费群体。

（三）流通成本高，加重企业负担

在黑龙江省收购大豆，需面对小规模经营农户，原料到达厂内需包装、运输、储存等费用，每收购1t大豆约需收储费用75元，而在东南沿海地区，每吨大豆到达车间的费用不足25元。黑龙江省大豆加工企业一般需一次性储备一个榨期的原料，流动资金每年只能周转两次。按现行贷款利率计算，每加工1t大豆需要支付银行利息70元。而东南沿海企业依托口岸便利，加工一船进一船，年资金周转率达8次以上，每加工1t大豆财务成本20元足够。这也是迫使企业沿海化布局，食用进口转基因大豆的主要原因之一。

四 大豆贸易领域问题分析

（一）进口大豆冲击黑龙江省大豆产业

进口转基因大豆比黑龙江省非转基因大豆价格低。2009年为了解决黑龙江省农民卖豆难的问题，国家实行临时收储政策，收购地产大豆价为3740元/t，进口大豆到岸价为3500～3600元/t。2009年我国进口大豆高达4255万t，比2008年净增加500万t。进口量是国内产量的2.9倍，是黑龙江省产量的7.2倍；国际大豆市场价格波动严重影响我省大豆压榨行业效益，2009年12月1日至2010年3月末，黑龙江省大豆压榨企业累计收购大豆181.3万t，实际加工129万t，平均收购单价3756元/t，平均加工费用161元/t，豆油平均销售单价7096元/t，豆粕平均销售单价2982元/t，累计亏损7420万元[①]；在转基因大豆持续大

① 此处数据为笔者从黑龙江省粮食局综合统计处获得。

量进口情况下，黑龙江省大豆的非转基因品质优势没有在价格上得到体现，大豆产业价格体系受到进口大豆冲击十分明显，产业陷入困境。

（二）进口冲击、优势淹没

2009年我国进口大豆量高达4255万t，比2008年净增加500万t。2010年一季度合计进口大豆1104万t。黑龙江大豆价格与到港进口大豆相比，价差水平仍为350～400元/t，国产大豆仍不具备与进口大豆相抗衡的价格优势。另外黑龙江大豆农户的平均亩产为125～130kg，黑龙江垦区家庭农场大豆平均亩产为145～155kg，低于美国大豆平均亩产170kg的水平；黑龙江大豆一般出油率18%～20%，而美国的转基因大豆出油率20%～21%。同时黑龙江省油用大豆、食用大豆混种混收，产量和价值都受到影响，种植优势、品质优势没有体现出来。在这种无序竞争的情况下，进口转基因大豆与国产非转基因大豆的异质性被淹没了。

五　大豆政策领域问题分析

（一）政策连续性与配套性不够

2009年底制定的对部分企业加工国产大豆每吨补助160元加工补贴政策，虽然短期内起到了托市的作用，但是政策利好没能扭转黑龙江大豆产业劣势状况，没有达到其原有预期目标。因为市场价格波动变化下，针对不同企业而言，国家储备转地方储备的195万t大豆补贴的每吨210元，以及2009年新豆收储的每吨160元补贴，与加工进口大豆存在相当大的差价，有的企业生产越多赔钱越多，有的企业能够获得微利却不能持续享受政策。与国际大豆价格波动剧烈相比，现有补贴方式相对僵化，临时、定额补贴对企业适应市场变化十分不利，补贴政策滞后于市场价格变化，静态的价格补贴无法适应动态的市场价格波动。同时，补贴加工企业最终产出品依然是与转基因大豆在同一个层次上竞争，没有配套的市场营销战略部署与规划，在市场竞争面前，补贴所降低的生产成本优势消耗殆尽。

（二）政策支持力度不够，支持范围有待拓宽

种植补贴额度小，黑龙江省大豆种植业补贴仅占产值的7%，而2004年美国大豆补贴占产值比例为24%[①]。支持范围除直补种植者和加工企业外，缺乏对大豆研究、技术推广、检测检验、基础设施等一般性服务的支持。没有轮作补

---

① 此处数据为笔者从黑龙江省粮食局综合统计处获得。

贴政策，黑龙江省北部地区由于积温等自然条件限制，只适合种植大豆，农业结构调整难度大，其他可轮作作物收益低。没有轮作补贴的保障，重迎茬问题就难以从根本上得到解决。大豆产量提高、品质优化短期内也无法实现。与水稻、玉米、小麦的最低保护价政策不同，国家并没有对大豆实施长期最低保护价政策，大豆是对外贸易的大宗农产品，没有价格保护，国外大豆价格波动会随时影响到大豆主产区的稳定生产。

第二节　黑龙江省大豆产业发展战略依据及目标

我国自古就有“战略”这一概念，是指战争全局的筹划。《孙子兵法》、《三国演义》等，都是世界著名的战略杰作。毛泽东同志深刻论述过中国革命战争的战略问题，指出“战略问题是研究战争全局的规律性东西”，“凡属带有要照顾各方面和各阶段性质的，都是战争的全局，研究带全局性的战争指导规律，是战略学的任务”。

行业发展战略的核心内容，是研究如何从全局高度，谋划一个产业或产业相关行业的发展，一般包括战略方向、战略思想、战略目标、战略重点、战略措施等。

因此，大豆产业要生存与发展必须着眼全局的战略问题，涉及企业等微观主体行为的局部问题，是战术问题。国内外市场竞争加剧情况下，首先要研究、谋划、部署战略问题，只有把战略问题搞清楚了，才能够赢得战争。

一　黑龙江省大豆产业发展战略依据

迈克尔·波特（1997）认为，就企业发展战略而言，一个有效的战略至少包含以下四方面内容。

（1）独特的价值链和价值诉求。要使企业有特色，就要有一个不同的、为客户精心设计的价值链。生产、营销和物流都必须和对手不同，否则只能在运营效率上进行同质化的竞争。另外在价值链上的各项活动，必须是相互匹配并彼此促进的。这样，企业的优势就不是某一项活动，而是整个价值链一起作用，从而使竞争对手难以模仿。独特的价值诉求就是自己的经营和其他竞争者相比有很大差异，从而构成自己的核心竞争力。

（2）有所为与有所不为。战略本身就是一种选择，因此定位时要做清晰的取舍，要确定哪些事是必须要做的，哪些事是要放弃而不去做的，即有所为，有所不为。这样可以使企业集中精力于自己的优势，使竞争对手很难模仿自己的战略。企业常犯的一个错误就是想做的事情太多，不愿意舍弃。企业要从做大到做强，从成功到成熟，做自己该做的事，放弃那些非自己擅长的事情，没有放弃就没有定位。

（3）战略的长期性和连续性。成功和成熟的企业战略是连贯的，任何一个战略必须要实施3～4年，否则就不算是战略。如果每年都对战略进行改变的话，就等于是没有战略，而是赶时髦，这样企业就总是在追求潮流而失去特色。另外，企业的战略必须由领导人制定，并由他来指导并推行。但如果领导人变更，战略也跟着变，这是企业不成熟的表现，除非是企业出现了重大问题。

（4）战略要“与时俱进”。尽管战略具有长期性、连续性的特点，但这并不意味着一成不变，战略还要能够反映时代和环境的特点，否则企业只能抱住昨天的成功不放而失去前进的动力。目前市场环境变化非常快，增加了许多不确定性因素，加之加入WTO使我国对于竞争越来越开放，包括来自国内的竞争和国际上的竞争，这就要求企业的战略也要进行改变。经济的快速发展要求有更为先进的战略，并且要寻找更好的方式来实施战略。新技术、新设备、新的管理方式，都要使企业的战略变得更为有效。

黑龙江省大豆产业发展战略的制定，必须与国家和地方政府相关发展战略相切合，同时要发挥黑龙江省大豆特色和优势，使得大豆产业的发展战略在可控制范围内持续健康发展。这就要求对国家有关大豆产业发展战略、黑龙江省农业发展战略以及黑龙江省自然资源、市场发育情况有一个基本的理解，为战略制定提供依据。

（一）国家相关产业战略规划

1. 国家食物营养规划

《中国食物与营养发展纲要（2001～2010年）》指出，我国要大力发展大豆产业，促进大豆及其产品的生产和消费，提高大豆食品的供给水平。支持开展大豆资源、生产、精深加工等方面的科学研究。大力开拓大豆及其制品的消费市场，优先支持开发新型的大豆食品，用现代高新技术改造传统豆制品。到2010年，以大豆为基础的优质蛋白质消费量以及深加工产品消费量要有明显增加，质量要有明显改进。

2. 大豆产业规划

《大豆优势区域布局规划（2008～2015年）》指出，虽然我国大豆总体竞争力不强，但大豆是重要的大宗农产品，其地位和作用也是其他农产品难以替代的，在进口风险不断增大的情况下，必须大力发展国内生产。大豆蛋白含量一般在40%以上，是谷物类的4倍，甚至高于鸡蛋、牛肉等，蛋白质中氨基酸构成平衡，是人类优质蛋白质的主要来源之一。动物不能合成蛋白质，只能靠植物蛋白转化而来，动物饲料中必须要有一定比例的蛋白质饲料。保证食用大豆供给，努力稳定高油大豆自给水平。适当恢复大豆种植面积，重点扩大东北大豆玉米轮作面积，发展黄淮海间套复种面积；努力提高单产，促进总产稳定增长，力争油用大豆自给率稳定在36%以上；鼓励发展大豆综合加工利用，提高大豆产业效益，增强市场竞争力。

根据生态特点、市场区位、生产规模、产业基础等情况，进一步完善大豆优势区域布局，将我国大豆分为东北高油大豆区、东北中南部兼用大豆区和黄淮海高蛋白大豆区三个优势区域。到2010年，大豆面积增加到6600万亩。到2015年，增加到7540万亩。2010年，高油大豆面积达到65%，亩产达到145kg，含油率21%以上，总产达到957万t；2015年，高油大豆面积80%以上，亩产达到162kg，总产达到1221万t。

（二）地方政府产业结构调整（粮食规划）

黑龙江省作为农业大省和国家重要商品粮基地，是我国21世纪粮食增产和粮食供给能力潜力最大的地区，维护国家粮食安全是黑龙江省义不容辞的责任。为此，省委、省政府在充分调研论证的基础上，立足省情，着眼长远，制定了《黑龙江省千亿斤粮食生产能力建设规划》，并于2008年4月呈报国务院。规划提出，到2015年全省粮食生产能力在现有的385亿kg基础上，增加120亿kg，达到505亿kg以上，成为我国千亿斤粮食生产大省，年提供商品粮350亿kg以上，打造一个优质、稳固、可靠的“大粮仓”。

以玉米、水稻、大豆、马铃薯、小麦与杂粮杂豆等品种为主，建设优势粮食生产带，突出加强规模化、专业化生产基地建设，以能力建设为核心，实施从投入品到产出品的全程标准化作业，提高土地产出率、劳动生产率，实现低投入、高产出、高效益，建设优质高效的粮食产业。

发挥黑龙江省农业生态优势，加强生物技术等多方面研究，解决大豆重迎茬问题。到2015年，全省建设优质大豆基地5500万亩，大豆总产量76亿kg，平均亩产量138kg，其中高油、高蛋白大豆播种面积达到80%以上。重点在松嫩平原和三江平原两大优势产业区的大豆常年种植面积在30万亩以上的主产县，和4000万亩农场建设规模化生产基地。主产县和农场包括哈尔滨市的呼兰、阿城、巴彦、木兰、宾县，齐齐哈尔市的依安、克山、克东、讷河，鸡西市的密山、虎林，牡丹江市的林口、宁安、海林，鹤岗市的绥滨、萝北，双鸭山市的集贤、宝清，佳木斯市的桦川、桦南、富锦、同江，七台河市的勃利，黑河市的嫩江、北安、五大连池，绥化市的北林、庆安、海伦及农垦系统的57个农场。

（三）自然资源禀赋条件（替代及竞争作物）

黑龙江省农业发达，粮食商品量，专储量均居全国第一，是国家重要的商品粮生产基地之一。黑龙江省的大豆产量和出口量均居全国首位，其出口量占全国的2/3。亚麻、甜菜、烤烟等经济作物的产量也均居全国前列。在整个农业经济中，畜牧业占有相当比重，奶牛存栏数、牛奶产量和乳制品产量均居全国之首。

黑龙江省位于我国东北地区的北部，属于温带大陆性季风气候，气温变化大，日照时间长，降水集中。全省多年平均年降水量为370～700mm，年平均气温为4～5℃。地势大致是西北部、北部和东南部高，东北部、西南部低；主要由山地、台地、平原和水面构成。境内水系发育，河流纵横，分为黑龙江、松花江、乌苏里江和绥芬河四大水系。主要土壤类型有棕色针叶林土、暗棕土、白浆土、黑土、黑钙土、草甸土、水稻土等。

黑龙江省农业自然资源虽然相对丰富，但经过近50年的开发，位于松嫩平原的国家级自然保护区扎龙湿地缺水严重，面积减少，湿地功能下降。东部三江平原湿地面积也在不断减少，湿地资源及生物多样性受到破坏，洪河湿地也出现缺水现象。由于森林植被的破坏，生态环境发生了改变，水、旱灾害增加，地下水位下降，蒸发加大，沼泽普遍缺水。湿地涵养水源、净化空气、调节气候、蓄水防洪及维持生物多样性的功能降低。

据全国第二次土壤侵蚀遥感普查，全省水土流失面积占全省总土地面积的29.58%。中部丘陵漫岗区是以农业为主体的农林牧结合区域，是全省麦、豆主产区和重要的商品粮基地，是世界三大黑土带之一。由于丘陵漫岗地坡度缓而长，表土疏松，水土流失比较严重。

黑龙江省目前正实现着从传统农业向以特色经济为主的质量效益型农业的转变，由一般粮食品种向优质、专用品种转变，由单一粮食种植向多种经营转变，由注重数量向提高效益转变。全省从1992年开始进行优质农产品开发，制订了优质农产品开发规划，积极组织推进并建立完善了优质农产品的科研、开发、推广体系，增强了产品的市场竞争能力。目前，全省优质农产品面积已发展到6000万亩，初步形成了松花江流域和三江平原的优质水稻生产基地，北部高脂肪、中南部高蛋白大豆生产基地，南部高淀粉、高赖氨酸玉米专用品种生产基地及优质杂粮、杂豆生产基地，城市郊区的绿色蔬菜基地以及各类名优特新农产品生产基地。此外，在山区半山区发展起来的山特产品和林果业、在城市远近郊区发展起来的高效设施农业、观光农业和农村二三产业以及在边境地区发展起来的外向型农业也都各具特色。

黑龙江省大豆生产可以划分为以下7个产区。东部三江平原和西北部克拜波状起伏平原为黑龙江省大豆主产区，黑龙江省大豆面积最大的20个县和总产最高的20个县主要集中在这里，该区大豆种植面积占全省的40%左右，总产占全省的37%左右；南部黑土地区为大豆高产区面积和总产，约占全省的15%；北部高寒区虽然面积不大，单产也不高，但该区是黑龙江省大豆新近发展区，随着早熟、高产、优质新品种的不断育成推广以及栽培技术水平的提高，该区发展大豆生产具有一定的潜力；农垦总局的100多个农场，主要分布在东部三江平原和西北部克拜起伏平原，由于生产水平较高，机械化程度较高，单产高于全省平均46.3%，面积占全省的14.2%，总产占全省的20.7%。以经济状况和生产力水平为依据，单独划为一区，根据生态条件、自然特点，农垦大豆产区可分为东、西两个亚区。

玉米和大豆的比较效益是影响黑龙江省大豆种植面积和产量的重要因素。玉米和大豆比价1∶2.5是国内外通用的比值平衡点，比价高于2.5，大豆的种植面积和产量就增加。另外，春旱、伏旱、早霜和病虫害对大豆产量也有重要影响。

（四）市场需求与发展潜力（食用市场需求、高端市场需求）

1. 传统豆制品需求

据中国食品工业协会豆制品专业委员会常务副会长卫祥云介绍，我国的豆制品行业投豆量和销售额均有显著增长：我国上规模豆制品企业（投豆量在1800t以上），2008年的总投豆量为28.44万t，比2007年的23.72万t增长了19.9%；2008年销售额为40.43亿元，比2007年的32.39亿元增长了24.8%。年销售额上亿元的企业达到17家，2007年为13家；年销售额5000万元以上的企业为28家，2007年为22家。大型豆制品生产企业（年销售额上亿元）的年耗用大豆量合计为25.7万t，占规模企业总耗豆量的70.08%；年销售额合计为36.25亿元，占规模企业总销售额的73.29%。另外，据国家质监部门最新统计显示，目前我国豆制品生产企业取得QS市场准入许可的已超过3000家。

在中国长久以来，豆浆和牛奶一直平分秋色，但最近的牛奶事件使人们对牛奶的需求直转下降，纷纷转投传统的豆浆市场。豆浆机的持续热销，普通民众对健康饮品的需求可见一斑。同样，豆浆的营养价值得到了消费者的认可，长期饮用具有预防动脉硬化、促进生长发育、提高记忆力的功能，是男女老少喜爱的绝佳健康饮品。

全球著名的经济杂志《展望经济》预测："未来十年，最成功、最有市场的并非汽车、电视机或电子产品，而是中国的豆腐"[①]。据了解，美国豆奶消费以年均14.3%增幅快速发展，价格比牛奶高1/3；日本大豆制品市场年销售额达到450亿日元，同样超过牛奶的增长；中国豆制品人均消费将以6.1%的速度增长，目前我国豆制品产量呈现迅速增长的趋势，以耗用大豆为统计基数，年耗用大豆为300多万t，豆制品市场前景相当广阔。

---

① 佚名.2008-10-28.豆制品有前景　未来十年中国最有市场的是豆腐.http://biz.zjol.com.cn/05bi2/system/2008/10/28/010075934.shtml。

随着欧美、日本等发达国家对豆浆消费风潮的反向流入，我国对豆浆的消费量和消费档次将有较大的提高，各种形式的、具有一定保质期的包装豆浆的市场占有率将大大提高，口味品种也将从原来的单一原味增加到系列的调味品种。现代人的生活水平越来越高，生活节奏越来越快，对食品的需求开始向营养、安全、美味、方便等方向发展，一些口感好、保质期长、携带方便的休闲豆制品将有较快的发展。

国际健康协会认为中国人更适合喝豆浆而不是牛奶，相对而言豆浆更容易被消化，喝豆浆可以防癌。因为东方人在断奶之后乳糖酶就基本退化消失了，所以牛奶中的很多成分消化吸收不了。这种内外因素的结合，也就必然会引发人们对豆浆的追捧，也就是说偶然的外因和必然的内因，为包括豆浆在内的传统豆制品行业创造了一个巨大的商机。

2. 精深加工品需求

目前，中国初具规模的大豆加工企业有4300家，其中一多半是榨油企业。加工层次偏低，高科技产品少。黑龙江省是中国优质大豆的主产区，播种面积每年都稳定在3500万亩左右，但是大豆的精深加工能力明显滞后。而被人们视为健康“保护伞”的天然维生素E、大豆异黄酮、大豆蛋白等大豆精深加工系列产品，在欧美市场需求巨大。

大豆深加工是潜力无限的“朝阳产业”。国家大豆工程技术中心的一项调查表明，世界大豆制品已达到12 000余种，而中国仅有初级加工领域的几百个品种。在种类丰富的膳食营养中，大豆蛋白是当前最好的食用蛋白，深受国际市场推崇，伴随人们生活水平的提高和健康饮食观念的转变，国内外食用大豆蛋白的市场需求正逐年扩大；与此同时国际市场对分离蛋白、组织蛋白、大豆磷脂、大豆异黄酮等精深加工产品的需求量也快速增长。

根据中国政府《中国食品工业“十五”及2010年发展规划建议》，2005年全国肉类加工制品将达到7000万t，按10%生产火腿肠，大豆分离蛋白基本添加量5%计算，仅此一项每年就需要大豆分离蛋白约30万t，饮料行业每年需求大豆分离蛋白6万t，其他领域需求未计算在内数量也已相当大了。

因此，国家及黑龙江省应顺应市场变化，采取有力措施及时调整优化大豆油脂、豆制品和深加工业的布局，实现初加工与深加工之间的协调发展，尽快改变当前省内大部分大豆加工企业对外技术依存度高、依靠资本扩张和资源过度消耗实现增长的状态。这方面我们有很多优势，如人才和技术，全国研究大豆的科研专家共500多人，其中300多人集中在黑龙江；天然非转基因的王牌更使我们在开拓国际市场上具有得天独厚的优势。关键是要切实转变拯救大豆的观念和拿出实际行动来。

3. 饲料及能源需求

畜牧养殖业的有序恢复和饲料工业的持续健康发展是国内豆粕需求得以提

升的重要保障。长期看，GDP增长、人民膳食结构的升级刺激肉蛋奶需求的强势增加，可以预见不断发展的养殖业将为饲料工业的发展提供强大的动力，从而提振豆粕的饲用需求。

FAO主席Jacques Diouf在2050年世界饲料论坛上说“在未来40年，世界人口将会大量增加，同时城市人口增长速度加快，对食品的需要量大幅提高，受土地面积影响，农业产量增长有限。到2050年，世界人口增长到91亿，而当前是67亿，需要农产品增加70%，才能满足需要。”这对于全球饲料工业来讲是一个挑战，即如何生产足够的饲料饲养动物来满足消费者的需要。同时，对动物蛋白长期需求的增加必然增加对饲料的需求量，给豆粕市场需求提供有力的支撑。

此外，作为生物质能源原料之一，美国生产生物柴油的原料以大豆油为主，超过80%。2004年美国生物柴油产量为10万t，到2005年已达到30万t。美国在生产大豆生物柴油的同时，也积极探索其他途径生产生物柴油，美国可再生资源国家实验室还通过现代生物技术制造生物柴油。

受玉米价格的带动和生物柴油的快速发展对大豆需求量的增长的影响，国际市场大豆价格高位运行。随着石油为代表的能源消耗，今后几年美国和南美生物柴油产量将继续保持快速增长的态势，其生产生物柴油消耗的大豆数量也将大幅提高。

二 黑龙江省大豆产业发展战略目标

（一）坚持高蛋白与高油品种并重的种植模式

黑龙江省境内黑土耕地面积约360万km^2，主要分布于宾北铁路两侧，大豆播种面积在1/2以上。黑土区大气环境、水质环境和土壤环境良好，是发展绿色大豆良好区域。黑土区内的庆安、海伦，已被国家绿色食品发展中心批准生产绿色大豆。

发展黑龙江省大豆产业，必须发挥黑龙江省大豆资源优势，坚持非转基因的发展方向，保持一定的大豆种植面积和产量，调整大豆品种种植结构，大力发展高蛋白大豆，同时发展高油、高蛋白兼用型以及高油大豆生产。

利用3～5年时间，调整大豆品种种植结构，由2009年47.1%的高油大豆、9.1%的高蛋白大豆和43.8%的兼用型大豆分别调整为各占种植总面积的1/3，其中高蛋白大豆种植面积由2009年的650万亩，产量65万t（占全国市场需求量的5.4%），增加到2000万亩以上，产量达300万t左右（占全国市场需求量的20%左右），进一步推动大豆产业升级，产品多样化发展，提升我省大豆产业的竞争力（图10-1）。

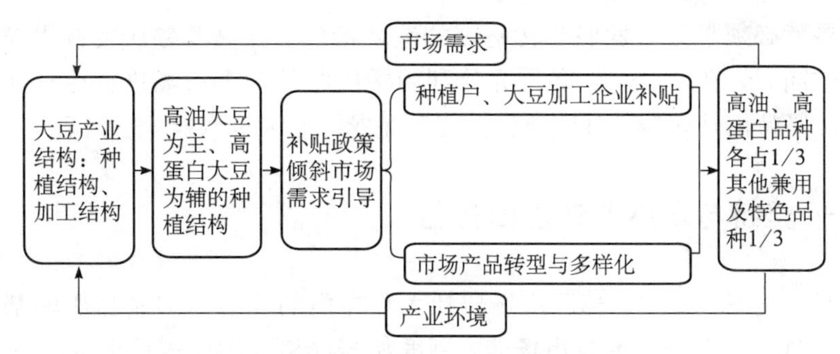

图 10-1　黑龙江省大豆种植业结构调整

（二）建立传统与创新共进的产品体系

作为食品，大豆是一种优质高含量的植物蛋白资源，它的脂肪、蛋白质、碳水化合物、粗纤维的组成比例非常接近于肉类食品。大豆的蛋白质含量为35%～45%，比禾谷类作物高6～7倍。氨基酸组成平衡而又合理，尤其富含8种人体所必需的氨基酸。大豆制品，如豆腐、千张、豆瓣酱、豆腐乳、酱油、豆豉等，食味鲜美，营养丰富，是东亚各国的传统副食品。联合国粮食及农业组织极力主张发展大豆食品，以解决目前发展中国家蛋白质资源不足的现状。

作为油料作物，大豆是世界上最主要的植物油和蛋白饼粕的提供者。每1t大豆可以制出大约0.2t的豆油和0.8t的豆粕。用大豆制取的豆油，油质好，营养价值高，是一种主要食用植物油。作为大豆榨油的副产品，豆粕主要用于补充喂养家禽、猪、牛等的蛋白质，少部分用在酿造及医药工业上。

生物质能源是以植物、动物或其下脚料为原料制造出的燃料乙醇、生物柴油、沼气等生物燃料的统称。乙醇燃料常用甘蔗和玉米生产，生物柴油常用大豆和油菜子等生产。随着生物质能源的快速发展，世界大豆、玉米等农产品贸易格局正在发生重要变化。随着生物质能源快速发展，我国大豆产业发展正面临新的机遇和挑战。

在大豆产业发展战略中，要尝试两条腿走路，传统豆制品的需求会持续增加；植物油需求会相对平稳；大豆精深加工品、饲料需求以及新能源在中国有一定的上升空间。因此，要依据市场需求变化，形成良性互动的大豆加工品和创新产品市场供应体系，满足需求。

第三节　黑龙江省大豆产业发展战略方针

黑龙江省大豆的两大特色就是非转基因与高蛋白，发展战略必须坚持和发展优势。而在这两个优势中，非转基因是黑龙江省所独有的，大豆产业要持续健康发展就必须坚持与发展非转基因的地域特色。在微观领域发挥黑龙江省大豆特色的同时，在宏观上，必须充分利用国内国外两个市场进行原料储备与产品销售。坚持内外兼修的战略方针，提升黑龙江省大豆产业竞争力。

一 坚持与发展非转基因特色

欧盟、美国、日本、韩国市场包括大豆在内的非转基因制品比转基因制品价格高出30％～50％，而且市场准入制度相当严格。中国进口大豆50％左右来自美国，但美国国内的转基因大豆主要用于制造动物饲料、生物乙醇和出口到发展中国家，美国消费者食用的豆奶、豆腐等豆制品都标有“NON-GMO”（非转基因)、“ORGANIC”（有机食品)、“NATURE”（天然）等字样，其主要原因就是美国消费者对非转基因产品具有一定的认知度，认为非转基因产品是安全健康的。据在北京、上海、广州、武汉四地对消费者的调查数据显示，65％的受访者更喜欢非转基因食品，但其他中小城市对非转基因的认知程度相对低下。

协调和控制大豆进口的时间和数量，在国内大豆集中上市的10月到次年2月，通过检测等非关税壁垒措施，阻止国外转基因大豆进入黑龙江省市场，预留出省内大豆产能消耗的一定空间。同时要以大豆的种质资源保护、就业机会等为切入点，避开WTO贸易争端壁垒，以保持生物多样性，保障省内近1000万人口就业为契机，充分利用《农业转基因生物安全管理条例》、《农业转基因生物安全评价管理办法》、《农业转基因生物加工审批办法》等法律法规禁止转基因大豆进入黑龙江种植与加工，建立一个防范进口大豆冲击黑龙江的“防火墙”。同时，建议国家将黑龙江省设为非转基因大豆试点省，以整体营销形式，打造黑龙江省非转基因大豆形象。

在流通领域严格执行非转基因IP认证（Non-GM Identity Preservation Certification）制度，该套制度是针对企业为保持产品的特定身份（非转基因身份）而建立的保证体系，按照特定标准进行审核、发证的过程。防止在食品、饲料和种子生产中潜在的转基因成分的污染，从非转基因作物种子的播种到农产品的田间管理、收获、运输、出口、加工的整个生产供应链，通过严格的控制、检测、可追踪性信息，保证非转基因产品“身份”的纯粹性，并提供产品价值的生产和质量保证体系。

着手制定豆粕等大豆加工副产品的检验检测技术标准，进行强制性标识，大力宣传倡导“非转基因”饲料概念，从而降低对进口大豆的需求。加强市场监测和检测，规范市场行为，通过市场优胜劣汰达到资源有效配置的作用。

二 立足本地市场拓展外部市场

黑龙江省及国内饮食与消费习惯，已经形成了相对固定的模式，以食用植物油为例，中部地区多为花生油；南部地区多为菜籽油；北部地区多为豆油。而且随着经济进步，人民生活水平提高以及物流业的发展，大有“南油北进”的趋势，当然南方的饮食习惯也在变化。所以，必须以满足当地需求为主。利用当地人对自有品牌的认同，维系顾客群体，培养品牌忠诚度，形成稳定市场份额，巩固当地市场占有率。

欧盟等大豆消费大国对转基因大豆的疑虑和排斥，无疑为黑龙江省大豆出口提供了非常大的潜在市场空间。目前国际市场对非转基因大豆需求旺盛，特别是欧盟各国和日本，而且非转基因大豆价格要高出转基因大豆15%～20%。欧盟是全球最大的大豆消费市场，基本上禁止进口转基因大豆；日本、韩国等大豆消费大国对转基因大豆的进口也持非常谨慎的态度。

由于黑龙江省大豆全是传统的非转基因大豆，因此，随着中国转基因条例的颁布，以及世界大豆消费大国和地区对转基因大豆的排斥，不仅为黑龙江扭转大豆产业被动局面，恢复国内南方沿海市场提供机遇，而且也为黑龙江在其周边国家扩大销售创造了有利条件。

日本曾占中国大豆出口量的34%，欧盟是世界大豆主要进口地区，其进口量约占全球贸易的50%。黑龙江省应利用距欧洲、韩国和日本较近的地理优势，开拓上述国家和地区的市场，尤其是日本市场。现在国内使用进口大豆榨油的厂家主要集中在沿海一带，黑龙江省大豆通过提高含油量、降低成本、保证质量和准时到货等手段，占领一部分沿海市场。

此外，在沿海建立黑龙江省大豆批发中心、与沿海大型油脂加工厂建立供销关系，也是行之有效的办法。2000年8月，黑龙江省和浙江省就签订了包括大豆在内的多项粮食购销协议。据悉，大商所也有在国内口岸大豆消费带增设一些大豆交割库的意向，这样，利用期货交割机制，黑龙江省大豆便可进入沿海地区，增加黑龙江非转基因大豆的市场份额。

三 充分利用国内与国际两个市场

市场作为资源配置的主要手段，在大豆产业上表现得更为明显。据统计，黑龙江省粮食贸易主要出口到韩国、日本、美国和俄罗斯，进口主要来自美国和俄罗斯，进出口主力均为国有企业。出口主要品种是糙米和大豆，进口主要品种是大豆。

近年来，黑龙江省包括大豆在内的粮食对外出口呈现明显下降趋势，主要原因有以下几个。一是受国际金融危机、油价暴跌及美元走强等因素影响，国际市场粮食价格持续走低，导致粮食出口动力减弱。二是受国家惠农政策影响。国家于去年初开始大幅度提高粮食最低收购价格，国内粮食价格逐渐高出国际粮价，出口价格优势减弱。三是受国家关税政策影响。国家出台关税政策对小麦、玉米、稻谷、大米、大豆等粮食及其制品征收出口暂定关税，极大地减弱了粮食出口的动力。

进口增长的主要原因：一是春节前后需求增加，国内粮食加工企业进入采购加工旺季，刺激了黑龙江省粮食进口增长；二是国内外粮食价差拉大，价格差刺激了黑龙江省粮食进口增长；三是大豆压榨利润的提高刺激了黑龙江省粮食进口增长。随着大豆进口成本不断下降及国内豆粕等粮食生产下游产业发展较快，价格稳中增长，进口大豆压榨利润再创历史新高。

期货市场。农产品期货市场是现代农产品市场体系不可或缺的组成部分，也是农产品供应链上的一个重要环节。2001 年 3 月出台的“十五”规划第一次明确提出了“稳步发展期货市场”。2003 年 10 月，中共十六届三中全会将“稳步发展期货市场”写入了《中共中央关于完善社会主义市场经济体制若干问题的决定》中。“十一五”规划中进一步提出了完善现代农产品市场体系。(赵玉和祁春节，2010)

在我国大豆产业市场化、国际化的进程中，大豆期货市场与现货市场已经非常紧密地联系在一起，彼此相互协调，互为影响，大豆期货市场作为一种高度制度化、规范化的市场组织，也在一定程度上带动和促进了大豆产业的规范与进步。

我国对大豆品种一直实行积极的产销政策，使大豆在保持稳健生产的同时，成为我国目前四大粮食品种中市场化最高的品种。在计划经济体制时期，国家通过严格的计划购销措施，控制包括大豆在内的所有粮食的流通全过程。1979 年以后，我国向市场经济转型，粮食的购销政策逐渐松动，大豆在四大粮食品种中市场化改革的力度最大。到目前为止，小麦、稻谷、玉米在一定范围内仍存在保护价收购，而对大豆品种而言，国家基本没有任何形式的保护，商品化率达 70%～80%。随着人们生活水平的提高，大豆已经从粮食作物转变为经济与粮食双重作物，成为主要粮食品种中市场化程度最高的品种。

黑龙江农垦集团多年来通过利用期货价格的超前性和权威性，科学安排生产种植，解决了生产种植过程中的被动调整状态，获得了很好的效果。黑龙江农垦集团下属的 120 多个农场，都配有大商所的行情终端，可以随时了解到大商所的大豆期货价格，在安排大豆年度种植面积时，大商所的大豆期货价格是最重要的决策指标之一。1995～2001 年，尽管大豆现货市场价格由于受市场供求的影响变化较大，但在期货市场价格的引导下，黑龙江省大豆产量却始终比较稳定。以2000年为例，玉米、小麦、水稻价格持续走低，而大豆期货价格比较高。农场调减了其他品种的种植比例，而将大豆种植面积由680万亩增加到1200万亩。同时，期货市场的优质优价原则，也引导大豆质量的提升，黑龙江农垦在参与期货市场后，大豆生产发生了根本性变化。

黑龙江省大豆产业发展战略的制定，必须在明确发展现状与存在问题的基础上，在详细考察了黑龙江省大豆产业发展在种植、加工、流通和贸易的优缺点之后，依据一定的原则，主要是与国家、省级的发展规划相切合，根据黑龙江省农业产业资源特征和大豆产业特色，制订合理的发展规划，提出调整的方向、预期达到的目标和相应的发展方针。

第十一章 黑龙江省大豆产业发展战略实施与控制

根据黑龙江省大豆产业发展现状，在探讨了大豆产业发展的战略目标、方针及原则之后，本章重点讨论旨在提高产业竞争力和市场适应能力的产业发展战略，包括经营战略、营销战略和发展战略，进而阐述实现上述战略而采用集团化、差异化和国际化的具体措施。

第一节 集团化战略

黑龙江省拥有大豆油脂加工企业 150 余家，虽然年处理量达到 700 万 t，占全国加工能力的 1/10，但没有形成有规模的企业集团，结构松散。国际市场价格走势往往直接决定了黑龙江省大豆加工企业开工还是停产，任何一个企业的行为难以对市场产生实质性影响。因此，集合优势力量、整合现有资源走集团化道路是一个现实的选择。

一 集团化的概念和优势

所谓集团化即是以母公司为基础，以产权关系为纽带，通过合资、合作或股权投资等方式把三个及三个以上的独立企业法人联系在一起形成集团。集团成员企业之间在研发、采购、制造、销售、管理等环节紧密联系在一起，协同运作的方式叫做集团化运作或集团化经营模式。集团化经营有以下三个特点。

资源共享，节省成本和费用。统一采购可以降低采购成本、集团大制造可以利用制造资源、统一技术和研发平台以研发高难度的课题、统一销售可以节约营销费用、统一结算可以节省财务费用和解决融资的难题等。

优势互补，提升了企业的运作和管理效率。集团化运作可以用某一企业的“长板”弥补其他企业的“短板”，使这一长项得到充分发挥，从而带动其他企业成员提高运作和管理效率。例如，销售渠道的融通、人力资源管理经验的借鉴等。

提高了企业创新能力和综合竞争能力。技术创新、营销创新以及成本和费用的降低等，使企业及集团综合竞争能力得到提升。

二 集团化的实现方式

黑龙江省大豆加工企业的科技投入不足、产品技术含量低，企业缺乏竞争力，产品同质性问题突出。多数中小型加工企业都建在地区级区域内，基本上是依靠本地生产的油脂原料为生，只有九三、龙江福、日月星、哈高科等几个有限的品牌，一旦豆油或豆粕市场价格出现波动，即面临大豆加工企业全面停产的局面。

企业作为黑龙江省大豆产业发展的关键环节，并没有起到产业中流砥柱的作用。在外资企业进入大豆加工业的过程中，在大豆进口持续打压下，本省企业俨然是弱不禁风、节节败退、关停倒闭、狼狈不堪。这其中自然有产业发展环境、政策支持等外在不利因素影响，但企业自身没有把握市场需求、没有能力引领市场需求，没有形成具有足够市场生存与竞争力的集团才是问题的关键。因此，考虑集团化发展战略是解决黑龙江省大豆产业困境的可选措施之一（图 11-1）。

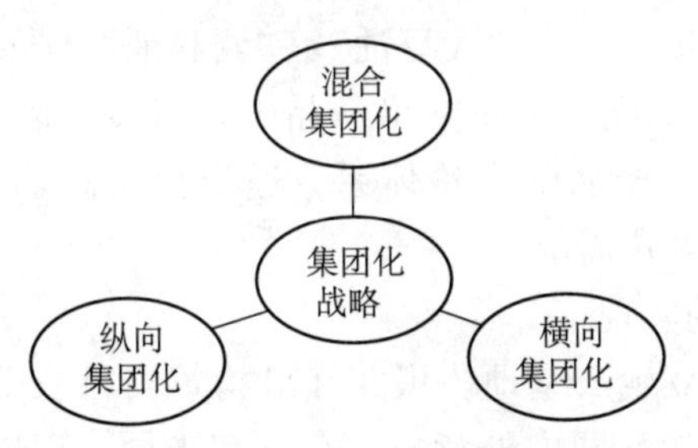

图 11-1　黑龙江省大豆产业集团化战略

（一）纵向集团化战略

1. 纵向集团化概念

国家层面上，垂直一体化（vertical integration）又称纵向一体化，是由经济发展水平不同的国家形成的一体化组织。纵向一体化分为前向一体化和后向一体化。前向一体化就是通过兼并和收购若干个处于生产经营环节下游的企业实现公司的扩张和成长，如制造企业收购批发商和零售商。后向一体化则是通过收购一个或若干供应商以增加盈利或加强控制，如汽车公司对零部件制造商的兼并与收购。

此处，纵向集团化是一体化概念的延伸，是指产业链不同环节企业为了资源整合和利益共享而形成的企业集团。

2. 实现形式

黑龙江省大豆产业纵向集团化的实现可以考虑两个途径：一是前向一体化，

选择具有区域代表性的大豆加工企业为核心，通过与大豆制成品销售商合作，形成稳定供给渠道，减低流通成本，控制和减少市场风险，提升市场竞争优势；二是加工企业后向一体化过程，即与大豆生产者和主要供应基地建立长期、稳定、互利、合作机制。

1）前向一体化的实现

与已有超市合作。大豆加工品主要是豆油、大豆蛋白、精深加工品和添加剂。黑龙江省大豆加工企业应该通过参股和收购等多种渠道，参与处于下游的大豆制品销售公司相关业务，在供货方式、供货流程上形成稳定、持续、高效运转，最大限度降低交易费用，实现加工企业销售渠道畅通，扩大销售份额的目的。

开辟直销及专柜。协调开放北京、上海、天津大豆产品市场，通过设立非转基因专柜等措施将企业产品推向非转基因认知度相对较高的市场，通过高端市场的开发和占有，保证企业的生存和发展。发挥黑龙江省大豆非转基因、健康、安全的天然优势，划分新品类，打造新品牌。把非转基因食品作为一个新品类，打造非转基因卖点。将“大豆油”、“调和油”、“豆奶”、“豆干”等产品均冠以“非转基因”字样，从而突出新品类，与转基因产品鲜明地区别开来，形成不同于转基因大豆产品的定价体系。适当推出高端、直销的“非转基因”大豆产品，满足高端客户需求。

2）后向一体化的实现

企业建立特色大豆生产基地。黑龙江应构筑集科农工贸一体化的现代国际级大豆产业化集团，参与国内外竞争。在三江平原（以同江市、宝清县、富锦市、双鸭山为主）、嫩江平原（以讷河市、嫩江县、五大连池市为主）、黑河市和绥化市等大豆主产地，建立以大豆生产、粗加工和营销为主的产业化基地，推广应用大豆优良品种和先进种植技术，大幅度提高产量，满足省内乃至国内大豆加工企业和出口企业的需要；以省内大型骨干油脂企业、食品加工企业为龙头，建立大豆油脂、食品加工产品开发生产基地。

企业与农业合作组织沟通。典型产区龙头加工企业应该根据自己的市场定位，与当地形成规模的大豆生产合作社进行战略整合，实现后向一体化战略。在合作组织内部实行统一购买生产资料、统一田间管理、统一收割、统一销售，获取规模效益。目前可九三集团与黑河金秋大豆合作社发起的“延期点价”就是企业后向一体化的具体体现。所谓“点价”，就是大豆入库后，企业每天根据大豆现、期货市场价格变化向豆农报价，豆农可以在自己认为合适的价格，随时提出结算。其间如果国家出台保护价收购政策，企业则按照保护价支付农民豆款。而且企业通过远期的“套期保值”，规避了因市场价格变化可能带来的风险。

（二）横向集团化战略

1. 横向集团化概念

企业增长在战略上可分为一体化扩张和多样化扩张。一体化扩张又可分为横向一体化（水平一体化）和纵向一体化（垂直一体化）。横向一体化就是对竞争的兼并与收购。

横向一体化战略也叫水平一体化战略，是指为了扩大生产规模、降低成本、巩固企业的市场地位、提高企业竞争优势、增强企业实力而与同行业企业进行联合的一种战略。实质是资本在同一产业和部门内的集中，目的是实现扩大规模、降低产品成本、巩固市场地位。

2. 实现形式

1）横向一体化的优缺点

采用横向一体化战略，企业可以有效地实现规模经济，快速获得互补性的资源和能力。此外，通过收购或合作的方式，企业可以有效地建立与客户之间的固定关系，遏制竞争对手的扩张意图，维持自身的竞争地位和竞争优势。

不过，横向一体化战略也存在一定的风险，如过度扩张所产生的巨大生产能力对市场需求规模和企业销售能力都提出了较高的要求。同时，在某些横向一体化战略如合作战略中，还存在技术扩散的风险。此外，组织上的障碍也是横向一体化战略所面临的风险之一，如“大企业病”、并购中存在的文化不融合现象等。

2）横向集团化实现形式

大豆产业横向集团化有其自身产业特色。大豆产业与企业农产品比较，具有涉及范围广，产业链长的显著特点。除一般农业生产涉及的生产性投入如种业肥料、农药、机械、水利等农业生产资料生产相关企业外，更重要的是，大豆加工制成品用途十分广泛，涵盖传统豆制品、油脂加工、蛋白加工、保健品、饲料业诸多领域。这就使得与大豆相关产业的企业分布在各个行业领域内、彼此业务交叉、互相依赖、相关产业的企业横向联合成为可能。

大豆产业横向集团化，要通过企业技术升级与改造，强化企业自身的造血功能，使之真正成为市场竞争的主体。在大豆加工领域，对现有大豆加工企业，通过输入新技术更新产品类别、提升产品档次，提高市场竞争力，对大豆加工业实现集团化整合。整合的途径有两条：通过新兴技术的输入和支撑，提高大豆蛋白和“非转基因”高端食用油的生产和档次，打造新的品牌，抢占高端市场；通过技术提档升级，重点扶植有代表性的加工企业，最终目标是影响黑龙江省大豆油脂及相关制品行业走势，掌握独立的非转基因大豆及制品定价权，使非转基因产品的销售价格高于转基因产品销售价格的30%～50%，通过价格的差异引导消费，培养自己的消费群体，拓展自己的市场空间（图 11-2）。

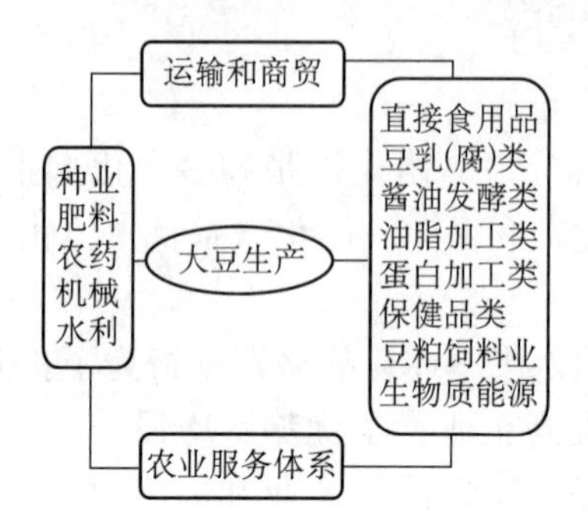

图 11-2　大豆产业链

资料来源：根据盖钧镒，2010 年在全国大豆科学第 17 届年会上的讲话稿整理。

（三）混合集团化战略

企业在实行多角化战略时，必须充分分析企业自身的能力。一个正确的多角化战略，可以为企业带来美好的前景，如日本战后经济奇迹般的发展，多角化战略是一个重要因素。但事实也说明，如果多角化战略决策不当或实施不力，不仅会导致新业务的失败，还会影响到已有的事业，殃及整个企业的前途。

1. 混合集团化概念

混合集团化战略在企业经营层面又称多角化战略，多角化战略是指企业的产品、市场或服务类型，在保持原有经营领域的同时，进入新的经营领域。使企业同时涉及多个经营领域的一种经营战略。也可以说，多角化战略是通过以新产品和新市场结合的方式，促进企业多种经营的市场战略。为了达到这个战略目标，必须要以新技术开发、新产品研究和开发等为推进力，并预先积累足够的经营资源。

2. 实现形式

混合集团化战略按经营范围的内容和特点又可以分为以下几种类型。

本业中心型多角化，是指企业经营范围以主导产品或事业为中心，朝着与主导产品或事业有关系的领域扩展；在以压榨大豆领域为中心可以考虑涉足豆粕为主的饲料业，也可以生产安全环保的大豆油墨，通过物流与商贸形成的优势参与到货物运输等领域。

相关集约型多角化，是指企业经营范围以主导产品或事业为基础，朝着各产品或事业之间有网状般的紧密关系的领域扩展；大豆蛋白企业可以参与到食品加工业。也可以参与养殖业，而养殖业又与肉制品制造相关，肉类相关产业必须应用植物蛋白添加物。这样就形成了一个网络架构。使得集团企业具有多个利润增长点。

相关扩散型多角化，是指企业经营范围以主导产品或事业为基础，朝着各产品或事业之间有线性相关关系的领域扩展；线性相关可以串联起整个大豆产业链条，种植、加工、副产物利用，相关产业整合等。

非相关型多角化，指企业所开拓的新事业与原有的产品市场毫无相关之处，是跨行业的多角化。大豆加工企业集团形成具有一定资本实力集团后，可以考虑涉足投资领域，以其他行业利润支持大豆产业发展，维持大豆产业不至于在外国持续进口压力下的毁灭性命运。

第二节　差异化战略

差异化战略（differentiation/differentiation strategy）又称别具一格战略、差别化战略，是将公司提供的产品或服务差异化，形成一些在全产业范围中具有独特性的东西。实现差异化战略可以有许多方式：设计或品牌形象、技术特点、外观特点、客户服务、经销网络等其他方面的独特性。

企业战略定位的核心理念是遵循差异化。差异化的战略定位，不但决定着能否使企业产品和服务同竞争者的区别开来，而且决定着企业能否成功进入市场并立足市场。

只有建立在差异化的核心竞争力基础上的企业战略，才能使企业不断保持优势。更重要的是它能够创造、建立新的竞争优势，这是企业战略决策的核心。因此，具有动态性质的核心竞争力是企业追求的长期战略目标，是企业获取持续竞争优势的源泉。

一　消费群体差异化

企业在进行市场定位的时候，必须要清晰自己的产品的目标消费群体，要对目标消费群体有清晰的特征描述，目标消费群体是营销活动开展的对象，不知道自己的目标消费群体有什么特点，营销工作就会产生无的放矢的后果，白白浪费企业的大量资源。

（一）消费者市场概念

消费者市场又称最终消费者市场、消费品市场或生活资料市场，是指个人或家庭为满足生活需求而购买或租用商品的市场，它是市场体系的基础，是起决定作用的市场。目标消费群体的差异化也是企业规避竞争的有力武器，不同的目标消费群体的特点不尽相同，锁定差异化的目标消费群体就需要对市场进行细分，通过差异化的目标消费群体的定位，从而可以让企业进入一个竞争薄弱甚至空白的市场。

（二）市场区分的原则

细分消费者市场的变量主要有四类，即地理变量、人口变量、心理变量、行为变量。以这些变量为依据来细分市场就产生出地理、人口、心理和行为四种市场细分的基本形式。

（1）地理变量，按照消费者所处的地理位置、自然环境来细分市场。例如，根据国家、地区、城市规模、气候、人口密度、地形地貌等方面的差异将整体市场分为不同的小市场。

（2）人口变量，人口统计变量，如年龄、性别、家庭规模、家庭生命周期、收入、职业、教育程度、宗教、种族、国籍等为基础细分市场。

（3）心理变量，根据购买者所处的社会阶层、生活方式、个性特点等心理因素细分市场。

（4）行为变量，根据购买者对产品的了解程度、态度、使用情况及反应等将他们划分成不同的群体。

（三）消费群体差异化实现形式

1. 地理区分

大豆在中国是一个分部广泛的种植品种，相应的消费群体也遍及各地。按照地理分布、气候情况、人口密度等因素，可把市场划分为各种不同的区域，如农村市场、城市市场、南方市场、北方市场等，消费者由于他们生活的地区不同而有不同的消费需求和购买方式。

例如，大城市的家庭，在购买大豆油制品时，人们往往更关注安全、健康、非转基因特色。而农村家庭对价廉物美的原始榨油有一定的偏好。国外、我国四川及华南部分地区对传统豆制品有稳定的市场需求和饮食习惯，黑龙江省完全可以发挥大豆主产省的优越性，制造产品，创立品牌，满足市场需求。

黑龙江省大豆产品目标市场是定位在北京、上海等经济最发达的一线市场，还是定位在省会城市和经济发达的地级城市这样的二线市场，或者定位在县城乡镇这样的三线市场，企业要根据自身实力和不同市场的竞争情况来确定自己所要开拓的市场。如果现在的竞争对手都在一线市场（独木桥），那么我们就可以考虑二线市场（阳关大道）作为目标市场。

如果企业要确定进入地级城市这样的二线市场，在企业实力有限不能针对二线市场全线进攻的情况下，还需考虑运用聚焦战术。毕竟二线市场城市数量众多，经济发展程度和城市特征也不尽相同。例如，东部的经济水平普遍高于西部。所以企业还要通过聚焦战术锁定具体的目标城市市场，以点带面循序渐进地进行市场推进。在锁定具体清晰的目标城市市场后，企业可以作为一个样板市场进行推广，通过在第一个目标城市市场的推广获得营销推广经验，然后就可以在其他目标城市市场进行复制。

2. 人口区分

按年龄、性别、家庭人数、收入状况、职业、文化程度、宗教、民族等人文因素，对潜在的顾客进行分类。按年龄标准，可把市场划分为老年人市场、中年人市场、青年人市场、儿童市场等。由于不同年龄的消费者在经济收入、生活方式、购买习惯上都存在着差异，因而对商品的需求也就显示出不同的状况。例如，对豆奶饮料的需求，儿童更注重口味与安全；青年人更注重时尚与“情调”；中年人更关注实用与方便；老年人多关心的是怎样保养身体，对补品以及养生的各种消费品的要求较高。

此外，性别也是市场区分的一个重要变量。大豆精深加工品多与营养保健相关，市场群体很大部分是中青年女性。

3. 心理区分

产品与消费者之间关系，往往通过广告和购买行为体现，广告宣传是通过其所展现的视听来说服消费者的，因此，要增强广告宣传的有效性，就必须使广告宣传符合人的心理活动。事实上，由于每个人的个性、感情和购买动机等心理上的不同，其在商品选择以及在对待广告宣传态度上也具有一定的差异，因此具有相同人口特征的人们可能表现出完全不同的消费行为。针对不同消费者购买心理设计不同宣传策略，根据大豆不同制品采取重点不同的营销手段，把握、运用、引导消费者心理。

4. 社会—文化区分

社会学和文化人类学所研究的各种变量也为市场区分提供了依据。例如，社会阶层、参照群体、风俗习惯以及家庭生活周期的不同阶段都是区分市场的重要依据。社会阶层是由若干人口变量，如教育、收入、职务、居住地点组成的综合指数。其中，收入多少和教育程度往往是决定社会阶层的重要因素。例如，新婚夫妇往往对室内的装饰和摆设感兴趣；有了孩子后，他们的兴趣会转向抚养婴儿的各种用品；当孩子入学后，他们又会对儿童文化教育用品感兴趣；最后，当孩子长大成人，他们又会考虑如何为子女建立家庭以及安度晚年的问题。这表明，在家庭生活周期的不同阶段上，人们的消费行为也会不同。因此，这类广告宣传应避免简单化和雷同化，一定要从消费者的不同层次出发，用他们最喜欢的语言、口吻来创作。

5. 使用者行为区分

有些商品市场，可按购买者使用商品数量或次数进行区分，把消费者分为低使用率、中使用率、高使用率的消费者以及不使用的消费者。根据使用率的不同可以采取不同的销售策略，一些研究表明，为数不多、用量很大的消费者可能占有某种产品的主要销售量。因此，许多企业很自然地把经常使用者当作自己的主要广告对象。因此，要广泛深入地宣传普及大豆营养科学知识，运用多种媒体和多种渠道告诉人们大豆对人类的身体健康、民族振兴、经济发展和生态环境效益的重大作用。另外，要运用各种经济和行政干预手段，在资金、税收、信贷、价格和舆论导向方面，支持有利于刺激大豆消费的行动，如大豆行动计划、学生营养计划、相关的大豆食品的开发和进入市场及家庭，均应给予适当的政策性扶持。

二 大豆产品差异化定价

如果企业的产品与其他产品是同质产品，那么实现产品的差异只有从价格入手，即谁的价格低，谁的业务就好，企业就可以发展壮大。那么怎样才能做到价格低呢，那就是成本控制，在每个环节都控制成本，或者把成本转嫁给其他生产商，世界上几乎所有的企业都曾采用这种方法，特别是在现在金融危机爆发、消费者的消费能力下降的情况下，采用这种方法就显得尤为重要。

（一）产品差别化概念

产品差别化是由于顾客或用户对企业产品的质量或品牌信誉的忠诚程度不同而形成的产品之间的差别。一般是指企业在其提供给顾客的产品上，通过各种方法造成足以引发顾客偏好的特殊性，使顾客能够把它同其他企业提供的同类产品有效地区别开来，从而达到企业在市场竞争中占据有利地位的目的。

前提是同一行业市场内各企业提供的产品具有的不完全替代性。或者说，特定企业的产品具有独特的可以与同行业其他企业产品相区别的特点。最终形成相对独立的市场价格体系，这个体系的形成与运转是在质量与服务差异化的基础上实现的。

按照产业组织理论，产品差异是市场结构的一个主要要素，企业控制市场的程度取决于它们使自己的产品差异化的成功程度。除了完全竞争市场（产品同质）和寡头垄断市场（产品单一）以外，通常产品差异是普遍存在的。企业对于那些与其他产品存在差异的产品拥有绝对的垄断权，这种垄断权构筑了其他企业进入该市场或行业的壁垒，形成竞争优势。

同时，企业在形成产品实体的要素上或在提供产品过程中，造成足以区别于其他同类产品以吸引购买者的特殊性，从而导致消费者的偏好和忠诚。

这样，产品差异化不仅迫使外部进入者耗费巨资去征服现有客户而由此造成某种障碍，而且又在同一市场上使本企业与其他企业区别开来，以产品差异为基础争夺市场竞争的有利地位。因此，产品差异化对于企业的营销活动具有重要意义。

（二）差异化定价的实现

1. 产品质量差异

同样都是炸鸡，为什么愿意付更多的钱去购买肯德基生产的，而不愿意付很少的钱去购买路边小摊上生产的呢？原因就在于质量不同。虽然产品质量差异可以实现产品差异化，但是，在现在，采用这种方式所得到的效果已没有以前那么明显了，因为几乎所有的企业都重视产品的质量。但质量与质量之间也是有差异的，消费者相信品牌的力量，实质是对品牌后面蕴含的质量保证的信任。

在大豆领域产品种类成千上万，质量也参差不齐，我们对黑龙江省哈尔滨市有代表性的超市实地调研的结果显示，油脂产品尤其是豆油产品品牌和种类繁多，除转基因与非转基因来源区别外，更多的品种是在营销诸多“营养、纯香”等概念，真正质量上的差异在价格上没有体现。

2. 服务差异

如果生产或者销售的产品同其他的企业没有什么差异，那么这个时候除采用价格差异之外，就是服务差异了，如果企业的服务比其他企业的服务好，那么企业的生意就会很好，正因为这样，所以现在很多企业都采用这种差异。

大豆产业相关产品的跟踪服务，在大豆精深加工品和豆粕等饲料行业有所体现。通过提供非转基因与转基因的知识普及，消费者售后跟踪服务以及在养殖领域提供全程技术服务等，都会实现服务的差异化，在服务差异化的基础上，才能培养顾客的忠诚，形成价格机制的差异化。

3. 文化差异化

例如，北京布鞋也是鞋，但销售对象的文化取向有差异。在我国的近邻日本，豆腐是普遍食用的传统食品。日本的豆腐制作虽然源于中国，但经过多年来的发展变革，日本的豆腐生产水平已远远超过了我国。这就是饮食文化的典型代表。

而欧美人对待豆腐的态度就完全不同，一些实验显示长期过量食用豆制品会对男性性功能产生负面影响，很多美国人对豆腐深恶痛绝，以色列人甚至禁止吃豆腐。但同时美国 FDA（食品药品管理局）认为摄取大豆蛋白可以降低患心脏病的危险，并且允许在食品行业公开宣传，由此美国的豆乳增长率 1995～2000 年的 5 年间上升了约 700%，日本约为 220%，这种发达国家风潮的反向流入，影响了国内的消费观念。这就是不同饮食文化所产生的巨大差异。

在尊重科学的前提下，我们应该利用饮食文化的不同，结合近年来国家有关部门对牛奶行业实行“限鲜令”，对豆乳消费的有力促进，倡导和引领大豆制品的消费趋势。

第三节 国际化战略

当不同国家可以利用本国资源制造满足本国人民需求的产品时，企业的国际化步伐就会减弱；当不同国家的消费者对某一种商品的品位和喜好相近时，就存在着普遍的需求，满足普遍需求的产品几乎不需要按照不同的市场来改变。

但随着全球一体化进程加速，一个企业的资源转化活动超越了一国国界，即进行商品、劳务、资本、技术等形式的经济资源的跨国传递和转化，那么这个企业就已经是在开展国际化经营了。企业的国际化经营自然会带动和引领整个产业的国际化导向。

一 国际化战略概念

国际化战略是企业产品与服务在本土之外的发展战略。随着企业实力的不断壮大以及国内市场的逐渐饱和，有远见的企业家们开始把目光投向中国本土以外的海外市场。企业的国际化战略是公司在国际化经营过程中的发展规划，是跨国公司为了把公司的成长纳入有序轨道，不断增强企业的竞争实力和环境适应性而制定的一系列决策的总称。企业的国际化战略将在很大程度上影响企业国际化进程，决定企业所在行业的国际化未来发展态势。

二 国际化的实现形式

由于国际化企业的产品需要在多个国家进行销售，在某些情况下，公司必须考虑在不同国家中的不同需求。当不同国家的客户的品位和喜好存在差异时，当地化反应带来的强大压力随之产生。当不同国家的习惯不同时，当地化反应带来的压力也会应运而生。不同国家之间分销渠道和销售方式的差异也会带来本地化反应的压力。

企业的国际化战略可以分为本国中心战略、多国中心战略和全球中心战略三种。

（一）本国中心战略

在母公司的利益和价值判断下做出的经营战略，国际化战略目的在于以高度一体化的形象和实力在国际竞争中占据主动，获得竞争优势。这一战略的特点是母公司集中进行产品的设计、开发、生产和销售协调，管理模式高度集中，经营决策权由母公司控制。这种战略的优点是集中管理，可以节约大量的成本支出；缺点是产品对东道国当地市场的需求适应能力差。

黑龙江省大豆原料对日本和韩国的出口，山东谷神集团的主导产品豆粕、低变性脱脂豆粕、脱脂脱腥大豆粉、大豆色拉油、大豆磷脂、大豆分离蛋白、大豆低聚糖、大豆膳食纤维、大豆组织蛋白、大豆浓缩蛋白、饲料对外出口都是本国中心战略的典型。

（二）多国中心战略

在统一的经营原则和目标的指导下，按照各东道国当地的实际情况组织生产和经营。母公司主要承担总体战略的制定和经营目标分解，对海外子公司实施目标控制和财务监督；海外的子公司拥有较大的经营决策权，可以根据当地的市场变化作出迅速反应。这种战略的优点是对东道国当地市场的需求适应能力好，市场反应速度快；缺点是增加了子公司和子公司之间的协调难度。

正如第十章所述，通过组建黑龙江省有实力的企业集团，将业务扩展到有关国家，设立分公司，通过租赁土地、产品外销、本地化等多种渠道，主动出击实现黑龙江省本土大豆加工企业的国际化，固守本土与外国产品、外资企业竞争的结果，往往逃避不了被吞并和衰亡的命运。

（三）全球中心战略

全球中心战略是将全球视为一个统一的大市场，在全世界的范围内获取最佳的资源并在全世界销售产品。采用全球中心战略的企业通过全球决策系统把各个子公司连接起来，通过全球商务网络实现资源获取和产品销售。这种战略既考虑到东道国的具体需求差异，又可以顾及跨国公司的整体利益，已经成为企业国际化战略的主要发展趋势。我们知道的控制着全球80%以上农产品贸易的美国ADM、美国邦吉、美国嘉吉、法国路易达孚四大粮商多采用全球中心战略，根据不同经济发展阶段，调整自己的产业和销售布局，利用世界资源为企业发展服务。

以邦吉为例，由其创始人Johann Peter Gottlieb Bunge，在1818年荷兰的阿姆斯特丹创立，1859年由其孙子将总部迁至比利时。公司初期主要从事海外殖民地香料与橡胶生意。1876年，公司迁至阿根廷，开始其在美洲的发展。在犹太粮食交易商赫斯（Alfred Hirsch）加盟后，生意开始扩及其他的农作物，包括各样粮食与油籽。1935年，邦吉进入北美洲地区。之后，公司在南北美地区迅速发展。1999年，总部正式迁至美国纽约。2000年邦吉正式进入中国。基于全球均衡发展的思想，2004年邦吉又加大了在东欧地区的投资。至2010年，邦吉在全球32个国家拥有450多个工厂，已发展成为世界第四大粮食出口公司。

正如九三集团在天津建厂一样，国内很多油脂加工企业通过合资、并购、合作等多种方式与跨国公司进行广泛接触，一方面是外国进入中国粮油加工领域的途径，也是中国公司生存与发展、扩展业务的渠道之一。

(四) 国际化战略的联盟新模式

研究表明，联盟越来越成为当代企业国际化、全球化发展的一道亮丽的风景线。这一亮丽的风景线，越来越表现出它替代第二次世界大战后重在并购扩张发展的新特点。从另一视角上看，跨国公司潮涌般地进入中国，绝大部分企业采取了同中国的跨国公司合作即联盟形式的运作。

此类联盟当以中国海尔同日本三洋的合作最为典型。当海尔登上国际舞台，想进入日本市场时，日本的国内市场已座无虚席。与此相对应的是，日本三洋在日本同样是知名企业，技术方面具有很强的优势，有一定的市场客户群，然而开发中国市场，却没有销售渠道。双方均有意开发国外市场，于是在共同的发展目标下以市场换市场，以市场共用的方式实施战略联盟。双方不仅都获得了更大的销售市场，拥有了更多的客户群，而且还带来了销售利润的增幅。

黑龙江省如果能够形成具有竞争力的国际化大豆加工企业集团，就能以集团整体优势进军日本、韩国等相对成熟的大豆消费市场，通过联盟的形式以市场换取市场，达到扩大市场规模、拓展发展领域的目的。

第四节　大豆产业发展战略实施构架与保障措施

为了实现黑龙江省大豆产业发展的集团化、差异化与国际化，必须有一套清晰的实施框架和强有力的保障措施，从规划制订、组织保障到利益协调等多个方面综合考虑，在了解黑龙江省大豆产业发展现状和优缺点的基础上，成功地实现战略转型，促进大豆产业持续健康发展。

一 战略实施框架

根据经济发展和产业环境变化，适时出台相关战略是产业发展所必需的，发展战略的制定在遵循一定原则基础上，在战略实施过程中，应该有相关的配套措施和协调机制作为保障，使得大豆产业的战略调整，顺应国民经济发展的整体趋势，保持战略的顺利实施，取得相应的预期效果。

（一）制定实施大豆产业发展规划

依据《中国食物与营养发展纲要（2001～2010年）》，我国要大力发展大豆产业，促进大豆及其产品的生产和消费，提高大豆食品的供给水平；国家大豆优势区域布局规划（2008～2015年）在进口风险不断增大的情况下，必须大力发展国内生产。适当恢复大豆种植面积，重点扩大东北大豆玉米轮作面积，力争油用大豆自给率稳定在36%以上，鼓励发展大豆综合加工利用，提高大豆产业效益，增强市场竞争力。

同时，结合《黑龙江省千亿斤粮食生产能力建设规划》，发挥我省农业生态优势，重点在松嫩平原和三江平原两大优势产业区的大豆常年种植面积在30万亩以上的主产县和农场建设规模化生产基地4000万亩。

根据国家、部委和省里相关规划，制定黑龙江省大豆产业发展规划，重点调整大豆产业种植和加工布局，形成大豆优势种植产业带，在大豆种植集中区域，以企业集团形式组建产业发展集团，实施种植与加工的统一，降低物流成本，增加市场竞争力。

通过"抓两端、放中间"，建设现代化的大豆产业体系，逐步实现差异化发展战略，使我国大豆产业真正走上市场经济的发展之路。"抓两端"就是要重点扶持强化生产者种植大豆的意愿，引领消费者消费非转基因大豆产品；"放中间"是指在转基因与非转基因社会认可前提下，放开大豆流通与加工等中间环节给市场，通过市场竞争、优胜劣汰的方式，促使形成自己特有产品和品牌，使其真正具有竞争力。适应现代市场经济发展的企业集团，将彻底改变以往出现问题找政府而不找市场的经营模式。

（二）建立产业内外协调互动机制

黑龙江省是国家重要的商品粮生产基地之一。黑龙江省的大豆产量和出口量均居全国首位，其出口量占全国的2/3。其他经济作物，如亚麻、甜菜、烤烟等经济作物的产量也均居全国前列。同时，在整个农业经济结构中，畜牧业占有相当比重，奶牛存栏数、牛奶产量和乳制品产量均居全国之首。

黑龙江省目前正实现着由单一粮食种植向多种经营转变，由注重数量向提高效益转变。初步形成了松花江流域和三江平原的优质水稻生产基地，北部高脂肪、中南部高蛋白大豆生产基地，南部高淀粉、高赖氨酸玉米专用品种生产基地及优质杂粮、杂豆生产基地，城市郊区的绿色蔬菜基地以及各类名优特新农产品生产基地。

在大豆种植的优势区域，同时也是玉米和水稻的产区，由于大豆持续进口导致国内"豆贱伤农"现象一再出现，玉米和大豆的比较效益是影响黑龙江省大豆种植面积和产量的重要因素。玉米和大豆比价 1∶2.5 是国内外通用的比值平衡点，比价高于 2.5，大豆的种植面积和产量就增加。作为我国大豆主产区的黑龙江部分农民已陆续改种玉米、水稻。但黑河、大兴安岭等黑龙江北部地区有近 2000 万亩的大豆种植面积，受低温影响没有替代作物，40 余万户豆农面临生存危机。如何保证这些豆农的基本生计是产业发展战略必须考虑的实际问题。

另外，在大豆加工领域，要与国家油脂油料的产业发展政策协调，综合考虑大豆油脂加工与其他油料作物加工之间的相互替代作用，做到大豆产业与其他相关产业利益协调。为大豆产业发展营造良好的外部环境。

二 战略实施组织保障措施

（一）产业技术创新战略联盟

目前，黑龙江省大豆产业的发展已经不是单纯的生产、加工或政策的问题，而是整个产业缺乏核心竞争力，尤其是企业自主创新能力不强，难以与国外现代化的农业集团、跨国公司相抗衡，以内资企业为代表的大豆产业陷入了前所未有的困境。

正是基于以上背景，为了解决大豆产业发展过程中“农户一盘散沙，企业孤军奋战，市场占有率下降，核心竞争力缺乏”的突出问题，提升产业技术创新能力，增强企业的核心竞争力，国家大豆工程技术研究中心倡议发起的大豆产业技术创新战略联盟于 2009 年 7 月 18 日正式成立。联盟汇聚了九三集团、阳霖集团为代表的国内企业，东北农业大学、江南大学等高校，中国食品发酵院等科研机构共计 19 家单位。

整合全国大豆领域的优势科技资源，解决大豆生产和加工中关键性技术难题，满足企业的个性技术需求，提高企业自主创新能力和核心竞争力；保证企业在目前发展困境下，能够得以生存，逐步扩大发展；同时探索“企业—科研院所—基地—农户”四位一体的大豆产业发展利益共同体，通过企业的发展，确保大豆生产市场的稳定，带动豆农共同发展，进而达到促进大豆产业发展的目的。

联盟成员坚持平等自愿、优势互补、风险共担、利益共享的原则自愿组成。联盟各项事宜由理事会统一组织，按照联席会议制度决定，保障联盟成员责任、权力、利益一致。为实现联盟目标、完成各项重点任务，联盟设立理事会、专家技术委员会和秘书处。

项目在盟员单位中征集获得，项目经费以联盟成员投入为主，遵守国家知识产权相关规定，事先约定所产生的知识产权归属问题及推广应用时的利益分配原则。知识产权无偿向联合开发成员单位辐射和推广。

（二）产业发展创新服务平台

大豆产业技术创新平台服务的对象主要是从事大豆生产、加工的企业，包括大豆油脂、大豆蛋白、大豆食品等大豆加工企业，以及从事大豆加工研究的高校和科研院所。一方面，平台为企业解决生产技术难点；另一方面，平台为高校和科研院所提供更多的研究课题和成果转化平台。

平台以国家大豆工程技术研究中心为主体，由积极投身于大豆产业技术进步、从事相关发展战略、技术与产品的研究、开发、生产、服务的企业、科研单位和大专院校等相关单位组成。坚持“规划引导，面向市场”的方针，以“引导产业发展、推动技术创新”为宗旨，实现“在政府引导下，促进实施产业共性技术研发活动与技术扩散，推动共性技术应用”的目标。

对外服务模式：对外服务的核心工作是技术集成创新与成果转化为产业服务。主要采取市场经济模式与无偿服务相结合的机制。平台秉承开放发展的机制：一方面，平台可以整合依托单位优势资源为产业发展服务，通过技术咨询、技术指导、信息传输等方式服务于整个产业；另一方面，对以平台为基础承担政府资助项目形成的成果有向平台内外扩散的义务，总结和整理产业共性与关键性技术，联合优势科研力量重点攻关，通过研发与成果转化推广提升产业市场竞争力。

经费投入机制：平台以申请、转化项目收益与自筹为主要经费投入模式。转化成果以企业自筹与申请国家配套为主；基金和项目开发经费设立单独账目或科目，严格财务管理，并接受国家相关规定和第三方审计，每年向各依托单位汇报。

利益分配：以国家财政资金为主开发形成的知识产权及收益，按国家科技计划管理办法的约定管理；对于平台依托成员单位以自筹经费为主、利用平台的共性平台技术深度开发的产品与工艺技术，所形成的知识产权及收益归开发该技术的平台内成员单位所有，按协议约定执行；平台成员单位自行合作的开发项目，知识产权及收益按相关协议约定其归属。

规范服务：平台通过筹建与运行，已经形成了相对规范的服务体系：日常管理由国家大豆工程技术研究中心负责，形成了平台网络信息系统；成员管理细则；经费使用办法以及项目运作与管理详细流程。通过平台搜集行业内亟待解决的关键技术问题，通过专家委员会全程监督和跟踪项目进展，有管理机构整合行业内信息和技术动态，及时向外发布。相关对外交流与合作不断完善与深化。

（三）产业合作组织

在农业部门指导下，发挥合作社、协会的组织协调功能，通过能人的示范带动作用，用品种、品质、品牌理念和良好作业规范，协调大豆种植者的生产经营行为，以降低成本、提高质量单产、增加农户收入为前提开展专业化服务，通过专业分工、扩大服务规模降低服务成本，提高服务质量，满足用户需求。

通过“产学研”互助的合作形式，形成农户和加工企业共创品牌，共享收益的质量价格机制。鼓励大豆种植者（合作社、协会）与大豆加工企业在自愿、互利的基础上建立合作关系，以市场为基础，以质量规格为标准，签订优质优价自主选择的产销合同或协议，形成稳定、互利的产销关系。逐步达到用绿色环境和标准化栽培方法生产绿色原料，用绿色原料保证加工产品质量，用质量品牌稳定占领市场。通过产销一体化使豆农和加工企业共同分享增值效益和品牌效益，通过利润返还机制使豆农和加工企业形成利益共同体。

以黑河市大豆协会为例，该协会是由豆农及大豆经销商合作组织，大豆生产、收购、加工、经营、仓储企业，大豆压榨企业和大豆研究机构等涉豆企业和组织自愿组成的、具备团体法人资格的非营利性行业组织，接受黑河市政府、市农委及市民政局指导和监督管理。

这些合作组织与企业集团一起，能够使大豆产业发展战略得以实施，并且在国家和省部及相关政策支持下，形成种植、加工、流通、消费全产业链的竞争合力，促进黑龙江省大豆产业振兴与发展。

本章在发展战略制定所要遵循原则、发展方针和目标基础上，提出了实现发展战略也应该采取的具体战略，包括集团化战略、差异化战略和国家化战略。并且详细论述了各种战略的内涵和实现模式，结合黑龙江省大豆产业特点提出了具体注意事项。

同时，为了保证战略顺利实施，提出了战略实施的基本框架，包括制定大豆产业发展的战略规划，相关产业协调机制的建立，相应的组织保证、政策保证措施等。

参考文献

曹建海，于淑娟．2008．国际热钱进入与国家粮食安全．经济管理，22：11～15
陈永福．2004．中国食物供求与预测．北京：中国农业出版社：272
程国强．2006．当前我国大豆行业的问题与建议．中国食物与营养，(9)：1～5
程杰，武拉平．2008 美国补贴政策对中国大豆产业的影响与展望．农业展望，(1)：29～31
程莉君，石雪萍，姚惠源．2007．大豆加工利用研究进展．大豆科学，26 (5)：775～780
崔宁波，李海．2010．黑龙江省大豆农户生产技术需求调查分析．大豆科技，(2)：23～27
大豆优势区域布局规划（2008—2015 年）．2009-03-05．农民日报，(3)
大连商品交易所．2009．大豆投资手册．123～126
丁声俊．2006．振兴我国大豆产业势在必行．中国油脂，(10)：7
丁亚君．2006．如何拯救危机重重的大豆产业．企业研究，(12)：13～17
董运来，刘志雄，郭丽娜．2008．购销商行为下的中国大豆市场发育．沈阳师范大学学报（社会科学版）32 (1)：1～3
房丽敏．2009．黑龙江省大豆食品加工业发展对策研究．中国农业科学院硕士学位论文：21～25
冯晓，江连洲．2008．黑龙江省大豆加工业发展现状与前景分析调查报告．大豆科技，(6)：1～3
冯晓．2009．黑龙江省大豆产业可持续发展的战略思考．大豆科技，(4)：8～11
富校轶，孙树坤，郑环宇．2002．微胶囊化大豆粉末油脂乳化条件的研究．大豆通报，(5)：21～23
富校轶，孙树坤，朱秀清．2004．磷脂酶 A2 水解浓缩大豆磷脂最佳技术条件的研究．大豆通报，(3)：16，17
富校轶，王英男，孙树坤．2005．微胶囊化粉末大豆油脂壁材及乳化剂的研究．大豆通报，(2)：25，26
盖钧镒，卢良恕．2010．中国大豆产业面临存亡的抉择（报告）：7
国家统计局黑龙江调查总队．2009．黑龙江统计年鉴．北京：中国统计出版社
韩冰，洪波，李晓明，等．2009．哈尔滨市大豆加工业发展现状与优势分析．大豆科技，(4)：22～24
何秀荣，李平，张晓涛．2004．阿根廷大豆产业发展与政府政策．中国农业技术经济，(1)：60～64
黑龙江省发展与改革委员会．2008．黑龙江省千亿斤粮食生产能力战略工程规划
黑龙江省粮食局．2008．黑龙江省现代粮食流通产业发展战略工程规划（2008-2012）
洪涛．2004．我国转基因食品政策及其效应分析——兼论转基因大豆的进出口管理．北京工商大学学报，(3)：12～48
黄莉，江连洲，朱秀清．2003．大豆蛋白抗氧性肽的研究．大豆通报，(5)：20，21
简新华．2003．产业经济学．武汉：武汉大学出版社

江连洲，胡少新 . 2007. 中国大豆加工产业发展现状与建议 . 中国农业科技导报，9（6）：22～27

江连洲，黄莉，朱秀清 . 2004. 大豆肽超滤分离过程膜清洗的研究 . 中国油脂，（8）：45，46

江连洲，夏剑秋 . 2003. 中国大豆加工业发展现状与趋势 . 中外食品工业，08：42～46

矫江，谢学军 . 2010. 突出特色发展黑龙江省大豆产业 . 黑龙江农业科学，（1）：106～110

矫江 . 2008. 农村经济发展与农民增收 . 北京：中国农业出版社：65～89

金胜琴 . 2008. 我国大豆进口贸易中的点价研究 . 北京：中国农业大学硕士学位论文：24

康敏 . 2005. 中国农产品期货市场功能与现货市场关系研究 . 北京：中国农业大学博士学位论文：89～93

李经谋 . 2007. 2007 中国粮食市场发展报告 . 北京：中国财政经济出版社：304

李经谋 . 2008. 2008 中国粮食市场发展报告 . 北京：中国财政经济出版社：55

李经谋 . 2009. 2009 中国粮食市场发展报告 . 北京：中国财政经济出版社：153，158，304

李先德，罗鸣，马晓春 . 2008. 世界主要国家生物燃料发展动态与政策法规 . 世界农业，（9）：29～32

李孝忠，乔娟 . 2007. 中国大豆进出口与豆油、豆粕进出口关系及前景展望 . 农业展望，（12）：28～32

李孝忠，乔娟 . 2009. 东北地区大豆播种面积波动及原因分析 . 新疆农垦经济，（4）：6～12

李孝忠，孙瑜，周慧秋 . 2009. 市场认知、外部性约束与大豆生产者决策困境：逻辑推演与实证检验 . 农业技术经济，（6）：70～77

李孝忠 . 2009. 中国大豆主产区农户生产行为与影响因素研究 . 北京：中国农业大学博士学位论文：56～78

刘登高 . 2010. 国产大豆陷入空前危局 . 中国经济周刊，7：64～65

刘凤军，刘勇 . 2006. 期货价格与现货价格波动关系的实证研究 . 财贸经济，（8）：77～81

刘宏曼，郭翔宇 . 2004. 黑龙江大豆市场竞争力分析 . 中国农业信息，（6）：7～11

刘家富 . 2009. 黑龙江省粮食产能规划对大豆产业影响分析 . 东北农业大学学报（社会科学版），（2）：46～50

刘家富 . 2010. 中国大豆市场价格波动研究 . 北京：中国农业大学博士学位论文：38～48

刘志雄 . 2008. 铁路运输瓶颈对中国大豆国际竞争力的影响 . 国际经贸探索，（8）：8～11

刘忠堂 . 2009. 黑龙江省大豆生产形势分析与建议 . 大豆科技，（4）：12

柳放 . 2007. 增强黑龙江大豆种植者竞争力的问题研究 . 哈尔滨：哈尔滨理工大学硕士学位论文：18～26

罗淑年，于殿宇，韩锋 . 2007. 酶法脱胶物理精炼大豆油 . 食品科学，（10）：287～289

罗淑年，于殿宇，梁少华 . 2008. 大豆粉末磷脂酶解改性及其性能研究 . 中国油脂，（1）：47～49

罗淑年，于殿宇，史加宁 . 2005. 大豆油脱胶技术研究与探讨 . 中国油脂，（12）：25，26

马增林 . 2009. 黑龙江省大豆产业发展问题研究 . 哈尔滨：东北农业大学博士学位论文

迈克尔·波特 . 2003. 竞争论 . 高登第，李明轩译 . 北京：中信出版社：120～129

苗水清，程国强 . 2006. 美国大豆补贴政策及影响 . 中国农村经济，（5）：72～80

苗水清，刘英杰 . 2005. 美国大豆补贴对美国大豆产业影响程度估算 . 世界农业，（12）：

11～14
恰亚诺夫 A. 1996. 农民经济组织．萧正洪译．北京：中央编译出版社：123
乔娟，康敏．2002. 中国大豆国际竞争力及影响因素分析．调研世界，(10)：18～21
屈岩峰，于殿宇，罗淑年．2009. 大豆混合油酶法脱磷技术的研究．食品工业，(3)：11～13
尚军．2007－11－28. 欧盟成员国激辩转基因产品．经济参考报，(3)
石彦国．1993. 全子叶腐乳发酵工艺的研究．食品与发酵工业，(6)：11～13
宋显文，刘永祥．2010－07－23. 黑龙江向绿色食品强省进军．中国食品质量报，(8)
苏东水．2006. 产业经济学．北京：高等教育出版社：5
苏惠．2005. 流通对中国大豆竞争力的影响．北京：中国农业大学硕士学位论文：78～89
汤艳丽．2002. 大豆供求形势分析与展望．中国农业展望，(6)：11～13
田仁礼．2009. 关于解决黑龙江省大豆问题的建议．大豆科技，(5)：1，2
田仁礼．2009. 中国大豆产业现状、趋势及应对措施浅见．大豆科技，(4)：1～7
王丽红．2009. 加快黑龙江省大豆产业发展的政策建议．宏观经济管理，(4)：58～60
王喜泉，孙树坤，赵英．2000. 微胶囊技术生产粉末油脂．大豆通报，(2)：21～25
王正谱．2004. 继续实施大豆振兴计划、加快优势产业带建设．中国农业综合开发，(2)：43，44
夏友富，田仁礼，朱玉辰．2003. 中国大豆产业发展研究．北京：中国商业出版社
夏芸，徐萍，江洪波，等．2007. 巴西生物燃料政策及对我国的启示．生命科学，(10)：484～485
肖培尧．2008－04－28. 在全省粮食信息工作会议上的讲话．http：//www.hljlsj.gov.cn/TAndT09/OneInfoNews.aspx? InfoID＝1723
杨红旗．2010. 我国大豆产业现状分析及问题探讨．中国种业，(4)：18～20
余建斌，乔娟．2006. 贸易政策调整与中国大豆进口．新疆农垦经济，(5)：35～39
余建斌．2006. 中国大豆供求与价格研究．中国农业大学博士学位论文：67
余建斌．2008. 中国大豆市场供求及价格研究．北京：中国农业出版社
喻翠玲，冯中朝．2005. 我国大豆比较优势及国际竞争力的实证研究．农业现代化，(1)：26～30
喻翠玲．2006. 经济全球化下的大豆产业：价格、供给与贸易．华中农业大学博士论文
张吉祥．2007. 我国粮食国际贸易定价权的风险分析．调研世界，(5)：9～11，35
张小平．2009. 简述黑龙江省大豆加工产业安全预警机制建设．农业工程技术，(8)：14～17
赵玉，祁春节．2010. 中国大豆期货市场有效吗？——基于事件分析法的研究．经济评论，(1)：114～123
郑环宇，邵弘，刘燕．2003. 酶水解大豆分离蛋白制取大豆肽的应用研究．大豆通报，(4)：25，26
中国农业科学院作物科学研究所，吉林省农业科学院大豆研究中心．2007. 中国大豆品种志．北京：中国农业出版社
中国食物与营养发展纲要（2001－2010年）．国办发〔2001〕86号
中华人民共和国国家统计局．2009. 中国统计年鉴．北京：中国统计出版社
中华人民共和国农业部．2007. 中国农业发展报告．北京：中国农业出版社

钟金传，吴文良，夏友富.2005. 转基因大豆发展及中国大豆产业对策. 中国农业大学学报，(4)：43～50

朱希刚.2002. 中国大豆经济研究. 北京：中国农业出版社：9

朱秀清，江连洲，富校轶.2001. 国内外大豆加工利用的研究进展（一）. 食品科技，(6)：1～3

朱秀清，许慧，陈昊.2004. 酶改性大豆磷脂性能研究. 大豆科学，(23)：192～195

朱秀清，许慧，郑环宇.2005. 酶法大豆蛋白水解程度控制研究. 粮油食品科技，(1)：32～34，39

Maurizio Mazzocco. 2007. Household intertemporal behaviour：a collective characterization and a test of commitment review of economic studies，74：857～895

Mcpeak J G，Doss C R. 2006. Are household production decisions cooperative? evidence on pastoral migration and milk sales from northern Kenya. Amer J Agr Econ，88 (3)：525～541

Vermeulen F. Collective household models principles and main results. Journal of Economic Surveys，16 (4)：533～564

“中国软科学研究丛书”已出版书目

区域技术标准创新——北京地区实证研究	46.00 元
中外合资企业合作冲突防范管理	40.00 元
可持续发展中的科技创新——滨海新区实证研究	42.00 元
中国汽车产业自主创新战略	50.00 元
区域金融可持续发展论——基于制度的视角	45.00 元
中国科技力量布局分析与优化	50.00 元
促进老龄产业发展的机制和政策	45.00 元
政府科技投入与企业 R&D——实证研究与政策选择	55.00 元
沿海开放城市信息化带动工业化战略	58.00 元
全球化中的技术垄断与技术扩散	40.00 元
基因资源知识产权理论	56.00 元
跨国公司在华研发——发展、影响及对策研究	68.00 元
中国粮食安全发展战略与对策	66.00 元
地理信息资源产权研究	75.00 元
第四方物流理论与实践	50.00 元
西部生态脆弱贫困区优势产业培育	68.00 元
中国经济区——经济区空间演化机理及持续发展路径研究	42.00 元
研发外包：模式、机理及动态演化	54.00 元
中国纺织产业集群的演化理论与实证分析	38.00 元
国有森林资源产权制度变迁与改革研究	45.00 元
文化创意产业集群发展理论与实践	46.00 元
中国失业预警：理论、技术和方法	30.00 元
中小企业虚拟组织	40.00 元
黑龙江省大豆产业发展战略研究	48.00 元